W0202994

MARIA PUBLIG

Waldviertelmorde

MÖRDERISCHE RUHE Walli Winzer hat die Nase voll: von den Männern, den Kosmetikstudios und den Designershops der Wiener City. Als ein Burn-out seine Schatten vorauswirft, weiß die erfolgreiche PR-Lady: Sie braucht Ruhe! Da kommt ihr der Vorschlag ihrer Schulfreundin, ein altes Haus im Waldviertel nahe Wien zu kaufen, gerade recht. Eine Oase der Ruhe und des Friedens, denkt Walli. Doch schon bald entpuppt sich diese als intrigante, mörderische Fallgrube. Da gibt es eine verschlossene Dorfgemeinschaft, einen Dorfpolizisten, der eher als Sozialarbeiter denn als Inspektor unterwegs zu sein scheint, einen schüchternen Postboten, eine dem Reiterwahn verfallene Großstadt-Schickeria und einen Reitstallbesitzer, der auch schon mal bessere Zeiten gesehen hat. Was für eine schreckliche Welt, denkt Walli, wäre da nicht Kater Filou, den ihr eine Nachbarin aufs Auge gedrückt hat und der ihr Leben ganz schön durcheinanderbringt. Genau wie der charmante Tierarzt, für den die Frauen im Ort schwärmen.

© Fotostudio Interfoto

Maria Publig wurde in Wien geboren und verbrachte mit ihrer Familie viele Sommer im südlichen Waldviertel. Nach ihrem Studium arbeitete sie als Journalistin für Tages- und Wochenzeitungen. Später wechselte sie als Moderatorin und als Redakteurin in den ORF. Bevor sie sich dem Krimischreiben zuwandte, schrieb sie Kultursachbücher, die international ausgezeichnet wurden. Wovon sie überzeugt ist: Für gute Gedanken und Kreativität muss man sich Zeit nehmen. Die gönnt sie sich zwischendurch – ziemlich oft im Waldviertel.

Veröffentlichungen im Gmeiner-Verlag:
Killerkarpfen (2019)
Waldviertelmorde (2018)

MARIA PUBLIG

Waldviertelmorde

Kriminalroman

GMEINER

Personen und Handlung sind frei erfunden.
Ähnlichkeiten mit lebenden oder toten Personen
sind rein zufällig und nicht beabsichtigt.

Immer informiert

NEWSLETTER

Spannung pur – mit unserem Newsletter informieren wir Sie
regelmäßig über Wissenswertes aus unserer Bücherwelt.

Gefällt mir!

Facebook: @Gmeiner.Verlag
Instagram: @gmeinerverlag
Twitter: @GmeinerVerlag

MIX
Papier aus verantwortungsvollen Quellen
FSC® C083411
FSC www.fsc.org

Besuchen Sie uns im Internet:
www.gmeiner-verlag.de

© 2018 – Gmeiner-Verlag GmbH
Im Ehnried 5, 88605 Meßkirch
Telefon 07575/2095-0
info@gmeiner-verlag.de
Alle Rechte vorbehalten
5. Auflage 2020

Lektorat: Claudia Senghaas, Kirchardt
Herstellung: Mirjam Hecht
Umschlaggestaltung: U.O.R.G. Lutz Eberle, Stuttgart
unter Verwendung eines Fotos von: © fotofrank/fotolia.com
Druck: CPI books GmbH, Leck
Printed in Germany
ISBN 978-3-8392-2273-7

Für Lilly

PROLOG

Es ärgerte ihn, dass er leichtfertig in den Wald mitgefahren war. Doch er wollte ungestört mit ihm reden. Eine Lösung finden für das Unfassbare, das dieser Mann begangen hatte. Das hatte Maxim Ionescu seiner Mutter versprochen.

Doch bisher antwortete dieses Ekel nicht auf seine Fragen. Stattdessen war es dessen wortloser Griff in die Seitentasche der Jeans gewesen, der ihm Angst gemacht hatte. Er glaubte, das Blitzen einer Waffe gesehen zu haben. Im selben Moment rannte er los. Er versuchte, ins Dunkel des Waldes zu kommen. Er konnte vorerst nichts Genaues erkennen. Das Sonnenlicht zuvor war grell gewesen. Seine Augen mussten sich erst an das Halbdunkel gewöhnen.

Er stöhnte, als er mit der Schulter gegen den Stamm einer Fichte prallte. Aber er ignorierte den Schmerz und lief weiter. Weiter. Das war jetzt der einzige Impuls, dem er folgte.

Sein Verfolger war hinter ihm. Noch hatte er genügend Abstand. Er setzte alles daran, ihn zu halten, um bei nächster Gelegenheit irgendwo abzutauchen. Das musste gelingen, obwohl er jede Sekunde einen Schuss erwartete. Doch nichts geschah.

Ein Zufall hatte Maxim an diesen Ort geführt. Doch plötzlich begann sich der Spieß umzudrehen. Immer noch war ihm rätselhaft, wie ihn sein Verfolger in dieser endlosen Einsamkeit der Waldviertler Wälder hatte aufspüren können. Er war sich so sicher gewesen, seine Spur ausgelöscht zu haben, der Weg von Rumänien bis nach Österreich war lang gewesen. Aber eben nicht lang genug, um diese Menschentreiber abzuwimmeln. Um das Böse aus Albiu in Ostrumänien fernzuhalten oder es gar zu vertreiben.

So, wie man sie auch damals nicht gerufen hatte, und sie trotzdem kamen. Ihre Gesichter sah man nicht. Eine gleichförmige Wand des Schweigens. Das wollte er ändern. Er hatte Beweise. Er wollte seine Mission zu Ende bringen. Um seiner Mutter willen. Damit Frieden einkehrte. Falls dies irgendwann überhaupt möglich sein würde. Bitte, nur noch jetzt untertauchen, vom Erdboden verschwinden können, raste es durch seinen Kopf. Ein letztes Mal, damit nicht alles umsonst sein würde.

Der Waldboden mit seiner dicken Nadelschicht wurde weicher. Maxim Ionescu spürte, wie er bei jedem Auftreten nachgab. Das rasche Tempo von zuvor wurde nun zum Risiko. Das Körpergewicht begann, sich nach allen Seiten ungleich zu verteilen. Unkontrolliert. Er begann zu torkeln. Seine Beine trugen ihn nur noch mühsam. Ein Zickzacklauf forderte seine gesamte Geschicklichkeit. Mit einem Pistolenlauf im Rücken würde die Situation an eine Hasenjagd erinnern.

Warum war er diesem menschlichen Bluthund nur bis an den Waldrand des Dorfs Großlichten gefolgt. Er kannte ihn. Warum sollte er hier, in Österreich, anders sein als zu Hause in Rumänien, in dem gottverlassenen Albiu.

Die Erinnerung an die Geschichte trieb Maxim Ionescu weiter an, auch wenn er spürte, dass ihn allmählich die Kräfte verließen, sein immer noch schnelles Tempo langsamer wurde. Kurz noch, machte er sich Mut! Gleich würde er den Waldrand erreichen. Die Koppeln des Reitgestüts »Sonnblick« waren in der Nähe. Dort würde sein Verfolger von ihm ablassen und nicht schießen. Denn jeden Schuss würde man hören. Jagdgesellschaften fanden nur am Wochenende statt, und der Förster kannte sein Revier.

Maxim Ionescu lief weiter, so schnell ihn seine Beine tragen konnten. Er schrie laut auf, als ihm die Äste der Fichten ins Gesicht schlugen und deren Nadeln seine Haut aufplatzen ließen. Der Wald war dicht. Doch sein Ziel war die Lichtung, die er erreichen wollte.

Als er kurz zurückblickte, um seinen Verfolger einzuschätzen, kippten seine Tennisschuhe in eine kleine Moosgrube. Es knackste, und er fiel hin. Kurze Zeit später knackste es noch einmal – und sein Schädel lag blutend unter einem dicken Ast. Er schaute in das erschöpfte Gesicht seines Peinigers, dessen Hände noch das Ende des mächtigen Blocks hielten, in weit aufgerissene Augen, aus denen dennoch keine Emotion sprach. Sie fixierten ihn. Maxim sah an ihnen vorbei. Ein Blick ins Leere. Er spürte das warme Rieseln seines Blutes, das über seine Wangen in die geöffneten Augen rann. Im Bruchteil eines Augenblicks erkannte Maxim Ionescu, dass die zuvor festen Silhouetten des Waldes zu verschwimmen begannen. Seine Augen füllten sich mit dunkelrotem Blut. Sein Schmerz nahm weiter zu, bis ihn ein heller Schein aus allem befreite.

1. KAPITEL

Auf diesen Augenblick hatte sie lange gewartet. Keinen Morgen würde es künftig mehr mit Hektik und penibler Vorbereitung auf den ersten Besprechungstermin geben. Den Gedanken genoss sie sichtlich, sie rekelte sich auf dem Sofa und zog gemütlich die Beine zur Seite. Der erste Schluck Kaffee so früh am Tag war für sie immer der beste gewesen – und das würde er auch weiterhin bleiben, war sich Walli Winzer sicher. Sie atmete tief durch und fühlte sich rundum zufrieden. Erst jetzt merkte sie, wie still draußen noch alles war. Ein Luxus, auf den sie hier aufmerksam wurde, für den sonst keine Zeit gewesen war. Komisch, früher hatte sie Stille fast bedroht. Jetzt empfand sie solche Situationen nahezu als Geschenk. Sie wusste allerdings auch, dass die nicht lange so bleiben würde. Denn bald brächte der Tag jene Lebendigkeit, die Menschen in unterschiedlicher Weise zusammenführte. Ein Gedanke, der Walli verhalten schmunzeln ließ.

War das nicht auch alles relativ zu betrachten? Konnte nicht schon eine einzige menschliche Begegnung den Tag in eine ziemliche Schieflage bringen? Walli Winzer kannte da so einige Nervensägen, die das locker auch heute noch hinbekämen. Allen voran ihr Ex-Ehemann Thomas, der den Klassiker hinlegte, indem er sich von Walli zu wenig beachtet fühlte. Seine Vorwürfe, sie befände sich stets auf zwei Kirtagen gleichzeitig, konnte Walli ja noch bis zu einem gewissen Grad verstehen, doch dass er anfing, seine exzentrische Leidenschaft für Schlangen in allen Größen und Varianten in der gemeinsamen Wohnung auszuleben, das nahm sie dann doch persönlich.

Den Unterton seiner Spielerei hatte sie verstanden, dazu brauchte sie keine psychologischen Ratgeber. Das war aber nur das sogenannte Tüpfelchen am i. Sie erkannte, dass die Zeit gekommen war, sich neuen Annehmlichkeiten des Lebens zuzuwenden.

Ihr Job in der Werbebranche brachte sie mit vielen attraktiven Männern zusammen, die sie ohne weitere Verantwortung anlocken, die gemeinsame Zeit genießen und wieder verabschieden konnte. Als PR-Agentin verbrachte Walli besonders viel Zeit mit vorwiegend männlichen Klienten, wo schließlich das eine auch zum anderen führen konnte. C'est la vie! Was tat man nicht alles, um für gute Stimmung speziell in Geschäftsbeziehungen zu sorgen. Wenn die gegenseitige Chemie sich auch ins Private hinüber führen ließ, so what? Walli war die Letzte gewesen, die eine attraktive Begleitung von der Bettkante zu stoßen pflegte. Thomas hatte so etwas immer geahnt, doch nichts Genaueres wissen wollen. Wozu auch? Es hätte nichts geändert. Was er nicht wusste, irritierte ihn nicht. Er hielt es heute noch so, obwohl ihre Trennung nun schon viele Jahre zurücklag.

Charismatiker fand man in Geschäftsführungen großer Firmen häufig. Immerhin sollten sie einen Riesenapparat zusammenhalten und mussten im Medienzeitalter für die Kamera auch gut aussehen. Machtmenschen in schwachen Momenten zu erobern, war immer schon Wallis Spezialität gewesen. Ein Spiel, das sie gut beherrschte und das ihr neben ihren professionellen Fachkenntnissen selbst zu Macht und Einfluss verholfen hatte.

Ihre PR-Agentur lief seit langer Zeit gut, und sie hätte im Laufe der Jahre sogar noch an Aufträgen zulegen können.

Doch war es ihr immer wichtig, selbst noch den Überblick zu behalten und dicht an allem dran zu bleiben.

Dass sie dadurch anderen Mitbewerbern mitunter Aufträge mit fragwürdigen Mitteln vor der Nase weggeschnappt hatte, war ihr bewusst, doch kümmerte es sie nicht wirklich. Sie legitimierte es damit, dass sie stets unkonventionelle Konzepte vorantrieb und umsetzte. So verstand Walli Winzer auch ihre Agentur immer schon als Labor für Gesellschaftspolitisches. Klang hochtrabend. Für sie war es aber immer selbstverständlich gewesen. Tobias und Silvia, ihre Mitarbeiter, waren Teil davon.

Doch jetzt war alles anders. Mit 50 verspürte Walli mit einem Mal die Sehnsucht nach einer Wende in ihrem Leben. Nicht, dass sie an ihrer Person etwas hätte ändern wollen oder vor etwas davonlief, bereits völlig ausgepowert oder unglücklich wäre. Nein. Sie wollte ihren Blickwinkel erweitern, einfach die Segel neu setzen. Sie beschloss, dazu ins Waldviertel zu übersiedeln und zu warten, was käme. Einfach einmal abwarten. Warten auf irgendetwas oder irgendwen. Auftanken.

Der viele Trubel in Wien um sie herum hatte sich abgenützt und begann sie schlichtweg sogar zu langweilen. Ihre Kreativität litt darunter, so empfand zumindest sie selbst es. Den Menschen in ihrem beruflichen Umfeld war das noch nicht aufgefallen – und das war gut so. Doch vielleicht standen sie knapp davor, dem musste sie vorbeugen.

Bisher hatte Walli stets die richtige Einschätzung, wann eine Phase in ihrem Leben vorbei war und sie besser in sich hineinhören sollte. Es gab nicht viele solcher Momente, doch wenn, war sie stets gestärkt aus ihnen hervorgegangen.

Wie sie so im Pyjama mit ihrem Kaffee in der Hand dasaß und nachdachte, freute Walli sich darüber, dass ihre Selbsteinschätzung, Kampfgeist und ihr Sinn für Gerechtigkeit über die Jahre ungebrochen geblieben waren. Sie war einst blauäugig vielen Situationen gegenüber gewesen. Doch so waren junge Frauen heute nicht mehr. Davon war sie überzeugt.

Während Walli so vor sich hinbrütete, merkte sie zu spät, wie ein wenig Kaffee auf ihren Ärmel tropfte. Sie wischte ihn weg, hob den Arm und versuchte gedankenverloren, den Rest aufzusaugen.

Sie selbst und ihre Generation berufstätiger Frauen hatten durch weibliche Karriereschmieden dafür gesorgt, solche Schieflagen ein wenig zu korrigieren. Geeignete Strategien und Weiterbildung seien notwendig, sonst würde sich nie etwas verändern. Männer kochten auch nur mit Wasser. Manchmal ließen sie es sogar übergehen, wie die Wirtschaftskrise mit fatalen Folgen gezeigt hatte. Vor allem für die Ärmsten, bis heute.

Doch das tägliche Ringen um Marktanteile war tatsächlich ein hartes Geschäft und forderte viel. Das musste auch Walli Winzer erkennen und als PR-Lady eigenwillige Techniken entwickeln, die mitunter ziemlich rüde sein konnten. Sie war darin äußerst kreativ und erfolgreich. Das mussten auch ihre GegnerInnen anerkennen.

Es gab kaum etwas in Wallis Leben, was sie nicht selbst erlebt und getan hatte oder sich zumindest vorstellen konnte. Sie legte sich stets zügellos ins Zeug. Das war Teil ihres Erfolgs, und sie musste zugeben, dass es ihr richtig Spaß machte, sonst könnte sie es so viele Jahre nicht durchhalten.

Eine wichtige Erkenntnis gab's auch: Die meisten Wirtschaftsstrategien und das Führen von Konzernen bestehen zum Großteil weniger aus Wirtschafts-Know-how als aus dem geschickten Einsatz von Psychologie. Wie in der Werbung. Und davon verstand Walli nun viel. Das Wort skrupellos wird dabei nicht kleingeschrieben. Im Gegenteil. Die feine Klinge in diesem Metier zu beherrschen, verstand sie erst jetzt so einigermaßen.

Was sie bisher alles erlebt hatte und wie sie vieles durch ihren Scharfsinn, ihre hervorragenden Recherchemethoden, ihren Sinn für Kommunikation, ihren Fleiß und, nicht zu vergessen, ihren Instinkt für Untrügliches vor anderen in Erfahrung bringen zu können, verhalf ihrer PR-Agentur zu Ansehen und lukrativen Aufträgen – und das schon seit langer Zeit.

Walli verband auch immer gerne Berufliches mit Privatem. Ihre aktive Rolle im Beuteverhalten begleitete sie schon seit Studienzeiten. Während ihres Publizistikstudiums hatte sie Thomas kennengelernt. Sein empfindsames, verinnerlichtes Wesen mit einem Schuss Exzentrik hatte sie damals gereizt. Er glaubte an eine bessere und gerechtere Welt, indes Walli doch immer realistischer und strukturierter war als er.

Als späterer Musik- und Biologieprofessor an einer Schule schätzte Walli auch seine Einfühlsamkeit in die pubertären Befindlichkeiten seiner Schülerinnen und Schüler. Doch eines war für Walli immer klar gewesen: Sie wollte keine Kinder. Ihr Ziel war die bedingungslose Freiheit.

Dass sie nach vielen Jahren dann doch noch geheiratet hatten, war ein Kompromiss, den sie Thomas gegenüber eingegangen war. Das rächte sich. Ihrer Beziehung tat das nicht gut. Irgendwann war die Luft draußen, und Walli floh aus der Enge. Ab da, in ihrem neuen Leben, ging die Karriere steil bergauf.

Deshalb hatte sie auch nie darüber nachgedacht, ob sie nicht doch an ihrer Beziehung hätte arbeiten sollen. Was bringt's? Auch jetzt war es nur ein kleiner flüchtiger Gedanke gewesen, als sie so entspannt auf ihrem Sofa saß nach den strapaziösen Wochen des Umzugs von Wien nach

Großlichten, in denen sie vorübergehend bei Freundin Lena übernachtet hatte.

Vor einem halben Jahr hatte sie den Entschluss gefasst, die Agentur zur Hälfte ihrer langjährigen Vertrauten Silvia Manner zu übergeben. Walli wollte noch anderes erleben, als von einem Sitzungstermin zum anderen zu hetzen. Sie war in den besten Jahren, sah immer noch gut aus. Mit einigem strategischen Geschick und weiblichem Instinkt würden bestimmt noch Dates zustande kommen. Sie wollte weiterhin auf alles vorbereitet sein, was ihr die Welt bieten konnte. Doch Walli spürte, dass sie langsam ihre Kräfte zu verlassen drohten und sie etwas dagegen tun musste. War es Erschöpfung, oder bewegte sie sich schnurstracks auf ein Burn-out zu? Irgendwie war da ja noch mehr im Leben als bloß Societyevents und Agenturroutine, die seit langer Zeit ihr Leben bestimmten. Sie wollte, nein, sie musste sich jetzt von den Strapazen der letzten Jahrzehnte erholen und neue Kräfte sammeln.

Das kleine Bauernhaus, eigentlich ein altes Schulgebäude, im gottverlassenen Großlichten im niederösterreichischen Waldviertel war so etwas, was sich Walli bisher nie hätte vorstellen können. Dennoch hatte sie es gekauft – und da war auch noch dieser Kater.

Sein Name war Filou. Sie hatte ihn als Geschenk von Mizzi Troger, einer Freundin Lenas, erhalten. »Denn was wäre ein Landleben ohne Tiere«, hatte ihr die resolute Dame bei ihrem Einstand vorgehalten. Und das ihr, die Verantwortung für alles Lebendige bisher erfolgreich abwehren konnte! Wallis Lichtblick: Eine Katze würde zumindest nicht verhungern, sondern sich durch Mäuse selbst versorgen. Was blieb ihr also anderes übrig, als das miauende Etwas entgegenzunehmen?

2. KAPITEL

Ein schriller Klingelton fuhr Walli Winzer durch Mark und Bein und unterbrach die Morgenruhe. Er gehörte zum alten Festnetz im Haus. Sie hatte es belassen. Denn in ein historisches Gebäude gehörte so etwas, fand sie. Und es war immerhin ein Jahrhunderte altes Schulgebäude, in dem bis in die 1960er-Jahre unterrichtet worden war.

So laut, wie sie das Läuten jetzt hörte, konnte man das mit Sicherheit seinerzeit auch bis in den Schulhof hören. Trotzdem: Hätte Walli gewusst, wie nervenaufreibend so ein altes Bakelittelefon aus 1959 klingen konnte, sie hätte sich vielleicht doch anders entschieden.

»Hallo, Walli!«, schallte es mit herzerfrischender Fröhlichkeit vom anderen Ende der Leitung. »Und – wie lief die erste Nacht im neuen Leben?«

Es war Lena Breitenecker, Wallis beste Freundin, die mit ihrem Mann Hans und den beiden Kindern schon vor fast zehn Jahren nach Großlichten gezogen war. Sie hatten damals kurzerhand beschlossen, das Stadtleben hinter sich zu lassen und den Hof von Lenas Eltern zu übernehmen. Mit großem Erstaunen hatte Walli damals die Entscheidung zur Kenntnis genommen. Verstanden hatte sie diese aber ehrlich gesagt nicht. Denn von Tierhaltung hatten Hans und Lena keine Ahnung. Wie sollten sie dann einen Biobauernhof führen?

Doch wo ein Wille, da ein Weg. Zuerst führten sie die kleine Wirtschaft der Eltern weiter. In Spezialkursen und mit einem neuen Wirtschaftskonzept entwickelten Lena und Hans den landwirtschaftlichen Betrieb mit Kühen, Ziegen und Mohnfeldern langsam und mit großem Einsatz zu einer der modernsten Hightechanlagen des Waldviertels. Nachhaltigkeit mit umweltschonendem Anbau sowie Verarbeitung gingen voraus.

Lena mit ihren sozialen Techniken war immer schon Meisterin des Instrumentalisierens gewesen. Als ehemalige Lehrerin einer Wiener Schule mit hohem Migrationsanteil konnte sie in ihrer Umgebung einiges bewegen. Ihre bunt zusammengewürfelten Klassen profilierten sich. Einige ihrer SchülerInnen engagierten sich zivilgesellschaftlich, und die Klassengemeinschaft galt als vorbildlich. Schließlich hatte sie auch viel in ihrem privaten Umfeld herumexperimentiert, was die meisten ziemlich nervte.

Wie mit Walli hatte sie auch mit Hans nicht immer Erfolg. Er durchschaute viele ihrer Vorhaben. Doch war er immer wieder von ihrer Herzlichkeit und ihrem Idealismus fasziniert. Deshalb unterstützte er sie und half, viele ihrer Ideen und Vorhaben in die Tat umzusetzen.

Der heruntergekommene alte Bauernhof war sicherlich die größte Herausforderung für die beiden gewesen – auch für ihre Beziehung. Doch nach der Wirtschaftskrise von 2008 verlor der gelernte Wirtschaftsexperte und Bankenprofi Hans Breitenecker alle Illusionen. Der Wunsch und die Idee Lenas, ein eigenes kleines Reich zu betreuen, wo nur sie beide die Spielregeln festlegten, kamen ihm gerade recht – auch wenn es wie Großlichten in einer ziemlich abgelegenen Ecke Österreichs war. Es war keine Weltflucht, die Hans und Lena packte, sondern der unbändige Wille und die Kraft, etwas Neues und Sinnvolles angehen zu wollen. Etwas, das schon lange in ihnen gereift war und wofür sie nur noch den richtigen Zeitpunkt abwarten mussten.

Immer noch saß Walli Winzer der laute Klingelton des Telefons in den Gliedern. Dass sie die Lautstärke zurückdrehen würde, stand fest. Vor Lena wollte sie allerdings nicht das schreckhafte Stadtkind geben.

»Ist wirklich alles okay?«, erklang es nochmals aus der Leitung. Diesmal schon etwas besorgter, da Walli zunächst einige Sekunden wortlos verstreichen ließ.

»Alles bestens. Muss mich erst selbst an diese absolute Stille gewöhnen«, säuselte Walli, die sich nun wieder gesammelt hatte. »Ich hätte nie gedacht, dass mir dieses monotone Stadtbrummen fehlen würde. Im Sommer war in Wien der Geräuschpegel ab sieben Uhr am höchsten. Alles war auf dem Weg zur Arbeit. Auf den Wecker musste ich da nicht extra schauen. Ich wusste, wie spät es war. Dass ich das allerdings gegen das Rauschen der Tannen- und Fichtenwälder und ab und zu dem Tuckern eines Traktors aus der Ferne eingetauscht habe, bereue ich nicht, falls du das von mir hören willst.«

»Ich finde deine Entscheidung mit dem alten Schulhaus heute noch super.«

Walli dachte kurz nach, ob ihr in der Vergangenheit etwas entgangen sein könnte und sie sich etwa wieder hatte manipulieren lassen. Aber ihr Puls blieb ruhig. Ein Beweis dafür, dass es doch ihr eigener Entschluss gewesen war.

»Ganz ehrlich, ich weiß zwar noch nicht ganz, wo ich alles im Haus finde, aber ich nehme an, dass sich das bald geben wird. Der Stilmix aus alten Möbeln und modernem Luxus ist jedenfalls gelungen. Ich fühle mich wohl und könnte mich hier fast einbunkern.«

»Auch eine Möglichkeit!«, freute sich Lena über die gute Stimmung Wallis.

»Doch ehe du dich ganz der Schwärmerei hingibst, möchte ich dich an deinen heutigen Fixtermin erinnern. Vor einer Woche hast du uns zugesagt, an den Vorbereitungen zur Spendensammlung für mein geplantes E-Carsharing

Projekt mitzuhelfen. Ich hoffe, du hast das nicht vergessen, meine Liebe«, klang Lena Breitenecker sehr bestimmt. Sie wusste nämlich, dass Walli gar nicht begeistert von der Sache war, im tiefsten Waldviertel zu Tätigkeiten vergattert zu werden, für die sie in Wien angemessen bezahlt bekam und von denen sie sich jetzt zumindest auf einige Zeit distanzieren wollte.

Walli hatte die Sache natürlich verdrängt oder wollte sich zumindest so lange wie möglich taub stellen. »Ach ja, heute ist das? Ich hätte jetzt die Tage vertauscht. So schnell geht das, wenn man den Kalender nicht mehr vor sich hat«, schwindelte Walli ein bisschen.

»Wir treffen uns in Hannes seiner Stubn zum Graumohnstrudel-Backen. Den wollen wir ja beim Fest verkaufen. Einige Frauen und Männer aus dem Ort werden auch dabei sein.«

»Was heißt das: ›in seiner Stubn‹? Wo soll das sein?«

»Der Lechner Hannes hat jetzt an sein Wirtshaus und seine Bäckerei eine sogenannte Lehrbackstube dranbaut. Das mit dem Germteig is schließlich net so einfach. Er soll ja so richtig schön aufgehn. Die Leut im Waldviertel können das alle. Aber die Wochenendhäusler, die Gäst bei uns und die Jungen, die wissen das nicht mehr. Alle haben den Hannes immer g'fragt, bis er es ihnen gezeigt hat. Jetzt bringt er es allen bei, die's lernen wollen. Das macht er acht Mal im Jahr und auf spezielle Anfragen als Incentive bei Tagungen oder Firmenfesten.«

»Und da kommen Leute?« Walli konnte solchen Kochehrgeiz nur schwer nachvollziehen. Sie hielt es eher mit: essen ja, kochen nein.

»Und wie! In Scharen, sage ich dir!«, tönte es vom anderen Ende der Leitung. Walli glaubte dem nicht so sehr, denn sie erinnerte sich nur zu gut an ihre unzähligen Werbetelefonate. Die eigene Begeisterung sollte den Gesprächspartner mitreißen. Nur mit dem Unterschied: Lena war von diesem Projekt wirklich begeistert und genoss sichtlich den Gedanken ans Backvergnügen.

»Wann geht's los?«, ließ sich Walli breitschlagen.

»Wir starten um 15.00 Uhr, damit wir bis zum Abend möglichst viele Waldviertler Spezialitäten schaffen. Verkauft wird dann morgen Vormittag beim Sommerfest«, gab sich Lena zuversichtlich.

»Übrigens, auch Frau Brunner, die Frau des Bürgermeisters, freut sich, dich kennenzulernen. Wie jemand aus der Stadt in dieses kleine Nest ziehen kann, ist ihr nach wie vor schleierhaft. Doch es ist wichtig, dass du mit ihr bekannt bist, weil viele Kontakte des Ortes über sie laufen. Sie ist, wie du dir vorstellen kannst, die Drehscheibe für Klatsch und Tratsch. Etwas, was man manchmal durchaus brauchen kann und was dir ja auch nicht ganz fremd ist, meine Liebe«, stichelte Lena.

»Also wirklich, was soll ich dazu sagen!«, entrüstete sich Walli. »Was hältst du von mir?«

»Nur das Richtige!«, unkte Lena weiter. »Du wirst sehen, es wird dir Spaß machen. Und als Überraschung gibt es auch einige interessante Zeitgenossen hier in der Waldviertler Pampa.«

»Na, darauf bin ich neugierig.«

»Du findest mich am Biobuffet beim Spendeneintreiben und Brote streichen. Das gibt's nämlich auch. Bis dann!«

3. KAPITEL

Wieder hatte sie sich etwas aufschwatzen lassen. Irgendwie war Walli sogar zornig auf Lena – aber vor allem auf sich selbst. Beruflich konnte sie so gut Nein sagen, doch privat ließ sie sich immer wieder breitschlagen. Und Lena hatte das besonders gut drauf wie schon während der gemeinsamen Schulzeit. Walli Winzer spürte so ein bekanntes Kribbeln in sich hochkommen, das sich immer dann bemerkbar machte, wenn sie knapp vor dem Ausflippen war. Dachte sie aber daran und konzentrierte sich darauf, verflog es wieder. Zuweilen musste sie sogar darüber lachen – wie auch jetzt.

Nicht nur der laute Klingelton, sondern auch Wallis kurzes inneres Knurren rief Meister Filou auf den Plan. Im Katzenschritt, tänzelnd wie eine Feder, schwebte er aus dem hintersten Winkel des Zimmers lautlos auf Walli zu. Sie wollte sich gerade umdrehen und stolperte fast über ihn.

Sie erinnerte sich daran, dass sie dem Kater noch kein Frühstück hingestellt hatte. »Hallo, ich habe gedacht, Landkatzen jagen Mäuse und streichen nicht dauernd bettelnd um die Beine ihrer Menschen. Wie soll man da Tiere artgerecht halten, wenn sie sich das Leben erleichtern, indem sie die Nahrungssuche ins Wohnzimmer verlegen?«

Filou schaute sie fragend an. Er saß artig wie eine Porzellankatze und blickte Walli mit großen Unschuldsaugen an, als könnte er sie nicht ganz verstehen, was bei Katzen meist strategischer Bluff ist. Kurz simulierte er mit seiner Mimik, nachdenken zu wollen. Im gleichen Augenblick schien er auch den Entschluss zu fassen, die Gedanken seiner neuen

Besitzerin aufzugreifen, um sie natürlich völlig umzumodeln. Mit großen Kulleraugen, das Köpfchen schief und ein kleines Lächeln auf den Katzenlippen, so sah es zumindest aus. Ein flüchtiger Augenblick nur, und Filou – sein Name sprach Bände – hatte Wallis Herz erobert.

Irgendwo habe ich gelesen, dass es in Österreich und in Deutschland mittlerweile zu wenige Mäuse für zu viele Katzen geben soll. Vielleicht ist das aber auch nur ein Gerücht, das die Tierfutterindustrie streut. Die Zeitungen recherchieren ja nicht mehr gut genug, und die KonsumentInnen glauben, was Konzerne PR-mäßig verbreiten, ging es Walli durch den Kopf.

Sie kannte solche Strategien ziemlich gut und war erstmals froh, nicht mehr für so etwas verantwortlich sein zu müssen. Auch wenn sie immer noch mit einem Fuß in der PR-Branche stand, eines hatte sie mit Silvia Manner bereits gemeinsam entschieden: Totale Verdummungs-PR wollten sie in ihrer nunmehr gemeinsamen Agentur nicht mehr machen. Silvias Lebensgefährtin war Malerin und hatte sie, nicht zuletzt mit einem fulminanten Ausstellungskonzept, von Nachhaltigkeit überzeugt.

Filou allerdings war Wallis neue Erkenntnis sichtlich egal. Er saß immer noch starr aufblickend vor ihr, als wolle er sie weiterhin an ihr Vorhaben erinnern. Jeder ihrer Schritte wurde von ihm genau überwacht. Taktisch blieb der neue kleine Mitbewohner so lange auf seinem Platz sitzen, bis seine Besitzerin irgendwann wieder auf ihn aufmerksam wurde. Wir Katzen haben etwas, was ihr Menschen nicht habt: Zeit, schien Filou felsenfest überzeugt.

Und genau das war im Moment Wallis Problem. Zeit war ohnehin Mangelware. Dass sie heute noch etwas Wichtiges vorhaben würde, damit hatte sie nicht gerechnet, sondern war auf einen ruhigen, gemütlichen Tagesbeginn eingestellt gewesen. Stattdessen hieß es jetzt, freundliche Nasenlöcher zu machen und Lena bei ihrem Projekt zu unterstützen. Doch ehrlich gestanden fand sie die Idee ja wirklich gut und war bereit, dafür ihr Bestes zu geben – auch wenn es heute nur ihre mehr als bescheidenen Backkünste sein würden.

Doch – wumm!

Shit! Jetzt war es so weit.

Kurze Stille.

Filou hatte sie zuvor gewarnt, und sie hatte nicht darauf reagiert.

Walli flog mit einem Satz an ihm vorbei, direkt auf den Teppich. Sie kam seitlich zu liegen.

»Sag, kannst du dich nicht wegbewegen? Musst du hier stehen bleiben?«, polterte sie drauf los, um im gleichen Moment froh darüber zu sein, dass weder ihr noch dem Kater etwas Ernsthaftes passiert war.

Filou schlich sich mit aufgestelltem buschigem Schweif fort. Seine Mimik verriet nun doch etwas Schuldbewusstes.

Mit großen Katzenaugen bat er um Vergebung und hoffte, dass seine Zielperson jetzt gelernt hätte, dass auch die Geduld von Katzen nicht überstrapaziert werden durfte.

Walli hatte verstanden, ging zum Vorratsschrank und holte eine Fertigschale mit Biorind heraus. Lena hatte ihr gleich einen ganzen Schwung an Katzenköstlichkeiten mitgegeben, auch wenn echtes Fleisch unersetzbar blieb. Doch für solche Überlegungen hatte Walli jetzt wirklich keine Zeit.

Viel mehr beschäftigte sie der Gedanke, was sie heute für ihren gesellschaftlichen Einstand in Großlichten anziehen sollte. Na ja, eigentlich handelte es sich großteils um Lenas befreundeten Förderkreis des E-Carsharing-Projekts. Es war also kein offizieller Anlass, aber es hinderte Walli nicht daran, sich als Neuankömmling ins rechte Licht rücken zu wollen.

4. KAPITEL

Es war Punkt 14.00 Uhr. Die Großlichtener schienen es mit der Zeit nicht so genau zu nehmen. Denn als Walli die Bäckerei betrat, waren überraschenderweise viele schon da und mit Feuereifer bei der Sache. Offensichtlich wussten die meisten, was zu tun war. Walli wusste es nicht und lehnte sich vorerst an den malerischen Stützpfosten im Eingangsbereich, der mindestens 300 Jahre alt sein musste. Nach der Gesamtrenovierung war er neu eingebaut worden. Von hier aus hatte sie einen guten Überblick über die Backstube.

Es gab dicke Wände in dem alten Gebäude mit kleinen Sprossenfenstern. Die dunkle alte Holzdecke des Raums ließ die vergangenen Zeiten lebendig werden, und der abgetretene Schiffboden machte die Backstube erst so richtig heimelig. Trockenblumendekorationen aus Mohnkapseln erinnerten an das berühmte Gold des Waldviertels. Sie waren mit echten Wiesenblumen und historischer Backgerätschaft kombiniert und hingen an den Wänden. Ein echter Feuerofen in der Mitte war das optische Herzstück des Raums. Malerisch wie eine archaische Feuerstelle markierte er das Zentrum des Geschehens. Um ihn herum gruppierte sich eine Menge Menschen, um beim Backen mitzuhelfen oder bloß zuzusehen. Sie mussten eindeutig Nostalgiker sein, dachte Walli.

Den Backprofis stand für ihren Strudel die perfekte Backtemperatur des neuesten E-Herds in Hightechqualität zur Verfügung. Er stand ganz hinten an der Wand.

Wallis Kochkünste waren eher bescheiden, so auch ihr

Backtalent. Doch diese Höllenmaschine lockte sogar sie. Damit soll ja alles viel schneller gehen, und darüber hinaus spart man nicht nur Zeit, sondern auch Energie. Das wollte sie gleich alles selbst ausprobieren.

Kochprofi Hannes Lechner hatte sich für seinen kulinarischen Tempel in ziemliche Unkosten gestürzt. Die Schnittstellen von Zu- und Anbauten in der Bäckerei waren auf den ersten Blick nicht zu erkennen. Stilistische Brüche in der Architektur waren behutsam vorgenommen worden. Es passte alles stilsicher zum übrigen Mauerwerk der ältesten Backstube der Umgebung, stellte Walli fest. Sie blieb weiterhin seitlich stehen und nahm die Atmosphäre auf.

Hannes, Anfang 40, war immer schon einer gewesen, der gerne gegen den Strom schwamm, das wusste Walli von Lena. Er war das schon zu einer Zeit, als man hier für eigenwillige Gedanken noch zum Sonderling gestempelt wurde. Sein Vater, auch Bäcker, war vom alten Waldviertler Schlag gewesen: konservativ, katholisch, traditionell, wie es hier, im entlegensten Winkel des südlichen Waldviertels, üblich war.

Die Weite der Wälder und Fluren und die Abgeschiedenheit mancher Bauerhöfe schien über die Zeiten hinweg mehr das Zwiegespräch mit dem Allmächtigen als der Menschen untereinander gefördert zu haben, ging es durch Wallis Kopf. In besonderen Fällen korrespondierten sie sogar lieber mit Elfen und Kobolden, hatte sie irgendwo gehört.

Walli hegte allerdings den Verdacht, dass solche mystischen Geschichten einigen findigen Tourismusmanagern eingefallen waren, um die spröden Eigenheiten einiger Einheimischer zu erklären.

Dass sich jedenfalls mehr in den Köpfen der WaldviertlerInnen abspielte, als sie nach außen hin zeigten, bewies nicht nur ihre Wortkargheit, sondern auch ihre Neigung zu Geheimnissen.

Hannes Lechner durchbrach alle Klischees. Und das eher unbewusst. Er war herzlich, beredt, voll Ideen und getraute sich so manches. Seine Umgebung bewunderte ihn inzwischen. Denn mittlerweile war er zu einer lokalen Berühmtheit geworden.

Begonnen hatte alles mit einem Preiskochen im Fernsehen. Er bewarb sich bei einer Kochshow und gewann den Wettbewerb mit dem uralten Graumohnstrudelrezept seiner Oma.

Backbegeisterte wollten daraufhin diese Waldviertler Spezialität nachbacken. Interessenten meldeten sich aus Deutschland, Tschechien, Linz und Wien. Hannes Lechner mietete sich daraufhin in eine Kochschule in der Wiener Innenstadt ein und alle, die wollten, konnten mitmachen. Bald schon musste er sich allerdings eine effizientere Organisation seiner Kochseminare einfallen lassen. Denn die ständigen Fahrten nach Wien strengten ihn nicht nur körperlich an, sondern lähmten produktionstechnisch auch seinen Back- und Wirtshausbetrieb, in dem er während solcher Zeiten nicht mitarbeiten konnte. Das aber war sein Tagesgeschäft, die Umgebung mit Brot und Semmeln zu beliefern und für ArbeiterInnen und TouristInnen Mittagsmenüs anzubieten. Abends wechselte er seit Kurzem zwischen Stammwirtshaus im Ortszentrum und dem neuen Haubenlokal im prominenten Gestüt »Sonnblick« hin und her. Er legte sich wirklich ins Zeug, der Hannes.

Spaß machten ihm aber weiterhin die Übungsbackkurse. Sie liefen seit Jahren gut und hatten den Nebeneffekt, dass mittlerweile das ganze Jahr über auch seine vier Gästezimmer belegt waren. Sonst waren sie im Sommer nur bei Wanderern und Mountainbikern gefragt gewesen.

Walli blickte in die Runde. Es dauerte einige Zeit, bis sie Lena entdeckte. Und die war hier in ihrem Element, dachte sie. Sie packte eifrig zu und schleppte einen Stapel Eiertassen aus dem Nebenraum herein.

»Hallo, Walli, schön, dass du gekommen bist!«, rief sie erfreut. Scheinbar hatte Lena nicht wirklich mit der Freundin gerechnet.

»Die Mizzi Troger kennst du ja.« Lena reichte Mizzi die Eiersteigen weiter. »Die Mizzi ist übrigens auch seit letzter Woche unsere neue Vorsitzende des Dorfverschönerungsvereins, und das ist ihre Tochter Sandra, die beste Freundin meiner Lisa.«

Wie gerufen bogen die beiden 16-Jährigen um die Ecke, waren aber so ins Gespräch vertieft, dass sie das, was um sie herum passierte, nicht wahrnahmen.

»Grüß Sie! Haben Sie sich denn schon eingelebt?«, fragt Mizzi Troger. Sie war eine große, schlanke Frau Mitte 40.

»Ich bin so langsam dabei. Muss erst die einzelnen Flecken und Örtlichkeiten kennenlernen. Auch bei mir zu Hause bin ich noch fleißig am Suchen. Es braucht noch a bissl«, smalltalkte Walli in versucht holprigem Waldviertlerisch. Das Gespräch wurde unsanft unterbrochen, als ein junger Mann forschen Schrittes auf sie zukam, doch dabei torkelte und Walli ziemlich unsanft anrempelte.

Sein Riesentablett mit einer ganzen Mohnstrudelpartie konnte er gerade noch retten. Walli zerriß er durch den heftigen Fußtritt die neuen Wolford-Netzstrümpfe, die sie lange Zeit vor dem Spiegel passend zum Kleinen Schwarzen ausgesucht hatte. Zugegeben war ihr Outfit zum Strudelbacken etwas unpassend, doch Walli wollte sich blicksicher in Szene setzen.

»Geh' Nico! Musst du immer unsere Gäste so schoarf angehen?«, amüsierte sich eine ältere etwas untersetzte Frau mit lustigen Augen und hochgestecktem Haarknoten.

»Rosa, lass' eam halt. Des is eam do passiert und hot er

net absichtlich toan«, lockerte eine andere namens Vroni die Situation.

Diese Aussage linderte weder Wallis stechenden Schmerz im linken Wadenbein noch die Laufmasche ihrer sündteuren Strumpfhose.

Sie fühlte ein inneres Brennen aufsteigen, wie sie es schon lange nicht gespürt hatte. Früher hätte sie daraufhin losgebrüllt. Doch jetzt, nach langen Jahren des autogenen Trainings, hatte sie gelernt, mit ihren Emotionen umgehen. Sie presste sich ein verständnisvolles verkrampftes Lächeln ab – und schwieg.

»Oh, das tut mir schrecklich leid. Wie soll ich das wieder gut machen?«, bemühte sich der junge Mann, die Situation noch irgendwie zu retten. Bevor Walli noch antworten konnte, stürmte Lena um die Ecke und antwortete an ihrer Stelle: »Nico, an Wallis Edeldessous wirst du so leicht nicht herankommen, da sie nur die von Agent Provocateur bevorzugt. Und die müsstest du übers Internet bestellen. Du kannst aber unser neues Gemeindemitglied einmal zum Kaffee nach Zwettl oder Gföhl einladen oder dich über die Obstbäume in ihrem Garten hermachen. Die benötigen sicher einen Pflegeschnitt.«

Walli sah Lena fassungslos an. Sie hätte nicht gedacht, dass sich feinste Netzstrümpfe so einfach gegen Baumschnitt oder Kaffee eintauschen ließen. Nach Sekunden der Stille – was bei Walli normalerweise selten vorkam – und einem vielsagenden Blick verspürte sie einen weiteren Tritt auf ihrer rechten Wade, der diesmal aus Lenas Richtung kam. Er war jetzt in der Art, wie sie ihn noch aus ihrer beider gemeinsamer Schulzeit her kannte. Er hatte Walli immer dann getroffen, wenn sie besser ihr Temperament zügeln sollte. Und das war jetzt eben auch der Fall gewesen. Als Team waren die beiden Freundinnen immer schon unschlagbar.

Walli rückte daher ihren Tonfall zurecht: »Ach, das macht doch nichts. Es ist ja nur eine Laufmasche«, log sie und spürte einen unaufhörlich pochenden Schmerz. Sie hatte das subjektive Gefühl, als würde ihr ein gewaltiger Blutstrom das Bein runterfließen. Doch keiner der anderen sagte etwas, weshalb es wohl nicht so sein konnte. Walli atmete tief durch und beschloss, nicht mehr daran zu denken.

Ihr fiel auch ein, dass Lena sie bereits Tage zuvor darauf aufmerksam gemacht hatte, dass heute ein Großteil der Dorffrauen zusammenkommen würde, nicht nur, um zu backen, sondern auch um sie kennenzulernen. Haltung zu zeigen, war daher angesagt! , dachte Walli. Sie verhielt sich also gezwungen freundlich und unterdrückte ihren Groll. Der Lümmel hätte seine Augen offen halten sollen, ärgerte sie sich ein letztes Mal.

Nico Salmer, der die ganze Zeit über das schwere Backblech in der Hand gehalten hatte, machte nochmals eine betroffene Geste und verabschiedete sich schnell, um der peinlichen Situation zu entfliehen. Er war ein sportlicher junger Mann, groß mit dunkelblonder Sturmfrisur.

»Mit dem Nico wirst du noch oft zu tun haben, Walli«, war Lena sichtlich erleichtert, die Situation wie in alten Zeiten gemeinsam gemeistert zu haben. »Er ist unser Postbote und ein sehr netter, hilfsbereiter Kerl. Und diskret ist er auch. Bei allem, was der weiß, kommt nichts über seine Lippen. Ab und zu, wenn die Männer unterwegs sind und arbeiten, hilft er bei kleinen Reparaturen aus. Es ist also ganz nützlich, wenn du es mit Gelassenheit genommen hast. Ihm hat das wirklich leidgetan. Übrigens, ungewöhnlich, dass er so tollpatschig war«, kicherte Lena augenzwinkernd und war auch schon wieder weg.

Walli spürte, wie der Schmerz ihrer Wade langsam nachließ, und beschloss, doch noch etwas zu bleiben und Lenas

Rat vom »hart im Nehmen« umzusetzen. Immerhin wollte sie jetzt längere Zeit auf dem Land verbringen. Und da hieß es, neue Sitten und Gebräuche anzunehmen. Und das Waldviertel kam Walli gegenüber dem Moloch Wien nun schon wirklich wie eine andere Welt vor.

»I bin die Rosa Grandl. Woin S' a bei uns a bissl mittuan?«, riss eine Stimme im Hintergrund Walli aus ihrem inneren Monolog. »Die Lena hot mi gebeten, Ihna so a Stückl Teig in die Hand z' druckn. Kommen S' zu uns zum langen oidn Kuchltisch. Do können ma z'sammen auswalken.«

Gesagt, getan. So schnell konnte Walli gar nicht schauen, stand sie schon mit Schürze über dem Kleinen Schwarzen am Küchentisch und knetete.

Sie konnte sich wirklich originellere Situationen vorstellen, doch es war ja schließlich für einen guten Zweck. Und der kam vor allem jenen Frauen zugute, die jetzt um sie herum standen.

Viele von ihnen lebten seit mehreren Generationen im Ort und waren nur wenig herumgekommen. Das Einkaufsziel war für die meisten Gföhl. Für speziellere Einkäufe fuhr man nach Zwettl. Für Wien hatten die meisten wenig übrig. Vielleicht nur deshalb, weil sie es nicht kannten. Zur Schulzeit gibt und gab es zwar für alle Schülerinnen und Schüler eine verpflichtende Wienwoche, doch viele überzeugte das nicht. Sie blieben Großstadtmuffel.

Nun standen acht Frauen um Walli herum, die wenig miteinander sprachen. Man konnte fast den Eindruck gewinnen, dass sie sich schon ewig kannten, und sie einander deshalb nichts mehr zu erzählen wussten.

Oder es passierte hier nichts? Auch eine Möglichkeit.

Walli beobachtete, wie sie selbst in eine gewisse Wortkargheit, ja fast Wortlosigkeit verfiel. Eine Seite, die sie sonst nicht an sich kannte. Ihr hektisches Großstadtleben hatte ihr dieses Loslassen vom Alltag in der Vergangenheit nicht gestattet und keinen Platz mehr für Ruhe und Langsamkeit eingeräumt. Deshalb war sie allerdings hier, um das zu ändern, und hatte sich das alte Schulhaus gekauft.

Walli merkte, wie das monotone Kneten des Teigs sic merklich zu entspannen schien. Nicht zuletzt gingen ihr deshalb solche Gedanken durch den Kopf, die sie schon lange nicht gehabt hatte.

So wie sie war, völlig überreizt von den vielen Eindrücken einer Großstadt, vielleicht fehlten genau solche Impulse manchen Frauen in Großlichten. Sie rackerten sich jahraus, jahrein für ihre Familien und für die Dorfgemeinschaft ab. Und wo blieb ein wenig Zeit für sie selbst? Aber was dachte sie denn! Das ging sie nun alles rein gar nichts an.

Walli war da, um Lena beim Mohnstrudelbacken zu helfen, damit ein E-Car für die Gemeinde angeschafft werden konnte. Eben. Alle durften dann damit fahren. Punktum.

Walli spürte, dass sie dieses städtische Lebensgefühl, das sie so instinktsicher durch jede PR-Kampagne führte, zurückfahren musste, wollte sie sich hier gut einleben. Und diese Frage hatte sie auf lange Sicht noch keineswegs für sich geklärt.

5. KAPITEL

»Nie hätt' ich mir gedacht, dass der Wanninger Karl so viel Geld lockermacht für a Zuchtlamm. Sonst kauft der doch nur das billigste Vieh z'samm, das er kriegen kann und dann sowieso vom Stall gleich zum Schlachter führt. Die haben doch nie a Grün g'sehn«, schüttelte der Schlager-Bauer den Kopf.

»Tja, der macht jetzt auf anders. Der kauft billig Weidegrund zusammen und stellt seine Viecher drauf. Früher hat er sie nur im Stall stehen gelassen«, sagte ein anderer.

»Das därf er jetzt nimma, des Gesetz verbietet ihm das«, ergänzte ein kräftiger Mann und nickte dabei bedeutsam.

Mehrere Bauern aus Großlichten und Umgebung standen mit einem Bierglas in der Hand beisammen. Die Gruppe war nur eine von vielen beim bunten Treiben am Wiesenfest. Ihr Gespräch war dem Wetter angepasst – hitzig.

»Man muss sagen, der hat Glück gehabt und wenigstens jemanden g'funden, der ihm die Wiesen billig verkauft hat. Die meisten warten darauf, ob sie zu Baugrund umgewidmet werden und verkaufen dann an Immobilienfirmen, die zusammenkaufen, was das Zeug hält. Sie zahlen halt mehr.«

»Jo, des is aber immer no net so viel. Daher muss man wach bleiben, dass unsere Almen und unser Ackerland nicht schon bald weg sind wie viele Steppen in Afrika. Dort werden die Leute aus ihrer Heimat vertrieben, weil korrupte Politiker über deren Köpfe hinweg Grund und Boden verkaufen und sich bereichern. Globalisierung nennt man das.

Ganze Landstriche werden billigst von Konzernen aufgekauft«, stellte Hans Breitenecker grimmig fest.

Einige Neugierige hatten sich inzwischen dazugestellt.

»Große Konzerne haben es jetzt erst einmal auf Bodenschätze in den Entwicklungsländern abgesehen, um die geht es ihnen vor allem. Später dann werden sie das Land zerstört zurücklassen. Denn bisher gibt es dort weder Umweltauflagen noch Kontrollen«, fuhr Hans Breitenecker fort.

»Und so etwas haben wir Bauern derzeit viel zu viel. 100 Jahre lang hat meine Familie den Käse nach einem eigenen Familienrezept gemacht. Niemand ist je davon krank geworden. Heute erlauben die Gesetze das nicht mehr, und es gibt ständig neue Auflagen und fast keine Förderungen«, erzählte der Alois Schlager.

»Jo, und du weißt ja als ehemaliger Banker, wie des geht und was die da oben machen. Gut, dass du noch amol die Kurve gekratzt hast«, nickte einer der Bauern Hans Breitenecker zu.

Hans kniff seine Lippen zur Zustimmung zusammen: »Auch fast in letzter Minute. Ich kann mir jetzt nichts Schöneres vorstellen, als selbst Bauer zu sein.«

»Gibt's da a Verschwörung, weil ihr alle beisammen steht?«, lästerte ein bereits ziemlich angeheiterter junger Mann aus der Zuhörergruppe. Die drückende Hitze samt Bier hatte sichtlich seine Sinne getrübt.

»Geh' Franzi, gib a Ruh und hör zum Saufen auf!«, konterte ein Gleichaltriger und versuchte, ihn aus der Gruppe wegzuziehen.

»Ich glaub, der is seit gestern Abend nicht mehr nüchtern«, rief ein anderer.

Daraufhin rempelte der Franzi den Lästerer an, weshalb dieser zu Boden ging und lachte.

»Bist ang'rennt?«, kam es postwendend wenig verständnisvoll zurück.

Der zu Boden Gegangene stand auf und warf sich heftig auf den Franzi, der gerade nach seinem Bierglas greifen wollte, das verschüttet in der Wiese lag. Er packte ihn am Hemdkragen, zog ihn hoch und wirbelte ihn im Kreis herum.

»Hörst auf, du Dolm?«, kreischte der Franzi und versuchte wankend, nach hinten zu greifen, um seinen Angreifer zu fassen, was ihm nicht so leicht gelang.

Hans Breitenecker und Nico Salmer stürzten sich auf die beiden, nachdem die Sache noch mehr zu eskalieren drohte. Eine typische Kirtagrauferei bahnte sich an. Es gelang ihnen, die Streitenden aus der mittlerweile engen Verkeilung zu lösen.

»Is jetzt endlich Schluss!«, brüllte Hans. »Das soll ein Fest und kein Ringkampf werden!«

Inzwischen war auch Dorfpolizist Sepp Grubinger geholt worden. Ein großer, etwas untersetzter Mann mit sanftem Blick. Er strahlte Ruhe aus und ließ sich von so einer Begebenheit keineswegs aus der Fassung bringen.

Mit routinierter Geste verstand er es, die Angeheiterten auf Abstand zu halten.

Auch einige Männer und Frauen der Freiwilligen Feuerwehr waren nun dazu gekommen.

»Es is eh nix!«, sagte er knapp und deutete mit einer Handbewegung die Bedeutungslosigkeit der Situation an.

Erfreut nahmen es alle Umstehenden zur Kenntnis und verliefen sich auf der großen Wiese.

Während sich das Gespräch weiter um die angespannte Situation der Bauern in der Region drehte, hatte es Walli Winzer an diesem sonnigen Julitag vorgezogen, zu Fuß von ihrem alten Schulhaus auf einem Feldweg über den kleinen Hügel

Richtung Veranstaltung zu gehen. Es war der kürzere Weg dorthin und verlief fast parallel zur Bundesstraße.

Das kräftige Grün der saftigen Wiesen mit Margeriten, Kornblumen und blühendem roten, rosa und weißen Mohn hatte ihr immer schon gefallen. Die gelegentlichen Besuche bei Lena und Hans waren in ihrer Erinnerung stets damit verbunden gewesen. Waldviertel und Sommer gehörten in ihrer Vorstellung zusammen, denn andere Jahreszeiten hatte sie hier bisher nicht erlebt.

Die Festwiese lag am Ende des Orts. Eine Flut von Autos säumte den großzügig abgesperrten Bereich. Bunte kleine Figuren bewegten sich emsig um die aufgestellten Bänke und Tische. Als gäbe es darin Routine, wusste jeder, was zu tun war, und die Blasmusik der Trachtenkapelle wurde immer lauter, je näher sie kam.

Walli blieb kurz stehen und ließ die Szene auf sich wirken. Großlichten konnte also wirklich eine kleine Festgemeinde aufstellen. Sie hatte es Lena und den anderen VeranstalterInnen des Charity-Events gewünscht, aber nicht im Ernst damit gerechnet, dass so viele daran teilnehmen würden.

Denn meist hatte sie niemanden gesehen, wenn sie tagsüber ins Ortszentrum ging. Entweder hatten die Leute so viel zu tun, weshalb sie niemanden auf der Straße treffen konnte, oder, kam ihr auch langsam der Verdacht, die Bevölkerung wich ihr, der Fremden, ganz bewusst aus.

Nicht selten beobachtete sie, wie eine Gestalt aus dem Kräutervorgarten ins Hausinnere huschte und sich kurze Zeit später die weißen Vorhänge leicht bewegten.

Sie ärgerte sich darüber.

Gerne würde sie mit den Leuten plaudern. Doch sie war eben eine »Zuagreiste«, wie man Nicht-Großlichtener nannte. Und die war man hier nicht gewöhnt – trotz Fernsehen und Zeitungen.

Außer Lena und Hans kannte sie niemanden. Ihr Auftritt gestern in der Backstube war auch alles andere als glanzvoll gewesen. Walli spürte, wie ihr die Erinnerung daran noch immer die Röte ins Gesicht trieb. Dabei war sie ja sonst nicht so schüchtern. Doch schien ihr, das Leben auf dem Land irgendwie verklemmt zu sein, oder wurde es nur sie zunehmend?

Im Waldviertel war es immer gemächlich. Nicht zuletzt waren die WaldviertlerInnen für ihre Verschlossenheit bekannt.

Doch wer wollte, konnte sich auch persönlich recht gut weiterentwickeln. Wie Lena, dachte sie.

Oder war sie eine Ausnahme gewesen? Würde Walli diese fremde Welt je wirklich vertraut werden können? Als gebürtiger Wienerin? Genauer gesagt, als ehemals Floridsdorfer Vorstadtkind? Was seinerzeit ziemlich der entlegenste Winkel von Wien bedeutete. Und andersrum: Würden die Großlichtener mit ihrer impulsiven und direkten Art zurechtkommen?

Im Moment konnte sie sich alles nur schwer vorstellen.

Doch jetzt ist Feststimmung!, motivierte sie sich. Im gleichen Augenblick spürte sie wieder die professionelle und routinierte Souveränität hochkommen, die sie bei unzähligen Pressekonferenzen hatte stets glänzen lassen.

Lena winkte ihr schon von Weitem zu.

Es war möglicherweise die lange Verbundenheit beider, die sie zur richtigen Zeit in Wallis Richtung hatte blicken lassen.

Obwohl der Vortag mit seiner Backorgie ziemlich anstrengend gewesen war, wirkte Lena frisch und munter, fand Walli Winzer.

Lena Breitenecker war dabei, einen der köstlichen Graumohnstrudel einer Käuferin zu überreichen.

»Walli, darf ich gleich an dich weitergeben? Jeder Strudel kostet sechs Euro. Wer mehr zahlen möchte, darf das ruhig tun. Schließlich ist es für einen guten Zweck!«, lacht sie und ermutigte die lange Warteschlange mit dieser Ansage, an das angestrebte Elektroauto für die Dorfgemeinschaft zu denken.

»Ich glaube, wir könnten heute so einiges einnehmen. Die Leute sind super daran interessiert. Die Mohnstrudel sind euch gestern wirklich gut gelungen«, freute sich Lisa, die Tochter Lenas.

»Mama hat schon so eine kleine Hochrechnung gemacht. Mit dem Gegrillten und dem Ausschank von Getränken dürfte alles so verlaufen, wie wir uns das vorgestellt haben. Aber Genaues wissen wir erst am Abend«, nickte sie ihrer besten Freundin Sandra zu. Sie drehte gerade die ersten Käsekrainer am Holzkohlengrill um: »Super, der Andrang! Der Lukas wird auch gleich mit den passenden Gläsern für den Birnen-Cidre, einer hochwertigen neuen Kreation im Waldviertel, kommen. Der hat auch nur vier Prozent Alkohol und steigt denen bei der Hitze nicht so zu Kopf. Übrigens: Der passt sogar zum Graumohnstrudel.«

Sandra hatte Lisas älteren Bruder schon vor einiger Zeit um neue Gläser losgeschickt. »Wahrscheinlich gibt's da keine mehr, und er muss dafür zum Hannes ins Wirtshaus fahren. Deshalb dauert's.«

Walli ließ sich ganz vom Enthusiasmus der Freunde mitziehen und verkaufte einen Graumohnstrudel nach dem anderen. Sie war richtig stolz auf sich.

Es waren auch viele Touristen gekommen, die sich die regionale Spezialität nicht entgehen lassen wollten.

Auf ihren Rat hatten Lena und Hans alle ihnen zur Verfügung stehenden Informationskanäle angeworfen. Und Lukas zeigte, dass er sich mit Social Media wirklich gut auskannte. Die Internetverbreitung mit ansprechendem Werbetext lockte viele Tagesausflügler an, und das trotz großer Hitze.

Während Walli den eiskalten Cidre verkostete, merkte sie nicht, dass inzwischen einige Würdenträger Großlichtens eingetroffen waren. Es war ein ganzer Tross: Neben dem Bürgermeister und seiner Frau waren es einige Gemeinderäte, Berater und der Pfarrer. Die Musik spielte weiter, und neue Bierfässer rollten direkt vor ihnen über die Wiese.

Bürgermeister Josef Brunner genoss sichtlich das Gesichtsbad in der Menge. Obwohl er Lena das Leben bisher eher schwer gemacht und auch die Charity-Spendenaktion für das Carsharing-Projekt nicht direkt unterstützt hatte, ließ er es sich nicht nehmen, Glanz und Glorie auf sich zu ziehen.

Walli beobachtete ihn einige Zeit lang, um sich ihr eigenes Bild zu machen. Doch das unterschied sich nicht von dem, das sie bisher vom Hörensagen kannte. Was hatte ihr Lena nur alles über seine gefinkelten Verhinderungsversuche erzählt.

Dass das Fest möglich wurde, war einzig und allein der Tatkraft der Frauen aus dem Dorf zu verdanken gewesen. Vor allem ihnen sollte ja das Carsharing zugutekommen. So wurden sie unabhängig vom familieneigenen Auto, mit dem ohnehin meist nur ihre Männer unterwegs waren. Wie sollten die Frauen dann ihre Kinder in die Musikschule bringen? Oder auch einmal selbst schnell nach Gföhl, Krems oder Zwettl fahren, um dringende Besorgungen machen? Der Bus fuhr zweimal am Tag. Zu transportieren war meist mehr als nur eine Einkaufstasche.

Anscheinend hatte Brunner gestern erfahren, dass nicht nur der Backworkshop von Hannes Lechner ein voller Erfolg war, sondern heute auch viele Familien der Umgebung selbst gebackene Graumohnstrudel mitbrachten und dem Charity-Verkauf zur Verfügung stellten.

Für einen Politiker ließ sich da schon einiges rausholen, vor allem, wenn er sonst seine eigene Frau im Hintergrund hielt. Es schien für ihn daher strategisch ratsam, gute Miene zum bösen Spiel zu machen.

Erfreut ging Brunner auf den Pfarrer des Orts zu und schüttelte ihm herzlich die Hand. Dabei verbeugte er sich leicht. Der alte Mann starrte vor sich hin und erwiderte den Gruß mit einem wohlwollenden Kopfnicken.

Lena stellte sich zu Walli. »Wie du unschwer erkennen kannst, ist das der Dorfpfarrer. Er und der Bürgermeister sind ein Herz und eine Seele. Der Pfarrer ist schon ziemlich gebrechlich und bekommt, wie man sagt, nicht mehr allzu viel von seiner Umgebung mit. Liegt wahrscheinlich auch daran, dass er sein Hörgerät nicht nehmen will.«

Walli lächelte matt: »Tja, älter werden ist oft nicht einfach. Vielleicht will man da auch irgendwann nicht mehr alles hören.«

»Na komm, Walli. Jetzt bist du aber fatalistisch. Zugegeben: Er hat's nicht leicht mit der modernen Welt. Nicht, weil er konservativ ist. Man sagt ihm übrigens nach, dass er gewisse Sympathien für die Paulus-Bruderschaft in der Nähe hegt.«

»Was immer das ist. Es hört sich für mich etwas retromäßig an.«

»Sie hängen alten Kirchentraditionen nach, die eher im katholischen Mittelalter zu Hause zu sein scheinen. Wird auch mit ein Grund sein, warum immer weniger Großlichtener am Sonntag in die Messe gehen. Unterstützt hat der alte Pfarrer unser Carsharing-Projekt auch nicht. Doch weil es eine Charity-Veranstaltung ist, kommt er halt vorbei.«

»Zumindest beweist es, dass deine Idee niemand aufhalten kann, und das ist doch ein toller Erfolg!«

Lena und Walli besprachen noch einige organisatorische Details, als Josef Brunner auf sie zukam.

»Sie sind ja der neue Feriengast, Frau Winzer, stimmt's? Herzlich Willkommen!«, ließ es sich Bürgermeister Brunner, nachdem ihm ein Begleiter kurz etwas zugeflüstert hatte, nicht nehmen, Walli persönlich zu begrüßen. Händeschütteln war Routine und gehörte zum Job. Auch Walli beherrschte das Ritual der belanglosen Förmlichkeit perfekt. Wie viele Hände hatte sie in ihrem Leben schon geschüttelt? Unzählige. Wie viele Kontakte waren davon geblieben? Wenige. So machte sie auch jetzt gute Miene zum langweiligen Spiel und wusste, dass es bald vorbei sein würde.

»Neue Dorfbewohnerin, meinten Sie«, entgegnete sie ihm in wortklauberischer Deutlichkeit. Es entging ihr keinesfalls, dass er ihr in einem Unterton schon jetzt die Bedeutungslosigkeit, die sie für ihn künftig haben würde, vor Augen halten wollte.

»Scheint ja bei der Bevölkerung gut anzukommen, die Idee vom Carsharing als Alternative«, konnte Walli sich einen kleinen Seitenhieb Richtung seines Boykotts im Vorfeld nicht verkneifen.

Zwanghaft lächelnd ergriff der Bürgermeister die nächstbeste Gelegenheit, sich einem unverfänglicheren Gespräch mit anderen Gästen zuzuwenden, und verabschiedete sich von ihr.

Feriengast, wiederholte Walli nochmals in Gedanken. Das hätte er wohl gerne, dass ich gleich wieder weg bin. Da wirst du dich noch ein wenig gedulden müssen, erwachten ihre Lebensgeister, wenn sie an die Unterstützung Lenas, der Bäuerinnen und der übrigen Frauen auf dem Land dachte.

»Na, da haben Sie ja ganz schön viel Energie eingesetzt,

um unseren Herrn Bürgermeister so schnell wieder abzuwimmeln. Sind wohl nicht sein Typ.«

Walli drehte ihren Kopf zur Seite und sah auf eine etwa 45-jährige Frau, der der Sommerwind blonde Locken ins Gesicht wehte und die sie kaum bändigen konnte.

»Sonst klebt der nämlich an jeder Neuen, die ins Dorf kommt, bis er alles aus ihr herausgequetscht und sie mit seinem Charme so richtiggehend weichgeklopft hat. Oft hat man das Gefühl, man müsse ihr letztendlich zu Hilfe kommen.« Sie nippte an ihrem Birnen-Cidre und streckte Walli die Hand hin: »Cornelia Tucek.«

»Freut mich.« Walli musterte ihr Gegenüber und stellte fest, dass das schwarz-weiß gemusterte Sommerkleid aus der letzten Kollektion von Stella McCartney stammte.

Frau Tucek war groß, schlank und braun gebrannt. Walli konnte sich vorstellen, dass sie auf Männer sehr anziehend wirkte. Zumindest früher einmal, dachte sie neidisch. Denn ihre beste Zeit durfte auch sie schon, wie Walli aus eigener Erfahrung wusste, hinter sich haben.

Trotz unterdrückter Stutenbissigkeit fühlte sie so etwas wie Erleichterung, dass ihr auf dem Fest jemand begegnet war, mit dem sie sich zumindest über Mode austauschen konnte.

»Sie scheinen einen guten Blick für Situationen zu haben und sprechen sie an. Das kommt nicht oft vor. Es gefällt mir.«

»Ich komme aus der PR-Branche, da passt das durchaus. Aber hier bin ich mir nicht sicher, ob ich damit so gut fahre.«

Cornelia Tucek lachte. »Sie werden sehen. Es dauert seine Zeit, bis die Großlichtener warm werden und sie in die Ortsgemeinschaft aufnehmen. Bis in die 1970er-Jahre kam hier niemand vorbei. Fernsehen gab's auch erst spät. Man braucht viel Geduld und Einfühlungsvermögen, bis sie sich einem öffnen. Sie tun das auch nie ganz.«

»Es heißt ja, die Landschaft prägt den Menschen. Hier

erinnert alles fast ein bisschen an Kanada oder Alaska. Die Weite. Die Stille. Unberührte Natur. Mit vielen Nadelwäldern, Flüssen und Wiesen mittendrin. Man hat fast das Gefühl, jeden Augenblick könnte ein Bär hinter dem Baum hervorkommen.«

»Es gibt viele kleine, vereinzelt auch größere Bauernhöfe. Aber die sind meist schon Jahrhunderte alt. Dazwischen gibt es nur Natur. Neues ist kaum dazu gekommen, ausgenommen einige Bausünden aus Mitte der 1970er.«

»Wie man sieht, kann das Einsiedlertum auch ein Vorteil sein! Vor allem, wenn man Ruhe sucht und aus der Stadt kommt. Sind sie aus Wien?«, fragte Walli nach.

»Ursprünglich ja. Jetzt wohne ich bereits 15 Jahre in Großlichten. Über den Reitsport bin ich hierhergekommen. Ich habe ein Wochenendhaus. Bin aber meistens auf dem Pferdehof zu finden. Ah, da ist der Herr Kuntner!«, brach Frau Tucek abrupt das Gespräch ab und winkte aufgeregt einen der Begleiter des Bürgermeisters zu sich und ging ihm ein Stück entgegen.

Inzwischen hatte sich Lena zu Walli gestellt, die mit offenem Mund Cornelia Tucek nachschaute. Die lässt auch wirklich nichts anbrennen, dachte sie bei sich. Lässt mich einfach stehen für so einen angeberischen Typ? Also, soweit war's mit ihr noch nicht gekommen, dass sie so einen nötig hätte. Auch wenn ihr letztes Date mittlerweile auch schon einige Zeit her war.

»Ah, du hast Bekanntschaft mit unserer Cornelia gemacht«, stellte Lena fest. »Unter uns gesagt: Sie ist unser Dorf-Vamp. Hat aber nur Augen für den Reiterhof-Besitzer Hubsi Steininger.«

»Wer ist das?«

»Dort steht er mit der Nina Egger und ihrem Vater. Der große Schlanke.«

Lena wies verstohlen auf einen sehr attraktiven dunkelblonden, braun gebrannten Dressman-Typ.

»Nina ist eine ganz tolle Springreiterin und auf dem Weg zur Weltkarriere. Hubsi bildet sie aus, und sie reitet seine Pferde. Er selbst war einmal Olympiateilnehmer, blieb aber ohne Medaille. Nina jedoch hat gute Chancen. Er hat sich mittlerweile auf die Zucht von Springpferden verlegt und auch bereits tolle Erfolge erzielt. Die Araber zahlen ihm Riesensummen für ein Gewinnerpferd oder eines aus dessen Stammbaum.«

»Ich hätte nie gedacht, dass der Reitsport in Österreich und in Deutschland nach Fußball die beliebteste Sportart ist«, wusste Walli Winzer aus dem Bericht einer Tageszeitung.

»Es werden mit dieser Sportart seit vielen Jahren weltweit Spitzenumsätze erzielt, die man bisher nicht für möglich gehalten hat.«

Lena unterbrach das Gespräch und traute ihren Augen nicht: »Ach, diese Cornelia schreckt ja vor gar nichts zurück! Jetzt hat sie sich den Rudi Kuntner, diesen lästigen Makler mit eigener Immobilienfirma, an die Seite geholt, um den Hubsi eifersüchtig zu machen. Als würde der sich etwas daraus machen. Fast 15 Jahre waren die beiden ein Paar. Sie hatte mit ihm gemeinsam den Hof aufgebaut und seine zahllosen Frauengeschichten toleriert. Jetzt hat er sich von ihr getrennt und sich für die 18-Jährige entschieden. Bitter.«

»Und deren Vater lässt das zu?«

»Der ist voll dagegen.«

»Nina hält aber an Hubsi Steininger fest. Er ist auch ihr Trainer, weshalb Herr Egger im Moment schlechte Karten hat. Hubsi ist gewissermaßen Ninas Pygmalion, die er formen kann, und das mit ziemlichem Erfolg. Cornelia hofft wahrscheinlich, dass nach der Teilnahme an der Europameisterschaft für Junioren alles wieder vorbei sein wird.«

»Was manche Frauen sich antun, statt sich einen Neuen zu suchen.«

»Ist halt nicht so leicht, sich von Vertrautem zu trennen. Immerhin ist er ein Teil ihres Lebens. Und so zum alten Eisen geworfen zu werden, nagt auf jeden Fall am Ego«, blickte Lena vorwurfsvoll in Wallis Richtung, von der sie sich mehr Verständnis erwartet hätte.

Die Volksmusikgruppe wiederholte eines ihrer Highlights. Die Leute johlten, und einige sangen den Refrain lautstark mit. Eine Gruppe Mädchen hüpfte um die voll besetzten Tische herum und kicherte.

An ihnen vorbei ging ein junger Mann, der den Tumult sichtlich genoss: »Hallo, Frau Breitenecker! Ist ja ein tolles Fest. Wenn nur nicht die Hitze wär!« Er trug einen maßgeschneiderten hellen Anzug und löste im Gehen mit der freien Hand seine Krawatte. In der anderen hielt er einen halb vollen Bierkrug. Lena vermutete daher, dass er schon länger auf der Festwiese war, es aber bisher nicht der Mühe wert gefunden hatte, sie zu begrüßen. Auch jetzt nicht. Er machte einen Bogen um die beiden Frauen.

»Das ist übrigens der Adlatus vom Kuntner. Er heißt Mario Schwinder und ist manchmal ein recht unangenehmer Zeitgenosse. Ein Jungspund, karrierebewusst und eiskalt. Zumindest wirkt er so. Vielen Nebenerwerbsbauern, die den Betrieb aufgaben, haben sie die Äcker günstig abgegaunert. Dafür wird immer er vorgeschickt. Was die ›Immotreu‹ damit machen will, weiß aktuell keiner.«

»Und der Bürgermeister – was sagt der dazu?«

»Der Brunner stellt sich unwissend. Sicher nicht ohne Hintergedanken, vermute ich mal. Auch dem Hubsi Steininger rücken sie ständig zu Leibe, weil sie seinen Reiterhof kaufen wollen. Der winkt aber verständlicherweise ab. Warum sollte er den verkaufen?«

»Überall das Gleiche mit diesen Immobilienfirmen. Habe gedacht, das ist nur ein städtisches Problem. Aber dass es hier auch schon so ist?«

»Sie wollen das schnelle Geld machen!«

»Stehen deshalb so viele Geschäftslokale in den Ortskernen leer? Manche schauen ja wie in Western-Geisterstädten aus.«

»Das ist wieder etwas anderes. Die Jungen ziehen in die Stadt, und die anderen kaufen jetzt in den vielen Supermarkt-Arealen am Ortsrand ein. Die kleinen Greißler machen daher kein Geschäft mehr. Du weißt, wir verkaufen auch ab Hof. Das bringt mehr.«

Ihre Aufmerksamkeit wurde von zwei bekannten Stimmen, die sie von hinten ansprachen, unterbrochen: »Sagt's! Habt's ihr nix zu tun? Ratschen könnt's morgen auch!«, lästerten Hannes Lechner und Mizzi Troger. Sie rollten gemeinsam einen großen Wagen mit Essbarem in Richtung der Verkaufsstandeln. Tische, bedeckt mit weißen Tüchern in Hufeisenform aufgestellt, bildeten wenige Meter entfernt die Verkaufsflächen. Riesige bunte Sonnenschirme schützten Waren und VerkäuferInnen gleichermaßen vor der heißen Sonne.

Lena und Walli beobachteten, wie sie anfingen, die Köstlichkeiten vom voll beladenen Wagen auf den Verkaufstischen zu arrangieren. Sie beschlossen, ihnen dabei zu helfen und ihr Gespräch zu einem anderen Zeitpunkt fortzusetzen.

»Oh Gott! Da kommt meine Nachbarin!«, stöhnte Walli leise, als sie aufblickte und Frau Sybille Karner wenig entfernt mit einer zweiten Frau angeregt plaudern sah.

»Sie ist unterwegs mit ihrer Busenfreundin Milli Horacek.«

»Schön. Trotzdem liegt sie ständig auf der Lauer, ob es irgendetwas in meinem Leben gibt, das sie noch nicht kennt. Ich fühle mich unter Dauerbeobachtung.«

Lena lachte laut und flüsterte zugleich: »Du weißt schon, dass sie eine Wienerin ist? A bissl unauffälliger macht man das bei uns hier schon.«

»Ja. Die lugen dann hinter dem Vorhang hervor.«

»Na ja, sollen's halt ihr Freud haben. Tut ja niemandem weh.«

»Aber kindisch ist das schon!«, motzte Walli weiter. »Schau! Wie sie sich jetzt auch noch an den großen Dunkelhaarigen heranschmeißt. Unglaublich! Und dabei bin ich wirklich nicht prüde.«

»Was du immer hast. Lass sie doch!« Lena räusperte sich auffällig, als würde sie auf etwas hinweisen wollen, was Walli mit einem fragenden Blick quittierte.

Die Freundin sprach jedoch unbekümmert weiter: »Na ich glaube, der verkraftet das. Das ist unser Dorfschwarm und Tierarzt, Dr. Max Wahlberg, der Liebling fast aller Frauen hier. Was die alles aufführen, damit sie seine Aufmerksamkeit erringen! Sagenhaft!«

Als hätte er seinen Namen gehört, blickte Max Wahlberg plötzlich zu ihnen. Walli war wie vom Blitz getroffen. »Der hat was!«, platzte es wie von selbst aus ihr heraus, und sie bemühte sich hektisch, den perfekten Sitz ihres Kleides zu überprüfen. Im gleichen Moment flüsterte ihm jemand etwas zu, und er löste sich aus der Gruppe, verbeugte sich höflich und ging weg.

Die Frauenrunde stand nicht allzu weit weg, weshalb Walli bei einiger Anstrengung auch hören konnte, was sie sprachen.

»Hat sie jetzt eigentlich noch den Hubsi Steininger?«

»Keine Ahnung, wenn nicht, wird sich schon ein anderer finden.«

»Das is total kränkend für sie. Stellt's euch vor, ihr baut's des G'schäft mit auf, und dann kommt eine Jüngere und setzt sich ins gemachte Nest. Das tut weh! Also ich tät des net so leicht hinnehmen.«

»Auch die Christl hat's im Moment nicht leicht«, war eine andere gerade dabei, die Gerüchtebörse weiter anzuheizen, als Lena Breitenecker ihnen zurief: »Geht's, habt's ihr irgendwo meinen Hans gesehen? Der soll des Bierfassl anstechen.« Sie versuchte, den Austausch weiterer wilder Gerüchte zu verhindern. Denn Fantasie und Wirklichkeit verschmolzen oft zu einer trügerischen Einheit und polterten am nächsten Tag durch ganz Großlichten. Lena wusste, dass sie nur so die Genannten aus der sonst unvermeidbaren dörflichen Klatschflut heraushalten konnte.

Es zeigte Wirkung. Die Runde löste sich wenig später auf.

»Und da sag mir noch einer, dass die WaldviertlerInnen wenig reden, mehr introvertiert sind. Wie man sieht, ist das ganz anders«, stellte Walli Winzer fest.

Sie hatte sich gebückt und nicht bemerkt, dass Lena inzwischen beim Kühlschrank nahe dem Verkaufstisch stand und Getränke einsortierte. Walli hatte kaum ausgesprochen, da führte eine fremde angenehme Stimme ihren Gedanken zu Ende: »… und wie sagt ein Sprichwort: ›Stille Wasser sind tief.‹ Und solche gibt es hier im Waldviertel recht viele.«

Sie drehte sich um.

»Erlauben Sie: Max Wahlberg. Ich bin der Tierarzt hier. Falls Sie Tiere haben, stehe ich Ihnen gerne zur Verfügung. Leider bin ich gerade dabei, kalten Birnen-Cidre für einige meiner Stammklientinnen zu organisieren, daher bis später.«

Walli sah ihm wortlos nach und erblickte in einiger Entfernung fünf Damen reiferen Alters, die die Rückkehr des gut aussehenden Mittvierzigers mit dem vollen dunklen Haar und den leicht ergrauten Schläfen kaum zu erwarten schienen.

»Max ist, wie Sie sehen können, sehr beliebt. Er lebt seit einiger Zeit von seiner Frau getrennt und führt hier ein mehr oder minder fröhliches Junggesellenleben. Was glauben Sie, wie sich, seit er hier ist, die Zahl unserer Katzen und Hunde im Ort vermehrt hat. Jede Zweite hat plötzlich ihre Liebe zu einem kleinen Vierbeiner entdeckt und braucht Untersuchungen und Impfungen vom Fachmann – auffällig, nicht?«, informierte ein Mann, der an einem der Stehtische lehnte.

Walli wusste nicht, dass Klatsch und Tratsch so anstrengend sein konnten. Sie musste zugeben, dass sie aber eine geheime Schwäche dafür hatte. Doch sie verstand das bisher immer als Strategie, um Aufträge für ihre Firma zu erhalten. Das hier jedoch empfand sie als Verpuffen von heißer Luft. Als Kräftekiller.

»In diesem kleinen Dorf weiß ja jeder über jeden ganz gut Bescheid. Man muss sich richtig hüten vor so einem Fest«, wandte sich Walli an den Unbekannten, der sich darüber amüsierte.

»Daran muss man sich gewöhnen, wenn man aufs Land zieht. Dauert ein bisschen, aber dann ist es einem egal.«

Er stand bisher alleine am Catering-Tischchen, kam zwei Schritte auf sie zu und schaute sie freundlich an: »Harry Kain. Ich bin Journalist. Schreibe Reportagen aus der Region für Hochglanz-Magazine wie ›Griaß di‹ oder ›Schöne Welt‹ sowie für einige Zeitungen.«

»Walli Winzer. Da sind sie fast ein Kollege von mir. Ich besitze die PR-Agentur ›Firebird‹ in Wien.«

»Na bitte. Weitere Prominenz in Großlichten. Werden ja noch richtig zur geheimen High-Society-Oase, wenn das so weitergeht. Ich komme ursprünglich auch aus Wien, kann aber ganz gut von hier aus arbeiten. Da ist es ab einem gewissen Alter überschaubarer und ruhiger. Was sagen Sie?«

Walli wusste nicht, wie sie ihn einschätzen sollte. Er hatte etwas Schmieriges an sich. Und das nicht nur wegen seiner ungepflegten Haare. Irgendwie wirkte er in ihren Augen strizzihaft.

Sie beschloss daher, sich knapp zu halten, um das Gespräch abzukürzen.

»Geht so. Bin erst am Eingewöhnen.«

»Designershops werden Sie hier wenige finden.«, kam es für Walli jetzt doch überraschend.

In seinem Zynismus lag etwas von Missgunst. Das strengte sie an. Sie wechselte daher das Thema auf die Ebene völliger Bedeutungslosigkeit.

»Wie es hier aussieht! Wer wird hier später sauber machen?«

Er war jetzt überrascht: »Da bin ich überfragt.« Er nahm einen tiefen Schluck aus seinem fast leeren Glas mit einem mittlerweile warm gewordenen Bierrest.

Mit einer Andeutung, dass er mithelfen sollte, sauber zu machen, wusste Walli, dass sie ihn losbekommen würde.

»Männer sind, wenn es ums Aufräumen geht, sowieso selten dabei«, polterte sie und schlichtete den letzten Graumohnstrudel auf die kunstvoll errichtete Pyramide. Walli hatte allerdings genauso wenig Lust darauf, auch wenn sie Lena Breitenecker vorhin versprochen hatte, mitzumachen. Für sie war der Festausklang jetzt schon vorbei. Walli Winzer hatte genug. Ohne Verabschiedung sprang sie auf und suchte das Weite.

6. KAPITEL

Walli hatte selbstverständlich auch einen Graumohnstrudel gekauft. Was so viel hieß wie: Sie hatte zusätzlich noch so einiges draufgelegt. PR-Profi, der sie war, wartete sie darauf, dass möglichst viele dabei zusahen, wie sie fünf Hunderteuroscheine in die Spendenbox fallen ließ. Schließlich machten das alle Großen so, egal ob bei der »Lichtaktion« oder einem anderen humanitären Event: Überall schielten die Verantwortlichen in Richtung Kamera.

Jetzt, wo sie darüber nachdachte, hatte sie den Eindruck, dass derzeit keine Veranstaltung mehr ohne Blitzlichtgewitter oder großes Getöse abging. Das war hier noch anders. Man kam ohne den ganzen Firlefanz aus, den sie sonst so gerne arrangierte. Hier wollten Menschen einander wirklich helfen, weil sie einander kannten.

Walli trug ihre Mohnstrudel-Beute, die sie selbst fast in Gold aufgewogen hatte, zu ihrem Audi A6. Den hatte sie seit gestern Nachmittag am Hauptplatz unter einer alten Linde geparkt. Er war eine Luxusklasse für sich und stand in krassem Gegensatz zur »ökologische Strudelaktion«. Mit seinen 190 PS und der Möglichkeit, mit 360km/h davon zu brausen, hob er sich von einem E-Car merklich ab. Und genau das genoss Walli Winzer.

Die weiten Entfernungen, die sie in ihrem Beruf zeitweise zurücklegen musste, schaffte er mühelos. Auch jetzt hatte Walli das Gefühl, fast lautlos durch die Gegend zu düsen. Im offenen Cabrio mit fliegendem Haar. Sie blickte in den Rückspiegel und kam sich fast vor wie in einem Kitschroman.

Sie stellte fest, dass sie viel jünger aussah als 50. Ihre blonden Haare umrahmten das Gesicht. Einige Fältchen um die Augen ärgerten sie. Eigentlich sollte sie beim Autofahren nicht in den Spiegel schauen, doch manchmal war ihr danach. Sie stellte ihn dann so, dass sie sich darin sah.

An ihr vorbei flogen dichte Wälder und grüne Wiesen. Sie sah Habichte, die sich aus der Luft nach Mäusen umsahen, Kühe, die auf umzäunten Wiesen standen. Und am Waldrand waren monumentale Holzstöße zum Trocknen aufgeschichtet.

Sie freute sich, dass hier im südlichen Waldviertel die Gegend nicht so zersiedelt war, wie sie es aus anderen Teilen Österreichs kannte. Überall hinterließen Menschen ihre Spuren, ärgerte sie sich. Doch hier gab es noch die Illusion und den Hauch von Freiheit bis zum Horizont.

Durch die sanfte Hügellandschaft bis zu ihrem Haus zog sich eine kleine Asphaltstraße, deren Luftspiegelung in der Ferne ein Sommergewitter hätte erahnen lassen. Doch kein Lüftchen regte sich. Keine Wolke war am Himmel. Es war für Walli ein Sommertag, den sie noch lange in Erinnerung behalten mochte in diesen schönen Bildern.

Sie bog die kleine Schotterstraße zum alten Schulhaus ein, stellte das Auto neben dem Haus ab und hatte nach diesem heißen Vormittag nur noch einen Wunsch: unter die Dusche zu gehen.

7. KAPITEL

Walli schreckte hoch. Sie hatte sich auf dem Sofa hingelegt und fast vergessen, dass sie um 17.00 Uhr ja noch kurz bei Lena vorbeikommen sollte, um das Trockenfutter für ihre Goldfische abzuholen. Sie zog sich rasch etwas über und machte sich auf den Weg.

Als Walli in Lenas Bauernhof eintraf, stand die Freundin inmitten einer Menschengruppe. Schon beim Überqueren des Hofs merkte sie, dass die Stimmung aufgeheizt war. Sie ging rechts am Wohnhaus vorbei zum gegenüberliegenden Ende der Scheune.

Den elterlichen Hof hatte Lena in seiner ursprünglich typischen Waldviertler Bauart erhalten. Er war aus Steinen der Umgebung gebaut, weiß gekalkt. Ein Dreikanthof mit charakteristischen Giebeldächern. Die gegenüberliegenden Gebäudeteile waren durch ein gemauertes Eingangstor miteinander verbunden. Das ließ das Anwesen wie eine kleine Festung in die Landschaft ragen.

Die Generalsanierung und teilweise Neugestaltung waren aufwendig gewesen und hatten Lena innerhalb von zehn Jahren zu einer Hobby-Architektin und Volkskundlerin gemacht.

Ihre Eltern hatten nie viel mit der kleinen Landwirtschaft verdient. Daher war alles so geblieben, wie Lena es seit ihrer Kindheit gewöhnt gewesen war.

Walli mochte die Idylle. Da war der kleine Ententeich links vor dem Eingang, früher einmal ein Löschteich. Da stand auch immer noch die alte große Linde in der Hofmitte, die an heißen Tagen wie heute wohltuend Schatten spendete.

Im Moment nahm niemand diese Möglichkeit wahr. Die Gemüter waren erhitzt. Walli verstand zwar, während sie vorwärts ging, noch immer keine Zusammenhänge, aber einige Wörter schnappte sie zwischendurch auf. Sie hörte Satzfetzen wie »nicht abgemacht« oder »ersetzt werden«.

Lena war sichtlich betroffen, weshalb es eine unangenehme Sache sein musste. Walli hatte an diesem sonnigen, makellosen Spätnachmittag wirklich keinen Bock auf Probleme, noch dazu nach dem gelungenen Fest.

Wenn Lena sie aber brauchen würde, wäre sie natürlich da.

Ein Mann mittleren Alters, heftig gestikulierend und aufgeregt, zog ihre Aufmerksamkeit auf sich. Er schrie wild auf Lena ein. Walli befürchtete, dass er seine Beherrschung weiter verlieren könnte. Ein zweiter Mann stand schweigend neben ihm.

»Schönen Nachmittag wünsche ich!«, sagte sie betont freundlich, um die Stimmung aufzulockern. Doch es nützte nichts. Niemand reagierte.

»Herr Steiner, Sie können mir wirklich glauben, der Anhänger stand wie abgemacht neben dem Festzelt innerhalb der Absperrung. Irgendjemand muss das Gatter aufgemacht haben, um ihn herauszuschieben.«

»Weg ist weg. Was soll ich jetzt tun? Herr Steininger macht mich dafür verantwortlich und will, dass ich ihm den Anhänger ersetze«, brach der Stallmeister des Reiterhofs »Sonnhof« völlig entnervt zusammen.

»Gibt es denn dafür keine Versicherung?«, fragte Lena nach.

»Die will er nicht belasten, da die Prämie sonst höher ausfällt und der Reiterhof sowieso schon in den roten Zahlen steht. Die Banken drohen, den Kredit nicht zu verlängern, wenn nicht bald etwas passiert. Er will, dass ich den Anhänger selbst bezahle, weil ich ihn an Sie verborgt habe.«

Walli konnte sich langsam ein Bild von der Lage machen.

»Es wird sich sicher eine Lösung finden«, versuchte sie, die Situation in einem zweiten Anlauf zu entschärfen. Jetzt erst blickten die Anwesenden zu ihr.

»Hallo Walli«, antwortete Lena zerknirscht, während der Mann, der ihr als Alois Steiner vorgestellt wurde, seufzte.

»Könnte es nicht sein, dass sich jemand den Anhänger nur ausgeborgt hat und ihn wieder zurückbringt? Wartet halt noch zu, ehe ihr etwas unternehmt«, fuhr sie fort.

»Wir müssen schon morgen mit den Vorbereitungen für das Turnier in 14 Tagen beginnen. Wir brauchen einen Anhänger für die Transporte. Auch wenn wir uns inzwischen irgendwo einen ausborgen, es löst nicht das Problem.«

»So, alles erledigt!«, hört man eine Stimme im Hintergrund. Hans Breitenecker und sein Arbeiter Karel Nimec kamen aus dem Stallbereich und bogen beschwingt um die Ecke. Mit dabei: der toll aussehende Tierarzt vom Vormittag.

Walli war von dieser unerwarteten Begegnung merkbar angetan. So eine Erscheinung hätte sie in Großlichten nicht erwartet. In ihrer Vorstellung gab's eher dickbäuchig, rustikale Tierärzte. Ein Vorurteil, das von Dr. Max Wahlberg ad absurdum geführt wurde. Er war groß, schlank und freundlich.

Ihre Faszination blieb nicht unbemerkt. Sie musterte Dr. Wahlberg intensiv von oben bis unten. Lena, die das beobachtete, war es peinlich. Sie warf Walli einen genervten Blick zu. Diese kümmerte das wenig. Sie setzte sich daraufhin wortgewandt in Szene, und nach einer kleinen Vorstellungsrunde, war klar, dass man es hier mit gegenseitiger Sympathie zu tun hatte.

Alois Steiners Aufregung hatte sich zwar mit dem Erscheinen von Hans vorübergehend gemäßigt, doch sie war immer noch deutlich spürbar.

Lena erzählte ihrem Mann die Geschichte von dem geklauten Anhänger. Gemeinsam versuchten sie nochmals, den Tathergang zu rekonstruieren.

Walli Winzer und Dr. Max Wahlberg befanden, dass sie ihren Freunden in dieser Angelegenhcit nicht weiter helfen konnten und standen einander inzwischen vis à vis. Der Tierarzt hat Hans den Rücken zugewendet und setzte seinen Fachvortrag von vorhin bei seinem neuen Gegenüber fort.

Walli widmete sich voll und ganz Dr. Wahlberg. Hingebungsvoll hörte sie seiner Ausführung über die genaue Dosierung von Medikamenten zu, die auf die Größe von Tieren abgestimmt sein sollte. Als niedergelassener Tierarzt würde er Antibiotika selten verschreiben. Es sei auch Unfug, sie bei Tieren ständig einzusetzen. Das läge nicht nur an der Ideenlosigkeit mancher Tierärzte, sondern Pharmakonzerne redeten ihnen das buchstäblich ein.

Ganz so, als würde sie sein Vortrag interessieren, beobachtete Walli vielmehr, wie sich beim Reden seine Augenbrauen lebendig auf und nieder bewegten.

Seine Mimik allein schon war aufregend, fand sie. Und dann erst seine Person! Diese Lebendigkeit, schlichtweg einnehmend. Dazwischen blitzten wache Augen, die keinen Augenblick ungenützt ließen, auch während des Sprechens rundum alles konzentriert wahrzunehmen.

Wollte dieses männliche Prachtexemplar gar mit ihr flirten? Oder bildete sie sich das bloß ein? Sie war sich nicht sicher. Immerhin fühlte sie sich bereits einige Zeit aus der Übung.

Sie war auch nur mit ihrer saloppen Freizeitkleidung unterwegs, fiel ihr ein. Zwar waren das hautenge Armani-Jeans, doch mit einem simplen quer gestreiften T-Shirt. Es war bei ihrem letzten Italienaufenthalt hängen geblieben. Für den Strand hatte es gepasst, doch jetzt? Wie konnte sie sich nur so nachlässig auf den Weg machen?, ärgerte sie sich heimlich. Wie sollte sie in diesem Aufzug Eindruck auf diesen Mann machen?

Walli wurde aus ihren Tagträumen gerissen, denn am Eingangstor krachte es.

Zwei braun gebrannte schnurrbärtige Männer in Arbeitskleidung mit ziemlich schmutzigen Reitstiefeln stießen den Seiteneingang auf und betraten den Hof. Alle wandten sich ihnen zu. Wallis Stimmung war dahin. Die Erde hatte sie wieder.

Sie hörte gerade noch: »Übrigens, mein Name ist Max!«, während sie selbst nur ein »Ah ja, Walli!«, stammelte.

Dr. Wahlberg grüßte die Männer freundlich und wollte sich auf den Weg nach Hause machen, als sein Handy läutete.

Walli mochte den alten Klingelton aus den 1950er-Jahren. Er erinnerte sie an alte Hitchcock-Filme, die sie immer gerne sah. Vor allem liebte sie »Bei Anruf Mord« mit der wunderbaren Grace Kelly und Ray Millard.

Vielleicht verband sie die Kino-Leidenschaft miteinander? Walli ertappte sich, wie sie sich Hoffnungen machte, die möglicherweise jeglicher Grundlage entbehrten. Es war doch nur ein simpler Handyton, der plötzlich ihr Gemüt in Wallung geraten ließ.

Sie stellte fest, dass ihr doch bereits jetzt die Lebendigkeit der Stadt zu fehlen begann. Dabei war sie erst wenige Tage hier. Es überkam sie eine spezielle Form der Einsamkeit.

Und diese wuchs, als sie Max Wahlberg beim Telefonieren betrachtete. Sie wollte nicht, dass er ging.

»Nein, ich kann dir nichts mehr geben. Vor zwei Monaten habe ich dir schon 10.000 Euro geborgt. Das kann doch kein Dauerzustand werden«, hörte Walli ihn ins Handy keuchen.

»Schluss! Aus! Ich will nichts mehr hören, Hubsi. Ich komme dann sowieso zum Reiterhof, da reden wir weiter. Ändern wird sich an meiner Meinung nichts«, ärgerte sich Max Wahlberg und beendete das Telefonat ohne Verabschiedung.

»Entschuldigen Sie, aber das ist eine mittlerweile schon lästige Geschichte mit dem Hubsi Steininger, dem das Gestüt am Ortsende gehört. So ein Reitstall verschlingt ziemlich viel Geld. Wenn dann nicht alles so läuft, wie man sich das vorstellt, schaut man ziemlich schnell blöd drein«, kam eine sichtlich entnervte Erklärung.

Die Geschichte interessierte Walli nicht. Trotzdem tat sie so, als wären Pferde ihre geheime Leidenschaft. Immerhin hatte sie schon viel von Lisa gehört. Lenas Tochter beglückte alle in ihrer Umgebung mit Pferdenews aus dem Reiterhof »Sonnblick«.

Geschult in Kommunikationstechniken beschloss Walli deshalb kurzerhand, ihre rudimentären Kenntnisse zum Gesprächsthema zu machen. Sie kannte die Bedeutung der Anfangsphase in der Gesprächsführung. Die Beziehungsebene der Beteiligten sollte gefestigt werden. Genau das wollte sie im Small Talk mit dem Tierarzt erreichen.

Ihre Strategie ging auf. Sie plauderten über den Reitsport und was man alles bei der Pferdehaltung beachten müsse.

Die Zeit verging wie im Flug, und Walli Winzer war überzeugt, dass Pferde nicht nur eine gute Einkommensquelle für ihn als Tierarzt waren, sondern ihn tatsächlich interessierten.

Inzwischen versprach Hans Breitenecker, zumindest vorübergehend für Ersatz des verschwundenen Anhängers zu sorgen. Die erhitzten Gemüter beruhigten sich. Das Problem war dadurch zwar nicht gelöst, nur aufgeschoben. Vorerst wollte man noch davon ausgehen, dass sich jemand den Anhänger ausgeborgt hätte, ohne zu fragen.

»Sie sind Optimist«, seufzte Alois Steiner, der Stallmeister.

»Wissen Sie, was bei uns am Reiterhof in letzter Zeit alles wegkommt? Und nie hat jemand etwas gesehen. Irgendwie kommt mir das schon fast professionell vor. Da klaut jemand lauter landwirtschaftliche Geräte.«

Hans presste die Lippen zusammen und holte tief Luft.

Steiner schaute zu den beiden Arbeitern, die sich wortlos hinter die diskutierende Gruppe gestellt hatten.

»Ihr kommt mich holen, stimmt's?«

Es waren schüchterne Männer mit verschlossenen, wettergegerbten Gesichtern. Diese verrieten deutlich, dass sie den Großteil ihrer Arbeit bisher im Freien geleistet hatten. Sie hielten eine in Mitleidenschaft gezogene Satteldecke und heruntergekommene Pferde-Gamaschen in der Hand.

Mittlerweile muhten die Kühe laut. Sie wollten gemolken werden, was den letzten Abschnitt des Gesprächs merkbar verkürzte.

Auch Lisa und ihre Freundin Sandra trabten mit ihren Pferden beim Haupttor herein. Man hörte die Mädchen schon von Weitem kichern.

»Hallo, das Ausreiten war heute wieder super. Wir sind nach dem Fest los und bis jetzt abwechselnd über Wiesen und Felder geritten.«

»Na gut, dass ihr wieder da seid!«, lachte Lena und hielt Lisas Pferd Tibor, damit sie absteigen konnte.

»Man merkt beim Reiten gar nicht, wie schnell die Zeit vergeht. Weil uns zu heiß war, sind wir durch den Schlunderwald und haben dort auch eine kleine Rast eingelegt.«

»Da scheint's übrigens eine größere Rodungsaktion zu geben. Wir mussten auf den Waldwegen reiten, da wir sonst dauernd über grob zerteilte Baumstämme hätten springen müssen. Nur, das geht mit dem Tibor derzeit nicht. Er ist zeitweise so bockig, und ich weiß nicht warum«, richtete Lisa ihren Blick auf Max Wahlberg.

»Wann seid ihr denn das nächste Mal im Reiterhof?«, fragte der Tierarzt routinemäßig.

»Wir reiten zwar später noch zurück. Aber morgen Nachmittag sind wir länger dort. Wir haben noch einiges zu erledigen«, sagte Sandra.

»Na, da werde ich ihn mir genauer ansehen. Jetzt, auf den ersten Blick, kann ich nichts Auffälliges erkennen«, stellte Mr. Right nach oberflächlicher Betrachtung fest.

Er tätschelte Tibor, hob seine Arzttasche auf und verabschiedete sich mit einer kurzen Geste.

»Ah, Alexandru und Ilia sind auch da!«, freute sich Sandra, stieg ab und ging mit Lisa zur Gruppe. Lena band beide Pferde an der Holzbank nahe der Haustür fest.

Die rumänischen Stallknechte Alexandru Romenscu und Ilia Bucur zeigten den Mädchen die zerschlissene Satteldecke und eine zerrissene Pferdegamasche.

»Wer macht denn so etwas?«, fragte Lisa.

»Wir nicht wissen. Liegen neben Pferdebox. Niemand gesehen«, erklärten die beiden achselzuckend.

Lisa und Sandra waren verärgert.

»Das war meine Lieblingsdecke mit Tibors Monogramm. Mama hatte sie mir zum Geburtstag geschenkt«, jammerte Lisa.

Lena stellte sich dazu und griff danach.

»Kann das auf der Koppel passiert sein? Vielleicht war es eines der anderen Pferde bei den Hierarchiekämpfen?«, meinte sie.

»Glauben nicht«, sagte Ilia Bucur. »Liegen neben Box. Wir vorher nix sehen.«

»Ich weiß nicht, was das soll. Vielleicht hängt auch Tibors merkwürdiges Verhalten damit zusammen. Wir reiten jetzt schon zum Stall und schauen, was dort los ist«, beschloss Lisa, und Sandra trottete nickend hinter ihr her.

Sie banden ihre Pferde los, schwangen sich gekonnt in ihre Sättel und preschten davon. Auch der Stallmeister mit seinen Burschen trat einigermaßen erleichtert den Rückzug an.

»So, ich glaube, der Tag ist geschafft. Vielmehr: Ich bin geschafft«, stöhnte Lena und schmiegte sich an Hans, der ihre Zärtlichkeit liebevoll erwiderte. Nach einigen Sekunden löste sie sich von ihm und machte sich in Richtung Wohntrakt des Bauernhofs auf, während Hans und Karel Richtung Kuhstall gingen.

»Eigentlich wollte ich das Goldfischtrockenfutter von dir abholen«, begleitete Walli Lena.

»Klar. Jetzt hätten wir fast darauf vergessen. Warte!«

Lena ging ins Haus, um kurz drauf zurückzukommen. »Hier. Gib ihnen aber nur wenig, sonst werden die kleinen Fresser echt dick, und alles, was übrig bleibt, verschmutzt das Wasser. Du müsstest es dann öfter wechseln.«

»Bloß keine Arbeit! Übrigens, hoffentlich löst sich die Sache mit dem Anhänger in Wohlgefallen auf. Da habt ihr euch so viel Mühe mit dem Fest angetan, und dann sollte es letztlich gerade dein Schaden sein? Irgendwie merkwürdig!«, legte Walli den Finger in Lenas Wunde.

»Es wird schon irgendeine Erklärung dafür geben. Das Vehikel kann doch nicht einfach so verschwinden, ohne dass jemand etwas gesehen hätte. Da sieht doch eh jeder alles! Apropos: Das mit dem Max überleg' dir gut. Falls dir das noch nicht aufgefallen sein sollte: Er ist ein echter Schwerenöter. Er hat fast an jeder Ecke ein Gspusi. Die noch nicht dran waren, erkennt man daran, dass sie ihn mit ihren Viechern bis in seine Tierarztpraxis verfolgen. Nur, um ein paar persönliche Worte von ihm zu erhaschen. Er hat immer seinen Vorteil. Schon arm, die Leute hier, die was erleben wollen«, übertrieb Lena. Sie schielte in Richtung Walli, ob sie wohl die deutliche Anspielung verstanden hatte.

»Fang dir bitte nichts mit ihm an. Da gibt es nur Ärger. Außerdem ist er auch noch verheiratet. Max wohnt seit drei Jahren in Gföhl, hat aber ziemlich viel bei uns in Großlichten zu tun. Seine Frau hat trotzdem noch niemand gesehen. Sie soll in Schrems leben«, schnatterte Lena unablässig weiter.

So deutlich wollte Walli Winzer nun auch nicht alles vor Augen geführt bekommen und entgegnete spitz: »Na, dafür dass sie so weit weg wohnt, weißt du ja recht viel. Hört sich fast ein bisschen so an, als hättest du auch schon Nachforschungen betrieben.«

Lena verdrehte die Augen: »Den kriegst du von mir geschenkt!«

Inzwischen ärgerte sich Walli darüber, dass sie in ihrem Männergeschmack ganz dem weiblichen Mainstream von Großlichten und Umgebung zu entsprechen schien. Ihr leuchtete spätestens jetzt ein, dass alle Sensationen in der Provinz des südlichen Waldviertels überschaubar waren. Ein Umstand, der ihr jetzt klar wurde. Doch sie wollte es so – zumindest auf Zeit, tröstete sie sich.

8. KAPITEL

Dennoch ging Walli Max Wahlberg nicht aus dem Kopf. Sie wollte sich ablenken.

Im alten Schulhaus angekommen befand sie, dass ihr kleiner Vorgarten ein gewisses Lifting nötig hätte. Bisher war ihr das zwar egal gewesen, doch mit einem Mal erfasste sie eine Art Ehrgeiz, ihr neues Heim wohnlich zu machen. Sie machte sich sofort über einige welke Blätter her und warf sie auf den Kompost.

Die frische Abendluft begann sich langsam über die sanften Hügel der Waldviertler Landschaft zu legen. Es war ein erdiger, satter Geruch, den die Wälder abends verströmten. Er war angereichert durch eine zarte Brise Moos und Pilze.

Walli Winzer genoss die Idylle. Ihr fiel auf, dass sie solche Augenblicke bewusst schon lange nicht mehr wahrgenommen hatte. Viel zu viel Rummel war um sie herum gewesen. Der Abstand tat ihr wirklich gut, genauso wie die Langsamkeit und die völlig anderen Themenfelder, als die, die sie bisher kannte. Sie ließ ihre Gedanken schweifen, die letztlich doch wieder beim Tierarzt landeten.

Während Walli vor sich hin werkelte, bemerkte sie nicht, dass eine große hagere Gestalt sich von hinten an sie heranschlich. Diese war fast schon auf ihrer Höhe, als sie durch das Knacken eines Astes, auf den der Mann getreten war, als er den Weg zu ihr nahm, aufmerksam wurde.

Sie erwartete allerdings niemanden.

Auf den ersten Blick erkannte sie den Mann nicht. Doch, als sie genauer hinsah – oh ja. Es war dieser schreckliche

Provinzdolm, der sich gestern so ungeschickt benommen hatte. Wenn auch nur unabsichtlich.

Er hatte ihre Wade beleidigt, was nicht nur höllisch wehtat, sondern sogar blutete. Es war schrecklich!, so kam es ihr zumindest auch heute noch vor.

Nein, das war genau das, woran sie sich jetzt gar nicht erinnern wollte. Weder bei der Gartenarbeit noch im Gespräch mit diesem Nico.

Statt ihre abweisende Körperhaltung richtig zu deuten, kam der Typ, der mit seinem Fahrrad gekommen war und es zuvor auf der Straße abgestellt hatte, nun auch noch auf sie zu. Kein Anstand, diese Männer vom Land, ärgerte sich Walli.

»Hallo, Frau Winzer!«, flötete er freundlich. »Sie erinnern sich an mich: Nico Salmer. Ich habe sie hier draußen gesehen und wollt nach Ihrem Bein fragen. Ein Freund von mir wohnt ein Stückl oberhalb, und ich habe ihn g'rad besucht.«

»Danke der Nachfrage. Es wird noch ein bissl dauern, bis die Muskelschwellung, der Bluterguss und die lange Risswunde verheilt sind. Bis dahin humple ich halt auf einem Bein«, dramatisierte Walli zugegebenermaßen etwas unnötig und erhob sich.

Doch dieser Nico verdiente es, seine Tollpatschigkeit deutlich vor Augen geführt zu bekommen. Immerhin hatte er ihre Eleganz, mit der sie sich allen präsentieren wollte, der Lächerlichkeit Preis gegeben und ganz Großlichten blieb sie bloß als blutbespritzte Strudelbäckerin in Erinnerung.

Walli wollte keinen Gedanken mehr daran verschwenden, sonst könnte sie für nichts garantieren, war sie überzeugt.

Doch jetzt, ganz Dame von Welt, erinnerte sie sich an den Ausspruch ihrer einstigen Mentorin Mara Süßkind, die nun schon weit über 70 war. Es war am Beginn ihrer Berufslaufbahn gewesen. Mara trainierte ihren damaligen Schützling darauf, auch in kniffligen Situationen Haltung zu bewahren und nie die Nerven zu verlieren. Ihr Leitspruch damals war: »Wahre immer die Contenance!« Und das sagte sich Walli oft.

Als einstiges Kind der Vorstadt kannte sie damals nicht einmal die Bedeutung dieses Wortes. Mara Süßkind glaubte an sie und war noch heute ihr allerletztes Kompetenzbarometer bei kniffligen Aufträgen.

Inzwischen wusste sie, dass man mit tiefem Durchatmen, Schlucken und kurzem gedanklichem Themenwechsel die Fassung rasch wieder erlangen konnte.

Zum Demonstrieren ihrer Rekonvaleszenz erhob sich Walli und hinkte dem ungebetenen Gast zwei Schritte entgegen.

»Ich werde meine Schuhe mit diesem furchtbar scharfen Absatz wegwerfen«, übte sich dieser in Selbstanklage.

Walli humpelte allerdings so schnell auf Nico Salmer zu, dass er sich instinktiv fluchtbereit, einen Schritt nach hinten bewegte.

»Nun ja, es ist für mich vielleicht ein Anlass gewesen, kürzerzutreten. Dazu bin ich ja schließlich hergekommen. Übrigens, was ich von meinem heutigen tatkräftigen Einsatz beim Mohnstrudelfest wirklich nicht sagen kann«, heischte Walli langsam etwas unverschämt nach Mitgefühl.

Nico sprang allerdings auf Wallis Mitleid erregende Masche auf, ohne es sie anmerken zu lassen, dass es ja keineswegs so schlimm gewesen sein konnte, und versprach, sich zu erkundigen, was man alles zur Linderung der Schwellung würde tun können.

Walli freute sich innerlich, dass es ihr immer noch möglich war, Menschen so gut lenken zu können. Leicht? Was hätte sie anderes von so einem naiven Landei erwarten können, stoppte sie jegliche Art von Mitgefühl.

Da das neue Gemeindemitglied Walli Winzer keine

Anstalten machte, den Reumütigen auf ein Stamperl Versöhnungsobstler einzuladen, verabschiedete sich Nico bedrückt. Er schwang sich auf sein Fahrrad und fuhr die schmale Seitenfahrbahn auf die Hauptstraße zu.

Inzwischen war Kater Filou von seinem Nachmittagsnickerchen erwacht und durch die Katzenklappe in den Vorgarten geschlichen. Walli hörte nur die Klappe schnappen. Sie wunderte sich, dass der sonst mehr auf leise Töne ausgerichtete Samtpföter nicht selbst bei diesem Getöse erschrak.

Filou setzte sich auf einen der großen Waldviertler Dekorsteine, die Walli als Einfassung des Natursteinwegs durch den Vorgarten zum Haus ausgesucht hatte und beobachtete die letzten Handgriffe seiner Futterspenderin. Sie rückte schnell noch einige verschobene Natursteine der Beeteinfassung zurecht und betrachtete ihr Werk.

Als das letzte Abendrot ins Dunkelviolette zu wechseln begann, strich der Kater unmissverständlich um Wallis Beine. Das hieß so viel wie: »Lass es gut sein und kümmere dich um mich. Ich habe Hunger und will gestreichelt werden.«

Walli wusste mittlerweile, dass man einer Katze keinen Wunsch abschlagen durfte. Sie hatten es drauf, so lange zu betteln, bis man sich erhob und ihnen das Futter hinstellte. In der Regel konnte man nach Filous Appetit die Uhr stellen. Er hatte sich auf 19.30 Uhr festgelegt. Nach einem darauffolgenden kleinen Verdauungsnickerchen wäre er dann wieder gestärkt genug, um die Gegend unsicher zu machen.

Als Walli ihm zur Eingangstür folgte, bemerkte sie, dass Filou leicht hinkte. Auf dem Stein sitzend war ihr das zuvor nicht aufgefallen. Sie hob ihn auf und tastete das Hinterbein ab. Er zog es weg. Da er beim Gehen dennoch vorsichtig auftrat, konnte es nichts Schlimmes sein, war sie vorerst beruhigt. Dennoch: Schien das nicht ein Wink des Schicksals zu sein, Max Wahlberg aufzusuchen?

Walli merkte, dass sie schon müde geworden war und zumindest heute weder über den Lauf der Welt noch über ihre eigene Bestimmung nachdenken wollte.

Eigentlich war alles viel prosaischer: Walli Winzer verspürte selbst Hunger. Sie war zuvor abgelenkt, und erst Filou hatte sie mit seiner Futterbettelattacke darauf aufmerksam gemacht. Er miaute und tänzelte auf drei Beinchen, vor ihr durch die Küchentür. Katzen hatten eben den sechsten Sinn, wenn es darum ging, möglichst zielstrebig zu einer Mahlzeit zu kommen.

Walli kramte nach einem der unzähligen Naßfutterschälchen, die ihr Mizzi Troger für den Kater mitgegeben hatte und servierte es ihrem kleinen Mitbewohner. Der hatte sich gleich gemütlich hingesetzt und genoss seine Mahlzeit. Schlimm konnte seine Verletzung daher nicht sein, sonst wäre ihm der Appetit vergangen. Trotzdem kannte Walli jetzt schon den ersten Tagesprogrammpunkt beider für morgen.

9. KAPITEL

Es war also doch wahr! Walli traute ihren Augen nicht, als sie den Warteraum der Tierarztpraxis in Gföhl betrat. Der war nicht nur bis auf den letzten Platz besetzt, sondern ein Abbild der Großlichtener Hautevolee oder was sich dafür hielt. Denn in den Augen Wallis musste alles mit anderen Maßstäben als in Wien gemessen werden. Wer sich hier für bedeutend hielt, nach dem oder besser: nach *der* krähte in Wien bestimmt kein Hahn.

Waren es doch überwiegend gezierte, arrogante Zicken, die sich überall sowieso nur mit Ihresgleichen abgaben und die ländliche Umgebung und seine BewohnerInnen bloß als Lokalkolorit ansahen. Zumindest war das der Eindruck, den Walli gewonnen hatte, seit sie hier war.

Aber vielleicht war man eben so, wenn man nur die Sommerfrische in Großlichten verbrachte und sich für nichts sonst interessierte. Halt!, etwas gab's doch! Die meisten Wiener Damen interessierten sich auffallend für: Pferde, Hannes' Gourmetküche und – den Tierarzt, Dr. Max Wahlberg. Außer beim Thema Pferde ertappte sich Walli Winzer dabei, dass auch sie den letzten beiden Bereichen sehr zugetan war.

Sie seufzte.

War es wirklich so klug, sich hier anzusiedeln?, wenn das scheinbar die wichtigsten Attraktionen weit und breit zu sein schienen?

Na ja, für sie gab es immerhin auch Lena und deren Familie, die sie gut kannte, die hier integriert waren und mit der sie gerne Zeit verbrachte, tröstete sich Walli.

Doch die hätte ihr bei dieser Warteschlange auch nicht helfen können! Als gäbe es nicht auch andere Tierärzte in Gföhl und Umgebung als Dr. Max Wahlberg.

Walli war schnell klar, dass es sich um keinen Zufall handeln konnte, dass in der Mehrheit Damen mit ihren Tierlieblingen das Wartezimmer frequentierten.

Vor allem die Wiener »Zuagroasten« aus Großlichten und einige Gföhler Stammklientinnen hatten am Montagvormittag nichts Besseres zu tun, als ihre Zeit wie sie selbst beim Tierarzt zu verbringen. Walli konnte mit ihrem Laienblick an keinem der Tiere eine lebensgefährliche Verletzung feststellen. Da saß zum Beispiel Frau Poppenheim, die gestern Vormittag noch beim Strudelverkauf mit ihrem watschelnden Kläffer aufgefallen war. Und Frau Karner, die sogar beim Verkaufsstand nach Max Wahlberg gefragt hatte. Oder Frau Klopps, deren Namen Walli im Zusammenhang mit ihrem Köter für besonders aussagekräftig hielt.

Es war offensichtlich, dass einige Anwesenden weniger an der Genesung ihrer Tiere als am genüsslichen Flirt mit dem attraktiven Tierarzt interessiert waren. Sie ja nicht ganz ausgeschlossen, aber das war schließlich etwas ganz anderes.

So, und jetzt reichte es! Nicht mit ihr! Da müsse man schon früher aufstehen.

Walli stellte Filou, der sich notgedrungen in der Transportbox befand, auf den letzten zu ergatternden Sitzplatz, der gerade frei geworden war, und trat energisch auf die Sprechstundenhilfe zu. Im vollen Brustton der Überzeugung berichtete sie ihr von den qualvollen Schmerzen ihres Katers. Geübt in detailreicher Schilderung hoffte Walli, die Wartezeit dadurch zumindest auf die Hälfte zu verkürzen.

Die giftigen Blicke speziell der beiden Wienerinnen Karner und Poppenheim ignorierte sie dabei geflissentlich.

Die Ordinationshilfe kannte ähnliche Vorgangsweisen, warf einen Blick in Filous Box und schickte Walli wieder zurück.

Mist!

Walli Winzer reihte sich in die lange Schlange der Wartenden ein.

Sie war nur froh, dass das Fenster geöffnet war und sich nicht auch noch menschliche Dämpfe mit den Tiergerüchen mischten. Ihr Magen würde sich bemerkbar machen, denn darauf reagierte er empfindlich.

Im Wartezimmer saßen neben anderen noch ein Bauer mit Schäferhund und ein Jäger mit seinem Jagdhund. Mit einem weiteren unauffälligen Blick in die Runde stellte Walli fest, dass vor allem die Damen wie aus dem Ei gepellt und herausgeputzt waren. Im Gegensatz dazu saßen die Männer teilweise in ihrer Arbeitskleidung.

Sie rechnete sich aus, wie lange es wohl bei normalem Ablauf der Behandlungszeit dauern würde und wusste, dass der gesamte Vormittag im Eimer war.

Es ging allerdings flotter als erwartet. Ihre mürrische Nachbarin, Sybille Karner, kam bereits nach nur fünf Minuten aus dem Behandlungsraum, weshalb sich Walli ein angespannt-erfreutes Räuspern nicht verkneifen konnte. An ihren leicht zusammengekniffenen Lippen konnten die Umsitzenden unschwer erkennen, dass die Begegnung mit dem Tierarzt nicht nach Frau Karners Vorstellung verlaufen war. Sie trug ihre Katze Lizzi bei dieser Hitze in einer Plastikbox. Die Tigerkatze stand darin hilflos herum und torkelte bei jeder Gehbewegung gegen die engen Wände. Frau Karner merkte es nicht. Dass jemand so Unsensibler ein Tier hielt, erschreckte sogar Walli. Als geborene Tierexpertin würde sie sich zwar nicht bezeichnen, aber dass ihre Nachbarin die Katze mit Sicherheit nicht neben sich am Sofa würde einschlafen lassen, stand für sie fest. Filou genoss dieses Privileg. Beim nächsten Tratsch würde sie das sowieso herauskriegen und zweifelsohne: Ein sensibler Tierarzt erkennt das sofort, war die Neotierfreundin überzeugt.

Um ihr frisch entfachtes Interesse an Tieren zu vertiefen, schnappte sie sich in Ermangelung von Modemagazinen eine der unzähligen Tierzeitschriften.

Inzwischen verging einige Zeit. Frau Poppenheim blieb mit ihrem Zwergspitz über eine halbe Stunde im Behandlungsraum. Man hatte zwar bisher kein Hundegebell gehört, aber zweimal das hysterische Lachen dieser sonnengebräunten Nizza-Nudel, die wohl fälschlicherweise glaubte, sie sei an der Cote d'Azur als in einer Tierarztpraxis. Eigentlich klang es vielmehr nach einem übergeschnappten Quieken. Was mag da drin wohl vorgehen?, fragte sich Walli.

Sie fühlte sich einigermaßen gekränkt, weil sie inzwischen tatsächlich die Letzte im Wartezimmer geworden war. Dabei hatte sie gehofft, dass doch irgendeine Begebenheit ihren Fall hätte vorreihen können.

Ihren Unwillen äußerte sie bei der Sprechstundenhilfe, die sich als angehende Tierärztin in Ausbildung herausstellte.

»Der Herr Doktor macht nie Ausnahmen für Routinefälle. Nur Unfälle kommen gleich dran«, erläuterte diese die Praxispolitik.

»Mein Kater hatte einen Unfall. Er hinkt seit gestern Abend und scheint schwach auf den Beinen zu stehen«, dramatisierte Walli, um sich zusätzlich vom Warten Luft zu machen.

Im gleichen Moment ging die Tür auf, und Frau Poppenheim kam beschwingt heraus. »Dr. Wahlberg ist so ein toller Arzt, der alles im Griff hat«, säuselte sie doppelsinnig vor sich hin.

Irma, die Studentin, war offensichtlich solche Aussagen gewohnt, verzog keine Miene und reichte der Tiefdekolletierten mit den langen falschen Wimpern und dem grellen Lippenstift, der so gar nicht zum pastellfarbigen Blumenmuster des Kleides passte, ein Rezept für den Hund.

Nach dieser Aussage verdrehte Walli die Augen. Doch sie wollte sich nicht weiter mit solchen Albernheiten aufhalten, schnappte Filou und schwebte ins Behandlungszimmer.

Das Warten hatte sich gelohnt.

In seinem weißen Mantel sah Max Wahlberg ziemlich umwerfend aus, fast wie in einer der Arzt-Serien.

Er versprühte einen Charme, der Walli den ganzen übrigen Tag, egal, was noch kommen sollte, auf Wolke 7 würde schweben lassen.

»So schnell sieht man sich wieder. Was ist mit Ihrem Liebling?«

Walli erzählte den gesamten Hergang, und Max tastete den Hinterlauf ab, was Filou sehr nervös machte. Er sprang vom Behandlungstisch. Auch auf drei Beinen war er immer noch so flink, dass Walli und der Tierarzt sich richtiggehend auf Katzenjagd begeben mussten, um ihn wieder einzufangen.

Max fasste Filou am Kragen und setzte ihn streng auf den Tisch. Irgendwie sah das einigermaßen brutal aus, weshalb Walli beschloss, ihr Tier für die bevorstehende schmerzstillende Spritze selbst zu halten. Die Aktion lief kurz und schmerzlos ab, und Walli schob Filou in den Weidenkorb zurück, wo er sich sofort verkroch.

»Na ja, Filou scheint kein Fan von mir zu sein«, lachte der Tierarzt. »Aber vielleicht kann ich das ja bei seiner Besitzerin wieder gut machen. Darf ich Sie zum Essen in den »Lindenhof« nach Gföhl einladen? Er hat erst kürzlich eröffnet und bereits einige Auszeichnungen abgeräumt. Sonst gibt es ja im Sommer nur die Winnetou-Festspiele, und jetzt auch das tolle Restaurant. Ich wäre froh darüber, wenn sich hier noch mehr in diese Richtung tun würde. Aber das ist zumindest ein Anfang, damit die Leute Qualität auch direkt vor ihrer Haustür erleben können. Und die muss nicht teuer sein, denn der Hannes führt auch in seinem Wirtshaus eine super Speisekarte zu ortsüblichen Preisen.«

Walli traute ihren Ohren nicht und war überrascht: »Ja, warum nicht. Gerne probiere ich das. Ich lebe ja erst seit Kurzem in Großlichten, und für mich ist sowieso alles neu. Einen Geheimtipp kennenzulernen, finde ich immer gut.« Ihr Herz machte einen Freudensprung! Beide lachten verlegen. Walli führte noch Small Talk vom Feinsten. Sie schrieb ihm ihre Adresse auf einen kleinen Zettel auf und war jetzt absolut davon überzeugt, dass es etwas Gutes hatte, manchmal die Letzte zu sein.

10. KAPITEL

Max holte Walli um 18.30 Uhr ab.

In der Abendlandschaft huschten Waldgruppen und Äcker an ihnen vorbei. Auf den Bergkuppen glich die Hügellandschaft einem unregelmäßigen Schachbrett. Die in Österreich klein strukturierte Landwirtschaft zeigte sich mit blühenden Mohnfeldern, Sonnenblumen-, Getreide-, Kartoffel- und Kukuruzfeldern (sie verwendete lieber diesen österreichischen Begriff für Mais) von einer besonders schönen Seite, stellten beide fest.

Touristisch sei hier noch wenig los, könnte künftig bei richtiger Vermarktung allerdings die besondere Chance der Region sein, bewertete Walli professionell die Möglichkeiten. Nur die vereinzelten Streusiedlungen dürften nicht mehr werden, meinte sie.

»Diese gesichtslosen Kobel sind unerträglich. Da scheinen einige Bürgermeister den Kragen nicht voll zu kriegen und genehmigen alles, was Geld bringt«, raunte sie in sich hinein. Sie wollte keineswegs die Leichtigkeit des Gesprächs belasten.

»Vor allem nach der Wirtschaftskrise und den vielen in Österreich verspekulierten Geldern der Gemeinden scheinen Korruption Tür und Tor geöffnet. Klar muss man erneuern, und jede Zeit hat ihren Stil. Trotzdem muss auch alles eine Frage der Ästhetik und der Notwendigkeit bleiben. Mit Sinnlosem den Boden zubetonieren, ist keine Lösung«, stieß Max ganz in ihre Kerbe.

Also, er war doch auf ihrer Linie! Nicht, dass sie sich nicht schon zuvor angeregt miteinander unterhalten hätten, aber jetzt war das Gespräch erst richtig in Fluss gekommen.

Im neuen »Lindenhof« setzte man die gepflegte Konversation fort. Walli freute sich immer noch darüber, dass Frau Poppenheim sie am Lokaleingang hatte sehen müssen. Was für ein Zufall! So etwas konnte man nicht planen. Sie kam vom Einkaufen und war gerade in ihr Auto auf der gegenüberliegenden Seite eingestiegen.

Walli wusste, dass es nun bald in ganz Großlichten

bekannt sein würde, dass sie mit Max Wahlberg ausgegangen war. Wie sich alles schließlich weiterentwickeln würde, werde man ja sehen, träumte sie verwegen weiter.

Das Essen im »Lindenhof« war gehobene Waldviertler Küche neu interpretiert, wie es hieß. Walli nahm Rindsuppe mit Steinpilznockerl und danach gespickten Karpfen mit Knoblauch und Speck auf jungem Kraut. Max Wahlberg entschied sich hingegen für Kalbsfilet mit glasiertem Kukuruz und Pastinakenpüree. Beides war vorzüglich, wie sie feststellten.

Obwohl es nicht vorteilhaft für ihre Linie sein würde, bestellte Walli auch eine Nachspeise: Mohnschnecke auf Powidlsoße. Es war einfach köstlich und aus diesem Grund schon jede Sünde wert.

Walli Winzer wollte ihm unterschwellig durchaus suggerieren, dass sie auch den anderen Genüssen des Lebens zugetan war.

Den ganzen Abend plauderten sie über viele Themen. Regten sich über ähnliche Missstände auf, und Walli hatte am Ende den Eindruck, dass sie es mit einem äußerst einfühlsamen Menschen zu tun hatte, viel zu gut für diese manchmal niederträchtige Welt.

Genau in dieser Stimmung erzählte er ihr von seinem geplanten Projekt der Pferdeklinik.

Sie sollte die kompetenteste in Mitteleuropa werden. Die wertvollsten Rennpferde der Welt würden hier behandelt und auskuriert. Für den weiteren Ausbau bräuchte er allerdings noch geeignete Finanziers, da seine Mittel limitiert seien. Denn vor Kurzem war er neuer Geschäftspartner des Gestüts »Sonnblick« geworden. Ein unhandliches Kuvert rutschte von seinem Stuhl auf den Boden. Er hob es auf und bat Walli, es in ihrer Tasche aufzubewahren.

»Ich lege Wert auf prominente Persönlichkeiten, die auch

Glamour in die Gegend bringen. Natürlich darf sich jeder, der möchte, finanziell an dem Projekt beteiligen. Doch ein paar namhafte Personen dabei zu haben, schadet nie. Geeignete internationale Marketingmaßnahmen würden natürlich alles begleiten.«

»Verstehe. Die Gegend lädt ja geradezu ein, sie per Pferd zu entdecken.«

Sie nippte an ihrem Weinglas.

»Geeignete Personen für dieses Reiterwelt-Anforderungsprofil zu finden, ist gar nicht so leicht. Sie sollten halt einen Bezug zur Region haben«, meinte er. »Ich denke da auch an Sie!«

Walli fühlte sich geschmeichelt. Von Renn- und Springpferden hatte sie zwar keine Ahnung, doch was konnte man Max Wahlberg schon abschlagen? Seine Überzeugungskraft war hinreißend wie der Abend selbst, schwelgte sie.

Walli merkte, dass sie schon etwas beschwingt vom feinsten Grünen Veltliner Loiser Berg Reserve aus dem Kamptal war. Davor gab es einen prickelnden, champagnerverdächtigen Waldviertler Sekt Extra brut aus der Kellerei Bründlmayer und einen kleinen Schluck Eiswein zum Dessert.

Ihre Zusage, in Max' Projekt einzusteigen, wurde zuletzt noch mit einem Stamperl Mohnschnaps abgerundet.

Walli Winzer spürte, dass sich der Abend für sie nun langsam zu Ende neigen sollte. Sie hatten einander stundenlang so viel erzählt, dass die halbstündige Rückfahrt fast wortlos erfolgte.

Am Gatter zum alten Schulhaus machte Max Wahlberg Anstalten, noch mit hinein kommen zu wollen. Er schien das Ende des Abends für sich bereits vorprogrammiert zu haben. Aus der Situation heraus war dieser Vorstoß für Walli Winzer plötzlich doch unerwartet gekommen. Die Autofahrt verlief ohne Geplänkel, und immerhin gab es das ungeschriebene Gesetz, nie beim ersten Date miteinander in die Kiste zu steigen.

Trotzdem zog Max Walli plötzlich plump an sich, was diese einigermaßen verdutzte.

Er machte den Eindruck, sie küssen zu wollen.

Sie wehrte sich, indem sie ihr Gesicht wegdrehte.

Die Art und Weise, wie unsensibel er plötzlich vorgegangen war, ärgerte sie.

Das hatte sie von ihm wirklich nicht erwartet. Dass er in letzter Konsequenz so grob sein würde, hätte sie sich nie und nimmer vorgestellt.

Als wäre alles für ihn Routine!

Vor Kurzem noch hatte ihr ein sinnlicher Überfall, auf den sie sich emotional vorbereiten konnte, durchaus behagt. Doch diesen überraschenden Angriff empfand sie in dieser Situation als zu dreist.

Natürlich war sie kein Teenager mehr und hatte ja ziemlich in diese Richtung vorgearbeitet. Doch ob und wann, wollte sie schließlich immer noch selbst entscheiden!

Wie viele Gföhlerinnen und Großlichtenerinnen würden sie um diesen Augenblick beneiden?, kam ihr kurz der Gedanke.

Doch um Spaß zu haben, gehören immer zwei, und den hatte sie im Moment nun gar nicht.

Wollte Max ihren angeheiterten Zustand ausnützen?

Sie wurde auf einmal stumm wie ein Fisch und schüchtern wie ein Teenager.

Es hatte ihr schlichtweg die Rede verschlagen!

Max Wahlbergs Handy läutete plötzlich.

Sie entwand sich ihm, sperrte rasch die Eingangstür auf und war froh, als sie hinter sich das Einrasten ins Schloss hörte. Kurz lehnte sie sich mit dem Rücken an die Tür und atmete tief durch. Was war gerade geschehen? Wovor schreckte sie nun wirklich zurück?

Sie wusste es nicht.

Erfreut sah sie den durch das plötzlich eingeschaltete Licht blinzelnden Filou vor sich. Er streckte sich und war wie immer relaxed, genau das, was Walli in diesem Augenblick nicht war.

Gleich darauf lief sie wie von der Tarantel gestochen ins dunkle Nebenzimmer und schob den Vorhang zur Seite. Max telefonierte immer noch, stieg ins Auto und fuhr weg.

Was für ein peinlicher Vorfall!, dachte sie. Warum zierte sie sich plötzlich? Was war mit ihr los? Warum war sie so unsicher geworden? Und wie sollte oder wollte sie ihm je wieder unter die Augen treten können?

11. KAPITEL

Am Morgen beschloss Walli Winzer ihre Flucht nach Wien. Sie hatte sowieso einiges zu erledigen. Der Kater konnte auch einen Tag lang ohne sie sein. Vielleicht würde er dann wieder lernen, Mäuse zu fangen. Es war ihr bewusst, dass sie durch diese ungeplante, überstürzte Wien-Reise ihr gestriges Erlebnis zu kompensieren suchte.

Vielmehr war sie plötzlich über ihre Provinzprüderie schockiert. Tickte sie noch richtig? Oder plötzlich nur einfach anders?

Nach Lenas Brandrede, dass die GroßlichtenerInnen zusammenhalten und jeder künftig auch die Möglichkeit haben sollte, durch das ausgeborgte E-Car mobil zu sein, hatte ihr die Gemeinde zugejubelt, wie sie es sonst nur nach mehreren Vierteln bei Kirtagen einer Musikantengruppe gegenüber taten. Danach agierten sie euphorisch und geradezu enthemmt. Gehörte Max Wahlbergs gestrige Derbheit eventuell auch zum normalen regionalen Balzverhalten?

Das rauszukriegen und sich bei Lena zu melden, ließ Walli dann doch lieber bleiben. Denn Hohn und Spott würde sie jetzt wirklich nicht ertragen können. Und den hielt Lena mit Sicherheit für sie parat.

Walli hoffte, dass der räumliche und zeitliche Abstand von einigen Tagen Gras über die Sache würde wachsen lassen. Denn Dorfgetratsche war doch etwas Schreckliches. Das wusste sie.

Vielleicht hatte auch noch diese blöde Kuh von nebenan neugierig ihre Nase heraus gesteckt und die peinliche Episode beobachtet.

»Scheiße!«

Falls Lena sie brauchte, konnte sie ja auf dem Handy anrufen. Und jetzt nichts wie weg, bevor die Sonne hervorkam und sie auch nur irgendjemandem auf ihrem Weg begegnen würde.

Die Autofahrt nach Wien verging wie im Flug. Um auf andere Gedanken zu kommen, legte Walli die CD eines frühen Bruce-Springsteen-Albums ein und hörte »Meeting across the river«, und bei »Night« sang sie bereits laut mit.

Auf der Autobahn machte sie das immer so.

Ihre Stimmung verbesserte sich merklich, als sie die Einfahrt Wien-Strebersdorf erreichte. Da sie im 21. Wiener Gemeindebezirk Floridsdorf wohnte, war es dann nur noch ein Katzensprung bis vor ihre Wohnungstür.

Da Walli Winzer immer unterwegs war, hatte sie ihre Maisonette stets mehr als Depot und Übernachtungsmöglichkeit angesehen denn als gemütlichen Wohnort. Sie kannte daher niemanden in direkter Nachbarschaft.

Ihr gesellschaftliches Leben spielte sich anderswo ab. In der Innenstadt.

Als sie einparkte, kam ihr plötzlich alles noch fremder als sonst vor. Diese riesigen, seelenlosen Bettenburgen – ohne Leben. Kein Lachen. Eiseskälte. Öde. Kein Wunder, diese Anonymität muss ja jegliche individuelle Sensibilität bereits im Keim ersticken, war sie überzeugt.

Ihr schönes altes Schulhaus in Großlichten stand jetzt leer. In ihren Gedanken erlebte sie es lebendiger als diesen Ort hier.

Kurz dachte sie, ob Filou diese neue Aufgewecktheit und Beobachtungsbereitschaft in ihr geweckt hatte. Walli wehrte sich aber gleich vehement gegen diesen Gedanken. Sie wollte nicht auch eine dieser besessenen Katzenhalterinnen werden. Gott bewahre!, schwor sie sich.

Aber sie gab zu, dass viel Behaglichkeit von solchen Vierbeinern ausging. Kurz dachte sie sogar an den Ausspruch des Katzenfans Ernest Hemingway auf ihrem Kalender: *Katzen erreichen mühelos, was uns Menschen versagt bleibt: durchs Leben zu gehen, ohne Lärm zu machen.*

So etwas konnte Walli nicht von sich behaupten. Vor allem, als sie kreischend hochsprang und an ihren vollen Terminplan dachte.

Es war noch früher Vormittag, und sie erinnerte sich daran, dass sie in ihrer Agentur vorbeischauen und einige

Termine in der Innenstadt einplanen würde, die sich nach kurzen Telefonaten bestätigten.

Als sie ihre Agentur »Firebird« nahe der Landstraßer Hauptstraße im 3. Wiener Gemeindebezirk erreichte, stieß sie auf verwunderte Gesichter. Auch Walli Winzer war baff. Binnen kurzer Zeit hatte sich das Büro völlig verändert. Ihr Schreibtisch war besetzt, und ihre Sachen in Kisten gepackt, die im Vorzimmer gestapelt in der Ecke standen.

»Du wolltest doch erst wieder im neuen Jahr zurückkommen. Bis dahin sind es noch einige Monate!«, bemerkte Silvia Manner, speicherte die Datei, an der sie gerade arbeitete, im Laptop ab und kam freudig lächelnd auf sie zu.

»Wir haben dein Zimmer in der Zwischenzeit Tobias überlassen. Hoffentlich ist dir das recht.«

Walli schluckte. Noch vor Kurzem wäre sie vor Empörung über dieses Vorgehen explodiert, doch jetzt war Silvia nicht nur für den Bürobetrieb verantwortlich, sondern halbe Miteigentümerin ihrer PR-Agentur.

Sie spürte ihre Einsamkeit plötzlich auch hier. Alles lief gut. Ohne sie. Daran musste sie sich erst gewöhnen.

Silvia war ihre einstige Mentee, also Nachwuchskraft, und wenn sie sich je eine Tochter gewünscht hätte, dann wäre sie es gewesen. Sie war durchsetzungsstark, ausdauernd und kam gut mit allen Menschen zurecht. Außerdem sah sie blendend aus.

»Ich habe mich deshalb nicht bei dir gemeldet, weil ich dich nicht mit Lappalien belasten wollte. Ich wollte dich in Ruhe im Waldviertel ankommen lassen. Das hast du dir doch so sehr gewünscht, endlich Ruhe.«

Walli reagierte nicht.

»Komm, wir trinken einen Kaffee aus der neuen Espressomaschine, die ich gekauft habe, dann kannst du mir erzählen.«

Walli kam aber kaum zu Wort, denn Silvia informierte sie gleich über die neuen Vorhaben, die alle vielversprechend klangen. Sie würden viel Arbeit mit sich bringen, was Walli gleich wieder in der realen Arbeitswelt ankommen ließ.

Und sie spürte: Genau das wollte sie nicht!

Ursprünglich war sie deshalb aus Wien geflüchtet. Doch kurzzeitig kam in ihr wieder dieses Prickeln hoch, das sie immer spürte, wenn ein neues Projekt vor der Tür stand.

Walli Winzer zog innerlich die Bremse und lenkte sich mit Gedanken an den Pferdehof und Max Wahlberg ab.

Tobias Steglitz meldete sich aus dem hinteren Bereich des Büros. Er hatte Walli Winzers Stimme gehört, begrüßte sie erfreut und setzte sich zu ihnen. Mit der Agentur war er seit ihren Anfängen verbunden. Walli war einst eng mit seinem Lebensgefährten Ralf Wiener befreundet gewesen. Oft hatte er sie mit genialen Marketingideen unterstützt. Auch Tobias lernte, als er noch bei ihm arbeitete, viel von ihm. Ralf war an Aids gestorben. Es war schrecklich gewesen. Tobias Steglitz wechselte danach zu ihr. Er war fürsorglich und witzig. Verbiss er sich einmal in ein Projekt, konnte er richtig zum Arbeitstier werden.

Während Walli einige Episoden aus dem Waldviertler Alltag erzählte, breitete sich die übliche Hektik in der Agentur aus. Eine Broschüre lag in der Endfertigung, und eine Pressekonferenz musste für den nächsten Tag vorbereitet werden.

»Meine Liebe, lass dich nicht unterkriegen und denke dir: Hier ist dein Asyl, falls dich das beruhigt! Deine flinken Hände werden auch in Zukunft gebraucht.«

Walli freute sich zwar über dieses Angebot, war aber überzeugt, dass sie so schnell nicht würde darauf zurückgreifen wollen.

Alle umarmten einander, und Walli verließ ihr einstiges fast 24-Stunden-Refugium ohne Sentimentalität.

Es würde kein Abschied für immer sein. Sie war stolz auf sich, loslassen zu können. In einem Augenblick, wo sie es für sich brauchte.

Walli Winzer beschloss, ihre zwei Besorgungs-Pflicht-Termine so rasch wie möglich abzuwickeln. Sie merkte, dass sie auch dabei wieder in diesen alten Erledigungsstrudel gezogen zu werden drohte und begann, schon vorzeitig an die eventuelle Notbremse zu denken.

Sie legte ein Mittagessen im Lokal »Wiesbauer« vis à vis der Agentur ein, wo sie ihr Lieblingsgericht, einen echten Wiener Tafelspitz, bestellte. Danach erzählte ihr die Besitzerin, Frau Grete, den neuesten Klatsch und Tratsch von der Wiener Hautevolee oder wen man dafür hielt. Denn begann Walli Winzer eine ihrer PR-Kampagnen zu planen, erfuhr sie hier alles, was sie wissen sollte.

Für den Kaffee wechselte Walli dann ins Café Ecke Stephansplatz/Graben. Überall in Wien war der Kaffee hervorragend zubereitet, doch hier fand sie ihn besonders köstlich.

Immer wieder hatte sie es sich gewünscht, entspannt unter den Sonnenschirmen der kleinen Kaffeehausreihe am Graben zu sitzen und die Touristen zu beobachten: Einige gelangweilte Kinder quälten ihre Eltern, junge Paare turtelten miteinander und vergaßen dabei die Umgebung, während alte Ehepaare wiederum mehr ihre Reiseführer studierten, als miteinander zu plaudern.

Walli war froh, dass die Zeit ihrer Ehe vorbei war.

Freiheit!

Doch sie war mit Thomas weiterhin befreundet und hätte ihn gerne getroffen. Seinen Urlaub verbrachte er allerdings bereits in Italien, in Vittorio Veneto unweit Venedigs, und war erst Ende August wieder erreichbar.

Schade!, dachte sie.

Gerne hätte sie ein vertrautes Gesicht gesehen, das nichts

von ihr einforderte. Er ließ sie sein, wie sie war: extrovertiert, skurril, zweifelnd, manchmal mit einer kleinen Schieflage Richtung Fettnäpfchen. Daneben, fand Walli, war sie auch humorvoll, findig, durchschlagskräftig, lebenslustig und mit allen Wassern gewaschen. So leicht ließ sie sich kein X für ein U vormachen. Und wenn es sein musste, konnte sie sich sogar in andere einfühlen. Doch sicherheitshalber überließ sie das gerne anderen.

Walli Winzer beschloss, noch einige Antiquitätengeschäfte abzuklappern, fand aber keine passenden Gegenstände, die in ihren neuen Landsitz passten.

Was sie allerdings immer brauchte, waren Delikatessen und andere Köstlichkeiten, die sie gerne aus Spezialitätengeschäften der Innenstadt mitnahm. Walli kehrte nochmals zum Stephansplatz zurück, um sich einige Zeitschriften beim Zeitungsverkäufer in der Passage zu kaufen und schrie plötzlich laut auf: »Haltet ihn, haltet ihn!« Eine flinke Gestalt auf der Rolltreppe aus der Stephansplatz-Passage war an ihr vorbei gelaufen und hatte an ihrer Handtasche gerüttelt. Sie gab ihm einen Tritt, dass er sich den Rest der Treppe nur mühsam am Gummigeländer hinaufziehen konnte, sich freilief und in der anonymen Masse verschwand.

Niemand hatte auch nur Anstalten gemacht, ihr zu helfen. Sie sah nach ihrer Tasche, die ungeöffnet an ihrem Arm hing, sammelte sich erstmal und war froh darüber, dass ihr Reaktionsvermögen noch unverbraucht war.

Walli entschied, die restlichen alltäglichen Einkäufe in Floridsdorf und der angrenzenden Donaustadt mit ihren riesigen Einkaufszentren zu erledigen. Dort war mittlerweile auch schon fast alles zu finden. Sogar exklusive Modegeschäfte eröffneten lieber hier als in den inneren Bezirken.

Walli Winzer liebte den reizvollen Gegensatz zwischen historischer, geschichtsträchtiger Altstadt und den neuen baulichen Akzenten. Diese Bruchlinien beflügelten sie in ihrer Kreativität. Mancher Wolkenkratzer gelang besser, ein anderer wieder nicht so. Aber die Stadt war in Bewegung wie sie selbst. Auch, wenn sie sich derzeit mehr auf sich konzentrieren musste.

Es entstand sogar ein neuer Stadtteil Aspern im Bereich Donaustadt, der so groß wie die Stadt Salzburg war. Dass das nahe Napoleons ehemaligem Schlachtfeld entstand, hätte der sich vor 200 Jahren auch nicht gedacht. Nachteil des linken Donauufers dadurch war: Es gab hier mehr Kräne und Bauruinen als in der übrigen Stadt, bemerkte Walli Winzer.

Damit auch keine Baufirma in wirtschaftlich schwierigen Zeiten leer ausging und sich über die Vergaben von Großbauprojekten mokierte, fand in den vergangenen Jahren jede Baulücke ein umsetzenswertes Projekt.

Viele alte Wirtshäuser, Trafiken, Kleingärten und Felder der Wiener Gärtner machten bisher den Charme der Vorstädte aus und sorgten mit frischem Gemüse für die Nahversorgung der WienerInnen. Sie prägten unverwechselbar das Grätzlbild.

Dass sie weichen mussten, traf erst jetzt so richtig Wallis Floridsdorfer Herz, als sie an den hochgezogenen Absperrungen um die baubereiten Grundstücke vorbei fuhr.

Sie erinnerte sich an ihre Kindheit, als Floridsdorf wirklich noch fast ein Dorf innerhalb Wiens gewesen war. Kinder tobten auf Abenteuerspielplätzen, die Nebenstraßen waren teilweise noch unasphaltiert, und die Menschen hatten Zeit füreinander gehabt. Es gab Greißler, Bäcker, Fleischhauer, Gemüsegeschäfte und Geflügelhändler. Man plauderte miteinander. Mehr als heute. Nichts war anonym gewesen.

Die gute alte Zeit. Doch die hatte teilweise auch ihre Schattenseiten wie in Großlichten, wo jeder vom anderen unfreiwillig fast alles weiß.

Eines war damals jedenfalls nicht freiwillig: die Armut. Denn sie erinnerte sich daran, dass sie als Kind eines Arbeiters der legendären Lokomotivfabrik mit ihren Eltern in einer Zimmer-Küche-Wohnung mit Klo am Gang gewohnt hatte. Ihre Mutter lebte bis in die 1990er dort.

Einige wenige Straßenzüge mit diesen alten Mietshäusern der ArbeiterInnen gab es noch. Walli fand ihre Fassade schützenswert, dachte sie, als sie ihr Auto vom Parkplatz an der U-Bahn-Linie 1, die die City direkt mit Kagran verband, abholte.

»Stattdessen reißt man sie weg, und es entstehen zum Teil krass uniforme Straßenzüge, die das allerletzte Lokalkolorit zerstören. Wahrscheinlich schämten sich viele in der Wiener Stadtregierung für ihre Herkunft, die so etwas beschlossen haben. Ich jedenfalls nicht! Die Wohnungen könnten umgebaut und modernisiert werden. Sie würde dann sofort in eine davon umziehen«, sinnierte sie halblaut vor sich hin.

Nach ihrer Trennung von Thomas hatte sie beschlossen, in das Wohnprojekt einer namhaften Architektin an den Ort ihrer Kindheit zurückzukehren.

Walli Winzer atmete tief durch und freute sich auf ihre helle Maisonette mit Terrasse. Als sie eintrat, war es angenehm kühl. Nach dem Trubel der Inneren Stadt setzte sie sich erst einmal hin und machte sich einen eiskalten Aperol Spritz mit extra vielen Eiswürfeln.

Als sie auf ihrer Terrasse im Schatten der elektrisch ausfahrbaren Markise saß und über die Skyline von Wien und die Alte Donau, das Naherholungsgebiet der Wiener, blickte, war sie froh, zu Hause zu sein. Es war ruhig. Nur aus der Ferne hörte sie den monotonen Lärm einer Großstadt.

Doch schon nach kurzer Zeit empfand sie auch das bereits als stressig. Früher war in den Sommermonaten Juli und August in Wien nichts los gewesen. Doch jetzt hatte der

Massentourismus durch die U-Bahn-Anbindungen sogar die andere Seite der Donau, Transdanubien, erreicht.

Nach dem Aperitif und einer kleinen Verschnaufpause verspürte Walli noch Lust auf einen Beislbesuch in der kühlen Abendluft an der Alten Donau.

Sie freute sich auf einen knackigen Altwiener Backhendelsalat mit einem Glas kalten Riesling.

Auch Small Talks mit anderen Gästen mochte sie, die sich dort manchmal ergaben. Seltsamerweise verliehen sie oft unerwartet neue Impulse. Eröffneten andere Blickwinkel. Sie stellte auch fest, dass »ihr« Wien nicht mehr das von früher war. Zu viel hatte sich im Laufe der Jahre verändert. Irgendwie war sie selbst zur Touristin in der eigenen Stadt geworden.

Einsamkeit.

Wieder breitete sich die Sehnsucht nach Ruhe aus. Nach dem Blick in eine beruhigend grüne Landschaft. Großlichten!

Doch Walli fühlte sich plötzlich wie auf der Flucht!

Nicht nur vor Max und ihren eigenen Gefühlen, sondern auch vor der dörflichen Überwachung. Sie wollte sich lösen von diesen vielen Augen, die überall alles sahen und dabei versteckt hinter ihren Vorhängen hervorlugten.

Lena und Hannes bemühten sich um Weltoffenheit.

Ein Lichtblick.

Den Pfarrer und den Bürgermeister empfand sie als hinterwäldlerische Dolme. Die machten es niemandem leicht, der etwas gesellschaftlich und wirtschaftlich verändern wollte. Sie hatten alles fest im Griff.

Schrecklich!

Fremde waren Wanderer und Mountainbiker, die sich in diese gottverlassene Gegend verirrt hatten. Diesen totesten Winkel im südlichen Waldviertel. Sie waren Durchreisende, die meist sogar ihren Proviant selbst mittrugen.

Und die Handvoll Wiener, die es hier zum Wochenende immer schon gab. Auch sie verschanzten sich hinter ihren Jalousien und lebten in Parallelwelten. An der Dorfgemeinschaft waren sie nicht interessiert.

Merkwürdige Leute!, dachte sie.

Doch wen kannte sie, die erfolgsverwöhnte Walli Winzer, denn auch noch privat? In Wien? Oder im Waldviertel?

Niemanden.

Nur Lena.

Walli fühlte innere Leere, gefolgt von schnellem Atmen.

Panik!

Wovor eigentlich?, dachte sie.

War auch Max Wahlberg nur ein Vorwand gewesen, zu flüchten?

Walli Winzer merkte, wie sie in ihrer Tagesverfassung immer wieder zu kippen drohte. Sie schwankte zwischen Souveränität, die sie wie eine Marketinghülle abrufen konnte und ihrer seelischen Zerbrechlichkeit, die sie in Momenten wie diesen überwältigte.

Der Gedanke beunruhigte sie.

Um den wahren Grund herauszufinden, war es schon notwendig, zurückzufahren.

Wie sonst auch ließ Walli Winzer nicht von einer Sache ab, bevor nicht das letzte Geheimnis gelüftet war – auch ihr eigenes.

Sie bestellte ein Taxi. Denn den kurzen Weg nach Hause wollte sie nicht mehr alleine unterwegs sein.

12. KAPITEL

Der Regen prasselte immer noch heftig auf das Autodach, als Walli am Vormittag zu ihrem Schulhaus nach Großlichten fuhr. Streckenweiser Nebel und tief hängende Regenwolken ließen sie fahrtechnisch in teilweise beängstigende Situationen geraten. Allerdings für eine Fahrt ins Waldviertel mit seinem rauen Klima und den dichten Wäldern waren in den Sommermonaten solch regenreiche Tagesabschnitte durchaus normal.

Zur Entspannung legte sie eine CD mit Beethovens »Pastorale«-Symphonie Nr. 6 auf. Diese zu hören, war immer wieder ein besonderes Erlebnis. Vor allem die Gewitterszenen wirkten jetzt noch realistischer. Das weckte in ihr starke Gefühle. Sie fühlte, wie sie hier, im Trockenen des Autocockpits, eins mit der Naturgewalt wurde, die da draußen tobte.

»Irgendwie ist das wie in einem englischen Krimi«, sprach sie laut vor sich hin, als sie die Nebelschwaden wagemutig durchquerte. Einige Serpentinen nahm sie zwischendurch so eng, dass sie den Eindruck hatte, dahinzufliegen wie eine Waldgestalt in einer der vielen Waldviertler Sagen.

Walli liebte ungewöhnliche Straßenverhältnisse, auch wenn sie diese dann wie jetzt ziemlich grenzwertig empfand. Doch sie forderten ihr Reaktionsvermögen, was sie nach ihrem Wienbesuch nun besonders genoss.

Als sie mit dem Auto in ihren Seitenweg einbog, regnete es immer noch. Sie stellte den Audi auf der Einfahrt neben dem Haus ab. Schirm hatte sie keinen im Auto.

Als Walli schließlich die Eingangstür aufsperrte, war sie klatschnass. Dabei hatte sie extra ihre neue Burberry-Bluse angezogen, damit man diese in Großlichten bewundern konnte. Von der Einfahrt weg waren es nur wenige Meter gewesen, doch es hatte sie voll erwischt.

Gleich darauf – wie in einem Film – hörte der Regen auf. Walli grunzte und begann ihre frisch erworbenen Einkaufsschätze vom Auto ins Trockene zu tragen.

Als sie so vor sich hin werkelte, sah sie am Horizont der Straße einen kleinen Punkt, der sich auf sie zu bewegte. Schnell zupfte sie ihre Bluse soweit das noch möglich war zurecht und versuchte, sich elegant in Pose zu setzen. Schließlich wusste sie ja nicht, wer da im Anmarsch war.

Als diese Gestalt näherkam, schreckte Walli zurück: »Nein, bitte nicht so früh am Tag!«, entfuhr es ihr, und sie blickte gegen den Himmel.

»Hallo, Frau Winzer! Na, ein gebührender Empfang extra für Sie. Sozusagen mit himmlischen Pauken und Trompeten, wie bestellt«, rief ihr die hagere Gestalt auf einem E-Bike mit Anhänger zu. Er wollte offensichtlich witzig wirken. Die Pointe schlug fehl. Es war Nico Salmer.

»Wie man's nimmt. Hab schon mehr gelacht«, ließ sich Walli nicht aus der Ruhe bringen, wandte Nico Salmer den Rücken zu und hob den Rest der Einkäufe von der hinteren Bank.

Nico war durch die Schroffheit irritiert und wusste nicht, ob er absteigen und ihr helfen sollte. Schließlich klappte er den Radständer zur Seite und stellte sich neben den Anhänger ohne ein Wort zu sagen. Er stand einfach nur da und schaute zu. Nico Salmer hatte das Gefühl, im falschen Moment gekommen zu sein. Er konnte ihr tatsächlich nicht helfen. Das konnte sie jetzt nur selbst tun, indem sie sich so rasch als möglich umzog und diese nasse Kleidung ablegte.

»Gibt es irgendetwas Besonderes, weshalb Sie zu mir kommen?«

»Ich habe ein Päckchen für Sie. Klein, aber ziemlich schwer.«

»Ach, ich hab ein paar Bücher bestellt, denn was soll man hier sonst machen, außer lesen? Es sagen sich ja die Füchse hier Gute Nacht, und ich kann schließlich nicht den ganzen Tag telefonieren.«

»Ich dachte, Sie wollten a Ruh' haben und sind wegen der eigentlich hergekommen?«

»Na, so schnell geht das nicht. Da muss ich mich erst daran gewöhnen, und in der Phase bin ich gerade«, versuchte Walli, die passenden Worte für ihre Rastlosigkeit zu finden.

Nico verstand ihre Umstellungsschwierigkeiten. Konnte er sich ein Leben in der Stadt doch so gar nicht vorstellen. »Wissen Sie, ich war bisher nur einmal in Wien. Das ist schon lange her. Mit der Schule damals. Die Landschulwoche. Da war ich etwa 14 Jahre.

»Ach ja, das machen ja alle Bundesländer.«

»Wir haben die Sehenswürdigkeiten angeschaut. Der Kogler Karl ist damals oboscht«, lachte er.

»Bitte was?«

»Weggelaufen. Hat eine Weile gedauert, bis wir ihn wieder gefunden haben. In Wien gibt's halt viel zum Schauen, dass man schnell die Orientierung verliert. Übrigens, wenn Sie andere Städter treffen wollen, können S' das am besten im Reiterhof. Da kommen die Leute von weit und breit, weil doch der Hubsi Steininger Springeuropameister war. Er ist noch immer dick im Sportgeschäft tätig. Die Wiener wollen nicht so gerne in die Ortschaft kommen. Die wollen am Gestüt bleiben. Jetzt hat dort der Hannes Lechner eben ein Haubenlokal eröffnet. Viele kommen, um zu reiten oder nur um bei ihm zu essen. Der Hannes ist jetzt durch seine TV-Kochshow recht bekannt geworden.«

»Ja, hab ich schon bemerkt. Er zieht wie ein Magnet. Und der Hubsi Steininger. Ich kann mich noch an ihn erinnern. Der löste ja seinerzeit die erste große Reiterwelle in Österreich aus. Die ganze Nation fieberte mit ihm mit. Fast eine Legende!«

»Und dann hat er sich hier niedergelassen. Er züchtet Pferde und bildet sie auch aus. Bei Wettrennen und Springturnieren sind seine immer vorne dabei«, begeisterte sich Nico.

Walli ließ sich mehr über den Reiterhof und die Pferde erzählen. So erfuhr sie auch, dass der Hof in einigen Bereichen bereits Sanierungen brauchte.

»Ist ja ein Riesengehöft, da is immer was zu tun«, erweiterte Nico seine Einschätzung. »Und wie geht's dem Wadl?«

»Besser. Es spannt der Schorf noch, aber es wird schon«, beschloss Walli die schleppende Konversation mit dem Postboten zu verkürzen.

Nico, ging zu seinem Bike zurück, kramte nach dem Paket und übergab es der Adressatin.

Walli begleitete ihn zurück. Er versuchte einige Male vergeblich das E-Fahrrad anzutreten. Es blockte. Schließlich blieb ihm nichts anderes übrig, als nachzusehen. Walli betrachtete ihn jetzt genauer, als er sich mit seinem Bike beschäftigte. Dabei fielen ihm seine blonden Strubbellocken ins Gesicht, die er mit dem Handrücken aus seinem Gesicht strich. Er versuchte, das rückwärtige Rad und die Batterie zu bewegen, und sein T-Shirt verrutschte. Walli sah erst jetzt seinen muskulösen Oberkörper. Sie wandte ihren Blick nicht ab. Es gefiel ihr. Er würde maximal Mittte, Ende 30 sein, überlegte sie. Viel zu jung, screente ihr Verstand in Sekundenschnelle.

Endlich ließ sich die Kiste bewegen. »Na dann, bis zum nächsten Mal«, lächelte Nico.

»Alles klar«, erwiderte Walli jovial – was sie selbst verwunderte.

Darüber nachdenken konnte und wollte sie nun wirklich nicht. Erst einmal alles ins Haus räumen und dann raus aus diesem nassen Zeug. Das war das Einzige, wonach ihr jetzt war.

13. KAPITEL

»He! Nimm die Zügel enger! Er macht ja mit dir, was er will!«, dröhnte es mit fester Stimme aus der ersten Koppel.

Walli erschrak, als sie den langen Weg vom Parkplatz zum Reiterhof entlang ging.

Links und rechts befanden sich rechteckige Koppeln, teilweise mit Sandboden. Eine Reiterin übte mit ihrem Pferd.

Es hatte scheinbar keine Lust mehr, ständig im Kreis zu laufen. Das zeigte es seiner Reiterin unmissverständlich, die alle Mühe hatte, das rebellische Tier wieder in den Griff zu bekommen.

Und das sollte Spaß machen? Reiten war wirklich eine eigene Welt, dachte Walli Winzer. Im Vorbeigehen beobachtete sie zwei Frauen, die ebenso darum bemüht waren, ihre Tiere zu beruhigen.

Warum tut man sich das freiwillig an? Reiter hatte sie noch nie verstanden. Ihr Ding wäre eher, den Pferden zuzuschauen. Sie waren ästhetische, elegante Tiere und im Normalfall sanft und ruhig.

Die vorderen Koppeln befanden sich vor dem Areal des Reiterhofs. Einige schöne Mutterpferde samt Fohlen weideten darin. Der Nachwuchs glich an Größe und Stelzigkeit der Beinchen mehr einem Schaukelpferd als den großen imposanten Stuten.

Walli blieb an der kleinen Weide stehen und sah den Fohlen zu.

»Hallo! Wollen S' vielleicht auch eine Runde reiten?«, fragte eine aufmunternde Stimme hinter ihr.

Walli Winzer erkannte Harry Kain, den »Schöne Welt«-Reporter, den sie auf dem Strudelfest kennengelernt hatte.

»So meins ist das nicht! Aber was nicht ist, kann vielleicht noch werden«, schummelte sie strategisch. Schließlich wollte Walli noch einige Zeit am Ort des Geschehens verbringen.

»Hallo! Was führt Sie hierher? Reiten Sie?«, fragte sie tatsächlich interessiert.

»Ich schreibe diese Woche eine Geschichte über alte Gestüte. Und da bietet sich dieser Traditionsbetrieb einfach an.«

»Weshalb?«

»Es werden hier nicht nur Weltklassepferde gezüchtet, sondern auch auf internationale Rennen vorbereitet.«

»Wie darf man sich das vorstellen? Die Pferde fliegen um die Welt?«

»So ähnlich«, lachte er. »Es werden Millionen Euro-Beträge für Renn- und Turnierpferde bezahlt. Die werden dann entweder weltweit übers Meer verschifft oder in eigene Flugkabinen verfrachtet.«

»Klingt ja nicht sehr tierfreundlich.«

»Alles, was mit Wettbewerb, Geld und Ehrgeiz zu tun hat, kann meiner Einschätzung nach weder menschen- noch tierfreundlich sein.«

»Sie hören sich ja wie ein Tier- und Umweltschützer an«, versuchte Walli, den Ernst der Situation zu lockern.

»Ich möchte eine gelungene Geschichte für das meist gelesene Hochglanzmagazin Österreichs schreiben. Da haben auch kritische Gedanken Platz. Früher wurden Pferde als Nutz- und Hobbytiere gezüchtet. Heute steht eine ganze Reitsportindustrie dahinter. Gerade mit Pferden werden weltweit Milliardenumsätze gemacht. Eng damit verbunden sind natürlich auch die Wettbüros und die Pferderennen.«

So genau hatte Walli Winzer noch nie über den Pferdesport nachgedacht, sie bot sich Harry Kain als erste Leserin des Artikels an.

»Ich hole mir hier noch ein paar Unterlagen ab. Wird daher ein bisschen dauern. Sie können mich aber jederzeit gerne in der alten Mühle besuchen kommen. Ich wohne dort. Sie liegt 100 Meter außerhalb vom Ort, direkt an der Krems«, erwiderte Harry und schwirrte Richtung Haupteingang ab.

Walli sah sich noch ein bisschen um. Nach dem Gespräch mit Nico war sie neugierig auf den Reitstall geworden und beschloss, sich selbst ein Bild davon zu machen.

»Hallo, Walli!«, hörte sie jemanden rufen.

Sie drehte sich um und sah Lisa gemeinsam mit ihrer Freundin Sandra auf den Hof reiten.

»Wie war's in Wien?«

»Heiß, stickig und laut!«, kam es kurz und bündig zurück.

»Mama hat dir, als sie dich gestern nicht angetroffen hatte, eine Nachricht ins Fenster geklemmt. Hast du sie gesehen?«

»Nein, noch nicht. Ich bin erst heute Vormittag angekommen, und da hat es so stark geregnet.«

»Alles klar. Sie hat sich kurzfristig doch dazu entschlossen, Papa auf die Käse-Fachmesse ins Burgund zu begleiten.«

»Da bin ich aber überrascht. Wie das?«

»Sie hat gesagt, es ist zwar hier wie immer viel los, aber du hast sie auf die Idee gebracht, die Nase auch mal anderswo hinauszustrecken.«

»Ja, da hat sie recht!«, schmunzelte Walli. »Dabei bin ich extra gekommen, weil ich dachte, ich würde Lena hier finden. Sie hilft dir ja oft mit dem Pferd.«

»Sie sind schon in der Früh los und fahren direkt mit der Bahn zum Flughafen. Eigentlich müssten sie schon in Paris gelandet sein.«

»Und wie geht's dann weiter?«

»Sie mieten ein Auto und fahren direkt zur Käsemesse.«

»Deshalb konnte ich sie vorher nicht am Handy erreichen. Ich hatte keinen Empfang. Dachte, wegen der Hügel hier.«

»Nicht immer. Bevor dir aber langweilig wird, kannst du sofort für Mama einspringen«, lachte die 16-Jährige.

»Auch wenn wir die Stallarbeit gerne machen – Hilfe können wir immer gebrauchen.«

Wallis Freude über das Angebot hielt sich in Grenzen. Sie wollte die Mädchen aber nicht in ihrem Eifer bremsen, deshalb antwortete sie mit einem ausweichenden: »Wir werden sehen.«

Das war ihrer Meinung nach die elegante Art, sich herauszuwinden.

Doch die Mädchen verstanden: »Du kannst dich ja in den Gastgarten vom ›Grauen Mohn‹ setzen und was trinken. Wir kommen später nach.«

»Gute Idee! Bei der Hitze sollte man sowieso mehr trinken!«

»Pfiat di, bis später!« Die hohen Mauern des Gestüts warfen die letzten Worte der Mädchen als Echo zurück.

Es war das erste Mal, dass Walli Winzer den Reiterhof besuchte. Er war eine mächtige Anlage, in viele verschiedene Gebäudekomplexe unterteilt. Die meisten waren Ställe. Dazwischen gab es Nutzgebäude, die als Sattelkammern, Aufenthaltsräume, Duschbereiche oder Spinde dienten.

Sie ging langsam durch und sah sich um. Es gab auch Vorratsspeicher für Kraftfutter, Heu und Stroh. Ein Teil davon befand sich in den Ställen selbst.

Außerhalb des Hofs gab es niedrigere Gebäude. In ihnen befanden sich Wohntrakte. Sie waren baulich in keinem guten Zustand.

Sie ging weiter und entdeckte drei Reithallen, von denen eine höchst professionell ausgestattet war. Sie war überrascht, dass es bei dieser Hitze drinnen relativ kühl war. Ein Stück weiter war sie wieder im Innenhof des Gestüts.

Jetzt erst fielen Walli die stilvollen Sitzgarnituren auf, die an der einen Seite des Hofs aufgestellt waren. Sie waren aus Holz und in Anlehnung an bäuerliche Jogltische von Designern neu interpretiert worden. Als Frau am Puls der Zeit erkannte Walli das sofort und war von der funktionalen Form begeistert.

Einige Holz verarbeitende Betriebe auf international hohem Niveau befanden sich im Waldviertel, das wusste sie. Dass sie jetzt auch solche edlen Möbelstücke produzierten, war für sie neu.

Hubsi Steininger und Hannes Lechner, der Wirt »Zum Grauen Mohn«, setzten eindeutig auf lokal-internationales Ambiente. Gemütlich wirkte ein Holzstoß neben der Eingangstür zum Restaurant und brachte regionales Flair.

Für eine bekannte Haubendestination fand sie die Preise moderat.

Hannes Lechner kam ihr entgegen.

»Griaß di, g'freit mi, dass du do bist. Mia is es a wichtig, dass d' Leit aus Großlichten kommen. Leben tua ma von die Einheimischen, net nur von dera Schickeria. Do san die meisten sowieso knausrig. I wü beides.«

»Also, i brauch jetzt was zu trinken, bei der Hitze. Bring mir doch gleich einmal a Kracherl«, schnaufte Walli und tupfte sich mit einem Taschentuch einige Schweißperlen von der Stirn.

Hannes lächelte: »Kriagst glei'!«

Er hielt Walli die Restauranttür auf und führte sie nach rückwärts in den Gastgarten. Walli war von der schönen Aussicht begeistert. Sie sah von der Terrasse aus über die bunten Felder und Wälder des südlichen Waldviertels. Es breitete sich vor ihr ein Farbspektrum aus, das vom Grün der Nadelwälder, der Felder mit Kartoffeln, Rüben und Kukuruz bis zum Gelb der Getreidefelder reichte. Die weißen bis roten Mohnfelder dazwischen erinnerten sie an einen ihrer Urlaube, den sie in der Provence, im Süden Frankreichs, verbracht hatte. Das war allerdings schon eine ganze Weile her.

Hannes Lechner hatte ihr einen Tisch zugewiesen, doch sie bemerkte das nicht und stand regungslos da. Die Aussicht faszinierte sie. Sie löste sich erst langsam davon. Hannes rauschte inzwischen in die Küche ab, wo ihn sein Souschef bereits dringend erwartete.

Als Walli sich umdrehte, war ihr Tisch schon besetzt.

Sie suchte nach einem anderen. Als sich ein älterer Herr gerade zu seiner wesentlich jüngeren Begleitung im eleganten Reitdress umdrehte, ergriff Walli die Gelegenheit, den letzten freien Tisch mit ihrer großen Dior-Tasche zu markieren. Immerhin hatte sie vor den beiden das Lokal betreten. Sie stellte sie mitten auf den Tisch.

Als er sich mit seiner Gefährtin setzen wollte, saß Walli Winzer bereits auf dem Stuhl. Er warf ihr einen giftigen Blick zu. Das störte sie nicht. Vielmehr ertappte sie sich dabei, dass sie seine Reaktion fast so genoss wie früher ermunternde Blicke von Verehrern, die bei ihr keine Chance hatten.

Der jedenfalls hätte weder damals noch heute bei ihr landen können, und zwar in jeder Beziehung. Ja, und wenn man zu sehr mit jüngeren Frauen beschäftigt war, konnte man eben andere Situationen sehr leicht aus den Augen verlieren, grinste sie in sich hinein und zupfte aufreizend ihr dezent geblümtes Sommerkleid zurecht. Langsam zog Walli undamenhaft ihren Taschenspiegel aus dem Etui, zog ihre Lippenkonturen neu und beobachtete darin die weitere Szene: Der Kellner bot nun beiden an, sie an einem größeren Tisch dazu zu setzen. Der distinguierte Herr winkte ab, und sie gingen.

Ja, das Leben kann eben auch grausam sein, war sich jetzt Walli Winzer sicher und dachte an ihren peinlichen Auftritt beim Mohnstrudelbacken. Zugegeben war das eben nicht gerade die feine englische Art gewesen, doch die Situation hatte rasches Handeln von ihr verlangt. Außerdem war sie eben keine Engländerin.

Ihr Blick schweifte umher, und sie war überzeugt, noch nie so viele Reiterinnen auf einem Fleck gesehen zu haben.

Der »Graue Mohn« im Gestüt »Sonnblick« war offensichtlich auch bei Nicht-Reitern sehr beliebt. Das Besuchersegment war bunt durchmischt. Walli beobachtete die anderen Gäste und stellte fest, dass die einst mondäne Welt der Reichen und Schönen im Reitsport immer noch Thema war. Alle trugen hier teure Sachen, was sich Walli eher von einer Wiener Reitschickeria erwartet hätte. Aber auch Ortsansässige trugen Markenoutfit.

Ihr zweiter Blick fiel auf das offensichtliche Lieblingsgetränk der meisten Gästen am heißen Sommervormittag: Es war der Aperol Spritz. In der Sonne glitzerte er mit seinen eiskalten Wasserperlen am Glas fast wie ein Halbedelstein.

Plötzlich eine Stimme: »Sabine, der Sascha hat eine Kolik. Er steht ständig auf und legt sich wieder nieder, dazwischen bäumt er sich auch auf. Jetzt liegt er auf der Koppel auf dem Boden. Seine Augen sind weit aufgerissen. Es ist schrecklich. Vielleicht steht er gleich gar nicht mehr auf und stirbt. Ilia meint, du sollst ganz schnell kommen und sofort den Dr. Wahlberg anrufen!«, rief ein aufgeregtes Mädchen einer Gruppe Gleichaltriger zu. Die Mädchen sprangen auf und deuteten Hannes, dass sie später noch einmal kämen, ließen ihre Getränke stehen und rannten davon.

Hannes, der mit einem vollen Getränketablett um die Ecke kam, blieb ruhig und verständnisvoll. Scheinbar hatte er solche Umstände schon öfter erlebt.

Als er zu Walli kam, erklärte er: »So a Situation kann für a Pferd echt lebensgefährlich sein. Irgendwos, Wetter oder Futter, können die Verdauung so belasten, dass das Tier a plötzlich stirbt. Der Tierarzt muss schnell kommen und helfen. Der entleert dann den Darm, damit sich des Tier wieder derfangt. A nocha muss ma die gonze Zeit aufs Pferdl aufpassn.«

»Kommt das öfter vor?«

»Wann's bei die Pferd kummt, weiß ma vurher ni. Oft bei Wetteränderung erwischts a paar. Oba in letzta Zeit san bei uns viele Pferd' ziemlich krank wurdn. Ans is vor ana Wochn sogar g'sturbn. Dabei woa damals des Wetter die gonze Zeit schen. Seither hats einige Pferdln derwischt.«

»Und ma kann nichts dagegen tun?«

»Mehr ois der Max Wahlberg tuat, ko man net moch'n. Der is mitn Hof sehr verbund'n und mit'n Hubsi Steininger eng befreundet. Oba in die letzten zwa Woch'n hob i beobachtet, dass da dicke Luft zwischen die beiden is. Ob des mit die Pferd' zu tuan hot, waß i net. I glaub, da gibt's a was anderes«, flüsterte Hannes Walli zu, als er ihr das Himbeer-Kracherl mit Eiswürfel vor die Nase stellte.

Die plötzliche Aufregung beunruhigte auch andere Reiterinnen und Reiter, sie zahlten, um nach ihren Pferden zu sehen. Jetzt erst sah Walli auch die Bürgermeistergattin, Heidi Brunner, die erschrocken aufsprang, als sie Hubsi Steininger mit einer jungen Reiterin aus dem Stall kommen sah.

Offensichtlich wusste er noch nichts von der aktuellen Kolik, denn er war entspannt und sichtlich mit einem kleinen Flirt beschäftigt.

An ihrem Strohhalm schlürfend, beobachtete Walli Frau Brunners plötzliche Zornesröte, die sich kurze Zeit später in einem gepressten Tonfall Steininger gegenüber entlud.

Seine Flirtstimmung war dahin. Walli musste nicht einmal hören, was gesprochen wurde. Sie sah, dass Hubsi Steininger sich von der Jüngeren abwandte und jetzt Heidi Brunner in den Mittelpunkt seiner Aufmerksamkeit rückte.

Die Atmosphäre zwischen beiden war trotz der Sommerhitze frostig. Irgendwie glaubte Walli Winzer sogar, Streit zu orten. Es drängte sich ihr der Verdacht auf, dass es hierbei nicht um Pferde ging. Zwischen den beiden lief eine ganz andere, möglicherweise persönliche Geschichte ab. Auf dem Fest hatte sie kurz mit der Frau Bürgermeister geplaudert, war aber mitten im Gespräch mit ihr unterbrochen worden, weshalb sich Walli noch kein authentisches Bild von ihr machen konnte. Sie versuchte daher, ihre diesbezügliche Beobachtungsgabe weiter zu schärfen, indem sie so unauffällig wie möglich zuhörte.

»Hallo, da bin ich«, setzte sich Reporter Harry Kain unaufgefordert zu Walli an den Tisch und bestellte gleich ein Bier. Erfreulicherweise rückte er den Sonnenschirm ein wenig in die andere Richtung, denn Walli hatte nicht bemerkt, dass die Sonne bereits ein Stück weiter gewandert war und mittlerweile auf ihren Arm brannte.

»So, jetzt habe ich meine Fotos und die Unterlagen beisammen und brauche bei dieser Hitze eine Stärkung. Kein Wunder, dass alle so aufgeregt sind. Da muss man ja neben der Spur stehen.«

»Die Unruhe hat eine andere Ursache«, antwortete Walli und erzählte alle Einzelheiten über die Kolik. Zu guter Letzt konnte sie sich auch den Klatsch und Tratsch nicht verkneifen und erzählte von der vermeintlichen Eifersuchtsszene.

»Das kann schon sein. Die Gerüchtebörse dichtet den beiden seit vielen Jahren ein Techtelmechtel an. Offiziell darf es das natürlich nicht geben, weil sonst der Bürgermeister bei der nächsten Wahl Stimmen verliert. Dass der aber seit Langem wenig Interesse an seiner Frau hat, weiß fast jeder. Und dass der Hubsi, was Frauen betrifft, kein Kostverächter ist, weiß auch jeder. Man braucht also nur eins und eins zusammenzählen, dann kommt man auf ein Ergebnis.«

»Sie hat ihn mit einer Jüngeren gesehen, etwa 18 Jahre alt, ziemlich vertraut.«

»Das ist die Nina Egger. Ihre Eltern haben hier die teuersten Pferde eingestellt, und sie ist eine begabte Springreiterin. Sie hat schon wichtige Turniere gewonnen. Der Hubsi ist vernarrt in sie. Es ist wie mit der schönen Statue, in die sich ihr Schöpfer Pygmalion unsterblich verliebt und die er zum Leben erweckt. Das mit Nina geht etwa seit einem Monat.«

»Und ihr Vater – was sagt der dazu?«

»Der arbeitet in Wien und schaut nur zum Wochenende vorbei. Wissen tut er mit Sicherheit nix. Wüsste er's, sähe es für den Hubsi nicht gut aus. Der würde sicher seine Pferde abziehen. Aber jetzt sind Ferien, und die Nina ist durchgehend am

Reiterhof. Da fällt es nicht so auf, glauben die beiden zumindest. Jeder Reiterhof ist ein Tratschzentrum, sonst wüsste ich das alles nicht«, sagt Harry Kain und nahm einen kräftigen Schluck von seinem Bier, das inzwischen vor ihm stand.

»Und wie regelt er das mit seinen anderen Freundinnen?«

»Das mit der Heidi Brunner liegt jetzt schon einige Zeit zurück, was sie aber immer noch nicht glauben will. Die aktuelle Verflossene ist jetzt seine langjährige Freundin Cornelia Tucek. Trotzdem bleiben alle mit ihren Pferden weiterhin im Stall. Wie der Hubsi das schafft, weiß ich nicht. Aber glauben Sie mir, seine Masche möchte ich kennen, wie er die Frauen am Bandl hält«, lachte Großlichtens Rasender Reporter.

»Scheint, als gäbe es nicht viel interessante männliche Angebote in dieser Gegend«, konterte Walli seine spöttische Ausführung mit einem kleinen Seitenhieb. Männliche Herablassung schätzte sie so gar nicht. Auch nicht indirekt auf ihre Kosten, wie sie das empfand.

Diese »Frauenversteher« waren auch keine 20 mehr. Also was redeten die? Sie dachte dabei auch an diesen betagten Herrn von vorhin. Der war mit Sicherheit seine 60, sie keine 30 gewesen. Und trotzdem machten sie sich an wesentlich jüngere Frauen und wie Hubsi sogar an besonders junge heran. Dieses Selbstvertrauen, diese Zuversicht! Es war ihr unbegreiflich. Irgendwie fand sie das abstoßend!, platzte ihr fast die Galle vor Eifersucht.

Gerade, als sie sich in ihren Ärger hineinzusteigern begann, ihr Gesicht daher noch mehr rot wurde als es sowieso bereits von der Juli-Hitze her war, kam Max Wahlberg völlig verschwitzt aus dem schräg gegenüber liegenden Stall.

Walli erschrak und wünschte sich in diesem Augenblick nichts sehnlicher, als sich unsichtbar zu machen. Max hatte sie noch nicht entdeckt und diskutierte eifrig mit Hubsi

Steininger. Die beiden sprachen so laut, dass sie jedes Wort verstehen konnte. Sowohl Harry als auch Walli starrten gebannt auf die wild gestikulierenden Gestalten auf der gegenüberliegenden Terrassenseite.

»Hubsi, ich kann dir nicht noch mehr geben. Irgendwann ist Schluss. Du musst dir etwas anderes einfallen lassen, und am besten damit aufhören. Jetzt bin ich eh schon bei dir im Reiterhof mit dabei. Das muss finanziell endlich reichen. Und denk daran, da ist auch noch die andere Sache. Du weißt schon.«

»Das mit den Koliken, das bin ich nicht!«, entgegnete Steininger.

»Hubsi, ich kann dich nicht weiterhin decken. Ich komme gerade von der Koppel, wo es diesmal den Sascha erwischt hat«, hörte Walli, obwohl beide plötzlich viel leiser als vorher sprachen.

»Du gibst den Pferden viel zu billiges Futter. Das ist fast nur Stroh und viel schlimmer: Es schimmelt. Vor einer Woche ist ein Pferd gestorben. In den letzten Tagen und heute gab es mehrere Koliken. Das kann nicht mehr so weitergehen.«

»Max, ich sage dir doch die ganze Zeit: Ich habe damit nichts zu tun. Ich kaufe das Futter wie immer und mische nichts dazu. Ich weiß nicht, wie das passiert oder wer dafür verantwortlich ist. Aber mit rechten Dingen geht das nicht zu. Der Loisl schwört mir, dass alles wie immer läuft!«

»Es muss eine Ursache geben! Wer weiß noch vom Boykott?«

»Nur der Alois Steiner. Vielleicht sind es auch die Rumänen. Dauernd wollen sie mehr Geld. Dabei sollen sie froh sein, dass sie hier überhaupt arbeiten dürfen. Ich stelle ihnen auch noch die Wohnwägen gratis zur Verfügung. Was wollen die denn noch!«

»Bring das alles in Ordnung! Ich gebe dir noch bis übermorgen Zeit. Dann muss ich es der Polizei melden«, hörte Walli Max Wahlberg auch in seiner Funktion als Amtstierarzt sprechen.

»Das ist viel zu kurz. Finde ich den Übeltäter nicht, kann ich den Laden gleich ganz zusperren. Mein Ruf ist ruiniert, und ich zahle mich bei den Einstellern an Schadenersatzforderungen für die Tiere dumm und dämlich.«

»Es bleibt dir nichts anderes übrig. Löse das Problem!«

Hubsi Steininger wurde daraufhin noch wütender und schrie Max Wahlberg richtiggehend an: »Du wirst es noch einmal billiger geben, das schwöre ich dir!«

»Hört sich ja an wie im Film. So einem klassischen Westen mit Gary Cooper oder John Wayne«, kommentierte Harry Kain und brach damit die betroffene Stille, die sich plötzlich auch zwischen ihnen beiden breit gemacht hatte.

Seine Aufgabe als Tierarzt schien Max Wahlberg wirklich ernst zu nehmen. Bis jetzt konnte sich Walli gar nicht vorstellen, dass Max auch so kategorisch und bestimmt sein konnte. Das ließ ihn für sie in einem ganz neuen Licht erscheinen. Und sie musste zugeben: Es hatte etwas Anziehendes.

Walli gestand sich ein, dass sie durchaus eine Schwäche für Männer mit Standpunkten hatte. In einem automatisierten Reflex konnte sie sich sofort wieder für Max Wahlberg begeistern, und sie bereute ihre Abweisung von neulich.

Max' Stimmung änderte sich auch schlagartig, als er Walli am Tisch gegenüber sitzen sah. »Hallo, wie geht's?« Er kam herüber. Sie wechselten einige Belanglosigkeiten. Walli erzählte ihm von ihrem plötzlich notwendig gewordenen Wienbesuch.

Während Harry mit dem Kellner sprach, flüsterte sie

Max leise zu: »Ich glaube, eine Retoureinladung liegt jetzt wohl an mir. Wollen Sie heute bei mir auf ein gemütliches Dinner vorbeischauen? So gegen 20.00 Uhr?«

Sie hatte nicht lange überlegt. Es kam einfach so aus ihr.

»Gerne«, lächelte der Tierarzt.

Die Idylle unterbrach nur Hubsi Steiningers derbe Brüllerei mit den Stallburschen, wo einige gekommen waren, um ihn wieder in die Ställe zu holen. Sie nahmen seine Vorwürfe sichtlich betroffen, aber unwidersprochen entgegen. Einige wollten seine Anweisungen sofort befolgen. Nur einer der Rumänen sagte etwas dagegen, da hob Steininger drohend die rechte Hand, als würde sie ihm ausrutschen.

Jetzt reichte es Walli. Sie sprang auf und stürzte in Richtung Hubsi Steininger. Sie mischte sich sonst nicht in fremde Angelegenheiten, doch irgendwann war es einfach genug. Da meldete sich ihr Gerechtigkeitssinn.

An Max und Harry vorbei schrie sie in ebensolcher Lautstärke, dass er die Arbeiter endlich in angemessenem Ton und menschlicher behandeln soll. Würde sie hier nochmals eine ähnliche Szene erleben, sei nämlich ihr nächster Gang zum Arbeitsinspektorat. »Die sind sicher an den Arbeitsprozessen, die hier ablaufen, interessiert!«

Steininger fasste sich schnell. Vor allem war ihm die Szene im Gastgarten vor versammeltem Publikum peinlich. In Rage geraten, hatte er das ganz vergessen.

Plötzlich im charmantesten Tonfall entschuldigte er sich für seine Unbeherrschtheit und nickte entspannt in die Runde. Er begleitete Walli an ihren Tisch und warf dem Tierarzt einen verächtlichen Blick zu.

Max Wahlberg wirkte wieder besorgt. Man sah ihm an, dass ihn die Gesamtumstände am Reiterhof bedrückten. Gab es so etwas wie ärztliche Schweigepflicht auch für Tierärzte? Walli erkannte, dass sie so gar nichts über die Welt des Reitens wusste, war aber davon überzeugt, dass sie nach dem Dinner wesentlich informierter sein würde.

Dr. Max Wahlberg war gleich darauf von einer interessierten Damenriege umstellt, die alles über die Pferdekoliken wissen wollte. Dass dieses ernste und gefährliche Thema vom attraktiven Tierarzt erklärt werden konnte, schien manchen Reiterinnen einen Teil ihrer Sorgen erträglicher zu machen.

Walli beobachtete diese Szene, die ihre Fantasie darüberhinaus lebhaft inspirierte, denn sie war bereits drauf und dran, sich den gemeinsamen Abend in den schönsten Farben auszumalen.

14. KAPITEL

Stundenlang war Walli Winzer damit beschäftigt, die passende Garderobe aus ihrem Kasten zusammenzustellen. Sie entschloss sich letztlich für ein dekolletiertes Sommerkleid mit dezentem Zickzack-Muster. Da sie fand, dass ihre Oberarme anfingen, eigentümliche Konturen zu entwickeln, bevorzugte sie kurze Ärmel, um sie ein wenig zu verbergen.

Dem von ihr ausgewählten Modell von Missoni verliehen diese sowieso erst das gewisse Etwas.

Auch Kater Filou schaute zwischenzeitlich vorbei. Wallis abwesendes Getue schien ihn allerdings herzlich wenig zu interessieren. Unbemerkt sprang er mit einem gewaltigen Satz den teuren Vollholz-Wandverbau hoch, dessen Türen offen standen, und machte es sich auf einem Stoß mit englischen Pullovern aus Mohairwolle gemütlich.

Er rekelte sich auf der kuscheligen Unterlage und streckte malerisch alle viere von sich. Eigentlich hatte er vor, ein kleines Nickerchen im geschützten Bereich zu halten, doch die hektischen Bewegungen seiner Besitzerin hinderten ihn daran. Er beobachtete sie, als sie in Windeseile Kleidungsstücke über den Kopf zog. Vor dem großen Spiegel an der Seitentür des Kastens wiegte sie sich dann wie bei einer Modeschau hin und her. Filou war fasziniert. So etwas hatte er noch nie erlebt.

Schließlich verließ Walli den Raum, um sich einen kühlen Schluck Mineralwasser aus dem Eiskasten zu holen. Filou hatte inzwischen sein Augenmerk auf eine dicke Fleischfliege gerichtet, die zum gekippten Fenster hereingeflogen war und, von der Hitze völlig verwirrt, ziellos in der Gegend herumflog. Schließlich setzte sie sich erschöpft auf die Lehne eines hübschen historischen Rattan-Landhausstuhls aus der Zeit des Art-Deco. Da Filou keinerlei Hunger fühlte und daher ausschließlich an der Bewegung des Insekts interessiert gewesen war, ließ das an diesem heißen Nachmittag seine Aufmerksamkeit kurz ermatten.

Nachdem Walli ihre Erfrischung auf die kleine Seitenablage unterhalb des Zimmerfensters gestellt hatte, nahm sie wieder ihren Platz vor dem Spiegel ein. Filou war fast eingeschlafen. Der Fliegenbrummer nützte das aus und begab sich wieder in Aktion. Langsam und bedächtig bewegte er sich auf Walli zu. Filou war wieder hellwach geworden, und mit einem Satz sprang er urplötzlich aus dem Kleiderkasten direkt auf Wallis Schultern. Dabei vergaß er allerdings nicht, seine Krallen einzusetzen.

Ein gellender Schrei durchdrang die Nachmittagsstille. Durch Wallis ruckartige Bewegung und ihre panische Gebärde erschrak der Kater. Blitzschnell stützte er sich auf seinen Hinterbeinen ab.

»Autsch!«, noch ein Schrei Wallis.

Mit einem Satz fing Filou den dicken Brummer. Genüsslich begann er seine Beute zu verzehren. Friedlich, ganz so, als wäre nichts gewesen.

Walli Winzer war außer sich. Wütend griff sie nach einem Hermes-Halstuch und jagte dem Kater nach. Der erkannte sofort den Ernst der Lage und suchte rasch das Weite.

»Du elender Kretin, du kleine Bestie! Warte, bis ich dich kriege!«, schleuderte Walli ihm ihren gesamten Zorn nach und schlug dabei mit dem Tuch ins Leere.

Filou war einfach viel schneller.

Im gleichen Augenblick war ihr klar, dass sie nicht nur das Kleid wechseln und die blutenden Kratzspuren auf ihrer Schulter desinfizieren, sondern mit einem Abdeckstift würde kaschieren müssen. Ja, und sie stellte auch fest, dass sie dringend Sport betreiben sollte, damit sie beim nächsten Mal diesem Katzenvieh hinterher laufen konnte. Er hatte sie nicht nur mühelos abgehängt, sondern sie war völlig aufgelöst und keuchte wie eine alte Dampfmaschine.

Sie hatte den letzten Gedanken noch nicht zu Ende gedacht, als es ungestüm an der Tür klopfte.

»Ist alles in Ordnung bei Ihnen?«, fragte Inspektor Grubinger, der mit Nachbarin Sibylle Karner vor der Tür stand.

»Bis auf die von meinem Kater zerkratzte Schulter ist alles okay. Glauben Sie mir: Erwische ich den, wird nichts mehr von ihm übrig bleiben, das schwöre ich Ihnen«, entgegnete Walli grimmig und erzählte ihre abenteuerliche Episode.

»Na gut, dass nichts Schlimmeres passiert ist«, antwortete Grubinger der erstaunten Walli.

»Sind Sie noch zu retten, was gibt es denn sonst noch?«

»Na ja, schon! Wir wollten es nicht an die große Glocke hängen, doch gestern wurde im Wald nahe der Gschwendner-Lichtung ein toter Mann gefunden.«

»Nein! Schrecklich! Wissen Sie, wer es ist?«

»Niemand kennt ihn. Er könnte vom Balkan stammen. Mehr wissen wir noch nicht. Ich informierte gerade Frau Karner. Als wir beide Ihren Schrei hörten, sind wir sofort hergelaufen.«

Walli war verdutzt über die Neugier ihrer Nachbarin, die Grubinger bis vor ihre Eingangstür begleitet hatte, ohne bisher auch nur ein Wort zu sagen.

»Wie ist das passiert?«

»Der Schädel des Mannes wurde mit einem Ast zertrümmert. Er dürfte bereits mehrere Tage tot sein. Ein Mountainbiker mit Hund hat ihn auf seiner Fahrt durch den Wald entdeckt und mit dem Handy die Polizei verständigt.«

»Weiß man, wie der Tote in den Wald gekommen ist?«, fragte Walli zögernd.

»Wir sind erst am Anfang unserer Ermittlungen. Wieso er nicht im Wald vergraben wurde, sondern beim Holzstoß auf der Lichtung liegt, wissen wir nicht. Eine erste Einschätzung ergibt, dass er auf der Flucht war. Sein Gesicht, zumindest alles, was davon übrig geblieben ist, und seine Arme weisen tiefe Kratzspuren auf. Sie könnten von einem Lauf durch das Dickicht stammen.«

»Klingt ja übel«, schauderte Walli.

»So einen Fall hatten wir hier noch nie. Deshalb haben sich auch das Landeskriminalamt St. Pölten und das Bezirkspolizeikommando Krems eingeschalten.« Inspektor Grubinger sah gar nicht glücklich darüber aus.

»Schaffe ich es nicht, den Mord aufzuklären, wird die Polizeistation in Großlichten geschlossen. Doch die Leute wollen das nicht. Und ich auch nicht. Deshalb gehe ich jeder Spur nach. Ich war bei Frau Karner und bin dann gleich zu Ihnen herüber.«

»Warum will man die Dorfstation zusperren?«, fragte Walli.

»Weil man in ganz Niederösterreich aus Kostengründen Posten einspart. Klappt die Aufklärung nicht, wäre das für Bürgermeister Brunner ein politischer Schachzug. Er würde keine Rechenschaft mehr vor der Gemeinde Großlichten abzulegen brauchen. Alle Fälle wären künftig beim Bezirkspolizeikommando Krems oder der Polizeiinspektion Gföhl angesiedelt.«

Walli verstand zwar das Problem, wusste aber nicht, wie sie helfen sollte. Stattdessen wuchs ihre Unruhe, wenn sie daran dachte, was sie bis zum Abend noch alles zu erledigen hatte.

»Wir müssen das Gespräch leider beenden. Ich erwarte Besuch von Herrn Dr. Wahlberg und muss noch einiges vorbereiten.« Seinen Namen zu nennen, konnte sie sich nicht verkneifen. Sie knallte beiden, ohne eine Reaktion abzuwarten, die Tür vor der Nase zu.

Zeit hatte sie jetzt wirklich keine mehr zu vertrödeln.

»Also das ist ja die Höhe. Aber sehen Sie, so ist sie!«, hörte sie noch ihre Nachbarin aus der Ferne keifen. Durch den Türspion sah Walli, wie Sybille Karner beim Weggehen hektisch auf Inspektor Grubinger einredete. Nur was sie genau sagte, verstand sie nicht mehr.

Vielleicht war es nicht wirklich das beste Benehmen gewesen, beiden so brüsk die Tür vor der Nase zuzuschlagen, dachte sie. Andererseits, hätte sie ihnen die Gründe für ihre

Hektik detaillierter erklärt, wäre noch mehr Zeit vergangen, die sie jetzt definitiv nicht hatte.

Durch den heftigen Windstoß, den die zugestoßene Tür verursachte, war Wallis Strohhut auf den Boden gefallen. Sie hob ihn auf und hing ihn an einen Garderobehaken. Als sie dazu ihren rechten Arm hob, spürte sie den brennenden Schmerz auf der Schulter und erinnerte sich an ihren Kater Filou. »Na warte, du unberechenbares Etwas. Du wirst mir nicht den Abend verderben.«

Handwerkliches zählte zwar nicht zu Walli Winzers Begabungen, doch vom Umzug lag noch irgendwo ein Kreppklebeband herum. Damit konnte man Kastentüren transportsicher machen. Warum also nicht auch eine Katzenklappe für lästige Störenfriede kurze Zeit unbenützbar machen?

»Filou kann ruhig einmal ein echtes Katerleben führen und zumindest heute Abend Mäuse draußen fangen«, rechtfertigte sie ihren Plan.

Außerdem würde sie ihm damit einen Denkzettel verpassen, den er hoffentlich begriff und nie wieder ihre Schulter malträtierte.

Doch Zeit für Selbstmitleid war jetzt keine.

Walli sah auf ihre Uhr und stürmte ins Badezimmer. Sie verwendete sämtliche Farbnuancen von Abdeckstiften und Cremen, die sich im Laufe der Zeit angesammelt hatten. Das Arsenal war mittlerweile ziemlich reichhaltig. Im Handumdrehen waren die langen Striemen abgedeckt und kaum mehr sichtbar.

Sie tauschte noch schnell das blutbeschmierte gelbe Kleid in ein schickes, rot gemustertes Sommerkleid mit flacherem Ausschnitt. Das verdeckte die zerkratzte Schulter besser. Vorher konnte sie sich nicht zwischen beiden Kleidern entscheiden. Das Schicksal wählte jetzt das Rote: die Farbe der Leidenschaft.

Lag darin vielleicht auch eine Botschaft?

Während sie vor sich hinträumte, holte sie erneut die Realität ein. Nachdem sie auf die Uhr sah, fiel ihr der Gartentisch ein, den sie noch dekorieren wollte.

Sie holte zwei Garnituren ihres Galaservices der neuesten Serie von Villeroy & Boch aus der Wohnzimmerkredenz. Es war eines der wenigen Dinge, die Walli selbst eingeschlichtet hatte, weshalb sie es auch gleich zur Hand hatte.

Alles andere zu finden, würde erst die Zeit mit sich bringen. Die Leute vom Umzugsdienst hatten alles eingeräumt, weshalb sie noch immer am Suchen war. Der Service hatte darin bestanden, ihr das alte Schulhaus wohnlich und schlüsselfertig zu übergeben.

Walli liebte es, zu dekorieren. Da fühlte sie sich in ihrem Element. Auch jetzt. In Anlehnung an die sommerlich bunte Waldviertler Landschaft hatte sie schon auf ihrem Heimweg einige Wiesenblumen gepflückt. Die Blüten verteilte sie auf dem hellgelben Damasttischtuch um eine kleine Vase herum. Walli achtete darauf, dass das stilvolle Blütenmeer an Üppigkeit keineswegs Service und Speisen zu überflügeln drohte.

Für ihre Küche war Walli hingegen weniger berühmt. Für eigene Einladungen verließ sie sich daher für gewöhnlich auf den hervorragenden Service von Wiens Cateringbetrieben. Ihr fiel ein: Auch in Großlichten gab es Hannes Lechner mit seiner Gourmetküche. Ob der auch nach Hause liefern würde? Danach musste sie sich demnächst mal erkundigen.

Walli beschloss, keinen weiteren Gedanken mehr daran zu verlieren, weil es immerhin schon 19.30 Uhr war. Eine halbe Stunde also noch bis zum Eintreffen von Max Wahlberg.

Das sollte reichen, um all die Köstlichkeiten, die sie sich von einem Spezialitätengeschäft am Graben hatte einpacken lassen, auf große Vorlegeplatten aufzulegen. Sie liebte Antipasti in allen Variationen, gefolgt von geräuchertem Fisch, darunter Saibling, Karpfen und Forelle. Dazu eine bunte Palette von Süßsaurem, genauso wie Cocktailtomaten, Cornichons und Paprika. Eine ausgewogene Käseplatte würde das improvisierte Galadinner abschließen, dazu Baguette und Olivenbrot. Als Aperitif wählte sie aus ihren reichen Beständen einen trockenen Champagner von Moet & Chandon, gefolgt von einem exquisiten Rheinriesling aus dem Kamptal. Als Walli schließlich auf ihr dekoratives Meisterwerk am Esstisch blickte, wurde ihr wieder klar, dass sie sich einst für den richtigen Beruf entschieden hatte.

Damals, Anfang der 1970er-Jahre, war es für ein Mädel aus einem Arbeiterbezirk schon eine kleine Sensation gewesen, außer Verkäuferin zu werden, einen richtigen Beruf zu erlernen. Walli durfte sich zwischen Goldschmiedin und Schaufensterdekorateurin entscheiden. Sie wählte Letzteres. Denn alles Schöne hatte sie schon immer fasziniert.

Walli lebte mit ihrer Mama in einer kleinen Wohnung in einem alten Zinshaus, wie fast alle damals. Man roch die Mahlzeiten der Nachbarn und nahm unfreiwillig am Leben aller im Haus teil.

Walli verfolgte auch manchen Streit. Ihr Vater verbrachte die meiste Zeit im Wirtshaus und ihre Mutter trank zu Hause. Geschwister hatte sie keine, was sie immer bedauerte. Es gab viele Schläge für ihre Mutter und für sie selbst. Zu Hilfe kam von den Nachbarn niemand. Sie hörten und schauten einfach weg. Walli beschloss die Flucht in eine andere Welt, in eine heilere Welt.

Es sollte darin nur noch schöne Erlebnisse, schöne Dinge und schöne Menschen geben.

In Abendkursen arbeitete sie weiter daran: Sie holte die Matura nach und belegte die besten PR-Kurse. Dazu ging sie auch für einige Zeit nach Mailand. Mit Fleiß und einer Portion Glück kam sie beruflich schnell in die Gänge.

Auch wenn Walli Winzer schon lange keine Schaufenster mehr dekorierte, hatte sich ihr Schönheitssinn in jedem Belang erhalten. Ihren Tick für flotte Kleidung, Genüsse, Düfte und alle anderen angenehmen Dinge im Leben konnte sie sich nun auch privat erfüllen.

Aber um Gottes willen! Sie sah wieder auf die Uhr. Es war jetzt keine Zeit, in sentimentalen Erinnerungen zu schwelgen!

Sie packte die Platten noch schnell in Frischhaltefolie ein und verstaute sie griffbereit im Kühlschrank. Den Champagner und die Weinflaschen legte sie in die silberne Getränkeschale voll mit Eiswürfeln neben dem Esstisch auf die Gartenterrasse. Mineralwasserflaschen in Kühlmanschetten standen daneben.

Punkt 20.00 Uhr. Walli stellte sich in Positur, wie sie es von ihren Präsentationen her gewöhnt war. Es würde gleich an der Tür läuten, und sie könnte Max Wahlberg mit ihrem charmantesten Lächeln öffnen. Bis dahin wollte sie sich mit einem kleinen Rundgang durch den hinteren Gartenbereich ihres alten Schulgebäudes ablenken. Die rückwärtige Tür war sowieso meistens offen, daher würde sie die Türglocke bis in den Garten hören.

20.30 Uhr. »So, jetzt ist es aber genug!«, brummte Walli entnervt vor sich hin. Unentwegt hatte sie in der letzten halben Stunde auf ihre Designer-Uhr gesehen und kannte mittlerweile jeden Winkel ihres Gartens auswendig. Zumindest wusste sie jetzt, dass sie doch die hässlichen Waschbetontrittplatten, die irgendwann in den 1980er-Jahren dort eingesetzt worden waren, einfach scheußlich fand und demnächst würde ersetzen lassen.

Tierärzte waren zwar manchmal gewöhnungsbedürftige Menschen, mehr von der rustikalen Sorte, daher nicht wirklich einschätzbar, glaubte sie beobachtet zu haben.

»Aber jeder hatte schließlich eine Uhr und ein Handy bei der Hand«, murrte sie angespannt vor sich hin. »Es konnte natürlich auch der Akku leer geworden sein, oder Max hat sein Handy verlegt«, versuchte sie, ihr persönliches Waterloo noch schön zu reden, schnappte den Hörer und rief schließlich auf dem Festnetz des Tierarztes an. Seine Mobilnummer hatte sie leider nicht. Der Anrufbeantworter sprang an. Sie legte auf. Walli wollte Max selbst am Telefon haben und nicht auf den Beantworter sprechen. Sie ließ kurze Zeit verstreichen und wählte nochmals die Nummer.

Eine Frauenstimme meldete sich in der Leitung.

»Ja bitte.«

»Äh, ah, ist Dr. Wahlberg zu sprechen?«, räusperte sich Walli ihre belegte Stimme weg. Sie war mehr als verdutzt, eine weibliche Stimme zu vernehmen.

»Der ist gerade im Badezimmer. Kann ich ihm etwas ausrichten?«

»Darf ich fragen, mit wem ich spreche?«

»Mit seiner Frau«, klang die Stimme am anderen Ende hörbar genervt.

»Sagen Sie ihm doch bitte, Walli Winzers Kater geht es schon besser. Er hinkt auch nicht mehr. Herr Dr. Wahlberg braucht daher nicht mehr vorbeizukommen.« Sie legte auf und atmete erst einmal richtig durch.

Irgendwie glaubte sich Walli im falschen Film: »Er war im Badezimmer, und seine Frau ist bei ihm?«, wiederholte sie für sich, als könne sie es immer noch nicht glauben.

Walli Winzer hatte viele Manager in der Stadt erlebt, die verheiratet waren und sich ab und zu ein Techtelmechtel gönnten. Sie selbst stand dem meistens aufgeschlossen gegenüber. Zum Bedauern von Thomas, der manchmal dahinter kam.

Doch hier war man auf dem Land! Da sah und wusste jeder von jedem alles. Und jetzt erschien plötzlich seine Frau auf der Bildfläche, die offensichtlich nicht von ihm getrennt lebte? Wieso machte er sich dann etwas mit Walli aus? In aller Öffentlichkeit. Wie konnte er sie nur, nein – alle Frauen brüskieren! Auch seine eigene?

Sogar Walli war von so viel Unmoral und Arroganz richtiggehend geschockt.

Warum stimmte Max noch heute Vormittag ihrer Einladung zu, wenn er abends seine Frau erwartete? Hatte sie ihn mit ihrem Besuch überrascht? Oder gab sich jemand nur spaßhalber als »seine Frau« aus, während er im Badezimmer stand? Walli versuchte, eine Erklärung für Max' Verhalten zu finden.

Entkräftet setzte sie sich hin, schenkte sich einen doppelten Martini ein und trank ihn mit einem Zug aus.

Sie begann sich gerade etwas zu entspannen, als sie plötzlich ein furchtbar lautes Heulen aufschrecken ließ, das an ein schreiendes Kind erinnerte.

Das darauffolgende Kratzen an der Katzenklappe verriet allerdings den Urheber. Ihre bitteren Gedanken verflüchtigten sich ein wenig. An die neuen Geräusche musste sie sich erst gewöhnen.

Filou wollte nach Hause. Es war dunkel geworden, und er suchte wie gewöhnlich den Weg durch die – diesmal – verschlossene Klappe.

»Nicht nur dir, sondern auch mir ist jetzt zum Heulen«, wischte sie sich ein paar Tränen aus dem Gesicht.

Walli stand auf, hatte aber jetzt keine Lust, das Klebeband abzunehmen, und öffnete die Eingangstür, allerdings nur einen Spaltbreit. Filou stürzte herein, als wäre jemand hinter ihm her. Für Walli war es das eindeutige Zeichen dafür, dass er bisher keine Maus gefangen und gefressen hatte.

Doch irgendwie hatte sie Dorfpolizist Grubinger mit der Mordgeschichte und dem noch unbekannten Mörder, der noch frei herumlief, verunsichert. Ihr gruselte bei dem

Gedanken. Zumindest spürte sie, dass ihre Widerstandskraft gegen die Außenwelt für heute eindeutig erschöpft war.

Schnell räumte sie auf der Gartenseite den Terrassentisch ab, stellte die Flaschen in den Eisschrank zurück und schloss Fenster und Türen ab. Filou bekam sein Fertigfutter. Und während Walli noch gedankenverloren einige Frusthäppchen in sich hinein schob, beschloss sie, Max Wahlberg aus ihrem Gedächtnis zu streichen – für immer.

15. KAPITEL

Es hämmerte und polterte. Walli wusste überhaupt nicht, ob sie noch träumte oder schon wach war. In ihrem Kopf rumorte es nämlich unerbittlich. Die Martinis zusammen mit dem Champagner gestern waren doch keine so gute Idee gewesen. Kurz musste sie jetzt sogar nachdenken, wo sie sich eigentlich befand. Dann öffnete sie die Augen, und ihr erster Blick fiel auf die altehrwürdigen Holzbalken in ihrem Schlafzimmer im alten Schulhaus.

Das Getöse hörte nicht auf. Sie schaute auf den Wecker. Es war erst 7.30 Uhr. Kein Wunder also, dass sie keinerlei

Ambitionen hatte, schon aufzustehen. Widerwillig streifte sie sich ihren Morgenmantel über, ging langsam die Treppen hinunter und öffnete die Tür.

Draußen stand erneut Polizist Grubinger. Diesmal nicht mit der Nachbarin, sondern mit mehreren Kolleginnen und Kollegen.

»Guten Morgen, Frau Winzer. Wir müssen Sie leider bitten, mitzukommen«, hörte Walli den Dorfpolizisten diesen abgedroschenen Polizeispruch herunterleiern.

»Was? Das ist ja wohl nicht Ihr Ernst. Es ist noch so früh, und was soll das überhaupt?«, stammelte sie und kniff die Augen zusammen, als die ersten Sonnenstrahlen ihr Gesicht trafen. Die Schwüle ließ jetzt schon einen heißen Tag erwarten.

Grubinger trat nervös von einem Fuß auf den anderen. Sie fixierte ihn. Er war ein leicht untersetzter Mann mittleren Alters, und es war ihm die gesamte Situation sichtlich unangenehm.

»Sie haben doch Dr. Max Wahlberg gestern Abend noch gesehen. Heute gegen 5.00 Uhr hat ihn ein Förster unter einem Granitblock am Waldrand tot aufgefunden.«

»Was? Max ist tot! Unter einem Stein?«

Walli spürte ihr Herz bis zum Hals pochen.

»Ja, ganz recht.«

»Und was habe ich damit zu tun?«

»Regen Sie sich nicht auf. Wir wollen nur einmal mit Ihnen sprechen.«

»Nein, ich fasse das nicht. Das kann doch nicht sein! Da gibt es doch schon einen Toten. Und jetzt auch Max?!

Polizist Grubinger wusste im Moment darauf keine Antwort.

Walli überkam eine Übelkeit, und es wurde ihr kurz schwarz vor Augen. Sie setzte sich auf die Holzbank neben der Eingangstür und versuchte sich zu sammeln. Wahrscheinlich hatte sie sich verhört, und das Ganze war nur ein übler Scherz, den man mit ihr machte, versuchte sie sich einzureden.

Die Stimme des Polizisten war verstummt. Für einen Moment herrschte absolute Stille. Als Walli Winzer ihre Augen wieder öffnete, gab es jedoch keinen Zweifel: Grubinger war noch immer da.

»Wie ist es passiert?«

»Er wurde erstochen.«

»Und wie?«

»Von vorne. Mit einem Taschenmesser.«

Walli schluckte.

»Frau Winzer, besitzen Sie ein Taschenmesser?«

»Ja«, antwortete sie wahrheitsgemäß. »Ich habe immer eines in meiner Handtasche. Von klein auf. Man weiß ja nie, wozu man eines brauchen kann.«

»Hm«, grummelte Dorfpolizist Sepp Grubinger betroffen. »Wo ist es jetzt? Zeigen Sie es mir bitte?«

Walli ging ins Haus und schaute in ihrer Tasche nach: »Weg!«

Wie in Franz Kafkas Roman »Der Prozess« befand sie sich plötzlich in einer Situation, die sie nie für möglich gehalten hätte. Sie wurde tatsächlich eines Mordes verdächtigt.

Noch dazu eines Mordes an jenem Mann, der sie gestern zum Abendessen hatte sitzen lassen.

»Nur deshalb weil mein Taschenmesser dort ist, heißt das noch keinesfalls, dass ich etwas mit der Sache zu tun habe«, versuchte Walli wieder Haltung anzunehmen und ihre Enttäuschung vom Vortag zu verbergen. Sie ertappte sich bei dem Gedanken, dass sie nach dem Telefonat gestern tatsächlich kurz gewünscht hatte, Max Wahlberg umzubringen. Sie wünschte ihn in Wirklichkeit doch nur zum Teufel.

Aber töten?

Nein.

Das würde sie nie tun! Das konnte sie für sich definitiv ausschließen.

»Nachdem er gestern nicht gekommen war, habe ich bei ihm angerufen. Seine Frau hat sich gemeldet.«

Dorfpolizist Grubinger fiel ihr ins Wort: »Also ein Mord aus Eifersucht!«

»Weiß ich nicht. Zumindest nicht von mir! Ich habe damit nichts zu tun!«, polterte Walli los, die so die voreiligen Unterstellungen des Polizisten abzuwehren versuchte.

Grubinger war von der Vehemenz überrascht und dadurch plötzlich verunsichert, sie voreilig als Täterin in Betracht zu ziehen. Dennoch: Sie war derzeit die Einzige, die seiner Ansicht nach zumindest ein vages Motiv gehabt hätte. Gestern hatte sie ihm und der Nachbarin immerhin auch die Tür vor der Nase zugeschlagen. Vielleicht wäre sie in einem Anfall von Eifersucht noch zu mehr fähig gewesen.

Da Sepp Grubinger seine derzeit Verdächtige als intelligente Täterin einstufte, beschloss er, sich vor dem Verhör eine spezielle Strategie zurechtzulegen. Den Termin verschob er daher auf den späten Vormittag: »Bitte kommen Sie um 10.00 Uhr in die Polizeistation. Wir können später Ihre Aussage zu Protokoll nehmen. Sie finden uns neben dem Gemeindeamt. Vielleicht weiß ich dann auch schon mehr als jetzt.«

Entspannter, aber nicht erleichtert, schloss Walli die Tür hinter sich.

16. KAPITEL

Sie war immer noch nachdenklich, als sie mit dem Auto viel zu schnell in Richtung »Grauer Mohn« raste. Es war wirklich kein angenehmes Erlebnis gewesen, das Verhör auf der Polizeistation. Walli beschloss, dass sie jetzt einfach etwas zur Stärkung brauchte.

Eine ganze Weile war sie innerlich noch sehr aufgewühlt. Ziellos fuhr sie in der Gegend umher, weshalb sie gar nicht merkte, dass sie inzwischen bereits eine ganz andere Route eingeschlagen hatte

Wie in Trance stand sie plötzlich mit ihrer Luxuslimousine in Zwettl vor dem Stift. Wie sie hierhergekommen war, konnte Walli Winzer sich nicht erklären. Viel zu sehr kreisten ihre Gedanken um die jüngsten Ereignisse. Was war mit Max Wahlberg wirklich passiert? Stand auch der fremde Tote wenige Tage zuvor in Zusammenhang mit den aktuellen Ereignissen?

Die Polizei ging auch da von einem Gewaltverbrechen aus. Pragmatisch gesehen war sie verdächtig. Aber nur deshalb, weil Wallis Handynummer wegen des Gesprächs mit Max' Frau als Letzte in seinem Anrufeingang aufschien und ihr Taschenmesser fehlte?

Blödsinn!

Sie seufzte.

Warum konnte sie in für sie wichtigen Situationen nicht wie andere cool bleiben, passiv sein und einfach abwarten, was sich entwickelte. Aber nein. Immer musste sie alles unter Kontrolle haben, alles lenken, ärgerte sie sich im Nachhinein.

Doch das nützte ihr im Moment rein gar nichts. Die Polizei verdächtigte sie! Und nur das ging ihr jetzt schmerzlich durch den Kopf. Nie wieder würde sie sich von so einem Schwadroneur wie dem nun seligen Max Wahlberg an der Nase herum führen lassen, schwor sie sich. Er war noch verheiratet gewesen und trieb nur seinen Spaß mit ihr.

Walli Winzer überkam eine seltsam bigotte Anwandlung, die sie bisher nicht an sich wahrgenommen hatte. Sie beschloss daher, die Fügung des Schicksals zu erkennen und nahm sich vor, durch die Stiftsgärten zu wandeln, die vor wenigen Jahren frisch renoviert worden waren. Vielleicht würde sich dadurch ihr emotionaler Ausnahmezustand wieder legen.

Die Monumentalität der beeindruckenden Stiftsanlage verfehlte auch bei Walli nicht ihre Wirkung. Doch Kunstdetails zu entdecken, die es hier natürlich in Hülle und Fülle zu betrachten gab, war sie keineswegs in der Stimmung. Sie merkte allerdings, dass die Ruhe und Stille sie gefangen nahmen. An Oleandern und Linden vorbei spazierte sie durch die historischen Gärten, die schon unzähligen Prälaten, Mönchen und sonstigen Stiftsbewohnern zur inneren Einkehr gedient hatten.

Für Walli war das ein ungeplanter Ausflug in eine andere Welt. Sie spürte, dass für sie Enttäuschung und Sorgen auf einmal keinen so großen Stellenwert mehr hatten. Sie wurde ruhiger.

Ja. Ruhe. Die sie brauchte. Nach der sie sich sehnte!

Sie schlenderte von einem Hof in den nächsten. Ihr fiel ein, dass »Urban Gardening«, das heute von manchen in den Städten betrieben wird, eigentlich in Richtung Klostergärten, ging: Ein kleiner privater Bereich, der von Alltagssorgen ablenkte und Seele sowie Körper durch seine gesundheitsfördernden Produkte verwöhnte.

»Der Mensch im Einklang mit der Natur«, hörte sie Lena schon aus ihrem Unterbewusstsein sprechen.

Mist!, dass sich die Freundin gerade jetzt auf dieser Käsemesse in Frankreich herumtreiben musste, wo sie diese doch hier so bräuchte. Doch ständig Alltagstrott war schließlich auch nichts. Sogar ihre Kinder hatten beschlossen, die Eltern zwei Wochen lang in Ruhe durch Frankreichs Genussregionen fahren zu lassen. Also konnte Walli nicht diejenige sein, die diese interne Absprache löste und Lena die neuesten Skandale aus Großlichten nach Dijon im Burgund melden.

Wenn Frankreich, dann wäre Walli in die Provence gefahren. Sie dachte daran, weil sie gerade im Hildegard-von-Bingen-Garten direkt vor einer Lavendelrabatte stand, deren wunderbaren Duft sie mehrmals bewusst einatmete. Gleich, wenn sie zurückkam, würde sie sich einen Lavendelstrauch kaufen, den sie in ihren kleinen Vorgarten vom alten Schulhaus einsetzen wollte. An diesen betörenden Duft würde sie sich immer erinnern wollen, wenn sie sich aus Zorn und Schmerz in einen erträglichen Zustand zurückversetzen wollte.

Sie beschloss, noch die bunten Blumengärten zu besuchen. Es war eine Blütenpracht, die im Hochsommer ihre volle Schönheit entfaltete. Die einzelnen Beete wurden nach Goethes Farbenlehre angelegt. Nach der sollen sich Farben aus einer Wechselwirkung von Licht und Schatten ergeben und dadurch ganz unterschiedliche Wirkungen auf die Psyche haben, stand zumindest auf der Infotafel zu lesen, die neben den Rabatten angebracht war.

Walli stellte fest, dass das Leuchten der Farben und die Schönheit der Blüten sie zu entspannen begannen – und das war gut so! Anderes wollte sie heute mit Sicherheit nicht mehr erleben. Was der alte Goethe in dicken Büchern mühsam beschrieb, tat bei ihr gerade seine Wirkung.

Das vielfältige Meer von Blüten führte Walli über die Orangerie von Stift Zwettl direkt ins Kaffeehaus. Eine Melange und ein Stück frische Mohntorte weckten wieder ihre Lebensgeister.

Doch nur für kurze Zeit.

Spätestens auf halber Strecke nach Großlichten erinnerte sie das Knurren ihres Magens daran, dass ein Snack zwischendurch für sie kein Mittagessen ersetzte.

Die Aufregungen durch die Polizei hatten Walli erschöpft und konnte sich, gepaart mit Hunger bis zur Unleidlichkeit steigern. Soweit wollte sie es erst gar nicht kommen lassen. Walli Winzer beschloss daher, Hannes' Gourmettempel im Dorfwirtshaus neben der Bäckerei, aufzusuchen. Sie stellte ihr Auto vor dem alten Schulhaus ab und ging zu Fuß in den Ort.

Dort angekommen, bestellte sie gleich vorweg einen doppelten Mohnschnaps gefolgt von einem saftigen Rindsbraten mit Waldviertler Knödel, Gemüsebeilage und gemischtem Salat. Köstlich!

Nach dieser Labung war Walli wieder ein anderer Mensch geworden und fähig, auf andere zuzugehen. Als sie gerade die Serviette zum Mund führte und ihren Blick hob, sah sie Harry Kain zur Tür hereinkommen. Im gleichen Moment bereute sie es schon wieder, hier zu sitzen, denn er verstand ihre Aufmerksamkeit als Aufforderung. Erfreut steuerte er auf Walli zu. Sie erkannte, dass es keine Möglichkeit gab, diesen Kelch an Geschwätzigkeit an sich vorübergehen zu lassen.

Aber prinzipiell wollte sie jetzt sogar mit jemandem reden. Sie fühlte sich ausgelaugt. Ihre Agentur-MitarbeiterInnen würden dazu sagen: Sie war streichfähig.

Mit Harry Kain konnte sie wenigstens ihre kulinarischen Vorlieben, die sie mit einer Nachspeise in Form von Zartbitterschokoladeblättchen auf Waldbeerenmousse krönte, mit dem Nützlichen verbinden und ihn nach seiner Einschätzung ihrer unerfreulichen Lage befragen.

Denn wohl fühlte sie sich noch immer nicht. Zuvor war Wallis Gefühl der Ohnmacht wieder hochgekommen. Auf dem Weg vom alten Schulhaus zum Gasthof, den sie zu Fuß gegangen war, wichen die wenigen DorfbewohnerInnen, die ihr begegneten, aus. Kein Gruß! Keine Geste! Sie schauten an ihr vorbei oder wechselten grundlos die Straßenseite.

Sie kannte solche Momente aus ihrer Kindheit, die sie im Sommer oft in Niederösterreich verbracht hatte. Damals war es noch die Schüchternheit der Einheimischen vor Fremden gewesen, die man vor 40 Jahren außerhalb der gängigen Fremdenverkehrsgebiete nicht häufig antraf. Doch jetzt hatte es andere Gründe.

Hatte sich der Verdacht der Polizei bereits im ganzen Dorf herumgesprochen? Hielt Inspektor Grubinger an ihr als Verdächtiger wirklich fest?

Walli schluckte einen Löffel mit Waldbeerenmousse hinunter und streckte dem Journalisten die Hand entgegen.

Harry Kain stürzte gut gelaunt auf sie zu und erwiderte mit einem kurzen, kräftigen Händedruck, der in diesem Moment auf Walli tröstend wirkte.

»Wie geht's? Sie sehen aus, als hätten Sie schon einmal bessere Tage erlebt. Hoffentlich täusche ich mich.«

Für Walli war klar, dass dieser Typ sein Herz auf der Zunge trug. Der Vorteil davon lag darin, dass er im Gegensatz zu anderen das aussprach, was jene ihr vorenthielten.

»Sie haben recht. Gestern um die Zeit war für mich noch vieles in Ordnung, und jetzt steht bei mir alles Kopf.«

Sie erzählte ihm kurz die Einzelheiten und die Verdächtigungen der Polizei, die sie für mehr als unverschämt hielt. Und vor allem die Indiskretion. Alle Großlichtener wüssten offenbar bereits darüber Bescheid. Wie sollten bei solchem Tratsch polizeiliche Ermittlungen gelingen?

»Machen Sie sich nur keine Sorgen. Der Grubinger steht diesmal unter Druck, ist deshalb zu schnell und wie es scheint vielleicht sogar voreilig bei der Sache. Man möchte die Polizeiaußenstelle in Großlichten schließen. Sie wissen schon: die Einsparungen der Regierung.«

»Da kann er doch nicht die Erstbeste auf nichts hinauf verdächtigen?«

»Scheinbar tappt er noch völlig im Dunkeln und will neben Gföhl auch dem Bundespolizeikommando Krems gegenüber Fakten vorweisen, damit sie ihm den Fall nicht entziehen und dem Landeskriminalamt St. Pölten übergeben.«

»Wieso sollten sie ihn aus dem Fall abziehen?«

»Die Geschichte mit dem toten Rumänen liegt auch bei ihm, und da ist bisher nichts weitergegangen. Falls sich das nicht bald ändert, soll Grubinger mit einem Kriminalbeamten aus Wien zusammenarbeiten. Der Gedanke allein macht ihn sauer, wie ich ihn kenne. Also nehmen Sie alles nicht zu ernst.«

»Na, Sie haben gut reden. Sitzen Sie einmal auf der Polizeistation und werden über Ihr Privatleben ausgequetscht. Und dann sind Sie auch noch die Verdächtige Nummer eins!«

Harry Kain spürte den ehrlichen Schmerz, der aus Walli Winzer sprach, und lenkte das Gespräch thematisch auf seine Recherche zum aktuellen Artikel.

»Ich schreibe ja als Journalist für verschiedene Farbmagazine, die die Leute, im Gegensatz zu den Tageszeitungen, noch kaufen. Wahrscheinlich so lange, bis sie auch durch Online-Infodienste verdrängt werden. Doch so lange viele am Abend vor dem Einschlafen noch eine nette Gutenacht-Geschichte mit schönen Fotos lesen wollen, sehe ich keine Probleme.«

»Also ich bin da meistens schon zu müde.«

»Na ja, Sie waren ja bisher meistens bis spätabends unterwegs und sind müde ins Bett gefallen, nehme ich an. Das wird sich jetzt vielleicht auch bei Ihnen ändern«, witzelte er fröhlich und nahm sich ein Salzstangerl aus dem Brotkorb, der auf dem Tisch stand.

»Ich halte das zwar für eher wenig wahrscheinlich, weil ich, wenn schon, gerne Krimis vor dem Einschlafen lese.«

»Na sehen Sie, da gibt es ja doch etwas, sogar bei Ihnen.«

»Worüber schreiben Sie eigentlich?«

»Die meisten Leute haben am liebsten Themen aus der Umgebung, die ihnen vertraut ist. Es muss dazwischen immer auch etwas Neues sein, was sie noch nicht kennen. So eine Art Überraschungseffekt. Darauf habe ich mich in den letzten Jahren spezialisiert. Ich beschäftige mich gerade mit alter Bierbrauertradition. Da hat das Waldviertel mit seinem kristallklaren Wasser einiges zu bieten. Mich fasziniert, alten Techniken modernste Produktionsverfahren gegenüber zu stellen und klarzumachen, dass die Qualität dabei nicht leidet.«

»Da hat Sie wohl Lena mit ihrer Begeisterung für solche Dinge gedanklich auf den Weg gebracht?«, erinnerte sich Walli wieder daran, dass Lena und Hans aktuell die Käsemeilen im Burgund abgrasten. Sicher schwelgten sie gerade im siebenten Himmel. Einige Gustostückerl fänden bestimmt den Weg nach Großlichten. Auf eine Degustation im engsten Freundeskreis freute sie sich schon. Oder sie wünschte sich das zumindest in diesem Moment. Der Gedanke daran hob ihre Stimmung.

»Sie haben recht. Ich schreibe auch über anderes. Aber diese G'schichterl wurden in den letzten Jahren mein Schwerpunkt.«

»Aha. Sagen Sie: Was mir durch den Kopf geht ist, dass ich gestern Mittag am Reiterhof nicht nur den heftigen Wortwechsel zwischen dem Gestütbesitzer und Max erlebt habe, sondern irgendwie schien mir die Stimmung allgemein recht schlecht zu sein«, kehrte sie zum Ausgangsthema zurück.

»Bevor wir hier noch weiter in dieser Sache gedanklich herum kreisen, schlage ich vor, den Kaffee beim Hannes im ›Mohn‹ zu nehmen. Wie wär's? Vielleicht kann uns jemand sagen, wie es gestern noch weiterging, nachdem alle den Hof verlassen haben.«

Walli Winzer fand den Vorschlag gut, und bevor Harry noch bestellen konnte, brachen sie auf.

Er bot sich als Chauffeur an, da Walli nicht extra zum alten Schulhaus zurückgehen wollte. Auf dem Weg zum Auto war sie froh, in Begleitung zu sein. Denn diesen Spießrutenlauf an einigen Klatschmäulern vorbei hätten ihre derzeit strapazierten Nerven nicht so leicht weggesteckt. Wie gut, dass es jetzt Harry gab. Das hätte sie vor Kurzem auch noch nicht gedacht!

17. KAPITEL

Brütende Hitze hatte sich inzwischen über der hügeligen Landschaft ausgebreitet. Ein leicht metallischer Geruch lag in der Luft, der auf einen an diesem Tag hohen Ozongehalt hinwies. Der Weg aus der Dorfmitte bis zum Gestüt wäre zwar nicht weit gewesen, doch jeder zusätzliche Schritt nach dem üppigen Mittagessen und bei dieser Hitze, der nicht unbedingt sein musste, war ein gewonnener. Walli genoss die luftige Autofahrt und streckte den Arm weit aus dem Fenster.

Harry fuhr eine Klapperkiste auf vier Rädern in orange. Irgendwie war es vielleicht sogar schon ein Oldtimer, zumindest für die jüngere Generation.

Walli dachte an ihre Studienzeit mit Thomas in der Clique. Von seinem ersten Lehrergehalt hatte er sich einen gebrauchten 2CV Citroën gekauft. Das Fetzendach ließ sich nach hinten aufrollen, und bei schönem Wetter fühlte man sich fast wie in einem Cabrio unterwegs. Die »Ente«, wie man das Vehikel liebevoll nannte, wurde dann vom Lebensgefühl her richtiggehend zum gleitenden Schwan.

Das erinnerte Walli übrigens daran, sich gleich bei Thomas nach dessen Urlaub auf ein Pläuschchen zu melden. Der kühle Fahrtwind und die angenehm erfrischenden Getränke zum Mittagessen hatten erneut Wallis Lebensgeister geweckt. Sie war ganz entspannt und hatte ihre Aufgeregtheit von vorher fast zur Gänze abgelegt. Nichts im Leben konnte sie mehr erschüttern, da war sie sich jetzt sicher.

Nach langem intensivem Durchatmen dachte Walli plötzlich sogar daran, selbst Nachforschungen anzustellen. Auch für ihre PR-Tätigkeit recherchierte sie Neuigkeiten. Mit ihrer Informantin im Restaurant »Wiesbauer« hatte sie zwar ihren fixen Informationsdienst, auch einige Kolleginnen und Kollegen ihres PR-Netzwerks waren häufig hilfreich zur Stelle. Doch selbst durch gezielte Fragetechniken anderen Informationen zu entlocken, zahlte sich allemal aus, hatte sie die Erfahrung gemacht. Sonst lief man Gefahr, bloß News zu hören, die andere wollten, dass man sie erfuhr. Also warum nicht auch im Fall Max Wahlberg recherchieren? Wo sie doch derzeit unter Beschuss stand!

»Sie reden ja gar nichts. Ist alles in Ordnung?«

»Ich entspanne mich nur. Mein Ex-Mann und ich hatten übrigens auch eine 2CV-Ente. Das liegt aber schon Jahre zurück.«

»Ja, ist ein tolles Ding. Das Blech ist zwar sehr dünn, und auch der Rost ist schnell durch. Deshalb fahre ich sie nur in den Sommermonaten, damit ich sie noch lange habe.«

»Wieso leben Sie eigentlich als Journalist in diesem kleinen Ort Großlichten?«, fragte Walli für ihre Verhältnisse fast vorsichtig.

»Ich war viele Jahre Redakteur einer großen Tageszeitung in Wien, bis ich …«, er hörte plötzlich auf zu sprechen und begann eine CD unter der Sonnenblende hervor zu kramen. Er legte sie ein.

»Mögen Sie diese Musik?«, wechselte er das Thema.

Walli hörte zu und erkannte die markante Stimme des Interpreten: »Bruce Springsteen. Ein cooler Typ.«

»Dachte mir, dass Ihnen der gefällt.«

»Sein ›Born to run‹ war in meiner Jugend der Tophit. Er hat mich damals mit seinen Songs durch eine schwierige Zeit begleitet.«

Sie spürte plötzlich Rastlosigkeit in sich emporsteigen. Beklemmungen, wie damals. Und sie hörte Bruce Springsteen wie damals. Sah jetzt Bilder von damals. Sie sah hilflos zu, wie sich ihre Eltern stritten. Sie mittendrin. Auf Zimmer-Küche. Mit Klo auf dem Gang. Und sie stritten oft. Verzweiflung wie damals.

»Und jetzt?« Harry lachte gepresst.

Walli schwieg. Ihre Schultern waren nach vorn gekippt und der Körper zusammengesunken. Sie starrte geradeaus. Nie hatte sie »Born to run« intensiver empfunden als in diesem Moment. Sie war den Tränen nahe. Und versteckte sie.

Harry fragte nicht nach.

»Wussten Sie, dass Bruce Springsteen viele Kinder hat? Eines davon, Jessica, ist Weltklassespringreiterin.«

Sie sagte nichts.

Er schaute sie an. »Hören Sie mir eigentlich zu?«, fragte er sanft.

»Klar!« Walli schniefte und wischte sich die Tränen aus den Augen. »Ist nur der Fahrtwind«, räusperte sie sich und widmete Harry weitere Aufmerksamkeit.

Obwohl Harry Kain gelegentlich sprichwörtlich die Sensibilität des Elefanten im Porzellanladen besaß, hielt auch er sich jetzt lieber zurück, bevor er etwas falsch machte. Er hatte absolut keine Ahnung, was dieser Springsteen hier eigentlich sang. Es war englisch. Das amerikanische Englisch, das er nicht so gut verstand. Und ehrlich gesagt: Er wollte es bei dieser Hitze auch nicht wissen. Die CD hatte er irgendwann einmal geschenkt bekommen, war also nicht der Rede wert. Und Walli Winzer schien plötzlich angeschlagen. Das wollte er nicht.

Nach Small Talk mit Tiefgang stand beiden gerade nicht der Sinn. Sie entschieden, die Musik den Rest ihrer kurzen Fahrt einfach auf sich wirken zu lassen.

Gerade, als die große weiß-blaue Tafel mit dem riesigen Reitlogo »Sonnblick« näher rückte, überholte sie ein schneidiger schwarzer Sportwagen mit dunkel getönten Scheiben. In einem hohen Tempo quietschte er sich wieder knapp vor ihnen ein.

Harry erschrak und verriss das Auto. Walli stützte sich reflexartig am Armaturenbrett ab, denn sie war nicht angegurtet, und konnte gerade noch das Gleichgewicht halten, um nicht direkt durch die Windschutzscheibe zu knallen.

»Was ist denn das für ein Vollkoffer?«, mokierte sie sich lautstark nach einer Schrecksekunde in typischem Wienerisch. »Weit und breit kein anderes Fahrzeug zu sehen. Genau uns muss er überholen und fast abschießen? Na warte, der kann was erleben!«

Harry brachte erst einmal kein Wort heraus, da er damit beschäftigt war, den Wagen wieder in die Spur zu bringen.

»Eine Affenschaukel, so ein 2CV in kniffligen Momenten. Auf gute Straßenlage wurden die Autos vor 40 Jahren noch nicht getestet«, legte Walli nach.

»Aber wer ist auch so bescheuert und drängt jemanden ohne ersichtlichen Grund von der Fahrbahn? Hält sich wohl für besonders toll!«, rief Harry dem Flitzer in affektiertem Tonfall nach.

Der Sportwagen nahm die Abzweigung von der Bundesstraße über die schmale Landstraße Richtung Gestüt.

»Gleich werden wir wissen, wer es so eilig hatte«, zischte Walli. Die drückende Hitze und die bisherigen Ereignisse des Tages begannen in Wallis Innersten eine explosive Mischung zu bilden, die sich innerhalb der nächsten Minuten zu entladen drohte. Und irgendwie wollte sie das auch.

Harry stellte den Wagen auf dem Gästeparkplatz ab.

Walli rüstete sich gerade für das klärende Gespräch, als Lisa und Sandra mit ihren Pferden aus dem seitlichen Hohlweg einbogen. Sie kamen aus dem dichten Wald und schienen gut gelaunt. Von Lena wusste sie, dass die gesamte Umgebung ein wahres Reitparadies war. Walli Winzer kannte allerdings noch gar nichts davon.

»Hallo, Walli!«, freuten sich die Mädchen.

Harry warf die Fahrertür zu und versperrte sie mit seinem Autoschlüssel.

»Ist ja ein lustiges Auto, mit dem ihr unterwegs seid. Da muss man noch jede Tür mit einem Schlüssel absperren. Unglaublich! Voll retro!«, war Lisa verblüfft.

»Und wie ist es bei euch?«, fragte Walli, die ihnen einige Meter auf dem Weg entgegen ging.

»Wir satteln gleich die Pferde ab, waschen sie, und dann haben wir circa eine Stunde Zeit, weil wir auf den Hufschmied warten müssen«, fuhr Lisa fort, beugte sich ein wenig hinunter und tätschelte liebevoll ihr Pferd.

»Wieso das?«, fragte Walli tatsächlich interessiert.

»Ab und zu muss das sein. Die Hufe sind schon ein bisschen abgetreten. Sicherer Halt ist aber wichtig!«, setzte Lisa nach.

»In der Zwischenzeit wollen wir dann auch der Nina ein bisschen beim Springtraining zuschauen. In zwei Wochen ist das für sie entscheidende Turnier, ob sie für Österreich bei der Europameisterschaft der Junioren teilnehmen darf oder nicht. Der Stall steht schon jetzt Kopf. Wir hoffen natürlich alle, dass sie es schafft. Das wäre echt toll!«

»Klingt ja wirklich aufregend. Ich hab zwar keine Ahnung von all dem, schaue mir das aber gerne einmal an. Vorher wollen wir noch zum Hannes und haben etwas zu besprechen. Aber dann komm ich gerne zu euch.«

Lisa zog am Zügel und bändigte ihren Tibor, dem das Gespräch schon zu lang geworden war und sich deshalb ungeduldig hin und her bewegte.

»Es gibt sowieso nur eine Pferdewaschstelle. Die ist nicht zu übersehen. Jeder kann Ihnen sagen, wo sie ist, und da treffen wir uns dann in einer halben Stunde«, schlug Sandra vor und wendete ihr Pferd, bis es neben Tibor stand. Gemeinsam galoppierten sie den Rest des Wegs zum Gestüt.

Inzwischen war auch der ungestüme Fahrer irgendwo im Reitareal untergetaucht.

Wallis Zorn hatte sich gelegt, und Harry war mit anderen Dingen wie dem Sortieren seiner journalistischen Rechercheunterlagen im Kofferraum des Autos beschäftigt.

Walli Winzer sah sich jetzt in Ruhe um. Wie schön es hier war. Nur Felder, Wälder, Sonne, Vogelgezwitscher und keine Motorengeräusche. Und wenn der Wind wie jetzt in die andere Richtung ging, roch es nicht einmal nach Pferdemist.

Vor Hannes Lechners »Grauem Mohn« standen bereits viele Autos. Magisch zog die Location nicht nur durstige Wanderer, sondern wegen der gehobenen Küche vor allem Kenner und Genießer an. Natürlich eignete sich der Gourmet-Tempel auch für diverse Arbeitsessen.

Der vife TV-Koch hatte mit der kulinarischen Außenstelle, neben seinem Landgasthaus im Ortszentrum, einen wahren Treffer gelandet. Bei der Aufwertung der Region nicht nur durch sorgfältig renovierte Sehenswürdigkeiten, sondern auch durch Sport, romantische Bademöglichkeiten in den Waldviertler Seen und qualitativ hochwertige landwirtschaftliche Produktion zu punkten, durfte natürlich eine preisgekrönte Küche nicht fehlen. Alles zusammen brachte der industrieschwachen Gegend Arbeitsplätze und Aufmerksamkeit.

Hannes sorgte nicht nur dafür, sondern hatte sich darüber hinaus immer auch für andere engagiert.

Lena hatte er bei allen Ideen unterstützt und war seit einigen Jahren ein eifriger Abnehmer ihrer Bioprodukte. Walli kannte ihn deshalb auch und hatte seine Speisekarte schon in den vergangenen Jahren eifrig studiert. Damals dachte sie keineswegs daran, sich hier ein altes Haus zu kaufen. Ja, und so schnell konnte es gehen!

Als sie das Lokal betraten, war es wieder bis auf den letzten Platz besetzt. Ach du Schreck! Walli sah in unmittelbarer Nähe ihre Nachbarin Sybille Karner mit einer sehr teuer eingekleideten Freundin sitzen. In gehobenem, nasal eingefärbtem Wienerisch bestellte diese: »Gehen S', bringen S' mir einen gebratenen Feldhasen im Speckmantel – und bitte extraknusprig. Net so letschert wie des letzte Mal! Dazu einen Blauen Burgunder und ein Glas Sodawasser, aber extra bitte!« Bemüht, die Sonderwünsche zu bonieren, schwirrte der Kellner in die Küche ab.

Walli hatte sie schon einmal am Reiterhof gesehen. Sie trug jetzt ein lässiges, tief dekolletiertes T-Shirt, das als Outfit zum Mittagessen in einem Nobelrestaurant wenig geeignet war. Wer betulich auf Etikette Wert legte, müsse sich auch selbst daran halten, stellte Walli pingelig fest.

Sie mochte es nicht, wenn Personal schikaniert wurde. Noch dazu, wo hier sowieso alles bestens lief!

Als sie das schlabbrige Outfit des ihr gegenüber sitzenden Harry Kain sah, wusste sie, dass heute hier keinerlei Form zu erwarten war. Er verstärkte den Eindruck noch, indem er sich, ohne sie nach ihren Wünschen zu befragen, ein Bier bestellte.

Als Harry in Wallis starres, ratloses und zugleich erschöpftes Gesicht blickte, bezog er das auf die lautstarke Order der besagten Dame aus der Wiener Hautevolee.

»Wissen Sie, wer sie ist?«

»Nein. Ich habe sie zwar schon irgendwo gesehen, aber kann mich im Moment nicht daran erinnern, wo«, sagte Walli.

»Sie ist sehr reich und hat hier einige Pferde eingestellt. Zwischen ihr und dem Hubsi Steininger gibt es seit einiger Zeit dicke Luft. Der hat sie nämlich vor einigen Monaten wegen einer jungen Reiterin stehen gelassen. Und das schmerzt natürlich in ihrem Alter.«

»Wie alt ist sie denn?«, fragte Walli zurückhaltend, denn sie fand sie, objektiv betrachtet, recht attraktiv.

»Ja also, zwischen 40 und 45 schätze ich. Aber durchaus ansprechend«, erwiderte Harry abwartend.

Walli räusperte sich und tat teilnahmslos. »Na ja, Alter ist heute wirklich keine Kategorie mehr. Wie viel Geld hat sie?«

»Genug. Ihr und ihrem Mann gehört eine Wettbüro-Kette. So ist sie auch auf den Hubsi gekommen.«

»Ich habe gedacht, er hat die Tucek gehabt. Jetzt die auch noch?«

»Die Conny war immer Kummer gewöhnt. Hubsi hält sich an keine Abmachung, und es lief immer eine nebenbei. Er macht, was er will.«

»Und wo hat er die andere kennengelernt?«

»Irgendwo bei einem Turnier haben sie beruflich miteinander zu tun gehabt. Er hat ihr dann Reitunterricht gegeben und ihr einige seiner Zuchtpferde verkauft. Sie waren mit wenigen Unterbrechungen ziemlich lange zusammen. Doch jetzt scheint es endgültig aus zu sein.«

»Was sagt ihr Mann dazu?«

»Den hat man hier noch nie gesehen. Der ist froh, dass seine Frau ein Hobby hat und ihn in Ruhe lässt. Aber wenn er das vom Hubsi wüsste, möchte ich nicht wissen, was dann passiert.«

»Na hallo, sie könnte sich auch scheiden lassen. So etwas ist ja heute möglich. Aber wenn Geld wichtiger ist als ein eigenes Leben, ist das ihre Angelegenheit.«

»Der Hubsi ist bis vor Kurzem fix mit der Conny Tucek zusammen gewesen.«

»Und war da nicht auch die Frau Bürgermeister dazwischen? Ich will ja nicht neugierig sein, aber wie ging dieses Beziehungsmatch aus?«

»Die Heidi Brunner ist ein unglückliche Figur. Sie hängt am Hubsi, würde sich aber wahrscheinlich nie von ihrem Mann trennen. Jetzt schaut sie bei den anderen zu und leidet. Bürgermeister Brunner ist sich übrigens seiner Macht ziemlich bewusst. Ob das lustig für den Hubsi sein würde, weiß ich nicht.«

»Sich aus so einer unglücklichen Beziehung herauszuarbeiten, ist auch ein beschwerlicher und langer Weg, das weiß ich von einer Freundin.«

Harry nahm einen Schluck von seinem Bier und dachte kurz nach: »Ich weiß nicht, warum die Leute diesen Typen überhaupt wählen. Keiner mag ihn.«

»Tja, oft präsentiert sich einer als politischer Wunderwuzi oder als einzige Möglichkeit und schafft es, sich seine Gegner gekonnt aus dem Weg zu räumen.«

»Das klingt ja irgendwie schräg, was Sie da sagen. Trotzdem ist die Brunner interessiert an diesem Steininger. Das letzte Mal habe ich die beiden im Reiterhof gesehen. Es war kein normaler Streit zwischen Freunden. Überwunden hat die das nicht.«

Walli hatte einen Ellbogen auf den Tisch gestützt, und eine Hand lag auf ihrem Schoß. Plötzlich spürte sie etwas Weiches, das sich auf ihrer Hand bewegte. Reflexartig zog sie die Hand zurück. Irritiert sah sie zu Harry, der sein Kinn auf seiner abgewinkelten linken Hand aufgestützt hatte, vor sich hin starrte und dessen rechte Hand unter dem Tisch verschwunden war. Gleich darauf schabte auch noch etwas ihr Bein entlang.

»Sagen Sie, sind Sie jetzt völlig übergeschnappt? Geben Sie Ihre Pfoten weg, Sie Rüpel.«

Da Walli generell über eine überdurchschnittlich kräftige Stimme verfügte und jetzt auch noch sauer war, fiel ihre Reaktion entsprechend heftig aus.

Alle Restaurantbesucher drehten sich nach ihnen um.

War er also doch der schmierige respektlose Typ, wie es ihr erster Eindruck von ihm war.

»Was halten Sie von mir? Glauben Sie, ich habe es notwendig, so auf meine Rechnung zu kommen? Da muss ich Sie enttäuschen!«

Für die Umgebung bot sich ein unerwartetes Schauspiel.

Walli sprang auf und wollte den Tisch verlassen.

In diesem Moment schrie eine Reiterin: »Rocky, wo bist du?«

Mit einem Mal sprang unter dem Tisch ein brauner Jagdhund hervor, der mit einem Satz auf seine Besitzerin zusteuerte und sich, als wäre er völlig unbeteiligt, neben ihr niederließ.

Schadenfrohes Lachen der Restaurantgäste begleitete das Spektakel. Walli Winzer stand da wie ein begossener Pudel. Um sich aus der Affäre zu ziehen, begann sie nun, hilflos in ihrer Handtasche zu kramen. Der Größe der Tasche nach zu urteilen, würde man ihr auch zugestehen, dass sie einige Zeit brauchen würde, um irgendetwas darin zu finden. Immer wieder verstand es Walli, in scheinbar verworrenen Situationen Haltung zu bewahren. So entschloss sie sich, in diesem Moment nicht das Feld zu räumen, sondern die – zugegebenermaßen – peinliche Situation auszusitzen beziehungsweise auszustehen. Sie stellte sich mitten auf die Restaurantterrasse.

Das Bild der wild kramenden Walli Winzer mit ihren unfreiwillig komischen hektischen Bewegungen löste eine Lawine an Gelächter aus.

Die Lage war verfahren.

Dieser ansteckenden Wirkung konnte auch Walli sich schließlich nicht entziehen. Die unfreiwillige Szene endete damit, dass sie ein Taschentuch herauszog und sich ihre Lachtränen wegwischte.

Wer Walli Winzer bisher am Reiterhof nicht gekannt hatte – spätestens jetzt kannten sie alle!

18. KAPITEL

»Na, ab jetzt haben Sie hier so etwas wie den Promi-Bonus«, witzelte Harry Kain, als beide den Hof des Gestüts überquerten.

»Genug jetzt. Wir wollten hier Informationen einholen und nicht weiter auffallen«, würgte Walli strikt jede Debatte ab.

Sie hatten sich noch im »Grauen Mohn« ausgesprochen und Walli sich angemessen bei Harry entschuldigt, was dieser allerdings belustigt abtat. Ernst hatte er das nicht genommen. Und außerdem waren sie ja doch so etwas wie Kollegen. Denn Public Relation verpackte zielgerichtete Information, um ein Produkt zu vermarkten. Journalisten hingegen sollten diese hinterfragen, ausrecherchieren und das Ergebnis an die Leser weitergeben.

Während sie beide einige Fakten bezüglich des Mordes an Max Wahlberg zusammenzutragen versuchten, kam ihnen Sybille Karner, Wallis Nachbarin, entgegen. Sie grüßte in einem buchstäblich siebensüßesten Tonfall.

»Hallo, haben Sie sich schon vom Schreck erholt? Oder muss ich mich eher davor fürchten, eine Killerin neben mir zu haben?«, sagte sie und kicherte dabei. »Ist nur ein Scherz«, versuchte die braun gebrannte Blondine in teuerstem Reiteroutfit im gleichen Atemzug zu beschwichtigen.

Diese Unaufrichtigkeit und Spitzfindigkeit, in falsche Höflichkeit verpackt, konnte Walli nicht leiden: »Ich glaube nicht, dass ich Ihr Interesse befriedigen kann. Bisher gibt es nämlich nichts zu erzählen. Aber vielleicht bald. Beispielsweise, wenn jemand weiterhin so neugierig ist, dass ich ihm den Hals umdrehen könnte. Aber wahrscheinlich würden Sie das dann nicht mehr mitbekommen.«

Wallis Spitze kam bei Sybille Karner nicht gut an: »Ja, warum denn nicht. Mir entgeht kaum etwas. Endlich tut sich in unserem Dorf einmal etwas. Da bleibt man doch am Ball. Zumindest wir Städter müssen unseren Erfahrungsbeitrag dazu leisten, denn wer macht das sonst hier?«

Na, du sicher nicht, du Trampel, dachte Walli und bemerkte, dass ihre Frauensolidarität im Fall Karner völlig dahin war. Vielmehr gab es ernste Anzeichen, die Fassung zu verlieren. Sie sprach daher nicht alles aus, was sie dachte. Wusste aber: Manche Menschen versetzten sie in Rage.

Sie würgte deshalb das Gespräch abrupt ab und erinnerte sich an ihr Vorhaben, Informationen über das Treiben am Reiterhof einzuholen.

Harry hatte inzwischen dessen Besitzer Hubsi Steininger erblickt und war geradewegs auf ihn zugesteuert.

Walli Winzer nützte die Gelegenheit, um schnell das Thema zu wechseln und Frau Karners Beobachtungsgabe zu nützen.

»Sagen Sie, wie ist das Reiten hier? Sieht ja toll aus, die Anlage.«

»Ja, deshalb bin ich auch hergekommen. Ich bin leidenschaftliche Reiterin, und der Hubsi Steininger war einmal Österreichs berühmtester Springreiter. Er hat an einer Olympiade teilgenommen und ist mehrfach Europameister gewesen. Ich habe ihn damals …«

Sie hielt inne, und nach einer kurzen Verschnaufpause fuhr Walli fort: »Also, das ist noch nicht so lange her. Als Mädchen habe ich ihn oft im Fernsehen gesehen«, blickte sie sentimental in Richtung der sich im Gespräch befindenden Männer.

»Leider hat er nur Augen für junge Mädchen. Soll ich Ihnen etwas ganz im Vertrauen sagen?«, versuchte die Nachbarin die Spannung ihrer Schilderung durch einen kurzen Redestopp zu steigern. Walli atmete inzwischen tief durch und wollte sich dabei auf die Zwischentöne der Ausführung konzentrieren. Doch das fiel ihr bei Frau Karner zugegeben schwer. Vielmehr dachte sie, dass diese etwa 55-Jährige sich mental kaum über ihr Teenie-Niveau hinaus weiterentwickelt hätte.

Endlich kam sie mit ihrem Wortschwall Richtung Geheimnis: »Es gibt Gerüchte, dass er etwas mit der Nina hat. Sie ist eine ganz junge begabte Reiterin. Er hat sie entdeckt und für den Springwettbewerb aufgebaut. Sie steht direkt vor ihrer ersten Europameisterteilnahme, auch wenn's noch für die Junioren ist. Der ganze Stall steht vor Aufregung Kopf.«

»Wann und wo findet die statt?«

»In zwei Wochen in Aachen. Tag und Nacht wird eifrig darauf hingearbeitet. Das intensive Training motiviert auch die anderen jungen Reiterinnen. Für sie ist Nina das leuchtende Vorbild. Sie selbst nimmt das alles gelassen und hat Nerven aus Stahl.«

»Wohnt sie hier?«

»Sie wohnt mit ihren Eltern in Wien und einige Dörfer weiter in Abtenau, verbringt allerdings jede Stunde des Tages auf dem Reiterhof – zum Leidwesen von Cornelia Tucek, die übrigens gerade vorbeikommt.«

Walli drehte sich wie auf Kommando um und sah, wie eine gut aussehende Frau Mitte 40 mit einem braunen Wallach aus einem der Ställe des Haupthauses kam. Walli erinnerte sich, dass sie ihr beim Fest begegnet war. Ihrer Gesamterscheinung fehlte allerdings das Strahlen der übrigen Reiterinnen, wenn sie in ihrem Pferdeglück schwelgten. Solche waren in diesem Moment ausnahmslos auf ihr Pferd konzentriert. Sie bildeten eine unzertrennliche Einheit, in die niemand Fremder einzudringen wagte.

»Conny, was ist Ihnen denn über die Leber gelaufen?«, fragte Sybille Karner ohne Umschweife.

»Die Sache mit den Koliken bei Pferden geht weiter. Meines wäre letzte Woche fast daran gestorben. Wenn der Ilia nicht zufällig eine rauchen gewesen wäre, hätte das in der Nacht niemand bemerkt. Heute ist übrigens schon wieder eines auf dem Stroh gelegen. Das Blöde daran ist, dass die Tiere da nicht wiehern, sondern still bleiben. Sie schütteln vor Schmerzen ihren Körper, nicken dabei oft zum Bauch hin, und sie sind Schweiß gebadet. Aber wie soll man das bemerken, wenn sich keine Person im Stall aufhält?«

»Hat man die Ursache noch nicht herausgefunden?«, fragte Walli beiläufig.

»Hat Ihnen denn Max nichts darüber erzählt? So vertraut, wie Sie in den letzten Tagen mit ihm waren?«, zischte ihr Cornelia Tucek entgegen. Der Wallach schnaubte, als wäre er ganz der Meinung seiner Besitzerin.

Walli schluckte und wippte angespannt von einem Bein zum anderen, versuchte aber, sich wieder in den Griff zu bekommen.

Und manchmal gab es eben doch noch Wunder: Nachbarin Sybille Karner konterte schnippisch: »Wie kommen Sie darauf? Max war doch immer zu allen charmant. Warum soll er einer Unbeteiligten üble Geschichten erzählen?«

»Irgendwie war mir so, als wüsste er mehr und würde sich mit ihr beraten wollen«, versuchte Cornelia Tucek noch einmal in die Runde hineinzufragen.

Walli verneinte.

Sybille Karner zuckte die Achseln, kratzte sich auf ihrem Unterarm, weil eine Gelse trotz der Hitze unterwegs war, und fuhr fort: »Genaues weiß noch niemand, aber ich habe etwas aufgeschnappt: Der selige Max soll einiges herausgefunden haben. Er war zwar ein Schürzenjäger und ziemlich oberflächlich, aber bei der Arbeit entging ihm fast nichts. Er war ein Top-Tierarzt. Was ihn allerdings wirklich geschockt hat – keine Ahnung. Auf jeden Fall hatte er Streit mit Hubsi.«

Kommentarlos nahm Cornelia Tucek ihr Pferd und zog es Richtung Hinterausgang. Ohne sich umzudrehen, murmelte sie: »Fünf Reiterinnen haben in der letzten Woche bereits den Stall verlassen, vielleicht bin ich die Nächste. Ich bin übrigens jetzt auf der Koppel.«

Die Reiterwelt war definitiv eine eigene, stellte Walli fest. Sie verstand davon nicht wirklich viel. Auf sie hatten Pferde nie diese Anziehung gehabt wie auf manche ihrer Freundinnen. Es war seltsam, schaute sie sich auch hier im Hof um, sah sie fast ausschließlich Teenager oder Frauen mittleren Alters. Männer ritten seltener. Und wenn, waren sie meist heiß umschwärmt.

Das war übrigens das Stichwort. Harry Kain unterhielt sich schon einige Zeit angeregt mit Hubsi Steininger. Dass man sich mit diesem ausgekochten Schlitzohr so lange unterhalten konnte, überraschte sie. Harry schien bezüglich Gesprächstechniken doch einiges drauf zu haben. Als sie näherkam, hörte sie, dass es wiederum – ja genau – um Pferde ging. Genauer, um den Kaufpreis von Springpferden.

Hubsi Steininger schien sichtlich in seinem Element zu sein: »Versteigerungen von Pferden werden auch bei Privaten immer beliebter. Sie werden meistens um die 20.000 Euro gehandelt. Um diesen Preis geben die alle schon etwas her. Lernpferde kosten durchschnittlich etwa 3.000 Euro.«

»Und wie teuer ist ein Weltklasse-Pferd?«

»Unterschiedlich. Siegerpferde bei Olympiaden werden derzeit um die 15 bis 30 Millionen verkauft ohne Grenze nach oben. Vor allem die Araber sind Pferdeliebhaber. Die treiben die Preise international ziemlich in die Höhe.«

»Das heißt, viele wollen ein Gewinnerpferd kaufen?«, warf Harry ein.

»Klar. Das ist nicht nur Status. Mit so einem kann man eine tolle Pferdezucht aufbauen. Das bringt viel Geld – auch in Zukunft. In ein gutes Pferd zu investieren, zahlt sich derzeit mehr aus als in Aktien.«

Walli hatte den Eindruck, dass Hubsi Steininger ziemlich geschickt Werbung für seine eigene Pferdezucht betrieb. Und irgendwie glaubte sie, dass er sogar recht hatte. Warum dieses fantasielose Aktienpapier, wenn man in etwas Lebendiges investieren konnte, das auch noch Spaß machte. Lena und Hans Breitenecker waren das beste Beispiel dafür, dass man Geld in etwas stecken und zum Leben erwecken konnte, was nicht nur einem selbst, sondern auch der Gesellschaft Nutzen brachte.

Apropos: Wie ging es den beiden? Warum rief Lena sie nicht an? Auch wenn sie gerade in Frankreich war. Sonst machte sie das zwischendurch doch immer. Und gerade jetzt würde Walli sie dringend brauchen.

»Haben Sie gewusst, dass fast alle deutschen Weltklassereiter bei internationalen Turnieren für Saudi Arabien an den Start gehen?«

»Nicht wirklich. Aber klar richten sich alle Spitzensportler nach der besten finanziellen Unterstützung. Und Pferdekultur ist seit Jahrhunderten ein fixer Bestandteil der arabischen Kultur. Ist es übrigens mit den Lipizzanern seit der Barockzeit auch bei uns.«

»Fast könnte man sagen, dass Pferde im Nahen Osten zum lebendigen kulturellen Erbe zählen«, schaltete sich Walli unaufgefordert ins Männergespräch ein. »Natürlich hatten seit jeher nur Sultane die finanziellen Mittel dafür. Doch wie bei uns zur Kaiserzeit machte die Umgebung vieles nach. Eine Tradition, die bis heute hochgehalten wird.«

»Ja, und mittlerweile gibt es eine Vielzahl von sehr reichen Geschäftsleuten in diesem Raum, die ihre Pferdeexpertise sehr professionell in die internationale Wettbewerbswelt einbringen. Ich selbst züchte Pferde und versuche, mich geschäftsmäßig auszuweiten. Leicht ist das nicht. Man braucht dazu viel Kapital, um überhaupt einzusteigen. Das Image des Zuchtbetriebs muss zusätzlich makellos sein. Am besten repräsentiert durch einen international erfolgreichen Reiter oder eine Reiterin. Die Nina auf meinem Klassepferd Syrus hat – hoffe ich – gute Chancen, den Weg zu machen. Ich baue beide Schritt für Schritt in diese Richtung auf«, blieb er ausschließlich Harry zugewandt, um sich Walli erst mit der Frage: »Sind Sie auch mit dem Pferdesport befasst?«, zuzuwenden.

Walli musste sich schnell etwas einfallen lassen. Sie konnte ja schließlich nicht frei heraus sagen, dass sie herumspionieren und recherchieren wollte. In ihrem eigenen Interesse! Denn die Polizei ging derzeit den einfachsten Weg. Der lautete: Man braucht für die Öffentlichkeit eine Verdächtige. Und die hieß: Walli Winzer. Das war natürlich glatter Blödsinn. Doch gegenteilige Beweise fehlten bisher. Die Polizei tappte noch völlig im Dunklen.

»Ah, es ist schon ein lebenslanger Wunsch von mir, endlich reiten zu lernen«, log Walli unverfroren. »Und dann noch auf so einem renommierten Reiterhof.« Dabei verdrehte jetzt sogar Harry die Augen und gab ihr damit das Signal, nicht zu dick aufzutragen.

Hubsi Steininger war sichtlich unbeeindruckt von Wallis plötzlichem Interesse.

»In Ihrem Alter erst reiten zu lernen, wird nicht einfach werden, aber wenn Sie möchten, lässt sich schon etwas machen«, gab Steininger wenig rücksichtsvoll zurück.

Nicht, dass Walli sich der Illusion hingab, dass dieser Tölpel jemals irgendetwas von zivilisiertem Verhalten an sich gehabt hätte, doch diese Herabwürdigung saß.

Na warte, dir zeig ich's! Wallis Spürsinn war geweckt. »Das heißt, wir könnten gleich in den nächsten Tagen damit beginnen? Vielleicht geht's noch bei Nina Egger? Wenn, dann will ich nur von den Besten lernen. Ich zahle natürlich entsprechend«, lockte sie seinen Geschäftsinstinkt.

»Zeit hat sie zwar nicht viel, aber warum nicht?«, erwiderte dieser.

Die erste Runde war gewonnen, frohlockte Walli innerlich. Der Steininger wusste nicht, was er sich künftig mit ihrer Anwesenheit einhandeln würde. Sehr gut. Denn Max' Tod würde in erster Linie hier aufzuklären sein. Jetzt ging es darum, sich so viel Einblick in den Betrieb zu verschaffen wie möglich. Davon war die frischgebackene Amateurdetektivin überzeugt.

»Übrigens: Was sagen Sie zu Max Wahlbergs plötzlichem Tod?«, setzte Walli noch eins darauf.

Ziemlich cool und mit wenig überzeugender Betroffenheit erzählte Steininger von »ihrer beider inniger Freundschaft«, »völlig überraschend«, »beliebt«, »keine Feinde«, »unersetzlich für den Reitbetrieb« und viel weiteres Blabla.

»Dann muss ich geträumt haben, als ich hier das letzte Mal Streit zwischen Ihnen und dem Max erlebt habe«, fügte Walli hämisch hinzu.

»Das müssen Sie missverstanden haben. Max und ich waren befreundet. Ihm lag viel am Wohl des Pferdehofs. Warum sollte es da Streit zwischen uns gegeben haben?«, wandte er sich verärgert von Walli ab und suchte per Blickkontakt Unterstützung bei Harry. Dieser tat unbeteiligt und begann etwas in seiner großen Umhängetasche zu suchen.

»Derzeit gibt es bei den Pferden viele Koliken. Könnte er sich nicht die Frage nach der Ursache gestellt haben? Und Ihnen auch?«

»So etwas kommt oft bei Pferden vor. Meist ist es der Wetterumschwung, aber auch Stress kann Auslöser dafür sein. Sie entschuldigen mich. Genau darum muss ich mich jetzt kümmern.«

Hubsi Steininger würgte das Gespräch ab: »Also, Nina wird sicher einen Termin für Sie finden. Melden Sie sich in unserem Sekretariat an, und wir rufen Sie zurück. Und konzentrieren Sie sich künftig lieber auf das Reiten«, lächelte Steininger verkrampft und ging eilig davon. Walli empfand es wie einen Fluchtversuch. Doch hatte sie einmal Blut geleckt, wollte sie es genau wissen. Da gab es kein Entrinnen – für niemanden.

19. KAPITEL

»Wow, Lisa, der hat das wirklich geschafft! Schau, die Nina macht nur ganz kleine Gesten, und der Syrus reagiert sofort darauf. Ich möchte das auch so können. Da werde ich aber noch viel arbeiten müssen«, freute sich Sandra, die neben Lisa am Holzgatter beim Eingang zum Springplatz lehnte.

Sie hatten ihre eigenen Pferde zuvor auf eine der Koppeln gebracht, die gleich hinter dem Springplatz lagen. Es waren in die Länge gezogene Vierecke, die ziemlich gut auf die Bedürfnisse von Pferden abgestimmt waren: Sie reichten idealerweise weit nach hinten und boten daher viel Auslauf. Dazwischen gab es Wiesen mit genügend Altbaumbestand, der den Tieren an so heißen Tagen wie heute genügend Schatten spendete. Weit und breit nur Natur. Auf der Wiese hörte man das Stampfen der Pferde und deren Wiehern, wenn ein anderes an ihnen vorbei trabte und sie einander grüßten. Sonst vernahm man nur das Rauschen der Wälder.

»Wie sich der Syrus vor seinen Sprüngen konzentriert und dann so kraftvoll dazu anhebt, einfach super!«, antwortete Lisa.

»Glaubst du, dass wir uns einiges für unser Turnier abschauen könnten?«

»Ich glaube, ich brauch da vorerst mehr Tipps fürs Training«, versuchte sich Lisa auf die Details von Ninas Pferdeführung zu konzentrieren.

Walli Winzer war froh, den Reiterhof zu verlassen und kurz für sich zu sein. Sie fühlte, dass hier einiges nicht stimmte. Nur was?

Es war so still, als sie den kleinen Feldweg entlang der Koppeln ging. Sie wurde richtig nervös. Sie merkte, dass noch ziemlich viel Stadtleben in ihr pulsierte. Das Brummen der Bienen zog ihre Aufmerksamkeit auf sich. Sie tanzten um einige Blüten. Walli sah dem kurz zu.

Als sie sich dem mit Sand und Vlies als Unterlage ausgelegten Turnierplatz näherte, hörte sie nur noch das Knirschen des Sattels und das Keuchen Ninas vor dem Sprung. Der schöne braune Wallach mit einem weißen Stern auf der Stirn schien dabei richtiggehend Spaß zu haben.

Walli fragte sich, ob das harte Training die Tiere nicht zu sehr auslaugte. Zumindest schien der gerade jung und kräftig genug zu sein, um spielerisch bis an die Grenzen seiner Möglichkeiten gehen zu können. Aber wie lange?

Sie freute sich, die Mädchen aus einiger Entfernung zu sehen und blieb stehen. Sie hatten sie noch nicht kommen gehört. Walli wollte die Gesamtsituation auf sich wirken lassen. Sie stützte sich auf das verschlossene Holzgatter, das auf eine Koppel führte. Die Pferde grasten friedlich. Walli verlor jedoch für einen Augenblick das Gleichgewicht, schwankte und hielt sich am nächstliegenden Pfeiler fest, um ja nicht den Draht zu berühren. Der Elektrozaun war ihr zuvor noch rechtzeitig aufgefallen. Sie war froh darüber. Die Stromschläge wären zwar nicht tödlich gewesen, aber man erschrak doch ziemlich. Letztlich war das auch der Sinn der Sache. Der Hintergrund war ja: Die Tiere sollten auf der Koppel bleiben und den Bereich nicht verlassen.

Wie ernst und konzentriert die Mädels bei der Sache waren, faszinierte Walli. Sie freute sich immer, wenn jemand mit Leidenschaft sein Ding verfolgte. Bei Lisa und Sandra war das unübersehbar. Warum die Reitbegeisterung dann bei den meisten mit 18 endete und oft erst ab 50 wiederkehrte, blieb ihr ein Rätsel. Männer schienen Pferden zwischendurch den Rang abzulaufen, aber warum so ausschließlich? Als stünde Frauen dazwischen kein Recht auf Hobbys zu. Dabei hatte dieser Sport angenehme Nebenwirkungen auf den Bauch-Bein-Po–Bereich und machte damit jedem Fitnessstudio Konkurrenz.

Na ja, bald würde sie selbst den ersten Reitunterricht erhalten. Alles wegen dieser Nachforschung. Irgendwie war ihr jetzt schon mulmig. Aber es beruhigte sie der Gedanke, dass noch Zeit bis dahin war.

Wieder setzte die Reiterin zum Sprung über ein eineinhalb Meter hohes Hindernis an. Syrus berührte die Latte. Das Anschlagen war laut. Lisa und Sandra zuckten zusammen.

»Hoffentlich hat er sich nicht wehgetan. Ich glaube, er fängt an, müde zu werden.«

»Die Nina hat schon das richtige Gefühl dafür, wann Schluss ist.«

»Normalerweise schon. Aber der Hubsi drängt sie so zur Höchstleistung, dass sie jetzt schon länger als sonst trainiert. Ich glaube, der Syrus kann nicht mehr«, zeigte sich Lisa beunruhigt.

Ilia, der rumänische Pferdeknecht, lief herbei und legte die im Sand liegende Stange des Hindernisses in den Halter. Nina machte keine Anstalten aufzuhören.

»Du, der Ilia schaut auch schon bös. Ihm ist das gar nicht recht«, schien Lisa nun wirklich besorgt.

»Ich glaube, es dauert nicht mehr lange«, beruhigte Sandra.

»Na, ihr beiden«, machte sich Walli bemerkbar. »Wie steht's mit euren Springkenntnissen? Wie lange darf man eigentlich mit einem Pferd pro Tag trainieren?«

»Normalerweise mit Aufwärmen circa eine Stunde. Dann

sind die Kräfte dahin. Nina reizt das heute aus, was ungewöhnlich ist«, ließ Lisa keine Sekunde ihre Augen von Syrus.

»Der Hubsi hat ihr vor dem entscheidenden Turnier mit Sicherheit so eingeheizt, dass sie übertreibt. Überhaupt ist alles, was er sagt, für sie wie ein Befehl. Nur weil sie seit einem Monat seine Freundin ist. Vorher war sie eine von uns. Jetzt hat sie nur noch Augen für ihn. Dabei beschimpft er sie ziemlich böse, wenn was mit dem Training nicht hinhaut, auch vor den anderen«, regte sich Lisa auf.

»Das freut dann vor allem Cornelia Tucek, das sieht man ihr an. Die hofft immer noch, dass dieser Kotzbrocken wieder zu ihr zurückkehrt«, fährt Sandra merkbar gereizter fort.

»Herr Egger, Ninas Vater, wird schon noch dazwischen fahren, wie ich den einschätze. Wenn der mitkriegt, dass die Nina etwas mit dem Hubsi hat, spielt's Granada. Er hat ihm ja schon einmal gedroht, was Mr. Supertoll nur anstachelte. Er muss ja immer der Beste und der Gewinner sein.«

»Nur auf den Max, auf den hat er gehört«, erinnerte sich Sandra.

»Ja, weil er den wegen der Pferde gebraucht hat und weil er von dem etwas wollte. Zum Schluss war er ihm auch egal«, war Lisa überzeugt.

»Was wollte er von ihm?«, fragte Walli wie zufällig.

»Wie immer, Geld, nehme ich beim Hubsi schwer an«, antworte Lisa.

»Wieso? Der muss doch mit dem Gelände und der Pferdezucht gut verdienen.«

»Im Prinzip schon, nur dann darf man nicht so viel Geld ausgeben wie er, so viele Freundinnen haben und – was man so hört – Wettschulden nicht zurückzahlen«, ergänzte Sandra.

»Na, ihr seid ja gut informiert«.

»Geht so«, freuten sich die Mädchen über das Kompliment. »Der Max hat ihm oft geholfen. Damit es künftig besser läuft, ist er sogar Teilhaber von Hubsis Reit-GmbH geworden«, nickte Sandra und sah traurig zu Lisa. »Irgendwie ist im Moment hier der Wurm drin. Und die Polizei verdächtigt dich, statt den Mörder zu suchen«, führte Lisa den Gedanken zu Ende.

»Genau das ist der springende Punkt«, fühlte Walli den Augenblick für gekommen. »Wenn die nichts für mich tun, dann muss ich selbst meinen Kopf retten«, setzte sie noch eins drauf. »Könnt ihr eventuell …«

»Das ist überhaupt kein Thema, dass wir dich bei der Nachforschung unterstützen. Wir werden jetzt unsere Augen und Ohren besonders offen halten.« Lisa und Sandra lösten sich aus ihrer kauernden Lehnposition und stellten sich demonstrativ neben Walli. »Was mir zu denken gibt: Haben die Koliken etwas mit Max' Wahlbergs Tod zu tun. Oder gibt es etwas anderes? Vielleicht im Wettbereich um Hubsi herum?«, dachte Walli laut.

Kaum hatte sie den Namen ausgesprochen, hörten sie die laute markante Stimme Steiningers: »Mehr Power! Gib's ihm!«

In aufrechter Pose verschränkte er vor sich die Arme wie einen Schild und hatte in diesem Moment die gesamte Situation unter Kontrolle. Ninas Anspannung verdichtete sich, und Syrus sprang fehlerfrei über das inzwischen noch höher als zuvor gesetzte Drehkreuz mit aufliegender Latte.

Ilias Körpersprache zeigte deutlich seine Unruhe. Er wechselte das Bein und hielt sich jetzt an der Einfassung des Turnierplatzes fest. Er schien bedrückt. Ilia Bucur liebte Pferde. Er war mit ihnen in Rumänien aufgewachsen. Seine Familie lebte schon seit Generationen von der Pferdezucht. Er wusste, was einem Pferd zuzumuten war. Auch mittlerweile im Wett- und Springsport.

Als Hubsi ihn nun anwies, die Latten noch ein Stück höher zu setzen, widersetzte sich Ilia: »Is schon genug. Pferd müde. Morgen auch Tag.«

Hubsi Steininger blieb regungslos stehen, starrte in die Ferne und schien nicht richtig gehört zu haben. Ilia schluckte und nahm, obwohl er von Steininger weit entfernt stand, eine eindeutig defensive Körperhaltung an. So, als hätte er ähnliche Situationen schon öfter erlebt. So, als hörte er Peitschenhiebe aus der Ferne auf sich niederprasseln.

Er ergab sich in sein Schicksal und erwartete, weil er Steininger kannte, ein Feuerwerk an Beschimpfungen.

»Wos sogst du, du Oascherl? Du sprichst nur, wennst g'fragt wirst. Verstehst? No amoi und du kannst dei Wohnmobil ausrama und glei gehn, du Koffer, du!«

Hubsi sprach konzentriert und leise, als könne ihn nichts aus der Ruhe bringen. Er blieb stocksteif stehen, den Blick starr auf Nina gerichtet, die mittlerweile Syrus angehalten hatte.

Walli lief es bei dieser Szene eiskalt über den Rücken. Sie kämpfte mit sich, ob sie in den Sklavenaufstand eingreifen sollte oder nicht. In Sekundenschnelle wog sie Vor- und Nachteile ihres Vorhabens für Ilia ab. Sie entschied sich dafür, still zu bleiben und dem weiteren Spiel freien Lauf zu lassen. Die Mädchen waren ebenso sprachlos.

Was Ilia damit erreichte: Syrus wurde von Nina angehalten, und ein weiterer Einsatzbefehl blieb aus. Ilia drehte sich daraufhin um und verließ den Trainingsplatz.

Danach machte Nina Anstalten, vom Pferd zu steigen, als Hubsi Steininger sie mit voller Lautstärke anbrüllte: »Was glaubst du eigentlich, wie du die Qualifikation gewinnen wirst? Da geht's beinhart zu. Wenn du jetzt schon keinen Biss und keine Disziplin zeigst, dann steig ab und geh!«

Allen Anwesenden flatterten die Ohren. Das Kasernengebrüll ging durch Mark und Bein. Nina begann hysterisch zu heulen, was Hubsi Steiningers cholerische Verbalattacke kurzfristig noch steigerte. Nachdem er weitere Unfreundlichkeiten in Richtung Nina losgelassen hatte, ging er trotzdem auf sie zu, um sie zu umarmen und ihr Mut zuzusprechen. Es war nicht schwer zu erkennen, dass da mehr strategische Gründe dahinter lagen als Anteilnahme oder Bedauern. Irgendwie tat einem Typ wie Hubsi Steininger nichts in seinem Leben leid, war Walli überzeugt.

Da die Gruppe der Zuschauerinnen seitlich neben dem Eingangsgatter zum Turnierplatz stand, waren sie bisher unbemerkt geblieben. Wahrscheinlich wäre das Spektakel sonst nicht so ungestört abgelaufen.

Das Knirschen des Kieses ließ ihn jetzt nach hinten schauen, und er bemerkte sie. Inzwischen hatte sich der kleine Kreis um die Bürgermeistergattin Heidi Brunner und zwei weitere Gäste erweitert. Heidi hatte ein Martiniglas in der Hand, das sie offensichtlich aus der Bar mit in den Koppelbereich genommen hatte und zwischendurch genussvoll daraus trank. Zwei braun gebrannte Männer begleiteten sie.

Walli erkannte den einen. Sie hatte ihn auf dem Mohnstrudel-Dorffest gesehen.

Er bildete die Entourage von Bürgermeister Pepi Brunner und hatte bei Lena sogar einen Strudel gekauft. Etwas Heuchlerisches haftete ihm an. Walli deutete das damit, dass er sich auch jetzt wieder besonders zuvorkommend zeigte, dabei aber ziemlich gefühlskalt wirkte. Der zweite schien sein Adlatus zu sein. Im Fitnessstudio gestählt und ganz offensichtlich ein künftiger Träger der Leistungsgesellschaft, oder was man dafür hielt. Ein Karrierist, wie er im Buche steht, dachte Walli Winzer.

Sie konnte sich jetzt auch gut vorstellen, dass einer von beiden der rücksichtslose Lenker des schwarzen Sportwagens mit den getönten Scheiben gewesen war, der sie auf der Bundesstraße so gefährlich geschnitten hatte, und jetzt draußen auf dem Parkplatz stand.

Apropos, wo war Harry Kain abgeblieben? Den hatte sie jetzt völlig aus den Augen verloren.

»Servus, Hubsi, hast a bissl Zeit? Herr Kuntner von ›Immotreu‹ möchte dich sprechen«, unterbrach Heidi Brunner die Versöhnungsszene mit einem grimmigen Lächeln.

»Na, das hätte ich mir von den beiden denken können, dass die aus dieser Branche sind«, raunte Walli, sodass es nur Lisa und Sandra hören konnten.

»So, ich glaube, wir gehen jetzt«, schlug Walli Winzer vor, denn sie hatte eindeutig genug gesehen.

Sie lenkte das Gespräch wieder auf Belangloses: »Welches Pferd ist eigentlich das gutmütigste beim Reitunterricht?« Sie begaben sich auf den Weg zum Stall und winkten Hubsi Steininger zum Abschluss.

Hubsi wirkte dennoch irgendwie irritiert, als er in ihre Richtung blickte, widmete sich aber gleich den Immobilienheinis.

»Am besten, du schaust dir den Steve an. Auf dem habe ich zu reiten begonnen«, schlug Lisa vor. »Oder die Bianca. Die ist auch sehr brav und gutmütig. Auf ihr reiten viele Anfänger«, ergänzte Sandra.

So still und aufmerksam die beiden Nina vorher zugesehen hatten, so aufgeweckt analysierten sie jetzt pausenlos alle Vorteile der Übungspferde. Walli schwirrte der Kopf. So genau wollte sie es gar nicht wissen. Ihr Leben lang hatte sie sich bisher erfolgreich gegen das Reiten gewehrt. Jetzt musste sie gute Miene zum bösen Spiel machen – vor allem, wenn sie an den toten Max Wahlberg dachte.

20. KAPITEL

»Und wer soll der tote Balkaneser sein? A Rumäne? Maxim Ionescu heißt er? Weißt schon mehr über den?«, erkundigte sich Bezirksinspektor Adi Platzer in der kleinen Polizeistation in Großlichten und schenkte sich ohne zu fragen eine Tasse Kaffee ins direkt vor ihm stehende Häferl mit den großen roten Tupfen ein, das eigentlich Grubinger gehörte.

Wortlos sah ihm dabei der Dorfpolizist zu.

Adi Platzer war Grubingers Vorgesetzter und da musste eben genauso dessen Kaffeehäferl herhalten. Strickten Gehorsam sah die Polizeiordnung auch nach der kürzlichen Reform vor – und manche wie der Platzer verstanden das ohne Wenn und Aber.

Der Grubinger könnte dem Platzer das Häferl wegnehmen? Er machte es aber nicht. Es sich mit ihm dadurch verderben? Der war halt so, dachte er. Ein harter Bursche eben. Und nicht so ein Grübler, wie er es war, der oft sogar an sich zweifelte.

Ans Beruf wechseln hatte Sepp Grubinger noch nie gedacht. Auch wenn ihn der Platzer wie jetzt zeitweise ziemlich nervte. Er war immer gerne Polizist.

Irgendwie hatte auch so eine klare Hierarchie für alle etwas Beruhigendes, dachte er: Jeder wusste, wo sein Platz war, arbeitete im Team und trug nie die letzte Verantwortung. Informationen wurden eingeholt und weitergeleitet. Was damit passierte, erfuhr der Inspektor, wie er seit einigen Jahren hieß, nicht mehr, da er meist schon wieder mit anderen Aufgaben ausgelastet war. Und die waren in den letzten 20 Jahren mehr geworden. Viel mehr sogar. Vor allem die Administration. Immerhin arbeitete man ja auch international miteinander, über Europol, Interpol und die Sondergrenzabkommen.

Deshalb hat auch der Grubinger gleich herausgefunden, wer der rumänische Tote war. Kein großer Fisch. Nur ein Kleiner. Mit Autoknackereien und einigen Diebstählen von Damenhandtaschen. Und das in den Städten Schrems, Gmünd, Zwettl und Krems.

Dass viele Frauen noch immer Handtaschen kauften, die keinen Verschluss hatten und die daher offen getragen wurden, verstand der Grubinger nicht. Aber er verstand auch nichts von Mode. Ja, und bei diesen Modellen ging es eben nicht anders, weil sie keinen Reißverschluss besaßen. Schon ein Leichtsinn. Vor allem von diesen Designern, weil die halt alle keine Schneider sind, dachte er für sich.

Überhaupt war ihm der Kult um Designerfetzen und Handtaschen rätselhaft, letztlich aber auch völlig egal. Er kannte das nur aus den Beiträgen des »Schöne Welt«-Magazins aus dem Fernsehen, weil die Resi das manchmal sah und er beim Abendessen auch manchmal hinschaute. Das sind so Sachen aus der Stadt, dachte er. Und er war froh, dass seine Frau, die Resi, solche Anwandlungen nicht hatte, und sie beide nicht in der Stadt wohnten. Aber wie lange würde das noch so bleiben?

Sepp Grubinger war gerne hier in Großlichten. Dass die Polizeiaußenstelle aufgelöst werden soll, weil zu wenig los sei und man seine Dienste in der Stadt bräuchte, machte ihn schon länger nervös. Aber solange darüber nicht das letzte Wort gesprochen war, wollte er sich keine Gedanken machen. Nur manchmal überkam ihn so eine innere Einsamkeit, eine Mutlosigkeit. Alles hinnehmen zu müssen und nichts bewirken zu können. Immer diese Anweisungen ausführen. Denn egal war ihm nie etwas. Auch, wenn er über vieles nicht sprach. So wie jetzt vor seinem Revierinspektor Platzer.

Ohne Grubinger gefragt zu haben, schlürfte er den Kaffee aus dessen Häferl.

Und ein anderer, der auch etwas von einem anderen will und es sich nimmt, der landet dann hinter Gittern. Im Knast. Ungerecht!, dachte Grubinger, als er dem Platzer beim Schlürfen zusah. Wie dieses kleine Licht, der Rumäne da. Der war auch bei Autoeinbrüchen nicht besonders geschickt gewesen, dieser Maxim Ionescu. Die arme Sau! Erschlagen. Mit einem Holzscheit.

Grubinger stöhnte. Eigentlich würde er auch gerne einmal nur das machen, was er tun wollte. Nämlich all jenen im Ort seine Meinung gerade heraus sagen, die sich als etwas Besseres aufspielen und andere schikanieren. Einmal nur, bevor er mit seiner Resi vielleicht in die Stadt ziehen musste. Und das unfreiwillig! Vielleicht auch noch ins Revier nach Gföhl, zu diesem Platzer. Damit der dann jeden Tag aus seinem Kaffeehumpen trinken würde. Gföhl war nur 16 Kilometer von hier entfernt, aber es war eben eine Stadt, wenn auch eine kleine. Aber Städte mochte der Grubinger halt nicht.

»Und is er bei uns a eing'sessen?«, hakte Bezirksinspektor Platzer nach.

»Na, bei uns net. Er is gleich wieder nach Rumänien zurückg'schickt worden. Dort hat man ihn im Hochsicherheitsgefängnis Bukarest-Rahova eingebuchtet.«

»Net lustig dort. Fost a kloans Guantanamo. Guat tuat des koan«, zeigte Adi Platzer gegen die Gewohnheit einen Anflug von sozialer Wärme.

»Arge G'schicht! Wieso kummt der klane Fisch durt eine? Lauter brutale Hund. Und des ollas für a paar Handtaschln?« Platzer schüttelte den Kopf.

Er, der sonst immer vorgab, die Welt zu verstehen, rätselte, warum ein rumänischer Kleinkrimineller nach dem berüchtigten rumänischen Gefängnis nochmals ins Waldviertel zurückkam, um im Fichtenwald zwischen Großlichten und Altenberg erschlagen neben einem Holzstoß aufgefunden zu werden.

Bezirksinspektor Platzer war sehr groß, sicher 1,90 Meter. Er hatte sich direkt neben den am Computer sitzenden Grubinger gestellt. Beide starrten auf den Bildschirm, als würde der ihnen erzählen, was sich vor zwei Wochen im Wald ereignet hatte.

Platzer war vor fünf Jahren aus Krems nach Gföhl versetzt worden. Seither war's mit der Gemütlichkeit vom Grubinger vorbei.

Er schupfte die kleine Polizeiaußenstelle immer schon allein. Erledigte auch den Schreibkram selbst. Das sollten die in den größeren Posten ihm erst einmal nachmachen, was er da alles machte, dachte der Grubinger für sich. Dass bei ihm in den vergangenen Jahren nix Spektakuläres los war, hatte ja seinen Grund.

Er ging zu Fuß oder fuhr mit dem Fahrrad durch das Dorf, wie man das schon früher so gemacht hatte. Dabei quatschte Polizist Sepp Grubinger mit allen Leuten im Ort. Er war selbst einer von ihnen. Die meisten kannte er schon von Kindheit an. Gemeinsam waren sie in die Schule gegangen. Ihm vertrauten sie sich an. Denn ihn kannten sie.

Er half ihnen bei Problemen wie vor Kurzem dem Lanninger Loisl. Dessen Sohn, der Pepperl, hatte sich versteckt, weil er nicht ins Stiftsinternat nach Zwettl wollte, erinnerte er sich. Ein g'scheiter Bub. Aber mit zehn Jahren plötzlich die ganze Woche von der Familie weg sein, das wollte er nicht. Der Loisl und seine Familie redeten wenig miteinander. Der Bub hätte von einem Tag auf den anderen weg müssen. Das war ihm zu viel. Auch der alte taube Herr Pfarrer hatte da wieder einmal ausgelassen, hatte dem Pepperl davon nichts gesagt. Woher sollte der das dann wissen? Eines nachts war er weg. Alle haben ihn gesucht, aber nicht gefunden. Aber er, der Dorfpolizist Grubinger, redete eben mit den Leuten im Dorf. Auch mit dem Pepperl. Und der hatte ihm einmal erzählt, dass er sich gerne im Stadel von der Karpfenzucht unten bei der Krems versteckte. Da gab es einen Heuboden, wo zwar kein Heu mehr zu finden war, sondern lauter Spinnweben und ein alter Schreibtisch mit Laden. Da kam außer ihm niemand hin, und dort schrieb der Pepperl immer sein Tagebuch und manchmal auch Geschichten, die ihm so einfielen. Manchmal hatte er in der Klasse etwas vorgelesen. Der Lehrer hatte ihn dann immer gelobt. Das war ihm dann peinlich vor den Schulkollegen. Sonst wollte in seiner Familie niemand etwas von ihm hören. Der Vater sagte immer: »Mach dich nicht so wichtig. Wir haben anderes zu tun.« Dann sagte der Pepperl irgendwann gar nichts mehr, sondern sprach nur noch mit ihm, dem Grubinger Sepp.

Und das fiel ihm plötzlich, als die Familie schon ganz verzweifelt war, ein, und sie zogen los, den Pepperl zu suchen.

Und wirklich wahr! Dort war er. In der Scheune. Keiner hatte es gewusst, außer dem Grubinger, weil der überall seine Ohren hatte und mit allen redete. Der ganze Ort war ihm dankbar. Dankbar, dass es die kleine Polizeistation im Ort gab. Und ihn.

Nur, wie sollte er, der Dorfpolizist Grubinger, so etwas protokollieren? Seine Eingebungen? Seine Gedanken?

Nur einfach aufschreiben, was er hier machte? Denn offizieller Einsatz war das keiner, den Pepperl im Stadel zu finden. Es waren ja noch keine 48 Stunden vergangen gewesen und die Familie hatte keine Vermisstenanzeige aufgegeben, sondern nur Angst gehabt.

Doch wäre der Grubinger nicht gewesen und hätte erahnt, wo sich der zehnjährige Pepperl aufhalten könnte, wäre es in Niederösterreich zu einer Großfahndung nach dem Minderjährigen gekommen. Das hätte Aufsehen erregt. Wäre im Fernsehen in »Bundesland aktuell« zu sehen gewesen, und der Platzer hätte eine Stellungnahme dazu abgegeben. Auch die Zeitungen hätten darüber geschrieben. Vielleicht hätte sich dann auch noch der Landeshauptmann Stecher mit dem Pepperl ablichten lassen und ihm die Hand geschüttelt. Nach dem Motto: »Unsere tolle Polizei und ich, euer Landeshauptmann«.

Ganz Niederösterreich würde den Pepperl Lanninger kennen. Auch sein Problem mit den Eltern, die Wichtiges nicht mit ihm besprachen. Vielleicht würde man auch einen Sozialarbeiter auf den Pepperl und seine Familie ansetzen, damit sich das änderte. Oder eine Psychologin, die sich professionell damit befasste, warum der Pepperl ein Ausreißer war. Würde er später auch vor Problemen davon laufen? Ginge das vielleicht schon in Richtung versteckte Aggression gegen die Familie, gegen die Gesellschaft, was sich später bitter rächen könnte?

Dabei wollte der kleine Pepperl nur seine G'schichterln aufschreiben, die ihm so beiläufig einfielen. Auf dem Schreibtisch im Stadel der Karpfenzucht an der Krems. Allein und unentdeckt wollte er bleiben. Er wollte sie dann denen vorlesen, die sie hören wollten. Seine Geschichte, dass er Angst hatte, weg zu müssen. Als Kind wollte er nicht sein Heimatdorf und seine Familie verlassen. So plötzlich. Das konnte der Sepp Grubinger nachfühlen. Denn auch er, als Erwachsener, wollte in seinem Heimatdorf Großlichten bleiben.

So war eben alles anders abgelaufen. Außer den Großlichtenern wusste niemand etwas vom Ausreißen des Buben. Auch nicht der Platzer. Sonst wäre der, wie es seine Art ist, wieder drein geplatzt, dachte der Grubinger.

Doch er, der Dorfpolizist, kannte eben alle und wusste viel mehr über sie, als manchen lieb war. Er drückte auch manchmal ein Auge zu, solange es niemandem schadete, sich niemand beschwerte oder kein Gesetz übertreten wurde. Sonst drückte er nämlich kein Auge zu, auch wenn man ihn kannte.

Aber wie sollte er das vermerken, wenn er am Sonntag nach der Kirche am Stammtisch saß und sie alle über Wichtiges und Unwichtiges im Ort plauderten.

War das Dienstzeit?

Auch der Vormittagskaffee am Montag bei der Mizzi Troger vom Dorfverschönerungsverein war eine wahre Informationsquelle. Nicht, dass es gemeine Tratschereien wären. Nein. Es handelte sich bloß um Auskünfte aus erster Hand. Ungefiltert und frisch aus der Erinnerung. Denn auch die Frauen im Ort beobachteten gerne. Vor allem, weil man einander über Generationen kannte, es kaum Fremde gab und jede Familie wohl gehütete Geheimnisse hatte. Der Grubinger machte sich dann auf manches seinen Reim, ohne die Familiengeheimnisse zu lüften oder nähere Details zu erfragen.

Also, wie sollte der Grubinger daher seine Einsätze aktenmäßig erfassen, wenn er den Großteil davon schon im Vorfeld löste, indem sie erst gar nicht zustande kamen?

Offiziell gab es also zu wenig Bedarf für eine eigene Polizeiaußenstelle in Großlichten. Und jetzt soll die einfach weg. Weil zu wenig los sei, hieß es. Und weil man nach Gföhl extra den Bezirksinspektor Platzer versetzt hatte, der alles leitete. Auch den Grubinger.

Viel los war ja in Großlichten wirklich nie. »Aber wenn es einmal krachen würde, dann wäre es schon gut, wenn es einen kleinen Wachposten gäbe«, das sagten die Leute im Dorf. Auch die Füchse sagten sich ja hier nicht nur Gute Nacht. Vor allem nicht jetzt, nach den beiden Morden.

»Wos is eigentlich mit dem toten Tierarzt und dera Weana PR-Tante? Wie weit samma?«, polterte Bezirksinspektor Platzer in Grubingers Gedankenspiel.

»Sie woa da in der Polizeistation zur Einvernahme. Hat oba kein Alibi für die Zeit, wo der Tieroazt g'sturbn is. Oba wer hat das schon, um 3.00 Uhr in der Früh? Sie wohnt allein im oidn Schulhaus«, antwortete Grubinger korrekt.

Auch ihm ging diese Walli Winzer irgendwie auf die Nerven. Er konnte nicht erklären, warum. Aber irgendetwas störte ihn an ihr. Dem Platzer war sie genauso lästig. Vielleicht sogar noch mehr. War es, weil sie so direkt und laut war? Oder, weil sie sich so auffällig kleidete, was ihm an Frauen gar nicht gefiel. Er dachte erleichtert an seine Resi. Aber so überheblich wie die anderen Wienerinnen war sie auch wieder nicht. »Eigentlich war sie eh okay«, legte er letztlich seine Meinung über sie fest.

Wahrscheinlich war es die Tatsache, dass sie aus der Stadt kam, was er an ihr nicht mochte. Auch ihre wichtigtuerische Art, dass sie immer im Mittelpunkt stehen musste. Nein, so war die Resi nicht. Gott sei Dank. Die wollte eben noch einen echten Mann, so wie er einer war. Der etwas entschied und den Ton in der Familie angab. So was wollen die Frauen am Land. Immer noch, dachte er. So einen Kerl, wie er und der Platzer auch einer war. Echte Männer eben.

Nicht so einen Womanizer wie diesen Max Wahlberg. Braun gebrannter Schönling mit Markenkleidung. Obwohl er ein Tierarzt war, hat er immer nach Rasierwasser oder einem Parfüm gerochen.

Ekelhaft!

Irgendwie ein Weichei, dieser Max Wahlberg. Was die Frauen an dem g'funden haben, das möcht ich gerne wissen, dachte der Grubinger Sepp. Tierarzt war er ja ein wirklich guter. Und das andere? Mit den Frauen? So wie die auf ihn abgefahren sind, aber scheinbar auch.

Jetzt erst merkte der Grubinger, dass er rot wurde, als er daran dachte. Er genierte sich vor dem Platzer.

Der merkte das aber gar nicht. Weil der wieder einen Schluck aus Grubingers Kaffeehäferl genommen hatte.

Sepp Grubinger ärgerte sich. Nein, so wie der Platzer wollte er nicht sein. Nicht einmal in zehn Jahren. Deshalb würde er jetzt dieser Walli Winzer helfen wollen. Und nur deshalb. Obwohl er sie nicht wirklich mochte, und obwohl sie aus der Stadt war und immer so oberg'scheit tat. Besser war sie aber immer noch als alle im Reitstall. Wenn er eine von denen irgendwo sah, machte er sofort einen Bogen. Sie gingen ihm auf die Nerven. In der Stadt hätte er noch mehr von ihnen, dachte er. Nein, er wollte nicht in die Stadt!

Dafür war er bereit, alles zu tun. Am besten den Mord selbst aufklären. Und den zweiten an diesem Rumänen gleich dazu. Zwei Monate Zeit hätte er noch bis zum Tag der Wahrheit. An dem St. Pölten darüber entschied, ob er hier in Großlichten bleiben durfte oder nicht. Einen Erfolg einfahren, das wollte er. Die Morde aufklären. Dann würde man erkennen, dass hier, mitten im südlichen Waldviertel am Rande der Wälder doch eine kleine Polizeistation notwendig war. Alle würden sich besinnen. Die in Wien, im Innenministerium, alle eben, die diese seltsamen Ideen hatten. Die würden einsehen, dass man ihn brauchte. Ihn, den Dorfpolizisten. Weil er die Leute und die Gegend hier kannte. Und ganz bestimmt nicht diesen Platzer – der jetzt schon wieder aus seinem Kaffeehäferl schlürfte!

»Wos is mit dem Zettel in der Tasche von dem toten Tierarzt und der Streichholzschachtel mit dem Etikett von dem Restaurant? Auf dem Zettel war doch die Adresse von dieser Walli Winzer drauf«, setzte Bezirksinspektor Adi Platzer sein Kombinationstalent ein.

»Des woa aber das Einzige, was wir am Tatort g'funden haben. Alle Spuren waren sonst beseitigt worden wie auch beim Rumänen«, erläuterte der Dorfpolizist.

»Blede G'schicht. Wo sollen wir da anfangen?«, drückte der Platzer nervös mit beiden Händen das Kaffeehäferl vom Grubinger. Der schaute gebannt auf das Trinkgefäß, ob durch die ruckartigen Bewegungen irgendwann einmal ein Teil des Kaffees auf den Boden tropfen würde. Aber nichts geschah.

Schließlich berichtete er weiter: »Die Winzer hat aber g'sagt, dass es da eine Ehefrau gibt. Alle haben aber gedacht, dass er g'schieden ist. Niemandem hat er von ihr erzählt. Er hat sich auch nicht von der Abendeinladung bei der Winzer abgemeldet.«

»Wahrscheinlich ist die Ehefrau dahinter gekommen und hat ihn überrascht. Wie soll der Wahlberg da telefonieren können? Hören S', Grubinger, haben S' keine Fantasie? Was glauben S' denn?«

Grubinger dachte, dass der Platzer offenbar wusste, wovon er sprach. Dass er so etwas eventuell schon selbst einmal erlebt hatte. Zu Hause, bei sich in Gföhl.

»Der Todeszeitpunkt, den die Pathologie festgestellt hat, war 3.00 Uhr morgens. Aber da hätt ich ihm zugetraut, dass er mit anderem beschäftigt war«, lachte Bezirksinspektor Platzer hämisch und fragte weiter: »Was hat sie denn noch g'sagt?«

»Also, am Nachmittag davor waren Streitereien am Reiterhof. Irgendwie war da allgemein dicke Luft, hat sie gemeint. Er stritt sich nur mit dem Hubsi Steininger. Er schien auch selber in irgendwas verwickelt zu sein, gab die Winzer zu Protokoll. Aber was, weiß sie nicht«, ergänzte Sepp Grubinger und blickte dabei auf das ausgedruckte Papier in seiner Hand.

»Haben S' schon nachgeschaut im Computer, was diese Winzer in Wien eigentlich wirklich so treibt, und warum sie plötzlich da ist? Vielleicht ist sie jemand ganz anderer und versteckt sich hier bei uns?«

Also das glaubte der Grubinger nun wirklich nicht. Die und verstecken? Das würde ihr nie und nimmer gelingen. So auffällig, wie sie war. Und bei »uns« war das auch nicht. Höchstens bei »ihm«, dem Grubinger Sepp und den Großlichtenern. Denn er, der Platzer, kam ja – aus Gföhl, aus der Stadt, auch wenn sie, wie gesagt, nur klein war.

»Verstecken? Die bei uns? Wär schon a bissl auffällig, meinen S' nicht?«, widersetzte sich der Dorfpolizist und war selbst überrascht über seine Courage. Wahrscheinlich überkam's ihn, weil er bald weg musste. Deshalb traute er sich das.

Kurz riss es den Bezirksinspektor Adi Platzer. Denn Widerrede war er im Waldviertel nicht gewöhnt, vor allem nicht vom Grubinger. Er sagte aber nichts. Weil er wusste, dass der Grubinger nicht nach Gföhl wollte. Daher blieb er ruhig. Mit strengem Blick beorderte er den Dorfpolizisten: »Fahren S' auch zum Reiterhof und reden S' mit dem Steininger. Vielleicht weiß der mehr. Der hat ja auch diese Winzer erlebt. Wird sich wohl seinen Teil über sie denken. Übermorgen bin ich wieder da und will Ergebnisse auf dem Tisch liegen haben. Also!«

Mit dem Wort »Also!« stellte er Grubingers Kaffeehäferl wieder auf den Tisch. Er hatte es die ganze Zeit über in der Hand gehalten, als müsse er sich festhalten. An etwas. An Grundsätzen. An Dienstvorschriften. An Polizeihierarchien.

Sepp Grubinger atmete auf. Nicht nur, weil der Platzer die Wachstube verlassen hatte, sondern weil ihm jetzt das Kaffeehäferl wieder alleine gehörte. Sein Kaffeehäferl, aus dem er gerne trank. Jetzt war er wieder Herr in seiner Polizeistation. Noch.

21. KAPITEL

Sie war sich gerade nicht sicher, welche der drei Käsesorten sie im Supermarkt nehmen wollte, da hörte Walli Winzer hinter sich eine Stimme: »Der Rauchkäse ist hier aus der Gegend, aus Heidenreichstein. Nehmen Sie den.«

Walli drehte sich um und sah Milli Horacek, eine Freundin ihrer Nachbarin Sybille Karner. Sie war im Begriff, zur gleichen Käsesorte zu greifen. Daraufhin schaute sich Walli die Verpackung genauer an und sah auf das Etikett.

»Wo liegt denn das? Ich war noch nie dort.«

»Heidenreichstein liegt im nördlichen Waldviertel, nahe der tschechischen Grenze. Bekannt ist auch das Heidenreichsteiner Moor«, erklärte sie sichtlich erstaunt.

»Ich habe gedacht, so etwas gibt es nur in England. Mit

Nebel, Gefängnis und Moorleichen«, entgegnete Walli belustigt.

»Na so groß wie das berühmte Dartmoor in Südengland ist es nicht. Leichen wie in den Edgar-Wallace-Krimis mit dem Blacky Fuchsberger aus den 1960ern gibt es – so viel ich weiß – auch nicht. Aber dafür schöne seltene Moorpflanzen, die einzigartig sind. Und ein gutes Wirtshaus gibt's unterhalb der Burg. Früher einmal war das ein Parkplatz für alte Pferdefuhrwerke. Riesenschnitzel machen die, sage ich Ihnen.«

Walli merkte, dass sich bei dieser lebhaften Erzählung und den Köstlichkeiten um sie herum langsam ihr Appetit steigerte.

»Na, da gibt es noch vieles in der Umgebung, was ich mir ansehen muss. Ich habe gar nicht gewusst, dass das Waldviertel so viel zu bieten hat«, versuchte Walli den Small Talk zu bremsen.

Sie drehte sich im gleichen Moment leicht weg von ihrer unfreiwilligen Gesprächspartnerin, um den Käse in ihren Einkaufswagen zu legen und sich am Kühlregal für einen Brotaufstrich hoch hinauf zu strecken.

Doch Frau Horacek blieb davon unbeeindruckt und setzte ihre Ausführungen ungehindert fort: »Wissen Sie, das Heidenreichsteiner Moor ist auch bekannt für seine Moorpackungen. Haben Sie die noch nie gebraucht?«, fragte sie und musterte ihr Gegenüber von oben bis unten.

»Sie müssten ja schön langsam in dem Alter sein, wo das anfängt.«

Walli merkte, dass ihr die Unterredung mit dieser Zicke langsam auf die Nerven zu gehen begann, und lenkte das Thema auf die jüngsten Vorkommnisse im Dorf.

Sie dachte, dass Milli Horacek mit ihrem zwanghaft perfekten Überblick und ihrer Quasselei vielleicht auch Näheres darüber wusste.

»Was sagen Sie zu den beiden Toten, die es jetzt gegeben hat?«

Frau Horacek erschrak über die plötzliche Wendung des Gesprächs und antwortete sichtlich vorsichtig: »So etwas haben wir hier schon ewig nicht gehabt. Ich habe mein Wochenendhaus jetzt schon 25 Jahre, und es war nur einmal, da hat der Pfeisinger Hans seine Frau umgebracht. Die wollte ihn verlassen und nach Wien ziehen, weil sie dort einen Freund gehabt hat. Über das Internet hat sie den kennengelernt. War, wie gesagt, etwas Ernstes zwischen den beiden. Der Pfeisinger war eh nie zu Hause. Und wenn, dann war er besoffen und hat sie verprügelt. Die Nachbarn und alle haben das gewusst. Aber zu Hilfe ist ihr niemand gekommen. Kein Wunder, dass sie da weg wollte. Er hat sie dann erstochen.«

»Wann war das?«

»Zehn Jahre ist das jetzt her. Sitzen tut er heute noch und hoffentlich noch länger.«

»Wieso ist das möglich, dass die Dorfleute da wegschauen, wenn einer seine Frau oder seine Kinder verprügelt? Ich werde das nie verstehen.«

»Ja, es will sich's keiner mit dem anderen verscherzen. Man tut so, als ob man nix hört und nix merkt. Jeder muss mit dem anderen auskommen und braucht ihn.«

»Das ist ja in Ordnung, dass einer den anderen braucht. Aber bei Gewalt, auch wenn sie beim Nachbarn stattfindet, darf man doch nicht wegschauen. Da muss doch geholfen werden!«

»Willkommen in der Wirklichkeit, Frau Winzer! So ist das eben hier. Aber in der Stadt ist das auch nicht anders. Und die Männern drücken füreinander sowieso die Augen zu.«

»Wie meinen Sie das? Und die Frauen? Die sagten auch nichts?«

»Die machen das, was die Männer ihnen sagen. Sonst hängt der Hausfrieden schief.«

»Ich bin baff. Ich hab immer gedacht, wir sind in Österreich schon weiter?«, war Walli fast sprachlos.

»Anderswo schon, aber hier in Großlichten, da ist halt manches ein bissl anders, wie Sie ja wissen. Haben auch g'schaut, wie man Ihnen gleich einen Mord anhängen wollte …«

»Na ja, man wird – Gott sei Dank – nicht oft verdächtigt, jemanden umgebracht zu haben. Nur weil man einen Mann zum Abendessen eingeladen hat, der dann nicht gekommen ist«, versuchte Walli, sich über ihre eigene Betroffenheit ein wenig lustig zu machen. Sie sprach gleich weiter, um sich jede weitere Erklärung zu ersparen: »Was ist eigentlich mit dem zweiten Toten, den es vorher gegeben hat?«

»Ein junger Rumäne soll es gewesen sein. Grauslich. Mit eingeschlagenem Kopf. Wie soll man da was erkennen können?«

»Die werden sicher eine Rekonstruktion am Computer machen, so eine Art Fahndungsfoto herstellen. Sonst schaut sich so was ja niemand freiwillig an.«

»Wie der ausgerechnet da herkommt? Zu uns. Auch noch in den Wald. Ich trau mich jetzt allein nicht mehr Schwammerl brocken gehen, solange der Mörder nicht gefasst ist. Wahrscheinlich war's einer von den Rumänen da vom Reiterhof. Die streiten eh immer miteinander. Ständig ist was los. Meistens intrigiert aber der Hubsi selbst. Entweder er zahlt den armen Teufeln zu wenig oder manchmal auch gar nix. Oft müssen die rund um die Uhr schuften, ohne dass er ihnen die Stunden ausgleicht. Vor allem jetzt mit den Pferdekoliken, wo immer jemand da sein muss. So ein Hund ist der.«

»Woher wissen Sie das?«, ließ Walli kurz ihre Betroffenheit erkennen.

»Weil ich selbst reite und vieles von den anderen höre. Einer von den Rumänen ist erst vor einem halben Jahr an Herzversagen gestorben. Gekümmert hat das keinen. Besser geworden für die anderen ist bisher auch nichts.«

»Und warum sagt keine der Reiterinnen etwas?«

»Die wollen alle ihre Ruhe. Sie zahlen viel für die Einstellung und den Reitunterricht, und jede fühlt sich wie eine Prinzessin, die skrupellos mit Dienstboten anschaffen darf.«

»Eine seltsame Klientel ist das«, konnte Walli solche Missstände fast nicht glauben. »Menschen, die vorgeben, Tiere zu lieben, behandeln Menschen so schlecht?«

»Ja, Macht korrumpiert und wenn es nur im Kleinen ist. So ist die Reitsportwelt, in der sich jeder über den anderen stellt«, philosophierte Milli Horacek. Es war ihr fast egal, ob ihr jemand zuhörte oder nicht.

Walli Winzer starrte betroffen vor sich hin.

»Und es gibt bei uns keine Behörde, die solche Arbeitsverhältnisse kontrolliert und Missstände aufdeckt?«, versuchte Walli gesetzliche Vorgaben ins Gespräch einzubringen.

»Das meinen sie doch nicht im Ernst. Was glauben Sie, wie Gestüte überleben könnten? Alle arbeiten finanziell am Limit. Was zusätzlich abläuft, wie sicher auch beim Hubsi Steininger, will niemand so genau wissen. Um deutlicher zu werden: weder die Reiterinnen noch das Arbeitsinspektorat. Immerhin zahlt der Hubsi Steuern. Dass er die Stallknechte nur geringfügig mit 415,72 Euro anstellt und ihnen schwarz ein bissl was draufgibt, weiß man. Jeder von ihnen muss circa 25 Pferde am Tag betreuen, ausmisten, füttern, auf die Koppel führen, umdecken und nach ihnen sehen.«

»Und was zahlt man so im Monat für ein Pferd?«

»Jede Besitzerin legt mindestens 600 Euro Einstellgebühr ohne Extras ab. Bei den vielen Pferden kann man sich vorstellen, was der Hubsi eigentlich verdient! Dann züchtet er zusätzlich Top-Springpferde, bildet sie aus, nimmt an Turnieren teil, trainiert junge Springreiterinnen wie die Nina und kassiert einen Teil der Preisgelder.«

»Hört sich ja steil an«, glaubte Walli nicht richtig zu hören.

»Trotzdem hat er nie Geld und war lange Zeit auf der Suche nach einem Miteigentümer seines Reiterhofes.«

Walli Winzer fiel ihre eigene, vor Kurzem aufgenommene Praktikantin ein, und sie erinnerte sich daran, dass sie in den nächsten Tagen wieder einmal mit Silvia telefonieren sollte. Entwickelte sich alles bisher gut, würde sie ihr nahe legen, die Studentin als neue Mitarbeiterin anzustellen. In ihrer Verantwortung nahm sie sich jetzt selbst an der Nase.

»'tschuldigung!«, lehnte sich ein etwas untersetzter Mittfünfziger mit Dreitagebart und markanten Geheimratsecken im immer noch vollen Haar zwischen die Gesprächspartnerinnen. Es war Sepp Grubinger. Beide waren so vertieft gewesen, dass sie ihn nicht in den Supermarkt hatten kommen gesehen.

»Grüß Sie!«, kam eine kurze Höflichkeit des Dorfpolizisten. Er brabbelte vor sich hin, während er sich ein Cola aus dem Kühlregal holte.

»Hallo, Sepp!«, erwiderte Milli Horacek. »A heißer Tag heute wieder«, eröffnet sie ein unverfängliches Gespräch. Sie verhielt sich freundlich, ohne den Polizisten zum weiteren Stehenbleiben zu ermutigen.

»Jaja. Steht richtig, die Luft. Fast zum Schneiden«, fasste er sich kurz und stand bereits fünf Schritte weit weg vor dem Kühlregal mit fertig verpackten Wurstsemmeln.

Sein Blick fiel auf eine klassische Schinken-Käse-Semmel mit Gurkerl. »Mehr bringe ich bei dieser Hitze nicht runter«, fühlte sich Sepp Grubinger zu einem kurzen Nachsatz aufgefordert. Ein kurzer Blick richtete sich dennoch auf die nebenstehende Tiefkühlbox, in der mehrere Eissorten zu finden waren. Mit einem knappen Räuspern wandte er sich aber wie ertappt ab und lächelte beiden Frauen zu.

»Sag, Sepp«, stoppte Frau Horacek Grubingers Gang Richtung Kasse, »was weiß man denn schon über die Morde?«

»Wir stehen noch ganz am Anfang. Den Namen von dem toten Rumänen wissen wir jetzt. Er heißt Maxim Ionescu und war ein kleiner Autodieb, den sie einmal in Wien geschnappt haben. Warum er jetzt bei uns war, wissen wir noch nicht. Auffällig ist, dass er ziemlich gut gekleidet war. In seiner Hosentasche haben wir eine Restaurantrechnung für zwei Personen aus Hluboka gefunden, das ist in Tschechien, in Südböhmen. Entfernt ist das von uns circa 115 Kilometer. Sonst hatte er keine Papiere bei sich. Warum man bei ihm die Rechnung zurückgelassen hat, ist schon seltsam. Ob es einen Zusammenhang zwischen dem tschechischen Ort und seinem Tod hier gibt, wissen wir auch noch nicht.«

»Und was ist mit dem Tod vom Max Wahlberg?«, fragte Milli Horacek mit einem zaghaften Blick Richtung Walli, die wie versteinert ihren Rauchkäse in der Hand hielt. Als sie ihre eigene Verkrampfung bemerkte, begann sie, mit dem Käse in ihrer Hand herumzuspielen, als wolle sie alle Verdächtigungen mit einem Handumdrehen beseitigen.

Sepp Grubinger sah Wallis Ratlosigkeit, Ängstlichkeit und Trauer. Für ihn war jetzt klar: Sie war nicht die Mörderin des Gföhler Tierarztes Dr. Max Wahlberg. Da konnte Bezirksinspektor Platzer sagen, was er wollte. Die meisten Mörder gaben sich besonders cool oder lenkten den Verdacht gleich auf jemand anderen. Doch sie schien betroffen, fast verzweifelt. Er hatte das Gefühl, dass ihr die Luft weg blieb und sie nahe einer Ohnmacht war. Eine Mörderin würde sich auf jedes gesagte Wort konzentrieren und fiel mit Sicherheit nicht um.

Seine Instinkte hatten Grubinger seit jeher gut beraten, und er verspürte keine Alarmbereitschaft. Die Wienerin Walli Winzer war zwar ziemlich anstrengend, doch er musste fairerweise erkennen, dass das noch kein ausreichender Grund dafür war, jemanden eines Mordes zu verdächtigen. Auch wenn sie in seinen Augen eine Mode-Tussi aus der Stadt war und er, wie seine Frau, Städter nicht ausstehen konnte.

Aber allein wegen dieses Adi Platzers wollte er Walli Winzers Unschuld beweisen. Immerhin fand sich bisher kein einziger konkreter Hinweis, um jemanden zu belasten. Warum also dann ausgerechnet sie? Wie schnell man jemanden unrechtmäßig verdächtigen und dadurch auch dessen Ruf ruinieren konnte, wurde ihm jetzt wieder klar.

Es gab bei dem toten Tierarzt nur eine Streichholzschachtel, einen Zettel mit Winzers Anschrift und ihren Anruf auf seinem Festnetz.

Bisher war das alles. Beweisen konnte das nichts. Schluss. Aus. Basta.

Auch wenn sie ihm und Platzer nicht sehr sympathisch war, musste für diese Winzer ebenfalls die Unschuldsvermutung gelten, bis das Gegenteil bewiesen wäre. Mit dieser Annahme fühlte sich Grubinger instinktiv seinem Vorgesetzten, Bezirksinspektor Adi Platzer, um eine Nasenlänge voraus. Und das war gut so. Denn so wie der wollte er, Sepp Grubinger, auf keinen Fall sein – selbstgefällig und technokratisch.

Walli bemerkte in diesem Moment, wie sehr sie sich in Gegenwart dieses Dorfpolizisten verkrampfte. Diese eine Stunde, die sie in der Polizeistation in Großlichten verbrachte, hatte ihr wirklich zugesetzt. Sie war sonst nicht zimperlich, aber diese geballte Macht der Unterstellung und das indiskrete Bohren in ihrem Privatleben hatten sie sehr verärgert. Vor allem der zynische Vorgesetzte des Polizisten war abscheulich.

Nicht sie hätte dort sitzen sollen, fand sie, die nur einen kleinen Flirt oder vielleicht ein bisschen mehr mit einem vermeintlichen Junggesellen gesucht hatte, sondern der Täter oder vielleicht war es auch eine Täterin, die ihr eventuell angehendes kleines Glück im Vorfeld zerstört hatte.

Sich an das Opfer heranzuschleichen und ihm ein Messer hineinrammen, konnte schließlich auch eine Frau. Vielleicht eine verschmähte Verehrerin?, kam Walli plötzlich der Gedanke. Oder doch die Ehefrau, die eigentlich seine Ex war?

Und trotzdem hatte sie in diesem übel nach Banane und Wurstbrot riechenden Amtszimmer gesessen. Noch dazu mit geschlossenen Fenstern bei dieser Affenhitze, die es seit einigen Wochen gab.

Armer Max Wahlberg!, ging es ihr durch den Kopf.

Dieser Grubinger war schließlich das geringere Übel in dieser Polizeihierarchie, dachte Walli, weshalb sie den Entschluss fasste, ihn noch auf konkretere Details anzusprechen. Dass sie das damals in ihrer Aufregung auf der Polizeistation nicht gemacht hatte, darüber ärgerte sie sich sowieso im Nachhinein. Jetzt war die Gelegenheit, das nachzuholen. Noch dazu, wo Frau Horacek Grubinger soeben darauf angesprochen hatte.

»Wir hörten von einigen Zeugen, die wir einvernommen haben, dass es Streit auf dem ›Sonnblick‹ gegeben hat. Dr. Wahlberg soll mehrere Damen ermuntert haben, Ersparnisse in eine Tierklinik zu investieren, die er bauen wollte. Er hatte diesbezüglich ein Fundraising-Projekt ins Leben gerufen. Schwerpunkt der Klinik sollte Pferdeheilkunde sein. Den üblichen Kleintierkram mit Katzen und Hunden wollte er so bald als möglich hinter sich lassen und sich künftig der tierärztlichen Betreuung im Spitzenreitsport widmen. Nur der Pferdefuß an dieser Sache war, dass einige Frauen mit ihren Einlagen wieder aussteigen wollten. Zum Teil hatte sie die Wirtschaftskrise kalt erwischt. Zum anderen wechselte Wahlberg des Öfteren seine weibliche Begleitung, was bei manchen scheinbar nicht gut ankam und sie deshalb ihre finanziellen Vorhaben änderten oder zumindest vorhatten.«

»Das klingt ja nach vielen Verdächtigen«, versuchte Frau Horacek, ihre Betroffenheit zu kaschieren. Auch sie hatte in Max Wahlbergs geplante Tierklinik investiert.

»In dieser Gegend gibt es nicht gerade die große Arbeitsplatzoffensive. Sie lebt mehr von der schönen Landschaft und den gesunden Lebensmitteln, die hier angebaut werden. Jeder Arbeitsplatz, der hier entsteht, ist daher wertvoll. Immer wieder setzt sich der Bürgermeister, meist vor der Wahl, dafür ein, dann tröpfelt einiges. Aber von Regierungsseite passiert weiterhin nichts. Manchen hier reicht's, und sie ziehen in die Stadt, was ich überhaupt nicht verstehen kann«, erinnerte sich Sepp Grubinger wieder an seine drohende berufliche Zukunft.

»Ist das auch der Grund, warum kein Arbeitsinspektorat die Verhältnisse im Reiterhof unter die Lupe nimmt?«, empörte sich Walli und wusste zugleich, dass sie in ein Wespennest stieß.

»Na, da schauen S' einmal nach Wien. Da wird über so etwas nicht einmal nachgedacht! Man hat den Eindruck, dass die Behörden auf alles pfeifen!«, schaltete sich die Horacek ein.

»Sprechen Sie mich nicht darauf an. Das ist meine verwundbarste Stelle. Ich habe das dem Hubsi schon oft gesagt, dann erhalten die Rumänen zwar eine kleine Prämie. Aber auf lange Sicht bleibt alles beim Alten, denn der Hubsi hat nie Geld. Dann entlässt er sie, und wo sollen diese armen Teufel dann hin? Können sich ja nicht einmal die Rückfahrt leisten, obwohl sie EU-Bürger sind«, zeigte sich Sepp Grubinger betroffen.

»Irgendetwas stimmt dort insgesamt nicht. Ein riesiges Gestüt mit vielen Einstellerinnen samt Pferdezucht und Preisgeldern. Das soll nichts abwerfen?«, wurde Walli Winzer nachdenklich.

»Ich glaube, der Hubsi hat Wettschulden. Ich hab da so etwas läuten hören, und meistens ist an Gerüchten etwas Wahres dran«, versuchte Milli Horacek auch vor Grubinger einiges an Fakten beizusteuern.

»Vielleicht werden die Koliken von jemandem aus Protest gegen diese Missstände boykottmäßig verursacht und sind nicht Ergebnis der plötzlichen Hitze«, überlegte Walli, die selbst überrascht war, dass einiges an Information der Mädchen an ihr hängen geblieben war.

Plötzlich fragt Frau Horacek in dem ihr eigenen nasalen Tonfall: »Wann wird denn jetzt die Station in Großlichten geschlossen?«

»I was net«, stöhnte Grubinger, weil er immer noch hoffte, dass ein Wunder seine Polizeiaußenstelle erhalten würde.

Er wusste, dass die Ermittlungen in den beiden Todesfällen seine letzten hier sein könnten. Nie hatte sich in Großlichten etwas Dramatisches abgespielt. Meistens war es ruhig geblieben.

»Ich werde in den nächsten Tagen am Gestüt Reitunterricht erhalten und könnte meine Augen und Ohren offenhalten«, kündigte Walli an.

Sepp Grubinger glaubte, nicht recht zu hören.

Eine Ermittlerin Undercover war genau das, was er jetzt brauchte.

Diese Wienerin konnte zwar eine Nervensäge sein, doch vielleicht war sie deshalb auch geschickt genug, die Leute aus der Reserve zu locken? Vielleicht erzählten ihr die Leute Dinge, die sie vor ihm verbargen?

Grubinger stellte fest, dass er in der Situation bezüglich Unterstützung nicht wählerisch sein durfte: »Wenn Sie etwas erfahren, dann lassen Sie es mich wissen. Die Ermittlungen laufen bei uns über eigene Computerprogramme. Jedes Detail kann das Gesamtbild ändern und den Mord aufklären helfen. Handeln Sie aber nicht eigenmächtig, sonst bringen Sie sich unter Umständen in Gefahr.«

Walli fiel regelrecht die Kinnlade herunter. Was glaubte dieser Dorfcolumbo eigentlich, der sonst tagaus, tagein gemütlich in seiner Polizeistation saß. Sie wusste, dass er mit den Mordfällen überfordert war. Nicht zuletzt deshalb, weil er sie gleich als Erste verdächtigt hatte, Max Wahlberg ermordet zu haben.

Ihr Ansehen als neues Gemeindemitglied war seitdem bei der Dorfbevölkerung angekratzt.

Wie ein Lauffeuer hatte sich ihre Verdächtigung herum gesprochen.

Nein.

Aus dem Gröbsten heraußen war Walli Winzer noch nicht.

Das wusste sie.

Und das verdankte sie dem Grubinger und dem Platzer.

Verdächtig würde sie bleiben, bis der oder die wahren Täter gefasst waren.

Ihr blieb daher nichts anderes übrig, als auch auf eigene Faust zu ermitteln, wollte sie, dass auch endlich etwas weiterginge, war sie überzeugt. Mit Grubinger müsste sie allerdings kooperieren, um an Polizeidetails heranzukommen.

»Verstehen Sie, nur oberflächliche Recherche. Für alles Weitere ist die Polizei zuständig«, setzte sich Grubinger mit dem Brustton der Überzeugung wieder in Szene. Gleichzeitig blickte er um sich, ob ihn jemand gehört hatte. Doch der Supermarkt war um diese Zeit so gut wie menschenleer.

Walli ergänzte rasch ihren Käseeinkauf mit Mohnöl, einem Salatkopf und einem über Buchenholz geräucherten Karpfenstück. Das erste Mal hatte sie so etwas auf einer ihrer PR-Reisen durch Polen gegessen. Jetzt gab es diese Fischspezialität in bemerkenswerter Waldviertler Qualität auch hier.

Trotzdem war sie froh, den Markt endlich zu verlassen, und freute sich auf ihre eigenen vier Wände.

22. KAPITEL

Der zweite Aperol Spritz stand noch halb voll vor ihr. Walli beobachtete auf ihrer Terrasse hinter dem Haus sitzend, wie die kleinen Wasserperlen immer größer wurden und schließlich irgendwann die Außenwand des Glases herab rollten. Dieser Anblick hatte am Ende des Tages etwas Beruhigendes. Das Abendessen lag hinter ihr. Nur noch einige Käsestückchen warteten darauf, wohltuend das Geschmackserlebnis ihres Spontaneinkaufs abzurunden.

Trotzdem begleitete Walli Winzer heute den ganzen Tag das Gefühl, ihre neuen Lebensumstände weder so gewollt zu haben noch ihnen gewachsen zu sein. Auch jetzt in entspannter Atmosphäre nach dem Essen. Sie war hierher übersiedelt, um Ruhe zu haben, den Stress ihres Jobs, das hektische Stadtleben hinter sich lassen – zumindest auf Zeit.

Durch Lena und ihre Familie hatte sie den Ort Großlichten erst kennen- und auch ein bisschen mögen gelernt. Die Stille und Abgeschiedenheit von der übrigen Welt kamen ihr erstrebenswert vor.

Aber jetzt?

Sie hatte den Eindruck, dass sich ihr Leben zu verselbstständigen drohte. Sie ihm genauer genommen bereits hinterher lief. Und das schon seit geraumer Zeit. Nicht nur wegen dieser Mordgeschichten hier. Nein.

In ihrer allgemeinen Erschöpfung spürte sie in diesem Augenblick, wie anstrengend es für sie war, Kontakt mit anderen Menschen zu knüpfen. Wie schwer es ihr fiel, ihn zu halten. Vor allem jetzt, wo Lena für einige Wochen weg war.

Sie erkannte, dass die Freundin samt Familie ihr emotionaler Mittelpunkt in Großlichten geworden war, und sie ihr eigenes Leben wie beim Mohnstrudelbacken nach jenem der Breitenecker ausgerichtet hatte.

Jetzt, wo Lena praktisch unangekündigt weg war, fühlte sie sich einsam.

Fühlte?

Sie war einsam.

Walli wusste nicht, ob das vom mittlerweile dritten Aperol Spritz kam, den sie zu schnell getrunken hatte und den sie gerne mit Sekt aufgoss, weshalb er sich zwischen mehreren Eiswürfeln gekühlt ziemlich leicht trank. Viel zu leicht.

Doch ihr Zuhause war jetzt hier, führte sich Walli ins Bewusstsein, im alten Schulhaus. Diesem geschichtsträchtigen Gebäude aus dem 18. Jahrhundert. Damals, 1774, hatte Kaiserin Maria Theresia die allgemeine Schulpflicht in Österreich eingeführt. Das war wirklich lange her, doch das Gebäude stand immer noch.

Auch für Walli blieb die Zeit augenblicklich stehen.

Die Zeit an diesem Abend.

Um nachzudenken.

Auch diese Hitze! Für das Waldviertel war sie in diesem Ausmaß untypisch.

Trotzdem fühlte sie sich wohl. Frei und gelöst.

Doch immer war da auch diese bleierne Schwere, die sie fühlte. Schwere, die sie nicht nur beim mühevollen Aufstehen verspürte, sondern die zeitweise auch ihre Gedanken erfasste und die sie dann kaum aus ihrer Gemütslage herauszulösen wusste.

Plötzlich fühlte sie sich allein auf weiter Flur.

Allein gelassen wie ein verlassenes Kind.

Walli fühlte, dass ihr emotionaler Halt und seelische Unterstützung fehlten, abseits beruflicher Geschäftigkeit.

In der Stadt, wo sie jeden Abend unterwegs und ihr Tag mehr als ausgefüllt war, hatte sie solche Gedanken nie gehabt. Jetzt aber, mitten in der »Wildnis«, wie sie ihre Umgebung empfand, erfasste sie eine Düsternis, die selbst sie überraschte.

Suchend schaute sich Walli nach Kater Filou um. Doch weit und breit war an diesem Abend nichts von ihm zu sehen. Als hätte das Schicksal diese Situation eigens für sie arrangiert. Für sie, Walli Winzer, um sie in der Mitte ihres Lebens und am Rande der zivilisierten Welt, oder was man dafür hielt, zu den Abgründen ihrer verborgenen Sehnsüchte zu führen, sie in die Tiefe ihres Gefühlslebens Einblick nehmen zu lassen.

Nach der ersten Überraschung stellte sie fest, dass sie in solch amorphen Momenten ihres Lebens nicht der Typ Mensch war, der sich Angst machen ließ. Sie ertappte sich, diesen Abend als kostbaren Moment zu entdecken und diese emotionale Sternschnuppe nicht gleich wieder verglühen lassen zu wollen. Was könnte diese sentimentale Innenschau noch über sie aussagen? Was aus ihrem Innersten zu Tage bringen?

Sie war neugierig geworden. Neugierig auf sich selbst. Zur weiteren Entspannung ging sie ins Haus und holte aus ihrer Schreibtischlade eine in einer Holzkiste gebettete echte kubanische Zigarre heraus.

Wenn Walli manchmal ausgelaugt über einem ihrer PR-Konzepte saß, beflügelte so ein kleiner Nikotinschub ihre Gedanken und löste bei ihr emotionale Blockaden.

Als eine der erfolgreichsten PR-Managerinnen Österreichs musste sie sowieso immer am Puls der Zeit bleiben. Das Geheimnis ihres Erfolges bestand aber auch darin, immer wieder aus diesem Wettlauf an Übertreibungen heraus zu treten und den Blick von außen darauf zu wagen.

Aus dem beruflichen Hamsterrad und diesem fremd gesteuerten Leben auszubrechen – zumindest auf Zeit.

Was sie daraus mitgenommen hatte, war diese Zigarre, die sie in ihrer Hand hielt. Sie beruhigte. Auch noch, als sie sich zusätzlich mit ihrem Aperol-Glas entspannt in die großzügige Sonnenliege legte. Zuvor hatte sie ihre Terrassenfackeln und einige Windlichter angezündet. Sie liebte das zarte Flackern der Kerzen, die im Moment die einzige Lebendigkeit waren, die sie umgab.

Walli blickte in den blauen Dunst, der sanft vor ihr aufstieg, und schaute fasziniert dem abwechslungsreichen Spiel von Licht und Schatten zu. Dann neigte sie ihren Kopf zur Seite und beobachtete, wie sich die Silhouette der Hainbuchenreihe zur Straße hin scherenschnittartig abhob.

Allmählich begann es zu dunkeln.

Gegen Westen verliefen immer noch helle Sonnenspiegelbilder am Himmel, durch die einige Sterne blitzten. Es musste bereits 22.00 Uhr geworden sein. Ein kleiner Lichtkegel bewegte sich in der Ferne. Sie musste zweimal hinsehen, ob sie sich nicht täuschte. Es kam ihr fast so vor, als würde ein Stern vom Himmel fallen.

Als Nico Salmer von seiner wöchentlichen Karten-Runde beim Schlager Alois aufbrach, stellte er fest, dass er sich wohl heute auf der Heimfahrt würde konzentrieren müssen. Die sonst bekömmlichen Obstler und manche vom Schlager-Bauer selbst gebrannten Mohn- und Nussschnäpse wurden heute in der Hitze des Gefechts nicht gezählt. Er merkte daher, dass er Mühe hatte, sein Dienstfahrrad, das ihm die Post zur Verfügung gestellt hatte und das er auch privat gerne nutzte, im Gleichgewicht zu halten.

In solch einem Zustand konnte eine Straße ganz schön lang werden. Und wenn sie nicht asphaltiert war, hatte sie teilweise ihre Tücken. Da war es ratsam, in kürzeren Intervallen stehen zu bleiben und sich neu zu orientieren. Wie gerade eben.

Nico stieg ab, als ihm einige Steine plötzlich den Weg erschwerten. Er atmete tief durch. Beim Ausatmen bemerkte er, wie sein Atem bereits jenen Grad an Alkoholdunst erreicht hatte, der einem Polizisten bestimmt nicht verborgen geblieben wäre.

Er hoffte nur, dass sich der Grubinger nicht irgendwo anschleichen würde, um ihm einen Rüffel zu erteilen. Der Sepp, der tat das nämlich manchmal, erinnerte er sich.

So gut man mit ihm sprechen konnte, so seltsam verhielt er sich dann mal wieder. Nico Salmer führte das darauf zurück, dass er doch nicht wie einer von ihnen sein wollte, dass er es besser fand, seine Amtsgewalt ab und zu auch zu zeigen. Sonst wäre er ja nicht der Dorfpolizist geworden.

Es verlief immer alles ruhig hier in Großlichten. Vielleicht auch, weil der Sepp eben da war, weil man mit ihm so gut reden konnte. Er oft mehr wusste als die anderen und einem, wo immer er konnte, half. Das fand der Nico gut. So wie auch alle anderen.

Dass die Polizeistation jetzt geschlossen werden sollte, das wollte niemand. Auch Nico nicht. Da würde er sogar in Kauf nehmen, dass der Sepp Grubinger jetzt um die Ecke käme, um ihn nach Hause zu begleiten und ihm dabei die Ohren voll schwatzte, während des Schnapsens auch Mineralwasser zu trinken. So gegen den Durst.

Als Nico Salmer kurz pausierte und an einem Zaun anhielt, war die Gartenhecke so hoch, dass er nicht darüber schauen konnte. Doch durch eine kleine Strauchlücke sah er kleine helle Lichter. Das machte ihn neugierig. Er klemmte seine Nase dazwischen und erkannte die Neue im Dorf. Walli Winzer. Die Frau aus der Stadt. Er beobachtete sie eine ganze Weile.

Für Nico war es ungewohnt, dass sich jemand im Waldviertel ganz allein zu dieser Zeit bei Kerzenlicht im Garten aufhielt und in die Sterne schaute. Die Landleute hatten immer etwas zu tun. Deshalb waren sie auch am Abend müde. Aber sie?

Die Zeiten, wo man sich nach getaner Arbeit noch ein bisschen auf die Hausbank setzte und miteinander ratschte, wie man das so nannte, gab es nicht mehr. Irgendwie ging ihm das plötzlich ab.

Den Abend hatte er in seiner Kindheit immer daran erkannt, dass viele Frauen, nachdem sie ihr Tagwerk vollbracht hatten, vors Haus gingen und das Unkraut im Gemüsegärtlein zu zupfen begannen. Beim Vorbeigehen gab es für die Kinder ein Stück Obst und für die Erwachsenen ein kleines Plauscherl. So hielt man einander auf dem Laufenden.

Jetzt gab es Handys. Den persönlichen Kontakt hatten viele im Dorf oft nur noch durch ihn, Nico, wenn er mit der Post vorbeikam. Vor allem, wenn sie nicht mehr mobil waren. Er setzte sich dann gerne zu ihnen und hörte zu. Ein bisschen Trinkgeld gab es dafür auch – ab und zu.

Wie der Sepp Grubinger sprach er gerne mit den Leuten.

Dass er deshalb oft unfreiwillig Überstunden einlegen musste, die ihm niemand bezahlte, störte ihn manchmal. Aber das gehörte auf dem Land dazu, fand er. Dass man auch etwas für andere machte. Man hielt zusammen. Nicht nur beim Feuerwehrfest. Auch bei den Katastrophen, beim Hausbauen oder manchmal noch bei der Ernte.

Nico Salmer stand eine ganze Weile da und lächelte vor sich hin. Walli Winzer so spät im Garten. Wie sie so nachdenklich dort lag. Die Beine übereinander geschlagen.

Sie gefiel ihm.

Dass die Leute blöd über sie redeten, störte ihn und es nahm ihm jetzt auch die Unbefangenheit ein simples »Gute Nacht« über den Zaun zu rufen, wie er das bei anderen wahrscheinlich getan hätte. So aber versteckte er sich. Er ärgerte sich über sein Verhalten. Redete sich auf seinen übermäßigen Alkoholkonsum raus und auf seine lästige Schüchternheit.

Gerede gab es über alles, was neu war. Über alles und jeden, den die Leute nicht kannten. Das war ihre Angst vor dem Fremden, wusste er. Vor allem hier, in Großlichten, wo erst seit Kurzem so viele Leute wegen des Reiterhofs kamen und der Hannes seine TV-Kochshow hatte. Vorher war das nicht so gewesen. Manche Großlichtener wollten das nicht. Sie waren überfordert. Und nicht nur die Alten.

Doch dass jemand schlecht über einen anderen redete, das mochte Nico nicht. Schon gar nicht über Walli Winzer.

Niemand kannte sie.

Er auch nicht.

Sie sagten, sie hätte etwas Aufdringliches und Unnahbares zugleich. Und seit sie da war, gab es diese Morde. Vielleicht hatte sie etwas damit zu tun, das sagten sie auch.

Nico Salmer glaubte das nicht. Er mochte ihre Art, so wie sie war – und so wie sie jetzt da saß.

Einsam, in ihre Gedankenwelt versunken.

Doch jetzt erst fiel es ihm auf: Er glaubte, nicht richtig zu sehen – *sie* war es, die Zigarre rauchte, die er schon am Weg vorne gerochen hatte.

Nico zuckte zusammen. Noch nie hatte er eine Frau Zigarre rauchen gesehen. Das Stadtleben war eben doch anders, dachte er und spürte durch den beißenden Geruch im gleichen Augenblick, wie der Schnaps in ihm beißend hochstieg. Das ließ ihn zurückschrecken, und er begann sich wankend an seinem Fahrrad festzuhalten.

Das Knirschen auf der Straße ließ Walli hochschrecken. Sie richtete sich auf ihrer Liege auf und beobachtete im gleichen Augenblick, wie sich eine dunkle Wolkenfront vor den bereits umflorten Mond schob. Trotz der noch immer milden Abendtemperatur machten sich plötzlich einige heftige Windstöße bemerkbar. Durch das darauffolgende immer dichter und schneller werdende Wolkenband verschwand zeitweise auch der Mond.

Walli sah dem Naturschauspiel aufmerksam zu. In der Stadt hatte sie sich dafür nie Zeit genommen. Diese Möglichkeit empfand sie jetzt als Bereicherung, vieles nachzuholen, was der Alltag ihr sonst nicht erlaubt hatte.

Das Schnattern eines Tieres beflügelte mit weiteren Knirschgeräuschen vor der Gartentür Wallis Fantasie. Was heißt hier Fantasie!, schoss es durch ihren Kopf. Zwei Morde wurden vor Kurzem in der Nähe begangen. Der Mörder war bisher unentdeckt geblieben.

Wer weiß, was er noch alles vorhatte!

Walli wollte sich das nicht ausmalen, am besten gar nicht erst daran denken.

Das Gute am eigenen Garten war, dass man manchmal auch alles liegen und stehen lassen konnte, wenn einem nicht gleich danach war, wegzuräumen.

Walli Winzer entschied sich jetzt dafür, hob noch einmal ihr Glas, dämpfte die Zigarre in einem Aschenbecher aus und begab sich ins Innere des Hauses.

Zur Sicherheit schloss sie die Tür gleich mehrfach hinter sich ab. Für die Landbevölkerung war das völlig untypisch und würde sie wohl wieder als Städterin ausweisen.

Doch die jüngsten Ereignisse hatten ihre Spuren hinterlassen. Auch bei Walli Winzer. Ihre Entspannung war dahin. Sie dachte an den immer noch dürftigen Ermittlungsstand der Polizei, die Unsicherheit, die sie jetzt erfasste, und daran, dass ihre Rehabilitation im Ort ausstand. Und vielleicht auch nie erfolgen würde, bliebe der Mörder unentdeckt. Oder waren es gar zwei?

Morde würden innerhalb von 14 Tagen aufgeklärt oder gar nicht, hatte Walli einmal gelesen. Danach verschwanden sie in irgendeiner Schreibtischlade der Polizei oder wurden in eine Computerdatei für ungelöste Fälle hineinkopiert. Beruhigend war das nicht.

Walli wurde nervös. Sie dachte an die Ehefrau oder Ex-Ehefrau von Max Wahlberg in Schrems. War sie eine glückliche Frau trotz der vorübergehenden Trennung? War diese vielleicht nur auf Zeit? Warum war sie überhaupt in seine Wohnung gekommen? Zumindest müsste sie doch einiges über ihren Mann erzählen können. Kontakt hatten sie ja offensichtlich miteinander gehabt.

Doch würde sie ihr, der zugereisten Wienerin, mit jener Offenheit begegnen, die sie anderen aus der Umgebung entgegenbrachte? Noch dazu, wenn es um Details wie im Fall der Ermordung ihres Mannes ging?

Die Polizei hatte scheinbar noch nicht mit ihr gesprochen, sonst hätte ihr der Grubinger ja etwas darüber gesagt. Wer weiß, ob er überhaupt die Zeit aufbringen würde, um extra vom Süden ins nördliche Waldviertel hinauf zu fahren, um zu ermitteln.

Aber hatte nicht Harry Kain von Recherchen zu einigen Artikeln in Schrems und Umgebung erzählt? Vielleicht könnte sie sich ihm anschließen, um einige Nachforschungen anzustellen. Immerhin war da auch die Streichholzschachtel mit der Aufschrift von diesem Restaurant in Tschechien, die in Max' Jackentasche gefunden worden war. Schließlich hatte sie das doch noch aus Grubinger herausbekommen und es sich aufgeschrieben. Vielleicht konnte man sich noch an ihn erinnern. Und mit wem er sich dort getroffen hatte. Zumindest hätte Walli dann das Gefühl gehabt, gegen ihre Verdächtigung selbst etwas unternommen zu haben. Sie griff sofort zum Hörer und wählte Kains Nummer, der zu dieser Zeit am Telefon immer noch frisch und munter klang.

Inzwischen war Nico dabei, sein Gleichgewicht wieder zu finden. Nachdem er sich vorgebeugt hatte, um Walli zu beobachten, wäre ihm fast sein Dienstfahrrad entglitten und mit ihm gemeinsam umgefallen. In letzter Minute hatte er einen geräuschvollen Balanceakt hingelegt. Er war froh darüber, dass ihm niemand dabei zugesehen hatte. Schon gar nicht Walli Winzer. Peinlich wäre das gewesen: Er kopfüber durch die Büsche in ihren Garten hinein. Blamabel!

Glücklicherweise stand sie gleich darauf auf, ging ins

Haus und schien nichts von seinen Nöten mitbekommen zu haben.

Durch diesen Vorfall ernüchtert, schwang sich Nico Salmer auf sein Fahrrad und fuhr Richtung Hauptstraße. Er fühlte sich seltsam beschwingt und nahm sich vor, künftig etwas gegen seine verdammte Schüchternheit zu unternehmen. Es war endlich an der Zeit, dachte er.

Denn er hielt sich in der Dorfgemeinschaft auch oft mit Bemerkungen zurück – und das ohne Grund. Weil er wenig sagte, war er beliebt. Lag nie falsch. Wie denn auch. Viele glaubten daher, dass er ihre Meinung für gut befand. Ganz anders war's aber für ihn! Oft wollte er schreien. Ganz laut schreien, weil er das Geschwätz der anderen einfach nicht länger ertragen konnte.

Schreien, wie jetzt auch. Weil er sich über sich selbst ärgerte, diese Frau nicht anzusprechen. Walli Winzer. Die, über die sich die Leute im Dorf den Mund zerrissen, weil sie nicht von hier war.

Für ihn war sie schon eine von hier, die hoffentlich auch hier bleiben würde.

Eine, die anders war. Die nicht so schüchtern war wie er. Die gerne viel sprach. Die ihn faszinierte – doch: die ihn nicht bemerkte.

Ihn, den zuvorkommenden Farblosen. Der nur deshalb überall mithalf, um zu überleben. Zu überleben in diesem kleinen Dorf. Dem Dorf, das so friedlich schien, aber in dem immerhin schon zwei Morde geschehen waren.

Er könnte schreien. Ganz laut.

Vor Verzweiflung. Vor Anspannung.

Es brodelte. Nicht nur im Dorf. Tief in seinem Inneren. Seit er Walli Winzer diesen Tritt beim Mohnstrudelbacken versetzt hatte. Unfreiwillig. Wo er doch bloß wieder einmal mitgeholfen hatte. Ein Tritt, den er sich zugleich selbst gab.

Er, der sonst nur beobachtete und zuhörte. Er fühlte jetzt Unrast. Hatte Herzrasen. Schmerzen. Aber er schwieg. Wie so oft. Kannte Geheimnisse, die er gar nicht wissen wollte. Viel zu viele.

23. KAPITEL

»Gute Idee von Ihnen mitzufahren«, übertönte Harry Kain die dröhnende Musik aus dem Autoradio.

Es war noch sehr früh am Morgen und Walli definitiv nicht auf der Höhe ihrer zwischenmenschlichen Gesprächskultur.

Die laute Musik durchdrang sie, ohne dass es sie störte. Ihre Wahrnehmung war wegen der zu vielen Gläser Aperol vom Vorabend noch ziemlich gedämpft. Sie würde wohl einige kräftige Espressi nötig haben, um halbwegs wieder in die Gänge zu kommen, um ihre Urteilsfähigkeit einsetzen zu können.

Dennoch koordinierte Walli Winzer bereits langsam einige Gedankengänge. Sie bemerkte jedoch, dass es noch Zeit dauern würde, bis ihr Normalzustand wieder hergestellt war.

Sie atmete tief ein, um die gestaute Luft zu halten und dann stoßweise langsam wieder loszulassen. Ihr Körper reagierte darauf mit Erleichterung.

»Na, Sie scheinen ja gestern einiges abgefeiert zu haben, wie man so sieht. Darf man fragen, mit wem?«, blinzelte Harry amüsiert seine Sitznachbarin an.

»Das geht Sie gar nichts an«, würgte Walli jeden weiteren Versuch von Harry ab, Genaueres in Erfahrung zu bringen. »Heben Sie sich die Neugier für Ihre Recherche zum Artikel auf. Ich hab anderes zu tun. Nämlich meinen Kopf aus der Schlinge zu ziehen. Ich habe leider nicht das Gefühl, dass auch nur irgendjemand anderer als ich selbst daran interessiert wäre. Also muss ich mich selbst ran machen.«

»Aber die Polizei ermittelt doch. Warum sind Sie so skeptisch, dass man den richtigen Mörder finden wird?«

»Was heißt hier richtiger? Mörder ist Mörder. Ob richtig oder falsch: Ich will Verdächtigungen, noch bevor sie ihre Kreise ziehen, abstellen. Vor allem, wenn man sich auf mich einschießt.«

»Irgendwie verbeissen Sie sich jetzt in etwas, hab ich das Gefühl.«

»Das glaub ich nicht. Wie komme ich dazu, mir meinen Ruf ruinieren zu lassen. Von irgendwelchen Dorfinspektoren oder anderen G'scherten, die mit all dem eindeutig überfordert sind. Wenn sich das weiter herumspricht, kann ich meine Agentur zusperren. Und dazu habe ich wirklich keine Lust.«

»Nochmals, liebe Frau Winzer: Ich glaube, Sie sehen das alles zu eng.«

»Aha. Und warum kratzen dann immer noch welche auffällig die Kurve oder senken ihren Blick, wenn sie mich sehen? Und warum will kaum jemand mit mir reden, seit Lena in Frankreich ist?«

»Darf ich etwas sagen?«

»Ja natürlich.«

»Das hat meiner Meinung nach weniger mit Ihnen zu tun, als vielmehr mit der Introvertiertheit vieler Dorfbewohner. Bis vor wenigen Jahren hatte man kaum Kontakt mit der Außenwelt. Das Leben hier bestand aus harter Landarbeit. Die Wald- und die Feldarbeit musste oft unter extremen Wetterbedingungen durchgeführt werden und war sehr anstrengend. Die Winter kommen hier früh und sind meist sehr hart.«

»Ja, ich erinnere mich an die kürzliche Katastrophe mit dem vereisten Sprühnebel auf den Bäumen. Der ließ in weiten Teilen des Waldviertels Bäume regelrecht in der Mitte auseinanderbrechen. Das Gewicht in den Wipfeln und auf den Ästen wurde zu schwer. Viele fielen um. Auch bei Lena gab es große Schäden. Ich fuhr damals aus Wien hierher und war von diesem bizarren Naturschauspiel tief erschüttert. Die Wälder sahen gruselig wie in einem Science-Fiction-Film aus. Die Toten hätten damals besser gepasst als heute«, versuchte Walli aus ihrer Sicht etwas schwarzen Humor ins Fahrtgespräch einzubringen.

Nur kam das bei Harry Kain nicht so richtig an. Er wurde nachdenklich und versuchte nochmals, seinen Gedanken von zuvor aufzugreifen: »Was ich damit sagen wollte: Die Waldviertler und da besonders die hier im abgeschiedenen Süden sind ein herber Menschenschlag, oft auch sehr schüchtern. In ihrem Leben gab und gibt es teilweise immer noch viel vom Gleichen. Um nicht zu sagen: es bleibt vielfach beim Alten. Kommt dann jemand wie Sie, kann das schnell zur Bedrohung werden. Auch beim Grubinger. Übrigens habe ich in Erfahrung gebracht, dass er die Fälle unbedingt selbst aufklären möchte.«

»Na toll. Eigentlich sollte das selbstverständlich sein. Wer denn sonst?«, erwiderte Walli genervt.

»Er hofft, dass die Polizeiaußenstelle dann nicht geschlossen wird. Zumindest glaubt er, es könnte noch einige Zeit hinausgezögert werden, weil es doch noch Bedarf gäbe.«

»Leider vermute ich, schafft er das nicht allein!«, seufzte Walli im Brustton der Überzeugung und blickte stumpf vor sich hin.

»Eben. Und das bedeutet, dass er am Informationsaustausch mit Ihnen interessiert sein wird. Und das könnte wiederum Ihre Amateur-Ermittlungen erleichtern«, versuchte Harry, Walli zu motivieren.

Walli holte tief Luft, wandte den Kopf zur Seite, um kurz aus dem Fenster zu sehen, und fuhr dann fort: »Lassen Sie uns einmal die bisher bekannten Punkte durchgehen: Da findet man die Leiche eines jungen Rumänen, der als Kleinkrimineller bei der Polizei aktenkundig ist. Niemand hat ihn hier je gesehen. Kurze Zeit später wird Landtierarzt Dr. Max Wahlberg erstochen aufgefunden. In den Jackentaschen beider Mordopfer finden sich Hinweise auf ein Lokal in Hluboka, wo immer das ist. Bei Wahlberg die Streichholzschachtel, beim Rumänen die Rechnung«, fasste Walli zusammen.

»Das liegt in Südböhmen, an der Grenze zu Österreich. Übrigens nicht weit von Schrems entfernt.«

»Was gibt es noch Auffälliges?«, fragte Walli mitten in ein Lied von Bruce Springsteen hinein, das Harry, ohne seine Aufmerksamkeit von ihr abzuziehen, lauter gestellt hatte. Er nickte ihr währenddessen im Rhythmus der Musik zu, was sie als Aufforderung fürs Weitersprechen deutete. »Diese Unruhe im Reiterhof. Irgendwie hängt das alles zusammen«, gab sie sich selbst die Antwort auf ihre Frage.

»Und was deutet auf den toten Rumänen hin? Oder auf Hluboka?«

»Einige rumänische Mitarbeiter gibt es auch im Reiterhof. Und ich glaube, die sind dort nicht wirklich glücklich, wenn Sie wissen, was ich meine.«

»Nein, weiß ich nicht. Wieso?«

Walli war plötzlich hellwach. Ihr gestriger abendlicher Besäufnis-Ausreißer war wie weggefegt, und sie fühlte sich voll Tatendrang. Ihre Leidenschaft zur Ermittlung war entfacht wie vor einem großen Coup im Werbegeschäft, wenn sie einen vorbereitete.

»Rumänen werden dort wie Illegale behandelt, obwohl sie EU-Bürger sind. Das hat hier scheinbar noch niemand kapiert! Sie leben in ausrangierten Wohnwagen bei Hitze und Kälte. Wenn überhaupt, dann sind sie geringfügig beschäftigt. Niemand fragt danach, wie man in Österreich von 400,- Euro und ein bissl Taschengeld leben kann? Und dafür auch noch arbeitet. Und das offiziell. Und etwas davon vielleicht noch seiner Familie nach Rumänien schickt?«

Harry presste betroffen die Lippen aneinander und nickte: »Zu Hause bei ihnen gibts für Landarbeiter keine Jobs, also kommen sie zu uns und nehmen alles um jeden Preis an. So Ungustln wie der Hubsi nützen das leider weidlich aus.«

Und Walli ergänzte: »Wo ist da der Dorfpolizist Grubinger mit seiner Behörde? Er redet sich raus. Das hatten wir schon. Aber bei mir waren sie gleich. Ohne stichhaltige Beweise.«

»Naja, da geht's ja immerhin um Mord. Aber es stimmt. Man gewöhnt sich viel zu schnell ans Elend. Die Leute sehen dann nix mehr. Sie denken, irgendjemand muss die Arbeit machen. Die Betriebe wollen meistens so wenig wie möglich zahlen. Scheußlich! Fremde will man hier sowieso nicht haben. Ein verdammter Kreislauf«, ärgerte sich Harry.

»Was mich auch nachdenklich macht, sind die vielen Pferdekoliken in letzter Zeit im ›Sonnblick‹. Das alles zusammen kann doch kein Zufall sein, oder doch?«, versuchte Walli, ein weiteres Detail hinzuzufügen.

»Auch der Streit zwischen Max und dem Steininger. Worüber? Der Steininger sagt nichts. Aber die Cornelia Tucek hat mir von Hubsis ewigen Geldproblemen erzählt, von Wettschulden, bei deren Begleichung ihm der Max half.«

»Das kann ich mir kaum vorstellen. Denn der Max Wahlberg wollte ja eine Tierklinik bauen. Warum sollte er da dem Steininger Geld borgen?«

»Wofür hat er ihm dann sonst das Geld gegeben? Welche Sicherheit hätte der Steininger dem Max geben können, dass er ihm weiterhin finanziell aushalf? Erpresste er ihn? Und der Steininger hat ihn dann einfach ums Eck gebracht?«, spann Walli Winzer ihre These weiter.

Zwischen ihnen wurde es nun still. Beide hörten der Radiomusik zu. Sie beruhigte. Walli kurbelte das Seitenfenster des 2CV ganz herunter, um ihre Hand in den Fahrtwind zu strecken. Sie spürte, wie sie abkühlte. Ihre Finger bewegte sie in der Luft so, als würde sie diese greifen wollen. Das entspannte. Sie beobachtete, wie die Hand auf- und zuging. Sie griff ins Leere. Genauso wie bei den Mordfällen.

Plötzlich war sie sich sicher: Hubsi Steininger musste etwas mit der Sache zu tun haben. Alle Indizien führten zu ihm. Bis auf die Koliken der Pferde. Warum sollte er seinen eigenen Betrieb ruinieren wollen? Sollte das eine Versicherungsgeschichte werden?

Im Moment schien jedenfalls der »Sonnblick« den Bach hinunter zu gehen. Denn einige Pferdebesitzerinnen hatten ihre Tiere bereits aus dem Stall abgezogen, hatten ihr die Teenies Lisa und Sandra erzählt. Walli schloss ihre Augen, um die Situation besser weiterdenken zu können.

Als sie sie wieder öffnete, konnte sie im letzten Augenblick die Umrisse eines riesigen Rehbocks sehen, der aus der Lichtung auf den schmalen Waldstreifen nahe der Straße zuraste.

»Harry, Achtung! Ein Reh läuft direkt auf uns zu!«, schrie Walli in Panik.

Harry Kain reagierte prompt und stieg mit aller Kraft auf die Bremse. Das Auto blieb mit einem Ruck stehen. Wallis Handtasche fiel zu Boden. Der gesamte Inhalt verstreute sich im Auto quer über die Fußmatte. Harry hätte nun die Möglichkeit gehabt, Einblick in die persönlichen Vorlieben seiner Mitfahrerin zu nehmen.

Doch er war geschockt und rang nach Atem.

Etwa fünf Meter vor ihnen überquerte das Reh tatsächlich die Straße.

Hätte Walli ihn nicht so abrupt gewarnt, wäre die Fahrt schlimm ausgegangen.

Das war einer der Momente, wo sie an Vorsehung glaubte.

Ihre Zeit war also noch nicht abgelaufen. Sie wurden noch gebraucht. Vielleicht, um mitzuhelfen, den Fall zu lösen.

Harry war schlecht. Er stieg aus, um tief Luft zu holen, denn die war ihm buchstäblich weggeblieben. Er hielt sich am erstbesten Baum fest, um sich abzustützen.

Doch die Übelkeit löste sich nicht, sondern ihre Auswirkungen holten ihn ein. Zur Befreiung ging er ein paar Schritte in den Wald hinein, und es kam, wie es kommen musste: Es war ihm nicht mehr möglich, sich zurückhalten. Die gesamte Kotze quoll aus ihm heraus.

Mehrmals. Immer und immer wieder.

Diese unkontrollierte Situation, dieses ausgeliefert sein, fühlte sich wie eine kleine Ewigkeit an.

Er war froh, als es vorbei war und atmete tief ein. Jetzt war ihm wohler. In allem.

Er stand still da, und sein Blick suchte nach weichem Grünzeug, um sich den Mund abzuwischen, bis er zu einem

Taschentuch und einer Mineralwasserflasche im Auto käme. Dort würde er dann den Rest erledigen.

Als er ein letztes Mal kräftig ausspuckte, sah er auf der Lichtung in der Ferne zwei männliche Gestalten stehen, die sich unterhielten.

Harry kniff die Augen zusammen, um besser erkennen zu können. Doch es gelang ihm nicht so recht. In diesem Moment ärgerte er sich wieder einmal über sich selbst, dass er den Augenarzttermin für eine stärkere Brille ständig vor sich hergeschoben hatte. Auch die Stimmen verschwammen innerhalb der natürlichen Geräuschkulisse des Waldes. Er hielt den Atem an, bewegte sich nicht und schloss die Augen. Er hoffte, sich so besser auf den Klang der Stimmen konzentrieren zu können. Eine Weile stand er so da, und das Summen der Bienen, das Rauschen der Wipfel und das Klopfen der Spechte mischten sich mit Wortfetzen zu einem, wie er heraushörte, heftigen Streit.

Er glaubte, Hubsi Steiningers Stimme zu erkennen. Er öffnete die Augen und ging einige Schritte vorwärts, um näher an die Männer heranzukommen. Da er selbst leise Geräusche verursachte, hörte er die Schritte hinter sich nicht. Eine Hand legte sich auf seine Schulter. Er erschrak heftig.

»Da sind Sie ja. Geht es Ihnen wieder besser?«

Walli war ihm in den Wald gefolgt, nachdem sie ihn von der Straße aus nicht mehr gesehen hatte.

»Ich dachte, Sie sind vielleicht umgefallen.«

»Nicht so laut!«, versuchte Harry, Walli etwas einzubremsen.

In diesem Moment schaute einer der Männer in ihre Richtung.

Harry packte Walli und riss sie mit sich zu Boden. Ob die Männer sie bemerkt hatten?

Sie verhielten sich ruhig. Walli war die Situation rasch klar geworden. Sie pirschte sich an einen besonders alten und mächtigen Baum heran, um sich aufzurichten und einen Blick auf die beiden Männer zu werfen.

Sie traute ihren Augen nicht: Es war tatsächlich Hubsi Steininger! Doch den anderen konnte sie nicht erkennen. Er stand mit dem Rücken zu ihr und wurde zudem von Bäumen teilweise verdeckt.

Mist!, dachte Walli. Worüber sprachen die wohl mitten im Wald?

Die Konzentration im Gespräch ließ nach, und Steiningers Blick wanderte wieder öfter in ihre Richtung. Instinktiv beschlossen daher Walli und Harry, sich langsam zurückzuziehen.

Beim Auto angelangt, zog es Harry vor, lieber sofort loszufahren, bevor sie endgültig entdeckt würden.

Während der Fahrt holte er sich Taschentuch und Getränk aus dem Seitenfach und machte einen tiefen Schluck.

»So, jetzt bin ich wieder ein neuer Mensch! Anbieten will ich Ihnen meine Flasche aber nicht«, lächelte Harry seine Beifahrerin an.

»Danke, nicht wirklich. Ich halte es noch eine Weile aus«, wusste Walli seine Höflichkeit mit einer abwehrenden Geste zu erwidern.

»Seltsame Situation war das eben. Was macht der Hubsi 20 Kilometer weit weg von Großlichten auf einer Waldlichtung mit einer zweiten Person?«

»Na, Freundesdienst wird es keiner gewesen sein. Irgendetwas Illegales natürlich«, versuchte Walli, Harry Kain gedanklich auf die Sprünge zu helfen, da sie ihm die Kombinationsfähigkeit zumindest noch zu diesem Zeitpunkt absprach.

»Ob sie uns gesehen haben?«

»Glaube ich nicht. Sonst hätten sie nicht ohne Unterbrechung weitergesprochen. Ich weiß gar nicht, ob das überhaupt ein Mann war. Ich habe die Gestalt nur von hinten gesehen. Gehört hat man nur Hubsis durchdringende Stimme.«

»Vielleicht war es dann doch eine seiner unzähligen Liebschaften?«, schmunzelte Harry und zwinkerte Walli mit einem Auge zu.

»Es ist derzeit wie Kaffeesudlesen. Wir wissen noch gar nichts.«

Harry sammelte sich langsam und widmete sich wieder ernsthaft dem Gespräch: »Erst einmal müssen wir so viele Fakten wie möglich zusammentragen und aus den Leuten herauskitzeln.«

»Ja, das habe ich auch vor. Wissen Sie eigentlich, dass ich Reitstunden nehmen werde? Ich möchte da schon ein bisschen früher dort sein und mit offenen Augen und Ohren durch den »Sonnblick« gehen. Ich bin überzeugt, dass mir einige so manches Interessante erzählen könnten«, stoppte Walli abrupt seine Übereifrigkeit. Sie war erschöpft und wechselte das Thema. »Sie haben übrigens toll auf den Rehbock reagiert. Ich dachte kurz, meine letzte Stunde hätte geschlagen.«

»Wenn Sie nicht geschrien hätten, wäre es auch so gekommen. Ich habe ihn tatsächlich nicht gesehen. Der Waldrand war so dicht, deshalb stand er plötzlich vor mir. Ich muss mich bei Ihnen bedanken«, erwies sich Harry belastbarer, als gedacht. Walli kam es zumindest so vor.

So sehr er ihr zeitweise auf die Nerven ging, hatte er sich in den wenigen gemeinsam erlebten, meist brisanten Situationen bewährt. Vielleicht wäre es doch nicht so verkehrt, würde sie ihn künftig in ihre Erkundungen einbeziehen?

»Hätte er uns nicht so erschreckt, müsste man sagen,

dass dieser Hüne ein wirklich schönes Tier war. Trotz seiner Größe geradezu grazil und majestätisch.«

»Nur, dass er mit seinen 50 Kilo nicht viel von uns übrig gelassen hätte, wäre er ins Auto gerannt«, entgegnete Harry.

»Das ist wieder eine andere Geschichte. Übrigens kann ich mir wirklich vorstellen, dass man Angst bekommt, steht man im Wald plötzlich vor so einem mächtigen Tier. Manche Jäger spielen ja auch gerne mit dem Nervenkitzel der Macht.«

Harry Kain runzelte die Stirn: »Und sie stehen dabei immer auf der sicheren Seite mit einer Waffe in ihrer Hand. Sie sind Herren oder seit einiger Zeit auch Frauen der Lage.«

»Das klingt so, als wären Sie nicht damit einverstanden, dass Frauen jetzt auch Jägerinnen werden können«, fragte Walli und wandte ihren Blick interessiert Harry zu, der gerade dabei war, den Schalter der Scheibenwischer anzuwerfen, um die unzähligen Insekten von der Windschutzscheibe des Autos zu waschen.

»Glauben Sie nicht, dass Frauen genauso gute Jägerinnen sein können wie Männer? Es erfordert Mut und Entschlossenheit abzudrücken«, sprach sie weiter.

Harry seufzte und schüttelte den Kopf: »Schade, dass Frauen die gleichen Fehler machen wollen wie wir Männer. Ich dachte, wenn Frauen in die Führungsetagen einziehen, würde sich vom Stil her manches ändern. Sanfter, fürsorglicher, menschlicher.«

Walli schmunzelte, denn dieser Abschnitt des Gesprächs forderte sie heraus: »So erleben Männer jetzt hautnah, dass Frauen ihr anerzogenes, verständnisvoll soziales Verhalten auch bei Bedarf ablegen können. Ja, vielen Frauen fällt das gar nicht so leicht und muss deshalb in Seminaren trainiert werden, um flexibel damit umgehen zu können.«

»Und das prädestiniert Frauen jetzt, zu jagen?«, so Harry.

»Auch das Jagen mögen viele nicht, übrigens auch Männer, die ich kenne. Doch es geht speziell um die Karrierenetzwerke, die man sich dadurch vor allem in der ländlichen Region aufbauen muss. Und ohne die geht es eben nicht. So etwas nennt man Tradition.«

»Da wird man wirklich nachdenklich«, seufzte Harry.

»Vielleicht ändert sich das einmal dahingehend, dass nur noch die Society-Events als Jagdveranstaltungen übrig bleiben und das Schießen ausschließlich den Berufsjägern überlassen bleibt, wie das viele Bürgerinitiativen jetzt schon europaweit fordern.«

Harry Kain schüttelte erstaunt den Kopf und starrte während der Fahrt gedanklich abwesend starr auf die Straße.

Walli Winzer wusste nicht, ob er ihr noch weiter zuhörte, als sie fortfuhr: »Glauben Sie mir, ich selbst habe viele Jahre Erfahrung in Topebenen gesammelt. Das Wichtigste dabei ist die dicke Haut, die man sich zulegen muss. So oder so, sonst geht man unter.«

Ihre Stimme wurde leiser.

Harry verstand. Er fragte nicht weiter nach. Walli hatte ihm, ohne es zu wissen, vieles über ihre eigene Person verraten. Um Leute besser kennenzulernen, verwickelte er sie gerne in scheinbar belanglose Gespräche. Ohne umfangreiche Analyse erfuhr er dann vieles. Wie eben jetzt, dass Walli trotz ihrer Modeticks doch einiges auf dem Kasten hatte und nicht so oberflächlich war, wie er es vermutet hätte. Dennoch oder gerade deshalb war so eine Frau auch für ihn nicht leicht zu ertragen.

24. KAPITEL

Walli genoss es, nach ihrer unfreiwillig ereignisreichen Autofahrt endlich im schattigen Kaffeehaus in Schrems zu sitzen. Sie hatte einen Café latte bestellt, den sie seit einer Promotion-Tour in New York während angespannter Situationen zu schätzen gelernt hatte.

Sie nippte an der Schale, und langsam begannen sich ihre Gedanken wieder zu ordnen.

Schon das Mittagsessen im Gasthof »Zum Waldviertler Joschi« hatte sie für alle Aufregungen entschädigt. Eine frisch zubereitete gebratene Lammkeule im Speckmantel und zuvor eine Rindsuppe mit Steinpilznockerl hatten ihre strapazierten Nerven wieder in Samt gebettet, und Harry erfreute sich an Saumaisen nach Schremser Art mit kräftigem Bieraufguss. Dazu gab es Waldviertler Knödel, seine Leibspeise, wie er zu sagen pflegte. Abgerundet wurde das Ganze mit einem frisch gezapften und herrlich kalten Schremser Bier, dem eigentlichen Grund von Harry Kains Reise in den Nordwesten des Waldviertels.

»Mein Gespräch mit dem Braumeister versuche ich kurz zu halten«, unternahm er einen Vorstoß, den Ablauf des Nachmittags festzulegen.

»Dann werden noch einige Fotos geschossen, und danach kann ich Sie gerne zu Max' Ehefrau, Witwe, oder was auch immer die ist, begleiten. Wir werden ja sehen, welche Bezeichnung sie selbst vorzieht. Ich glaube, dass das auch schon einige Auskunft darüber geben könnte, wie das Verhältnis der beiden zueinander war.«

»Natürlich muss es eng gewesen sein, sonst wäre sie an jenem Abend nicht bei ihm gewesen und hätte nicht das Telefon abgenommen«, erinnerte sich Walli wieder an die Trostlosigkeit dieses Abends und spürte gleich wieder, wie sich innerlich Druck in ihr aufbaute. Ihre Nerven waren angespannt, ihr Puls pochte. Die gewünschte Erholung vom stressigen Berufsalltag hatte bei ihr überhaupt noch nicht begonnen. Klar – wann denn auch?

Sie versuchte, sich wieder unter Kontrolle zu bringen, was unter anderen Umständen kein Problem gewesen wäre. Jetzt aber merkte sie, wie sie alles anstrengte. Trotzdem versuchte sie, cool und entschlossen zu wirken. »Ich fände es gut, wenn wir unsere schauspielerischen Talente unter Beweis stellten und Frau Wahlberg als undercover Ehepaar besuchten. Wahrscheinlich ist sie da gesprächiger als bei einer vermeintlichen Rivalin. Man weiß ja nie, wie so verschmähte Ehefrauen ticken. Vielleicht wollte sie ihn wieder zurück haben?«

Walli senkte ihren Blick und stocherte mit einem Strohhalm verlegen im Milchschaumhäubchen ihres Milchkaffees herum. Sie beugte sich vor und zog kurz daran. Gedankenverloren verursachte sie dadurch ein zweideutiges Geräusch, das von den in der Nähe sitzenden Gästen mit einem neugierigen Blick in ihre Richtung quittiert und, so vermutete sie, eindeutig missverstanden wurde. Walli hustete und zog den Halm rasch aus dem Milchschaum, so als wollte sie allen die Ursache des vorherigen Geräuschs vor Augen führen.

Harry amüsierte sich wieder einmal über Wallis unabsichtlich kabarettistische Einlage und erinnerte sich an ihren letzten Auftritt im Reiterhof.

»Das scheint eine Ihrer Erfolgsmaschen zu sein, nicht wahr? Sie ziehen so PR-mäßig alle Blicke auf sich. Von da an kennt man Sie. Muss ich mir merken. Nur, als angehende

Privatdetektivin sollten Sie so etwas vermeiden. Unauffälligkeit ist da höchstes Gebot«, kicherte Harry Kain in sich hinein.

Er zog es vor, seinen Stuhl ein wenig nach hinten zu rücken, um aufzustehen. Denn er war sich nicht sicher, ob Walli das soeben nicht in die falsche Kehle bekommen hatte und eventuell für ihn eine Überraschungsgeste in Form einer abrupten Handbewegung übrig hätte. Bei impulsiven Frauen wie Walli Winzer sollte man immer auf der Hut sein, dachte er und tänzelte nervös hin und her, als stünde er in einem Boxring, in dem er jeden Moment auf einen Hieb gefasst sein müsste.

Doch Walli blieb sitzen.

Harry sah auf die Uhr: »Ich werde dann mal in Richtung Brauerei gehen. Würde vorschlagen, wir treffen einander um 16.00 Uhr am Hauptplatz bei der Pestsäule. Ach übrigens, könnten Sie meinen Kaffee vielleicht inzwischen auslegen? Das wäre nett. Nur, bis ich beim nächsten Bankomat vorbeikomme.«

Walli nickte kurz. Sie hatte auch nichts anderes erwartet. Die wenigen Tage, die sie Kain nun kannte, hatte er sie bereits einiges gekostet. Die Übersicht über seinen Schuldenstand bei ihr hatte sie aus den Augen verloren. Geld hatte Harry Kain prinzipiell nie dabei. Irgendwie faszinierte es sie auch, dass es Menschen gab, die ohne einen Euro in der Tasche durchs Leben gehen konnten, und es fand sich immer jemand, der für sie zahlte.

Einmal schon war ihr so jemand untergekommen. Doch Journalist war ein Berufsstand, der nie Geld hatte. Zumindest die meisten Freiberufler, die nicht fix angestellt waren.

Das war auch einer der Hauptgründe, warum sie seinerzeit in der Werbebranche blieb. Dort verdient man in der Regel wesentlich mehr.

Walli blieb also nichts anderes übrig, als zu bezahlen und sich schleunigst auf den Weg zu machen, um noch alle Punkte ihres Programms unterzubringen. Sie hatte nicht nur vor, einen kleinen Abstecher ins Schremser Heimatmuseum zu machen, um sich einen Überblick über das alte Handwerk der Umgebung zu verschaffen, sondern wollte auch noch in den Naturpark »Hochmoor Schrems« fahren. Lena hatte ihr viel von der Schönheit der Landschaft und dem neu konzipierten Areal erzählt. Was lag daher näher, als die freie Zeit sinnvoll zu nützen und sich alles anzusehen. Harry würde ihr seinen 2CV dafür borgen, und sie müsste nur schauen, dass sie zeitlich alles unter einen Hut brachte.

Dazwischen würde sie gedanklich die wichtigsten Fragen für Max Wahlbergs Frau vorbereiten. Denn wer weiß, ob ihr sonst in der Eile die richtigen einfielen. Und vor allem: Wer weiß, was Harry wieder im Schilde führte? Er war für sie in seinen Gedankengängen unberechenbar. Vielleicht würde Walli eingreifen müssen. Die erste Chance bei einer neuen Begegnung zu nutzen, war immer das Wichtigste, wusste sie aus Erfahrung. Es galt daher, das Beste daraus zu machen.

Sie saß bereits auf einer der bunten Sitzbänke, die um den Brunnen am Schremser Hauptplatz herum aufgestellt waren, als Harry Kain die Hauptstraße entlang auf sie zukam. Sein Schritt war flott, und seine Stimmung schien exzellent.

»Na, hat alles geklappt?«, rief ihm Walli entgegen.

»Alles bestens. Wie viel Liter Bier, glauben Sie, trinkt man im Jahr in Österreich?«

»Woher soll ich das wissen?«

»104 Liter pro Kopf. Österreich lag 2014 damit auf Platz 3 in der EU, gleich hinter Tschechien und Deutschland«, konnte Harry es immer noch nicht fassen.

»Und wie viel ist es weltweit?«, fragte er weiter.

»Ja, sicher irgendetwas Unvorstellbares …«

»Ich sage es Ihnen: Es sind 1,96 Milliarden Hektoliter Liter ebenfalls im Jahr 2014, die die Weltbevölkerung regelmäßig kippt. Was sagen Sie dazu?«

»Beeindruckend. Wenn man jetzt auch noch bedenkt, dass viele wie ich keines trinken, will man über den zusätzlichen Alkoholkonsum in anderer Form erst gar nicht nachdenken.« Walli bremste ihren Redeschwall gleich wieder ein, dachte sie nur an ihr letztes nächtliches Gelage.

»Nein, das wirklich nicht. Vielmehr geht es um den kontrollierten Genuss, der gerade jetzt im Sommer gar nicht wegzudenken ist. Die Hopfenfelder, die es jetzt wieder gibt, gehören im Waldviertel und in Südböhmen nicht nur zum Landschaftsbild, sondern die Bier-Rezepturen sind Jahrhunderte alt und werden in den alten Brauereien als Geheimnisse gehütet. Bierbraukunst zählt mittlerweile zum geistigen Weltkulturerbe wie auch das Wiener Schnitzel. Diese Tradition wird also nie mehr verloren gehen.«

»Was Sie alles wissen. Ist ja gut, wenn man Sie so ein bissl losziehen lässt, was Sie dann alles so an Infos an Land ziehen. Ich hoffe nur, dass Sie Ihr Pulver nicht schon verschossen haben und Ihr journalistisches Fragetalent auch noch bei Frau Wahlberg unter Beweis stellen werden.«

»Keine Sorge. Wir werden ein gutes Team sein und machen auf guter Polizist – böser Polizist.«

Walli erschrak bei diesem Gedanken.

»Was meinen Sie damit?«

»Na, dass ich der Verständnisvolle, Einfühlsame sein werde, und Sie die polternde, unsensible Xanthippe, die all die lästigen Fragen stellt.«

Walli Winzer war sich nicht ganz sicher, ob das als Beleidigung für sie gedacht war, oder ob Harry Kain einfach nur schlichtweg strategisch dachte. Als Mann könnte er natürlich viel besser seinen Charme gegenüber einer trauernden Witwe einsetzen als sie. Tatsächlich wäre es wohl keine so prickelnde Idee, Frau Wahlberg bei Bedarf ihre Schulter zum Ausweinen anzubieten. Die von Harrys würde sich wahrscheinlich besser eignen. Walli musterte ihn und befand, dass sie tatsächlich breit genug war, sich darauf so richtig ausheulen zu können.

»Und? Wie war's bei Ihnen?«

»Ein toller Nationalpark. Aber kommen Sie. Wir haben es schön langsam eilig. Hoffentlich ist sie zu Hause. Das Auto können wir stehen lassen, denn die Wohnung ist von hier nur zwei Gassen entfernt. Ich erzähle Ihnen alles Weitere im Gehen. Wir müssen uns vor allem noch wegen der Fragen beraten, Harry, mein Ehemann.«

Sie schmunzelte süffisant und hängte sich bei Harry Kain ein, der vorerst mit dem Gedanken Wallis Ehemann zu spielen, nicht so richtig warm werden konnte. Ihn, als überzeugten Junggesellen, quälte die notorische Sorge, irgendwann doch noch im Hafen der Ehe zu landen. Bei Walli Winzer hatte er zwar nicht das Gefühl, dass sie es auf ihn abgesehen hatte, doch blieb er lieber auf der Hut. Vielleicht gehörte sie dabei zu den ganz Gewitzten, dachte Harry. Er ertappte sich dabei, wie er argwöhnisch auf ihrem kurzen Weg zur Mühlengasse 5 jede Geste der PR-Spezialistin genau beobachtete. Aber der Junggesellenalarm schien umsonst ausgelöst worden zu sein. Walli weihte ihn in ihren Plan ein. Und der war wahrhaft gerissen.

Simone Wahlberg schien einen Kleinen sitzen zu haben, stellte Walli sofort fest und rempelte Harry an. Die Witwe öffnete ihnen in euphorischer Stimmung, ohne dass Walli und Harry sich zuvor angemeldet hatten, die Tür. Ihre Standfestigkeit schien bereits ins Wanken zu geraten, wie ihre tastenden Griffe in Richtung der Sessellehnen verrieten.

Frau Wahlberg war gegen Ende 40. Sie trug ihre blonden langen Haare nach hinten gekämmt und ganz nach Reiterinnenart mit einem Samtband zusammengebunden. Wallis geschultes Auge erkannte auch, dass bei der Intensität der Blondtönung selbstverständlich nachgeholfen worden war. Doch Simone Wahlberg spielte ihre Sanftheit und Freundlichkeit nicht, sondern sie war es. Zu ähnlicher Feststellung dürfte auch Harry Kain gekommen sein, so wie er sie ansah.

Walli übernahm das Wort, da sie Harrys Fähigkeit, in diesem Moment sachliche Fragen zu stellen, anzweifelte.

»Wir sind Freunde Ihres Mannes und wollten Ihnen unser Beileid persönlich aussprechen«, versuchte Walli, Simones Vertrauen zu gewinnen.

»Meines getrennt lebenden Mannes, dieser Ratte«, antwortete diese.

»Ah, verstehe«, wiederholte Walli etwas erstaunt und verstand in diesem Moment so ziemlich gar nichts. Unverzüglich dachte sie an den Abend des Mordes zurück, an dem Simone in Max' Wohnung war und den Telefonhörer abgehoben hatte.

»Seit wann leben Sie getrennt?«

»Knapp ein Jahr. Aber ich bin froh, dass ich ihn los bin. Er hat mich viel Nervenkraft gekostet.«

Ihr Gesichtsausdruck verdüsterte sich, und sie nippte an ihrem Martini-Glas.

»Ich habe Ihnen noch gar nichts angeboten. Wollen Sie auch einen?«

»Danke nein«, antwortete Walli für beide und fuhr fort: »Sie sahen sich trotzdem?«

»Klar. Denn sehen Sie, man liebt jemanden und kann trotzdem nicht mit ihm sein. Vor allem dann nicht, wenn man es mehr mit einem Phantom als mit einer realen Person zu tun hat.«

»Wie meinen Sie das?«

»Max war fast nie zu Hause. Am Handy hob er meist nicht ab. Später sagte er dann, dass er im Stall gewesen sei und es nicht gehört hätte. Irgendwann glaubte ich ihm nicht mehr und fuhr ihm heimlich nach. Sein ›Stall‹ war dann das Bett einer anderen. Für mich stürzte eine Welt zusammen.«

»Sie teilen das Schicksal vieler Frauen«, versuchte Walli, sie zu trösten, und erinnerte sich gleichzeitig an die unzähligen Affären, die sie mit Ehemännern gehabt hatte.

»Andere machen das diskreter und geben einen nicht der Lächerlichkeit preis. Hier auf dem Land, wo jeder jeden kennt. Auch noch diese Schadenfreude der anderen Frauen zu erleben. Schrecklich. Diese Lästermäuler, die hinter vorgehaltener Hand Schauermärchen verbreiten. Bis heute ist das für mich unerträglich. Alle haben es dazu noch vor mir gewusst.«

»Ehefrauen erfahren es meistens zuletzt«, räusperte sich Walli und blickte zum verstummten Harry.

»Das Schlimmste für mich war, dass keine dieser Frauen mich unterstützte, sondern sich heimlich ins Fäustchen lachte. Wo ist da die christliche Haltung, die hier formell so hoch gehalten wird? Oder die Menschlichkeit?«

»Danach dürfen Sie nicht fragen«, versuchte Harry zu trösten.

Simone blieb allerdings unbeeindruckt: »Zuerst waren alle Frauen eifersüchtig, weil ich diesen attraktiven Mann geheiratet hatte, danach fielen sie über mich her, weil ich ihn nicht halten konnte. Weiber!«, schniefte sie, als müsste sie ihren Absturz in der Schremser Gesellschaft noch verdeutlichen.

Walli und Harry unterbrachen sie nicht. Der Alkohol hatte ihre Zunge gelockert, und ihre Emotionen beflügelten die Erinnerung.

»Wir verstanden uns nach unserer Trennung, die nur vorläufig auf Zeit war, besser, und ich fuhr deshalb hin und wieder zu ihm.«

»Auch an dem bewussten Abend?«

»Ja, aber ich traf ihn nicht. Ich hatte ihn zuvor nicht angerufen, deshalb wartete ich in seiner Wohnung in Gföhl. Ich habe einen Schlüssel. Er wollte, wenn es mir schlecht ging, dass ich zu ihm komme. Und es ging mir schlecht. Nachdem er auch nach Stunden nicht gekommen war, fuhr ich noch in der Nacht nach Schrems zurück. Meine schlechte Stimmung hatte sich mittlerweile in Zorn verwandelt, da ich davon ausging, dass er wieder bei einer anderen Frau gewesen war.«

Walli schluckte. Sie räusperte sich nervös, sah auf den Boden und fuhr fort: »Aaaaber ich hatte an diesem Abend wegen meines Katers angerufen, und Sie haben doch am Telefon gesagt, er sei im Badezimmer.«

»Da hatte ich geflunkert. Ich dachte, Sie sind eben eine seiner Tussen.«

»Warum hatten Sie ihn nicht zuvor selbst angerufen?«

»Weil ich mein Handy zu Hause vergessen hatte und seine Nummer darin eingespeichert war. Das erinnert mich daran, dass ich endlich alle Telefonnummern in ein eigenes Adressverzeichnis übertragen sollte.«

»Ja, das weiß man immer erst nach solchen Situationen, wenn einem das Handy fehlt«, lockerte Walli die Situation und kam gleich darauf auf den Punkt: »Max war so ein humorvoller und lebenslustiger Mensch, wie mein Mann immer sagt«, und blickte eindringlich in Richtung Harry Kain, der eine kurze Grimasse zog. »Wer könnte daran Interesse haben, ihn umzubringen?«

»Ach, da wüsste ich schon eine ganze Reihe.«

»Wer fällt Ihnen in erster Linie ein?«

»Na, zum Beispiel einige dieser Flittchen, die ihn nicht nur abschleppten, sondern auch noch heiraten wollten. Von denen trennte er sich dann sofort, und das kam nicht immer gut bei denen an.«

»Fällt Ihnen da eine besonders Hartnäckige ein?«

»Lassen Sie mich einmal überlegen: Da war diese Sibylle. Sibylle Karner. Die lief ihm dermaßen nach, dass es schon an Stalking grenzte. Sie lauerte ihm auf, verfolgte ihn und terrorisierte ihn auch mit nächtlichen Telefonaten. Davon erzählte er sogar mir. Er wusste sich vor ihr nicht mehr zu retten. Von anderen weiß ich nichts Genaues.«

Walli versuchte, gelassen zu wirken, dennoch erstarrte sie innerlich. Jetzt wusste sie, warum ihre Nachbarin sofort mit der Polizei bei ihr aufgetaucht war. Und dieser Grubinger gleich mit seinen Verdächtigungen bei ihr loslegte. Sibylle Karner lenkte vielleicht tatsächlich von sich als Täterin ab. Mord aus Eifersucht. Das sollte das häufigste Motiv sein, das Grubinger ja auch gleich für sie in Erwägung gezogen hatte. Eine neue Denkvariante, die sich Walli eröffnete. Trotzdem hielt sie diese im aktuellen Fall nicht für besonders realistisch.

»Und außer Frauen. Mit wem hatte er noch Probleme?«

»Da war auch noch der Hubert Steininger. Max hat ihm immer wieder Geld geborgt. Aber warum fragen Sie mich all das? Was haben Sie damit zu tun?«

»Ach, wissen Sie, hier auf dem Land nimmt man einfach mehr Anteil am Schicksal der anderen und will, wenn's geht, helfen.«

»Na, da werden S' beim Hubsi nicht nachkommen.«

»Warum? Der Reiterhof ist doch immer voller Leute, und er hat auch noch die Springpferdezucht? Wozu braucht er noch mehr Geld?«

»Die Renovierung und der Ausbau des Hofes haben viel gekostet. Hubsi hat sich finanziell komplett übernommen. Die Zucht und die Turniere sind das eigentlich lukrative Geschäft. Damit erhält er den gesamten Hof. Denn der Tagesreitbetrieb bringt nicht viel ein.«

»Aber ich verstehe immer noch nicht, warum er sich so viel Geld borgen musste? Irgendwann wären die Sanierungsarbeiten abbezahlt gewesen.«

»Weil der Hubsi ständig Geld für seine Wettspielschulden auftreiben musste und der Max ihm immer wieder heraus half. Er setzte auf Pferde. Die beiden hatten sich über den Reitsport kennengelernt, und der Hubsi brauchte Max für seine Springpferde. Deshalb wollte er auch die Tierarztpraxis gleich im Hof haben, und er plante eine Klinik. Hubsi konnte ihm letztlich die Schulden nicht zurückzahlen und musste Max nun als Miteigentümer in den Betrieb herein nehmen. Er sollte erweiterte Kompetenzen erhalten. Die Idee war, das exklusivste Pferdekompetenzzentrum Österreichs zu errichten. Eine Lebensversicherung zu beider Gunsten war abgeschlossen worden. Doch jetzt ist alles vorbei.«

Simone versank noch tiefer in ihrem Ohrensessel. Sie verbarg ihr Gesicht in den Händen und zog die Beine an, als könnte sie sich durch die eingenommene embryonale Stellung vor der Welt schützen.

Die Körpersprache war unmissverständlich. Harry befand, dass sie nun genug gehört hatten und zog Walli am Ärmel. Sie begriff. Durch die plötzliche Eile hatte sie Mühe, ihre zur Seite gestellte Handtasche zu finden. Beide bedankten sich, bekundeten nochmals ihr Beleid und entflohen diesem bedrückenden Ort.

»Grausam, eine so hübsche Person in solch einem Zustand erleben zu müssen. Dieser Don Juan hatte auch eine ziemlich rücksichtslose Seite. Übrigens weiß ich nicht, warum mich ein weiblicher Alkoholiker immer mehr berührt als ein männlicher?«, schloss Harry fragend.

»Wahrscheinlich, weil es weniger davon gibt«, brachte Walli es kurz auf den Punkt. Beide waren bedrückt und hatten das Gefühl, nicht wirklich vorwärts gekommen zu sein.

25. KAPITEL

Walli Winzer biss noch einmal kräftig in ihren Apfel, bevor sie das Auto auf dem Parkplatz in Hluboka in Tschechien abstellten, und warf dann den Rest fort.

»War eine gute Idee, die Fahrt über die schmalen Straßen abseits der Bundesstraße zu nehmen. So eine schöne Strecke inmitten dichter Wälder, Seen und Felder. Die allein hat ja schon Erholungswert. Auf der Rückfahrt fahre ich«, kündigte Walli Winzer bereits jetzt an.

Harry zeigte sich unbeeindruckt und genoss es sichtlich, aus dem Auto zu steigen und sich strecken zu können.

»Ah, ist das angenehm, seine Beine wieder einmal zu spüren. Ich wohne jetzt schon so lange in Großlichten, doch nach Südböhmen bin ich bisher nicht gekommen.«

»Und warum nicht?«

»Keine Ahnung. Es sind immer noch die alten Grenzen in den Köpfen, dabei war das alles über so lange Zeit ein gemeinsamer Kulturraum. Da muss erst ein Anstoß von außen erfolgen, damit man sich auf den Weg macht«, zeigte sich Harry zufrieden. Trotzdem war ihm bereits eine gewisse Ermüdung anzumerken.

»Wie heißt das Restaurant, das wir suchen, und wo müssen wir da hin?«, machte er sich ganz lang und gähnte dabei.

»Ins Restaurant ›U Zlatého Jug‹.«

»Was heißt das?«

»›Zum Goldenen Krug‹. Sieht aus, als wäre es in der Burg.«

Eine Passantin bestätigte ihre Überlegung und zeigte in die betreffende Richtung. Wenn Walli eines über sich wusste, dann, dass ihr Orientierungssinn immer schon katastrophal gewesen war. Sie ging prinzipiell in die falsche Richtung, deshalb fragte sie lieber gleich nach dem richtigen Weg.

Da Harry jedoch außer Gefecht schien, denn er war immer noch mit dem Dehnen seiner Rückenmuskulatur beschäftigt, verriegelte sie per Fingerdruck die Beifahrertür auf ihrer Seite. Bei modernen Autos ging das heute alles elektronisch. Als das Auto gebaut wurde, war man für die Sicherheit noch selbst verantwortlich. Sie ging schon voraus, ohne sich umzusehen.

Harry Kain kümmerte sich noch um seine Schuhbänder. Als er sich wieder aufrichtete, nahm er bewusst den kleinen, durch einige Hotels und Gaststätten gesäumten Hauptplatz mit seiner überdimensionierten Kirche wahr. Nettes Fleckchen!, dachte er und eilte Walli nach, die den steilen Weg zur Burg Hluboka mühelos nahm.

»Woher nehmen Sie die Kondition?«, fragte Harry keuchend.

»Keine Ahnung. Sport mache ich jedenfalls keinen. Ich

halte es eher mit Churchills »No sports!«, also frei übersetzt »Sport ist Mord!« Erstaunt über die eher unpassende Situationskomik, huschte ein verlegenes Lächeln über ihr Gesicht. »In Wien gehe ich allerdings viel zu Fuß. Manchmal laufe ich auch den Öffis nach. Wie man sieht, bringt das etwas«, freute sich Walli.

Stille.

»Der Blick von hier aus auf die Burg ist sensationell. So mächtig steht sie plötzlich da. Beeindruckend! Die Architekten ließen sich mit dem Bauwerk wirklich etwas Besonderes einfallen«, Walli Winzer war überwältigt.

»Ja, die hatten damals schon einiges drauf. Übrigens: Das ist ein Schloss und keine Burg. Es wurde erst Mitte des 19. Jahrhunderts von der Fürstenfamilie Schwarzenberg im Tudorstil erbaut. Sie hatten großen Landbesitz und Tuchwebereien. Da musste man entsprechend repräsentieren.«

Walli zog ihr Handy heraus und machte ein Foto.

»Das ist der gleiche Stil wie Schloss Grafenegg nahe Wien, wo es jetzt den Wolkenturm mit dem Musikfestival gibt«, ergänzte Harry.

»Sehen Sie, das muss ich auch einmal besuchen. Ich möchte mich überhaupt mehr mit klassischer Musik beschäftigen. Obwohl ich Musik mag, habe ich das bisher nicht gemacht.«

»Klassische Musik beruhigt. Vielleicht kommen Sie dann endlich auf Ihre Rechnung.«

Walli bejahte: »Sie sagen es. Dabei bin ich extra ins Waldviertel gekommen, um mich zu erholen. Bisher ohne Chance.«

Der Gedanke daran ließ sie nachdenklich werden.

Harry erwiderte nichts. Er quittierte ihre Reaktion mit einem Grinsen. Walli Winzer kannte diese Gepflogenheit bereits von ihm. Gewöhnlich pflegte er damit bedenkliche Situationen zu kommentierten.

Inmitten eines kleinen, wunderschön angelegten Englischen Gartens mit markant geschnittenen Hecken befand sich der Gastgarten des gesuchten Restaurants. Walli und Harry sahen erst jetzt, dass auch ein 4-Stern-Hotel im Nebengebäude des Schlosses untergebracht war. Viel war trotz der Ferienzeit nicht los. Warum Max Wahlberg sich vor seinem Tod hier aufgehalten hatte, ohne jemandem davon zu erzählen, war schon seltsam.

»Er hatte sich bei niemandem abgemeldet«, überlegte Walli.

»Schön und gut, aber steht Ihnen nicht auch manchmal das Wasser bis zum Hals, und Sie wollen einfach nur weg? Irgendwohin. Und wenn es nur für einen Nachmittag wäre? Am besten dorthin, wo Sie niemand kennt. Einfach nur, um nachzudenken und durchzuatmen. Einfach für kurze Zeit auf der Flucht sein?«, fand Harry so eine Spontanaktion durchaus verständlich.

»Natürlich. Am liebsten würde ich gleich losziehen und am besten nie wieder kommen. Aber, was soll's? Vor sich selbst kann man nicht davon laufen. Außerdem finden sie einen immer und überall. Wie auch Verbrecher. Die meisten zumindest. Vor allem die Kleinen, die von den Großen vorgeschoben und dann von der Polizei geschnappt werden.«

Wallis Stimmung sank wieder gegen Null.

»Lassen Sie uns schnell machen und rauskriegen, was wir wissen wollen. Es war schon ein ziemlich langer Tag.«

Sie bestellten Getränke.

Walli kramte nach einem Handyfoto, das sie von Lisa und Sandra auf den Pferden gemacht hatte. Das erinnerte sie zugleich an die noch immer verreisten Lena und Hans. In diesem Moment beneidete sie die beiden wirklich um deren Time-out im Burgund. Sie sah sich unter den Kellnerinnen und Kellnern nach einer vertrauenswürdigen Person um.

Als wäre es ein Wink des Schicksals, bewegte sich eine von ihnen mit einer großen Käseplatte auf sie zu und stellte sie gleich auf dem Nachbartisch eines jungen Paares ab.

»Entschuldigen Sie, hätten Sie kurz Zeit? Ein Freund von uns war vor einigen Tagen bei Ihnen. Wir würden ihn gerne besuchen. Wohnt er noch hier?«, fragte Walli ziemlich direkt und zeigte das Foto, in dessen Hintergrund Max Wahlberg deutlich zu erkennen war.

Die junge Kellnerin schaute auf das Foto und antwortete in beinahe akzentfreiem Deutsch: »Ja, ich kann mich an ihn erinnern. Das ist aber schon länger her als drei Tage, dass der hier zu Mittag gegessen hat. Ich kann mich auch nur deshalb erinnern, weil er bei diesem schönen Wetter im Restaurant allein in der Ecke sitzen wollte und ständig zur Tür schaute. Ich glaube, er hat draußen im Gastgarten jemanden beobachtet.«

»Haben Sie irgendeine Ahnung, wer das gewesen sein könnte? Gibt es Gäste, die öfter zu einer bestimmten Zeit kommen, weshalb er davon ausgehen konnte, sie wieder anzutreffen?«

»Wir haben hier viele Besucher, und ich kann mich nach so langer Zeit wirklich nicht an jedes Detail erinnern.«

»War es ein Paar, Freunde oder Geschäftspartner? Oder war es eine Frau, die er beobachtete?

»Hören Sie, das wird jetzt aber zu speziell. Wieso wollen Sie das alles wissen? Klingt ja, als wären Sie hinter ihm her. Stalking.«

Walli verzog das Gesicht: »Na kommen Sie! Es ist der Bruder meines Mannes. Er macht sich Sorgen, weil Max sich unglücklich in eine verheiratete Frau verliebt hat und wir nicht wollen, dass er sich etwas antut.«

»Oder vielleicht sogar ihr«, blühte die Fantasie der jungen Tschechin auf.

»Warten Sie, wenn ich mich so richtig erinnere, waren es zwei Männer. Und die waren mit Sicherheit nicht das, was man unter einem *Paar* versteht. Sie fielen mir auf, weil sie so ungleich waren.«

»Wie meinen Sie das?«

»Na, der eine war in Anzug und Krawatte und sprach laut tschechisch. Der andere nickte immer nur dazu. Ich glaube, er hat nicht viel verstanden, und ich würde von seiner Physiognomie her auf einen Rumänen tippen.«

»Haben Sie viele Rumänen hier?«, fragte Harry.

»Nein. Es gibt nur Tschechen, eventuell einige Slowaken, die im Sommer aushelfen, seit unser Schloss vor einigen Jahren renoviert wurde. Die meisten Besucher kommen aus Österreich, Deutschland oder aus Tschechien selbst. Aus anderen kaum. Es war seine dunkle Hautfarbe. Deshalb ist er mir aufgefallen.«

Sie stoppte ihre Ausführung und überlegte kurz. »Und er hatte eine riesige Tätowierung am Oberarm. So etwas tragen unsere Gäste sonst eher nicht. Es waren Ziffern und eine Fahne, wenn ich mich richtig erinnere. Fragen Sie mich aber jetzt nicht, welche. Er winkte nach mir, und da sah ich sie, weil das Motiv so dunkel und flächig tätowiert war und sich die Ärmel des T-Shirts hinaufgeschoben hatten.«

»Hm. Wie alt schätzten Sie ihn?«

»Anfang 30, würde ich sagen.«

Harry und Walli waren beeindruckt und sahen einander bestätigend an.

»Na, da ist Ihnen ja doch so einiges eingefallen«, wandte sich Harry wieder der jungen Kellnerin zu. »Da kann ich beruhigt sein, dass mein Bruder seinen Kummer doch überwunden zu haben scheint, und er nicht seiner Freundin und derem Ehemann nachstellte«, flunkerte er weiter. »Noch eine letzte Frage: Ist er den Männern nachgegangen?«

»Ich glaube nicht. Der Tscheche hat dem Jüngeren ein Kuvert und ein Paket übergeben. Dann sind sie gegangen. Ihr Bruder hat mich um eine Zigarette gebeten und eindeutig entspannter als vorher gewirkt. So, das war's. Mehr weiß ich nicht. Ich muss jetzt weiter machen.«

»Alles klar. Danke! Wir wollen auch gleich zahlen.« Die junge Frau freute sich schließlich über das anerkennende Trinkgeld, das ihr Walli großzügig zukommen ließ.

Sie gingen langsam den Weg zum Auto zurück. Vor ihnen breitete sich ein idyllischer Ausblick über die südböhmische Landschaft aus. Doch es war immer noch heiß, auch wenn die Sonne nicht mehr so stechend herunterbrannte.

Im Gehen formulierte Harry schließlich seine These: »Glauben Sie, dass Max dem jungen Rumänen nachgefahren ist? Der hat ihn dann entdeckt und am Abend abgemurkst?«

»Möglich. Aber was hat der Tscheche dem Rumänen gegeben?«

»Vielleicht hat er nur etwas abgeholt. War so etwas wie ein Bote.«

»Aber Max Wahlberg blieb doch sitzen und rauchte sich gemütlich eine an. Er verfolgte sie nicht. Das ist merkwürdig. Entweder kannte er einen von ihnen, oder er war gar nicht hinter den beiden her, sondern erledigte etwas anderes. Wollte sich nur entspannen, einfach an einem anderen Ort abschalten, ohne dauernd von jemandem angequatscht zu werden, der etwas von ihm wollte. Vielleicht hat sich die Kellnerin zufällig auf ihn fixiert, und die beiden anderen sind ihr einfach so in Erinnerung geblieben.«

»Tja, wir wissen ja nicht einmal, wer die beiden waren. Woher sollte Max übrigens den Tschechen oder den Rumänen kennen? Falls der eine überhaupt ein Rumäne war.«

»Einige Rumänen gibt es zumindest im Reitstall. Das könnte ein kleiner Anhaltspunkt sein. Aber was sollen die da oben machen, 150 Kilometer entfernt?«

Beide schwiegen.

Erschöpft von den vielen neuen Eindrücken traten sie die Rückfahrt an. Sanftes Abendrot begleitete ihre Reise. Harry hatte im Radio einen tschechischen Sender gefunden, der gerade Klaviermusik von Robert Schumann spielte, die »Kinderszenen«. Auch ihm gefiel die Musik, weshalb die zweite CD aus seiner Bruce-Springsteen-Sammlung bis zum nächsten Tag warten musste.

26. KAPITEL

Walli fand, dass sie richtig gut aussah in ihrem neuen Reiterinnen-Outfit. Stundenlang hatte sie an einem der vergangenen Vormittage im nahe gelegenen Sportcenter sämtliche Reithosen durchprobiert, dazu das passende Poloshirt. Es hatte sich ausgezahlt, bewunderte sie sich im Spiegel. Dass ihre weiblichen Rundungen dabei etwas mehr betont wurden, störte sie nicht. Sie fand, man sollte zeigen, was man hatte. Immerhin war bei ihr auch an einigen Stellen mehr dran, wo Gertenschlanke oft kaum etwas boten. Die brauchten dann tatsächlich einen Silikonnachschub an »vorderster Front«. Doch bei Walli Winzer war alles echt.

Sie dachte neugierig daran, was die Reiterinnen-Klatschmäuler über ihr flottes Outfit sagen würden.

Walli schritt erhobenen Hauptes an den Koppeln und an Hannes' »Zum Grauen Mohn« vorbei zum Reitplatz. Es war früh am Vormittag und noch recht ruhig hier. Leider saßen daher kaum Zuschauer im Vorgarten des Restaurants. Nicht einmal Hannes war zu sehen. Enttäuschung!

Der Reitplatz war ebenso leer. Walli blickte auf die Uhr und hielt sie anschließend ans Ohr. Sie tickte regelmäßig, auch der Sekundenzeiger lief seine Runde. Das bedeutete, sie war pünktlich gekommen. Vielleicht würde sich Nina verspäten?

Walli beschloss, eine kleine Runde über den Reiterhof zu gehen.

Da noch alles ruhig war, wusste sie vorerst nicht, in welche Richtung des riesigen Anwesens sie losgehen sollte. Sie entschloss sich für eine Runde durch die weitläufigen Stallungen. Früher einmal waren hier auch Schweine und Rinder untergebracht gewesen. Doch das war vor dem Umbau zum Gestüt gewesen.

Eine junge Reiterin kam mit ihrem Pferd aus der Box und begann, es im Gang des Stalls für den Ausritt herzurichten. Neben dem Zaumzeug legte sie einen ziemlich neuen Sattel auf eine mit dem Namen des Pferdes bestickte Decke. *Steve* stand darauf und wurde gleich darauf bestätigt: »Steve, bleib stehen. Brrr, ruhig!«

Die Reiterin zog ihn seitlich am Zügel, klopfte auf den Pferdehals und küsste ihn liebevoll zwischen die Nüstern. Sogleich stand das Tier still, als hätte es jedes Wort tatsächlich verstanden. Es genoss sichtlich die Liebkosungen.

»Ja, manchmal scheint es besser, seine Liebe einem Pferd zu schenken als einem Menschen.«

Die junge Frau blickte erschrocken auf, da Walli von hinten an sie herangetreten war.

»Na ja, immer weiß man da auch nicht, was man zurückbekommt«, lachte sie herzlich, streichelte nochmals Steve und bereitete die Steigbügel zum Aufsitzen vor. »Ich habe zwei Männer zu Hause, einen großen und einen kleinen. Doch mit Steve ist es meist einfacher. Dennoch: Alles zu seiner Zeit. Missen möchte ich keinen«, stellte sie sich auf die Aufsteighilfe und schwang sich gekonnt auf ihr Pferd.

Walli verstrickte die Pferdefreundin in ein Gespräch und konnte es sich schließlich nicht verkneifen, ihre detektivischen Fähigkeiten noch schnell unter Beweis zu stellen. Sie fragte nach dem neuesten Stand in Sachen Pferdekolik:

»Wie ist denn die Stimmung?«

»Wir alle sind dabei, die Augen offen zu halten. Viele haben sich bereits mit ihren Tieren auf andere Reiterhöfe verteilt. Hubsi trifft das stark. Er meint, es will ihn jemand bewusst ruinieren. Der Ruf seines Gestüts steht auf dem Spiel. Wer will da noch weiterhin sein Pferd einstellen? Schließen würde er es nie freiwillig. Da ginge er eher über Leichen.«

»Würden Sie ihm denn wirklich einen Mord zutrauen?«, war die logische Frage Wallis.

»Sie meinen am Tierarzt Dr. Max Wahlberg? Sie waren Freunde.«

»Doch beim Geld hört sich die Freundschaft bekanntlich auf.«

»Hm, irgendetwas muss es gegeben haben, das Max sehr beschäftigt hat. Er deutete in einem Gespräch nach den ersten Koliken an, dass es nicht mehr so weitergehen könne. Im schlimmsten Fall müsse er entsprechende Schritte einleiten.«

»Das klingt ja nach etwas Ernstem. Hat er sich noch näher ausgedrückt?«, bohrte Walli Winzer weiter.

»Nein, nicht mehr. Ich finde alles irrsinnig traurig. Die Leichtigkeit von früher ist wie weggeblasen. Jetzt auch mit der Anspannung vor dem wichtigen Turnier von Nina. Das raubt allen den letzten Nerv. Daher nütze ich die Zeit, solang noch niemand da ist, und reite aus.«

»Ja, man soll sich das Leben schön machen«, versuchte Walli die Stimmung zu lockern. »Ich bereite mich mental gerade auf meine erste Reitstunde vor«.»Das freut mich für Sie. Sie werden sehen: Auch Sie wird noch das Reitfieber erfassen!«, versicherte die Reiterin, während ihr Pferd langsam wendete.

»Ich will Sie nicht länger aufhalten. Wir werden uns ja noch öfter sehen, vermute ich. Schönen Ausritt!«, wünschte Walli noch schnell.

»Danke! Und Ihnen eine tolle erste Reitstunde!«

Walli Winzer sah ihr nach und wünschte, dass es auch bei ihr bald so professionell aussehen würde.

Sie ging durch die Stallung und sah sich die Namensschilder der Pferde an. Namen wie *Wendy, Flash, Royal, Blizzard, Jimmy, Black Angel, Star Light* und viele andere waren zu lesen. Welches würde ihr Übungspferd werden? Zumindest für die nächsten Tage? Aber nur so lange, bis sie endgültig aus dem Kreis der verdächtigen Personen ausgeklammert war und sich mehr Einblick über die Vorgänge hier am Hof verschafft hätte. Denn reiten wollte sie dann nicht mehr, doch bei der Lösung des Falls mithelfen schon.

Nur diesem Sepp Grubinger traute sie nicht über den Weg. Sie hatte zwar den Eindruck, dass ihm an der Aufklärung des Falls gelegen war, aber irgendwie war er zu eng mit den Leuten hier verbunden. Deshalb hatte er es auch mit Sicherheit auf sie als mögliche Täterin abgesehen, dieser Grubinger. Denn wer verdächtigt jemanden nur, weil der Gast nicht zum Essen erschienen war, und sie logischerweise daher auch kein Alibi haben konnte.

Für Walli stank die ganze Sache zum Himmel. Irgendetwas war hier nicht koscher.

In Wien erzählt man oft, dass Polizisten auf dem Land gerne ein Auge zudrückten. Vielleicht war das wirklich der Fall. Für Walli jedenfalls führten alle Wege zu Hubert Steininger. Warum der Grubinger den daher nicht festnehmen wollte, schien für sie klar: Er war ein mächtiger Mann im Ort und schuf Arbeitsplätze in einer entlegenen Region. Und das obwohl Hubsi sicher noch nie in seinem Leben etwas von der gesetzlich festgelegten Fürsorgepflicht des Arbeitgebers gegenüber seinen Mitarbeitern gehört hatte. Da sollte er nämlich auch auf das Wohl seiner Mitarbeiter achten. Die Bezahlung war sowieso miserabel. Und darüber hinaus behandelte er seine Stallburschen auch noch letztklassig. Das hatte sie ja schon erlebt. Und was macht da der Grubinger? Auch nichts.

Walli besann sich auf sich selbst, dachte an ihr beeindruckendes neues Reiterinnen-Outfit und an das Motto: Selbst ist die Frau. Schließlich war sie da, um hier den entscheidenden Hinweis auf den Täter zu finden. Der Grubinger bräuchte dann nur noch dem Steininger die Handschellen anzulegen, und sie könnte sich endlich der Gestaltung eines malerischen Bauerngartens vor ihrem Schulhaus widmen.

Und wo war nun endlich diese Nina?

Walli verließ den Stall und ging an den Paddocks vorbei. Ilia Bucur und ein anderer Mitarbeiter des Reiterhofs beeilten sich, die Außenboxen der Pferde noch rechtzeitig vor der großen Mittagshitze auszumisten. Trotzdem stand ihnen der Schweiß jetzt schon auf der Stirn, als sie mit den Mistgabeln das alte Stroh aus den Boxen stemmten und auf die Scheibtruhen luden. Walli grüßte und bog in den Durchgang mit direktem Weg zu den Koppeln ab.

Der Ausblick war wunderbar. Kein Haus zu sehen. Kein zersiedeltes Gebiet, nur Natur pur.

Kein Wunder also, dass das Gestüt das beliebteste weit und breit war. Seine Lage und die umliegenden malerischen Reitwege boten ausschließlich eines: Erholung. Walli sah jetzt erst die weitläufige und hervorragende Lage des Anwesens. Der Ausblick konnte weder in Kanada oder Alaska noch in Nepal schöner sein als hier. Die breite Fläche der Koppeln stand noch dazu auf einem Plateau, was bedeutete, dass an die 130 Pferde gemütlich grasen konnten.

Wie war das geologisch hier möglich?, fragte sich Walli Winzer. Sie erinnerte sich daran, dass das Waldviertel vielerorts aus Granit bestand. Genaueres hatte sie im Nationalpark Schrems erfahren. Sie dachte, das galt nur für den Norden des Waldviertels. Aber wie es schien, hatten sich einige Ausläufer der Böhmischen Masse auch hierher verirrt. Sie war gerade einige Meter den Verbindungsfeldweg vom Hof weg gegangen, als sie Nina Egger am Seitenausgang des zweiten Stallungsbereichs stehen sah.

Endlich!, dachte Walli, machte kehrt und ging auf sie zu. Nach ihrer Suchaktion wusste sie erst jetzt, wie groß der Pferdehof tatsächlich war, und dass es natürlich einigen Aufwand benötigte, um ihn instand zu halten.

Nina war nicht allein. Sie sprach mit dem Stallburschen Alexandru Romenscu. Auch auf dieser Seite der Anlage war noch wenig Betrieb. Auf einer der Koppeln misteten einige Mädchen aus. Damit verdienten sie sich in den Ferien einiges an Einstellgebühr. Oder genauer gesagt: ihre Eltern.

Walli schritt auf dem Feldweg an den Mädchen vorbei und blieb hinter einer Reihe von Himbeersträuchern stehen, die als Windfang dienten. Sie stellte fest, dass keine einzige Beere mehr darauf zu finden war. Reiterinnen hatten sie scheinbar vor Walli entdeckt und sich eine kleine Stärkung genehmigt.

Walli Winzer war gerade dabei, einige Details des Gesprächs aufzuschnappen, als irgendetwas hastig an ihrem rechten Schuh knabberte. Instinktiv zog sie sofort das Bein an.

Sie traute ihren Augen nicht.

Ein kleiner Wusel von Hund, wahrscheinlich noch ein Welpe, versuchte, die Reitwelt zu erkunden. Und das probierte er ausgerechnet an Wallis teuren Sergio Grasso Reitstiefeln! Mühsam, doch voller Lebensfreude, nagte er fröhlich am Stiefelschaft.

Walli war froh, über ihre Investition in Qualitätsarbeit, denn von der kleinen Erkundungsattacke blieben kaum Spuren zurück.

Nachdem das Kauerlebnis offensichtlich zur Zufriedenheit der jungen schwarz-weißen Promenadenmischung ausgefallen war, setzte er gerade an, sein Bein zu heben, um die neue Beute zu markieren.

Walli reichte es: »Schluss damit! Du kleiner Quälgeist!«

Sie schnappte ihn, hob ihn hoch und setzte ihn einige Meter entfernt in die nächstbeste Koppel hinein. Der Kleine verstand und sauste in Richtung Mädchen ab.

Walli ging zu ihrem Ausgangspunkt zurück. Doch irgendetwas hielt sie davon ab, weiterzugehen. Der Gesichtsausdruck von Nina Egger war ernst, aber nicht angespannt. Walli beobachtete unfreiwillig, wie Alexandru eindringlich gestikulierte und dabei Nina etwas in die Hand drückte, was sie daraufhin in ihrer Hosentasche verschwinden ließ. Wortlos gingen beide auseinander, ohne sich zu verabschieden.

Walli hatte auf Alexandrus Arm ein Riesentattoo gesehen, das sich unter dem T-Shirt-Ärmel fortsetzte. Das Motiv konnte sie allerdings nicht erkennen. Zu weit standen beide von ihr entfernt.

Walli war verunsichert, als sie an ihre Reitstunde dachte. »Aber was soll's!«, motivierte sie sich. Alle Reiterinnen wirkten immer so glücklich bei der Sache. Wahrscheinlich blieb ihr diesbezüglich bisher ein Stück wahres Leben einfach verborgen, dachte sie für sich. Dafür hatte sie sonst in ihrem Beruf doch auch immer gesorgt, für erfreuliche Erlebnisse zwischendurch.

Nur in den letzten Jahren kamen die einfach viel zu kurz. Ihre PR-Agentur hatte sie auf Trab gehalten. Die Arbeit wuchs ihr über den Kopf.

Privat begann es ebenfalls zu stagnieren. Die aufregenden Dates wurden seltener, auch für Freundinnen hatte sie weniger Zeit. Sie befand sich in einer Arbeitsmühle, aus der sie nur schwer herauskam.

Wäre Lena nicht so beharrlich geblieben, wäre auch diese Freundschaft zerbrochen. Das hätte Walli sich allerdings nie verziehen. Denn sie beide waren so etwas wie Blutsschwestern.

Zickenkriege hatten beide nie miteinander geführt. Seltsam. Vielleicht, weil sie sich nie der Männer wegen in die Haare gekommen waren. Ihr bevorzugter Typus war jeweils zu unterschiedlich.

Als typischer Workaholic verzichtete Walli sogar oft auf ihren Urlaub, weil sie im Sommer Konzepte für den Herbst auszuarbeiten und zu verhandeln hatte. Von den Ergebnissen lebte die Firma dann fast das ganze Jahr über.

Erst Silvia und Tobias, ihre engsten Mitarbeiter, und auch Lena hatten ihr die Augen geöffnet und ihr ein Sabbatical verordnet.

Walli erinnerte sich wieder daran und zog gedanklich die

Zügel. Sie wollte nicht den Fehler machen, wieder nach dem gleichen Muster in eine ähnliche Falle zu tappen.

»Hallo, Frau Winzer!«, rief Nina und kam ihr entgegen. »Toll, Ihre Aufmachung! Man könnte fast glauben, Sie meinen es ernst!«

»Man tut, was man kann. Alles braucht immer den passenden Rahmen, damit es gelingt.«

»Ist ein guter Zugang, weil man sich dann auch wirklich auf etwas einlässt. Ich habe *Jimmy* für Sie ausgesucht. Er ist ein ganz Lieber. Sie werden ihn mögen. Doch vorerst gibt's eine kleine Schulung in der Sattelkammer. Denn in der werden Sie viel Zeit verbringen. Satteln müssen Sie Ihr Pferd künftig selbst, so ist das bei modernen Reiterinnen. Heute wird das noch Ilia für Sie machen.«

Nachdem Nina sie in die Pflichten einer fachkundigen Reiterin eingeführt hatte, beschloss Walli, dass Ilia auch später noch viel Arbeit mit entsprechendem Trinkgeld für sie erledigen würde. Denn Aufzäumen, Abzäumen, Striegeln und all diese Dinge waren sicher nicht Ihres. Allein das Aufsteigen auf Jimmy war schon ein Kapitel für sich. Er war wirklich geduldig, und die Runden an der Longe meisterte er mit Bravour. Irgendwie ging er ganz von allein. Denn Walli war nur froh, sich auf seinem Rücken halten zu können.

»Gar nicht schlecht fürs erste Mal!«, zeigte sich Nina überrascht.

Sie half Walli beim Absteigen und zog das Halfter über Jimmys Kopf. Dabei fiel ihr ein Pillenfläschchen aus der Hosentasche. Einige davon rollten heraus.

Das also hatte ihr Alexandru gegeben. Warum dabei dieser Nachdruck?, dachte Walli. »Sind Sie erkältet? Hoffentlich nichts Ernstes?«

»Nein, ist nur etwas Vorbeugendes«, hob Nina das Fläschchen auf, steckte es ein, verabschiedete sich rasch und gab Jimmy an Ilia Bucur weiter.

»Hallo, Walli! Wo warst du denn die letzten Tage?«, kamen Lisa und Sandra, stets im Doppelpack unterwegs, zum Sandplatz.

Walli freute sich, sie zu sehen, verspürte aber sofort ein Würgen im Hals. Bitte nur keine Verantwortung übernehmen müssen! Auch dann nicht, wenn diese beiden reizend und unkompliziert waren. Wiederum überkam sie diese Sehnsucht, weglaufen zu dürfen.

Sie bückte sich noch schnell, um ein paar der verstreuten Pillen aufzuheben. Im Moment war ihr alles zu viel. Viel zu viele Ereignisse hintereinander beunruhigten sie. Anders als ihren sonst so vollen Terminkalender, nahm sie diese jetzt auch nur intuitiv wahr, da sie sich innerlich dagegen wehrte. In letzter Zeit überkam sie diese Enge immer dann, wenn sie weitere Verpflichtungen aufgebürdet bekam, die sie nicht erfüllen wollte und konnte. Sie wich ihnen aus. Walli befürchtete, diese Begegnung könnte wieder so eine werden.

Sie überspielte ihre Gereiztheit. »Hallo, Mädels, wie geht's? Fehlen dir schon deine Eltern?«, richtete sie ihre Frage an Lisa.

»Nein, ganz und gar nicht«, antwortete sie und lehnte sich an die Holzeinfassung des Reitplatzes. »Ich bin derzeit sowieso mehr bei der Sandra als zu Hause, solange die Mama nicht da ist. Außerdem helfen wir Frau Troger im Dorfverschönerungsverein. Es soll nämlich beim Feistenthaler Bauern seinem Acker ein altes Marterl weggerissen werden, weil es so baufällig ist. Die Mizzi und andere kümmern sich jetzt darum, dass sie ein paar Maurer auftreiben, die sich einen Nachmittag lang hinstellen und es renovieren. Wir und andere sind dabei, Spenden für die Farbe zu sammeln. Bisher ist schon einiges zusammengekommen.«

Walli Winzer war verblüfft, dass junge Leute heute entgegen böser medialer Unkenrufe doch bereit waren, Gemeinschafts-Pflichten zu übernehmen und nicht ausschließlich über Computerspielen saßen.

Sie stellte ehrlicherweise fest, dass ihr alles recht war, solange keine Verpflichtungen bei ihr landeten, zumindest so lange der Fall Max Wahlberg nicht aufgeklärt war.

»Außerdem wollten wir dich fragen, ob du mit uns zu den Winnetou-Festspielen nach Gföhl fahren möchtest. Das sind Freiluftspiele mit echten Pferden und einer riesigen Freiluftarena mitten im Wald. Wir wollten dir einen kleinen Vorgeschmack aufs Reiten geben. Mama hat nämlich angerufen und nach dir gefragt. Wir haben natürlich gesagt, dass alles bestens ist, und nichts von Max' Tod erzählt.«

»Das ist gescheit von euch gewesen. Sonst macht sie sich unnötig Sorgen. Tun kann sie aus der Ferne ja doch nichts. Ich war übrigens mit Harry Kain in Schrems und im tschechischen Hluboka. Er hat für sein Magazin recherchiert und mich mitgenommen. Ich war inzwischen im Nationalpark. Aber wie geht's Lena?«

»Mama und Papa sind jetzt in Beaune zur Weinverkostung und bald wieder da. In den Tagen zuvor haben sie unglaublich viele Käsesorten verkostet und sind von allem hellauf begeistert.«

»Das hört sich ganz nach einem ausgiebigen Begrüßungsabend mit Kulinarischem à la France an. Freue mich schon darauf!«, erwiderte Walli.

»Das wird sicher toll!«, strahlte Lisa förmlich.

»Und, was steht jetzt bei euch auf dem Programm?

»Wir werden einige Vorbereitungen treffen.«

»Wofür?«

»Na ja, die Pferdekoliken gehen leider weiter. Wir haben jetzt wirklich Angst um unsere Pferde. Einige aus dem Stall wollen deshalb heute bei den Pferden übernachten und den Täter hoffentlich überrumpeln«, wurde Sandra Troger ganz ernst.

Walli hatte für heute die Nase voll von Pferden. Um genauer zu sein: Vor allem jetzt, wo sie ihren Po und die Schenkel kräftig spürte. So ein harter Sattel hatte es eben doch in sich. Sie sehnte sich danach, im Schatten des alten Schulhauses auf ihrer Liege zu kauern, frisch geduscht und mit einem kalten Drink in der Hand.

Aber die traurigen Mädchenaugen und der Gedanke an Lenas eventuell mahnende Worte machten ihrem Vorhaben wieder einmal einen Strich durch die Rechnung. »Das gibt's doch nicht, dass das nicht endlich einmal mit diesen Koliken aufhört. Natürlich werde ich mithelfen.«

»Klasse, Walli! Mario Schwinder, der junge Makler, hat gestern von den Koliken erfahren und die Idee dazu gehabt. Der reitet nämlich jetzt auch. Wir finden das cool. Er schaut nicht einfach zu wie alle anderen, sondern er überlegt sich, was man dagegen tun könnte«, freute sich Lisa Breitenecker.

»Und dass er sich gegen seinen Chef zu stellen getraut und dem Hubsi hilft, ist auch klasse. Denn der Kuntner von der ›Immotreu‹ will ihm ja das Areal abkaufen«, ergänzte Sandra.

»Tatsächlich?«, fragte Walli erstaunt und überlegte kurz, was sie mit so einem unloyalen Mitarbeiter machen würde. Aber vielleicht war er doch in Ordnung, oder es war ein Auftrag? »Wer wird noch dabei sein?«

»Der engste Kreis des Reiterhofs. Es wäre gelacht, wenn wir diesen Saukerl nicht gemeinsam schnappen!«

»Wenn das nur nicht gefährlich wird. Eure Mutter lyncht mich, wenn sie davon erfährt.«

»Was soll schon groß passieren. In jedem Stall liegen zwei im Stroh und hören auf verdächtige Geräusche. Die Handys sind auf lautlos gestellt und mit gedimmter Beleuchtung. Wenn jemand etwas Verdächtiges merkt, ruft er Hubsi an, und der ist sofort da. So einfach ist das«, erwies sich Lisa als gewiefte Taktikerin.

»Klingt alles recht überzeugend. Aber ich lauere bei euch im Stroh, ist das klar?«, gab sich Walli als Herrin der Lage.

»Alles klar, Chefin!«, verabschiedeten sich die Girls und liefen kichernd fort.

27. KAPITEL

»Oh Gott!«, stieß Walli Winzer einen hilflosen und lauten Seufzer aus, nachdem sie ihr Heim betreten hatte.

»Filou, wenn ich dich erwische!«

In der Wohnküche und im angrenzenden Wohnzimmer herrschte Chaos pur. Überall lagen Scherben. Auch Metallgefäße waren aus den Regalen gestoßen worden, und sogar ein Vorhangteil hing nur noch in Fetzen von der Wand.

Auch darauf turnte Filou herum!, ärgerte sich Walli.

Was hatte den Kater so auf die Palme gebracht? Ein aufregendes Beutetier musste sich ins Haus verirrt und seinen Jagdinstinkt aktiviert haben. Anders konnte sie sich das nicht erklären.

Walli setzte sich nieder und atmete tief durch. Sie war knapp davor, die Fassung völlig zu verlieren und Verschwörungstheorien zu konstruieren. Irgendjemand spielte ihr übel mit. Denn so viel Pech wie sie hintereinander konnte man normalerweise in so kurzer Zeit nicht haben.

Gerade, als sie so richtig dabei war, sich selbst zu bemitleiden, hörte sie in ihrem Schlafzimmer etwas zu Boden fallen.

Sie holte den Pfefferspray aus der Handtasche und schlich sich zur Tür. Vorsichtig lugte sie um die Ecke und sah nur noch ein weit geöffnetes Fenster.

Ihre Ahnung war also doch begründet.

Von wegen Verschwörungstheorien. Irgendetwas stimmte hier wirklich nicht, denn die Fenster hielt sie auf dieser Seite des Hauses für normal geschlossen, damit keine stechenden Bremsen, diese großen blutsaugenden Insekten, ihren Schlaf störten. Nachts öffnete sie nur die Fenster, die mit einem Fliegengitter ausgestattet waren. Doch offen stand das andere! Wie konnte das sein? Außer, es öffnete jemand von innen und sprang hinaus!

Als sie ins Wohnzimmer zurückkehrte, saß Filou aufrecht im Ohrensessel und sah sie fragend an.

»Was war denn da los, mein Kleiner?«

Sie ging zu ihm, nahm ihn hoch, drückte ihn an ihre Brust und genoss sein beruhigendes Schnurren. Jetzt erst merkte Walli an ihrem Zittern, wie hoch ihre Anspannung kurz zuvor gewesen war. Filou schmiegte sich an sie, als würde auch er bei ihr Trost suchen.

»Du kannst das alles nicht gewesen sein, so wie es hier aussieht. Außerdem wärst du nach diesem Höllenlärm erschrocken weggelaufen. Stattdessen war das Fenster offen. Das heißt, es muss jemand die ganze Zeit über im Haus gewesen sein und ist jetzt erst geflüchtet. Unheimlich!«

Walli rannte mit ihrem Spray in der Hand aus dem Haus. Doch keine Spur von einem vermeintlichen Einbrecher.

Nachbarin Karner werkelte wieder einmal in ihrem Garten, doch leider auf der falschen Seite des Hauses. Da sie keine Anstalten machte, Walli nach einem Besucher zu fragen, wie es sonst ihre Art war, schien sie auch niemanden gesehen zu haben. Vielleicht hatte sich Walli das alles doch nur eingebildet? Das Fenster in Gedanken selbst offen gelassen, nach all den Aufregungen der letzten Tage?

Erleichtert war sie, dass Filou nichts passiert war und offensichtlich nichts Wichtiges fehlte. Zudem war es heller Tag und nicht Nacht, was den Stressfaktor auch ein wenig reduzierte.

Vielleicht gingen ihre Nerven bereits mit ihr durch, wenn sie an den Übeltäter im Reitstall dachte, den sie in der Nacht mit den Mädchen stellen wollte. Das Leid, das dieses Scheusal den Pferden angetan hatte und die Sorgen seiner Besitzerinnen!

Doch warum sollte jemand bei ihr einbrechen?, ernüchterte sich Walli selbst. Niemand außer den beiden Mädchen wusste, dass sie bei der nächtlichen Aktion dabei sein würde – außer Hubsi natürlich! Ihm wollten die beiden es noch sagen!

Für Walli Winzer wurde immer klarer: Alle ihre bisherigen Ermittlungsfäden liefen immer wieder bei Hubsi zusammen. Hubsi Steininger war für all diese dramatischen Vorkommnisse die zentrale Figur.

Sie beschloss, sicherheitshalber mit Harry Kain zu telefonieren, um eine zweite Meinung zu den Ereignissen zu hören.

»Wieso meinen Sie? Warum sollte er seinen eigenen Reiterhof ruinieren? Was hat er davon? Ich kann das nicht wirklich glauben!«, wies Harry Wallis Überlegungen zurück. »Viel mehr beschäftigt mich, was in Ihrem Haus los war. Sieht aus, als hätte da jemand etwas gesucht«, zeigte sich Harry am Telefon besorgt. »Sie sollten das der Polizei melden.«

»Na toll, damit die hier ewig herum sitzen und ich nicht an der Stallaktion teilnehmen kann. Vielleicht war das ja der eigentliche Sinn und Zweck«, überlegte Walli.

»Nun hören Sie nicht das Gras wachsen, wenn ich das so sagen darf«, kam es vom anderen Ende der Leitung. »Die Einbrecher könnten auch Mitarbeiter des Reiterhofs gewesen sein, weil Max eventuell doch illegale Geschäfte aufgedeckt hatte.«

»Sie haben recht. Nur welche das sein sollten, ist mir noch unklar. Und was wollten die von mir? Einiges stimmt hier nicht. Übrigens: Nina erhielt heute ein Pillenfläschchen von Alexandru. Ich bin an einige Tabletten gekommen und habe sie sicherheitshalber mitgenommen.«

»Bravo! Sie lassen wirklich nichts aus. Überlegen Sie, ob Sie nicht doch den Grubinger informieren wollen.«

Bevor Walli Winzer anfing, die Verwüstungen in ihrem Haus aufzuräumen, hatte sie doch Dorfinspektor Grubinger verständigt. Kurze Zeit später kam er mit einem eigenen Trupp von Ermittlern samt Bezirksinspektor Adi Platzer.

Sie brauchten nicht lange, um das gesamte Ausmaß des Problems erkannt zu haben. »Sieht ganz danach aus, dass Sie etwas haben, was jemand anderer brauchen könnte«, stellte Platzer lakonisch fest.

Walli hatte den Eindruck, dass es sich hier um einen Heuschreckenschwarm handelte, der bei ihr eingefallen war. Nach einer Stunde sah es noch schlimmer aus als zuvor, und das hatte sie kaum für möglich gehalten. Sie schluckte, ließ die uniformierten Männer und Frauen unbeeindruckt in ihren Privatsachen herum wühlen und war froh darüber, dass alles, was sie in den Kästen fanden, nur die beste und teuerste Markenqualität war, die sie in Wien aufspüren konnte.

Freundinnen hatten zwar gemeint, dass sie das alles in ihrer Wiener Wohnung hätte zurück lassen sollten, doch Walli empfand ihre Kleidung stets als »zweite Haut«. Deshalb ließ sie alle ihre Kostbarkeiten in den Speditionswagen packen und nahm sie mit ins Waldviertel. Sogar ihr Kleines Schwarzes von Chanel, eine klassische Weiterentwicklung von Cocos einstigem Revolutionsschlager aus den 1920ern, hätte sich fast bezahlt gemacht, wenn Max Wahlberg an diesem Abend tatsächlich gekommen wäre.

So war es allerdings bei einer kleinen Modeschau für Kater Filou geblieben, der übrigens wieder wie vom Erdboden verschwunden war. Doch darüber konnte und wollte Walli jetzt nicht nachdenken. Katzen führten bekanntlich ein für Menschen nicht nachvollziehbares Eigenleben, und Filou war darin keine Ausnahme.

»Wie lange wird das noch dauern?« Walli wurde langsam unruhig wegen der bevorstehenden Beobachtungsnacht im Stall.

»Gefunden haben wir bisher nichts, was uns weiterbrächte. Doch unsere Kollegen von der Spurensicherung sind noch bei der Arbeit. Ich habe auch gleich Forensiker für DNA-Spuren herbestellt, die den ganzen Raum vermessen wollen. Es ist zugleich ein Test für die künftige hochtechnologisierte Ermittlungsarbeit vom Innenministerium«, gab sich Adi Platzer wichtigtuerisch.

»Wozu brauchen Sie das?«

»Wir konnten an Max Wahlbergs Leiche mehrere DNA-Spuren finden. Wir müssen jetzt die passenden Personen dazu finden.«

»Und wie machen Sie das?«

»Wir haben mehrere Hinweise gefunden, unter anderen einige fremde Haare. Die sollen untersucht werden. Die forensischen Kriminologen sind in ihren Methoden schon ziemlich weit. Anhand eines Haares kann man den genetischen Fingerabdruck eines Menschen erstellen und dann durch die DNA-Datenbank des Bundeskriminalamtes laufen lassen. Da sind Tausende Profile gespeichert. Vielleicht auch das des Täters oder der Täterin. Oder zumindest einer Person, die uns in unserem Fall weiterbringt.«

»Klingt ja unheimlich.«

»Na, zumindest hilft es in vielen Fällen. Keine Angst, Sie scheiden aus dem Kreis der Verdächtigen aus. Dafür wurde anderes Genmaterial, besonders von Hubsi Steininger, gefunden.«

Also doch, dachte Walli für sich, antwortete aber nicht, sondern erkundigte sich weiter nach dem Voranschreiten der Ermittlung.

Im gleichen Moment ersuchte ein anderer Beamter mit einer Kamera in der Hand alle, kurz den Raum zu verlassen.

»Was passiert jetzt?«, erkundigte sich Walli weiter.

»Mit einer Kamera wird jetzt eine Panoramaaufnahme von 80 Megapixel gemacht. Ein Laserstrahl tastet dazu alle Oberflächen in einem weiten Radius ab. Aus den Millionen Punkten wird ein dreidimensionales Bild errechnet. Auf dem Computer kann man dann die Tat genau rekonstruieren. Wird später vor allem für den Tathergang bei Toten eingesetzt werden. Doch jetzt probieren wir es als Test einmal so. Bürgermeister Brunner ist auch an dem Testlauf interessiert.« Bezirksinspektor Adi Platzer plusterte sich vor ihr auf.

Es war zwar interessant, was er da erzählte, doch seine extreme Detailverliebheit ließ Walli wieder an die Pillendose denken. Würde sie ihre Beute jetzt an Platzer weitergeben, müsste sie alle Einzelheiten über ihren Fund erzählen. Und dazu hatte sie nun wirklich keine Zeit. Sie beschloss daher, einen unauffälligen Moment abzuwarten, in dem er sich abwandte und sie sich an Sepp Grubinger richten konnte.

Der wortkarge und introvertierte Grubinger würde keine Fragen stellen. Sie würde ihm sagen, dass er diese Pillen als Beweisstück behandeln und dessen Zusammensetzung in einem Labor analysieren lassen sollte. Walli selbst hatte sie bereits in einen Plastikbeutel verpackt. Dass ihre Fingerabdrücke darauf waren, war klar. Sie war sich deshalb nicht ganz sicher, ob ihr dieser Platzer nicht eventuell wieder etwas anhängen würde. Vertrauen hatte sie nach dem schrecklichen Verhör keines mehr.

Besser daher dieser Sepp Grubinger, der auch nicht empfänglich für das Gehabe vom Platzer schien. Zumindest vermittelte ihr seine Dienst-nach-Vorschrift-Mentalität, die er in Gegenwart seines Chefs an den Tag legte, den Eindruck. Das alte Verhörspiel: guter Polizist – böser Polizist, das sie selbst in der Polizeiwachstube erlebt hatte, verlief offensichtlich zwischen beiden sichtlich nicht als Spiel. Walli erkannte langsam den gesamten Ernst der Lage. Männerränkeleien erschwerten also die Ermittlungen, was sie mit Sorge erfüllte, dachte sie an die schleppende Lösung des Mordfalls.

Grubinger war, wie sie meinte, eher der sensible, regionale Typ, bei dem die Beweislage langsam, aber stetig anwuchs. Vieles ergab sich erst aus dem genauen Hinsehen, Hineinhören und Sammeln von Information. Das erreichte man nicht durch so harte Fragetechniken wie jener Platzers, sondern durch scheinbar unverfängliche menschliche Gespräche. Vieles schlummerte in den Menschen, ohne dass sie es wussten. Man musste sich nur Zeit nehmen, es zu bergen.

Walli hielt den Grubinger für so einen, der das konnte. Auch, wenn sie ihn fairerweise als »Gesamtkunstwerk« tatsächlich für rustikal-gewöhnungsbedürftig hielt. Aber vielleicht war das sein Erfolg bei den Menschen hier. Und dass sich in den vergangenen Jahren nichts auffällig Kriminelles getan hatte, weil er, der Grubinger, eben da war und sich um die Sorgen und die Nöte der Menschen kümmerte. Er redete mit ihnen, und er half ihnen.

Bürgermeister Brunner hingegen hatte dafür keine Zeit. Er verfolgte vielmehr die große Karriere hinein in die Niederösterreichische Landesregierung. Von da aus wollte er dann in die große Politik nach Wien wechseln. Der Grubinger war manchmal langatmig und stand ihm oft mit zeitraubenden Gesprächen, seinem Gesülze von Menschlichkeit und der Hilfe für einzelne DorfbewohnerInnen et cetera im Weg. So etwas konnte der Brunner höchstens vor einer Wahl brauchen. Dann erst unternahm er etwas. Sonst war ihm das alles eher lästig.

Für Lena war es daher recht auffällig gewesen, dass plötzlich die Polizeistation in Großlichten eingespart und der Grubinger nach Gföhl versetzt werden sollte, was der natürlich nicht wollte. Auf dem Mohnstrudelfest hatte sie ihr das zugeflüstert. Doch zugegeben: Mit diesem Adi Platzer würde Walli auch nicht unter einem Dach zusammen arbeiten wollen.

Als er von einem Forensiker zur Seite geholt wurde, ergriff sie die Gelegenheit, Grubinger unbemerkt das Pillensäckchen in die Hand zu drücken. Sie hatte sich zu ihm gestellt und ihn in ein kurzes Gespräch verwickelt. Dazwischen flüsterte sie ihm den Tatbestand zu und dass sie sich am nächsten Morgen noch bei ihm melden werde.

Sepp Grubinger reagierte genauso, wie sie ihn eingeschätzt hatte. Er verdeckte das Päckchen in seiner Faust, um es gleich darauf in seiner Dienstjacke verschwinden zu lassen. Jedes Mehr, das er gegen ein gemeinsames Büroleben mit Platzer in der Hand hielt, war ihm recht.

28. KAPITEL

Knapp vor Einbruch der Dunkelheit erreichte Walli den »Sonnblick«. Nach den Tumulten des Nachmittags zog sie es vor, noch allein einen kleinen Spaziergang zur nahen Waldlichtung zu machen.

Sie stellte ihr Auto am Parkplatz ab, der wie immer ziemlich voll war. Mittlerweile kannte sie viele der Autos und sogar einige ihrer Besitzerinnen und Besitzer.

Die meisten waren preisliche Mittelklasse. Einige Geländewägen oder SUVs befanden sich auch drunter. Wie oft hatte sie sich schon in Wien über solche Fahrzeuge geärgert, die ihr wegen des erhöhten Karosserieaufsatzes die Sicht auf die Straße genommen hatten. Doch hier waren sie richtig eingesetzt, und hier gehörten sie her.

Sie ging den kleinen Hügel hoch und blickte noch einmal über den Parkplatz. Dabei stellte sie fest, dass ihre Audi

6-Limosine hier genauso als Fremdkörper auffiel wie sonst Harry Kains 2CV oder Mario Schwinders Porsche, den sie blank geputzt zwischen den anderen stehen sah.

Doch Harry war offensichtlich noch nicht da, da seine »Ente« fehlte.

Walli ging die kleine Anhöhe weiter, wo ein schmaler Weg am Ende des Feldes parallel zum Waldweg entlang führte. Strauch- und Baumgruppen trennten Reit- und Fußweg voneinander. Es war noch immer schwül. Nur brachte jede weitere Minute die Hoffnung, dass es gegen die Nacht zu doch kühler würde. Wie heiß wäre es jetzt wohl in der Stadt?, überlegte Walli.

Sie ging an Äckern vorbei, die kleinräumig waren und sie an ein buntes Schachbrett erinnerten. Wie schön es hier war und wie ruhig. Erstmals überkam sie die Ahnung, wie es gewesen wäre, wenn sie nicht die Turbulenzen der vergangenen Wochen auszustehen gehabt hätte. Durchatmen, Entspannung, Erholung pur.

Sie sinnierte vor sich hin und dachte aber gleich wieder daran, wie die einzelnen Puzzleteilchen im Mordrätsel zusammenpassen könnten. Da war Simone, die Ehefrau von Max, die sich scheinbar immer noch nicht von ihm gelöst hatte. Auch Sybille Karner war eine Verehrerin, die die freundliche, aber bestimmte Ablehnung noch nicht ganz überwunden zu haben schien. Oder der Stallknecht Alexandru Romenscu und dieser Tscheche, mit dem man ihn in Hluboka gesehen hatten. Max Wahlberg hatte sich immerhin auf den Weg gemacht und die beiden im Restaurant beobachtet. Weshalb? Und Hubsis Wettschulden, für deren Begleichung er sich immer Geld bei Max ausgeliehen hatte. Und die halbe Geschäftsführung des Gestüts? Und die Lebensversicherung. Und die geplante Pferdetierklinik von Max Wahlberg? Hubsi wollte sie nicht. Weshalb?

Walli konnte es drehen und wenden, wie sie wollte: Alle Gedankenfäden führten stets bei Hubsi Steininger zusammen. War er der Mörder von Max Wahlberg? Ein Freund? Allerdings einer, der sich immer in finanzieller Not befand. Konnte so jemand überhaupt ein Freund sein?

Hätte Hubsi es wirklich so plump darauf angelegt, mit Max' Tod an dessen Lebensversicherung heranzukommen? Oder wollte er ihn einfach nur aus der Geschäftsführung drängen? Was hatte Max entdeckt, dass er eventuell Alexandru bis nach Hluboka verfolgte? Oder war er selbst in Geschäfte mit der Ostmafia oder Ähnlichem verstrickt gewesen?

Gedanken über Gedanken.

Doch Walli Winzer wollte sie eigentlich loswerden. Sie hatte sich vorgenommen, spazieren zu gehen, um sich frei von belastenden Stimmungen und Vorstellungen zu machen. Wie sollte sie sonst offen für Hinweise sein, die der Pferdetäter hinterließ?

Walli blieb stehen und sah zwei kleinen Hasen zu, die spielerisch kreuz und quer über die Felder liefen, und freute sich über die schöne Abendstimmung. Doch: Ob die Nacht wirklich das brachte, was sie sich alle erhofften? Den für die Pferdekoliken verantwortlichen Täter zu schnappen?

Walli merkte, dass sich ihre Verspannungen durch das Gehen lockerten. Zeit hatte sie noch ein wenig. Vögel flatterten durch ihr Vorbeigehen aus den Büschen hoch. Auch diverse Kleintiere zogen es vor, ins Unterholz zu flüchten und raschelten auf ihrem Weg dorthin. Es war windstill. Kein Blatt bewegte sich. Die ersten Sterne wurden am von sanftem Abendrot überzogenen Himmel sichtbar.

Walli trottete eine ganze Zeit lang vor sich hin, als sie plötzlich durch das Geräusch knackender Äste aus ihrer Ruhe geschreckt wurde.

Ohne Vorwarnung schoss eine dunkle Gestalt wie ein Blitz zwischen den Büschen hervor und landete mit einem Satz neben ihr.

Das Zwielicht hinderte sie am genauen Erkennen. Walli sah nur die Konturen der Gestalt. Eine verstellte Stimme presste die Worte: »Hör auf, dich einzumischen, sonst war's das mit dir! Ein kleiner Denkzettel?«

Die schwarze Gestalt mit Gesichtsmaske hob den Arm, und im gleichen Moment hörte Walli ein kurzes Zischen. Gleich darauf verspürte sie einen höllisch brennenden Schmerz in den Augen. Sie jaulte laut auf, wie sie es sonst nur von ihrem Kater Filou in ganz besonderen Nächten gehört hatte. Sie drückte ihre Finger reflexartig tief in die Augenhöhlen.

Der Schmerz wurde noch schlimmer. Sie stürzte hin, krümmte sich am Boden, schützte ihr Gesicht und zog die Knie zur Brust. Das Brennen hörte nicht auf. Durch wildes Drehen und Schütteln hoffte sie, es zu lindern. Nichts half. Sie glaubte, sterben zu müssen.

Weitere Attacken des Täters blieben aus. Walli rang um ihr Bewusstsein. Es würde nicht mehr lange dauern, so würde sie es verlieren. Sie sammelte alle Willenskraft, dagegen zu arbeiten. Sie wollte sich wehren! Nur nicht schlapp machen. Nur keine weitere Angriffsfläche bieten!

Instinktiv tastete sie ihre unmittelbare Umgebung nach etwas Brauchbarem ab. Wieder nichts. Sie löste sich aus der schützenden embryonalen Stellung und streckte sich. Auf dem Bauch liegend griff sie nach vorne und spürte ihre Handtasche.

Wie wunderbar vertraut fühlte sich in diesem Augenblick das weiche Leder der Gucci-Tasche an. Es tröstete sie richtig. Sie öffnete die Spange blind. Durch viele Sitzungen, in denen Walli aus Langeweile unbemerkt in ihrer Handtasche gekramt hatte, war ihr das vertraut.

Jetzt aber war alles anders. Sie suchte verzweifelt nach einem Taschentuch, um sich die ätzende Substanz aus den Augen zu wischen. Der automatisierte Tränenfluss hatte inzwischen gute Arbeit geleistet. Bald konnte Walli Winzer ihre Augenlider zu kleinen Schlitzen öffnen. Der Angreifer war inzwischen natürlich über alle Berge.

Nachdem langsam der schlimmste Schmerz nachgelassen hatte, bemerkte sie erst, dass auch die Haut in ihrem Gesicht wie Feuer brannte. Sie hoffte nur, dass es kein Säureattentat war, griff nach ihren Wangen und war froh, dass sie keine offene Wunde ertastete.

Pfefferspray! Genau.

Man hatte ihr Pfeffer ins Gesicht gesprüht! So ein Schwein! Wer immer es war.

Es dauerte zwar eine Weile, doch Walli Winzer wunderte sich, wie schnell sie wieder auf die Beine kam. Sie sammelte den verstreuten Inhalt ihrer Handtasche auf, warf alles in die Tasche und stand mit wackligen Knien auf. Alles schmerzte. »Na warte!« Sie nahm sich fest vor, ihren Peiniger zu stellen.

Auf dem Rückweg überlegte Walli die Details des Überfalls. Doch so kurz danach ermüdete sie das zu sehr. Sie versuchte deshalb, sich das Gefühl und die Bilder dieser Schreckensszene fest einzuprägen und hoffte, dass sie irgendwann einmal in der gleichen Intensität hervorzuholen waren, wenn sie sich erneut mit ihnen auseinandersetzen müsste, um den Täter zu entlarven.

Nur jetzt konnte Walli sie nicht mehr brauchen. Sie wollte so schnell als möglich zum »Sonnblick«. Sicher waren schon alle da. Und sie fehlte! Die Mädchen warteten doch auf sie.

Eines hatte sie in den vielen Jahren ihrer PR-Tätigkeit gelernt: Krisenmanagement. Und darin war sie top! Handeln war jetzt angesagt, alles andere musste warten. Auch wenn sie gerade den echten Tränen nahe war.

Mehr schlecht als recht wankte Walli in Richtung Reiterhof. Sie war die Böschung zwischen Spazierweg und Reitweg durch den Wald hinuntergerutscht. Denn allein wollte sie auf dem oberen Weg nicht mehr bleiben. Am Reitpfad bestand die Möglichkeit, dass Reiterinnen vorbeikamen und sie begleiteten. Es war zwar schon spät, doch in der Dämmerung immer noch hell genug, um den Weg zum Stall zu finden.

Walli ging auf dem mit Gras bewachsenen Mittelstreifen. Sie zählte jeden Meter zwischen den Fahrspuren, der zum Parkplatz führte.

Sie trottete den Weg entlang und schloss ihre Augen zwischendurch immer wieder. Sie wusste, dass es nicht mehr weit war.

»Oh Schreck! Wie sehen Sie denn aus?«, kam ihr in schnellem Schritt eine in Weiß gekleidete Gestalt entgegen. Walli atmete schwer. Sie hatte weder Zeit noch Lust, Einzelheiten zu erzählen. Und schon gar nicht dem, den sie jetzt im Zwielicht und vom Klang der Stimme her erkannte.

»Ich wurde überfallen und mit Pfefferspray außer Gefecht gesetzt.«

»Dann haben Sie vorhin so geschrien? Ich war gerade bei meinem Auto, als ich jemanden gehört habe. Ich bin sofort losgelaufen, um zu helfen. Aber wie ich sehe, leider zu spät. Kann ich Sie wenigstens stützen?« Mario Schwinder stellte sich neben Walli Winzer und wollte sie umarmen. Mit einem Ruck entschlüpfte sie seiner Umklammerung.

»'tschuldigung, ich wollte Ihnen nicht zu nahe treten.«

»Schon gut. War jetzt vielleicht auch etwas abrupt. Aber jede Art von Körperkontakt ist das Letzte, was ich jetzt brauchen kann«, schniefte sie und fuhr sich mit ihrem Arm zur Nase.

»Verstehe, war unsensibel von mir.«

Walli war überrascht, dass sich in diesem Marco Schwinder doch so etwas wie Verständnis regte. Vielleicht hatten die Mädchen doch recht, und es verbarg sich in ihm ein guter Kern.

Hatte vielmehr sie selbst den Glauben an das Gute im Menschen verloren? Zwar pathetisch gedacht, aber doch?

Vielleicht.

Eventuell waren die vielen Jahre, die sie hinter die Kulissen von korrupten und rücksichtslosen Wirtschaftskonzernen geschaut hatte, doch zu viel gewesen und jetzt die Ursache für ihre Vorbehalte?

Na gut, heute würde sich das nicht mehr ergründen lassen, war sie überzeugt.

Inzwischen waren sie im Reiterhof angekommen.

»Es gab wieder ein Verbrechen: Frau Winzer wurde brutal überfallen und kann kaum noch gehen«, scheuchte Mario Schwinder die zur Lagebesprechung versammelte, noch unterbesetzte Beobachtungstruppe auf, die derzeit aus Hubsi, Nina, Vater Egger, Alexandru, Nico sowie Lisa und Sandra bestand.

Die Mädchen sprangen sofort auf und liefen Walli entgegen.

»Wie geht es dir? Wir dachten schon, du kommst nicht mehr. Dein Handy war wie immer abgeschaltet. Schrecklich! Wie konnte das passieren?«

»Ich wollte einfach noch an die frische Luft, ging eine Weile, und dann lief alles wie in einem schlechten Film ab. Aber jetzt keine Details. Mir geht es wieder besser. Wir müssen uns startklar für den Stalleinsatz machen. Ich gehe nur noch und wasche mir Gesicht und Augen, damit der Pfeffer endlich weg ist. Dann bin ich, glaube ich, wieder fit.«

»Wir kommen mit. Allein lassen wir dich jetzt nicht mehr!« Walli freute sich über das Angebot der beiden Teenies und ging gemeinsam mit ihnen in den allgemeinen Waschraum.

Lisa und Sandra erkundigten sich, wie der Täter ausgesehen hatte. Walli hielt sich kurz, weil sie keine unnötigen Ängste schüren wollte. Doch von der schwarzen Gestalt mit schwarzer Gesichtsmaske zeigten sich die Girls beeindruckt.

Nach dem Abtrocknen mit einigen Papiertaschentüchern, die sie aus ihrer Tasche hervor holte, wagte Walli einen Blick in den Wandspiegel. Sie erschrak. Große, verquollene Augen schauten ihr aus einem roten Einheitsgesicht ohne Konturen entgegen, das ihre Wangenknochen verschwinden ließ. Auch morgen würde sie nicht unter Menschen gehen können, war ihr erster Gedanke.

Sie war froh, dass es mittlerweile dunkel geworden und der Reiterhof nicht gut beleuchtet war. So würde man sie nicht weiter angaffen.

Sie gab zu, dass ihr die Vorstellung, ihr unvorteilhaftes Äußeres zeigen zu müssen, ziemlich zusetzte, obwohl sie letztlich nichts dafür konnte. Lisa und Sandra trösteten sie.

Als sie zum Besprechungsort zurückkamen, hatte sich die Gruppe bereits aufgelöst. Nur Hubsi Steininger stand noch an der gleichen Stelle und gab Alexandru einige Anweisungen.

Walli versuchte, locker zu wirken und fragte den Reiterhofbesitzer nach Details.

»Sind Sie wirklich in der Verfassung mitzumachen? Sie sehen nicht gut aus, eher danach, als würde Ihnen eine kühle Dusche besser tun und danach rasch ins Bett.«

Dass Hubsi Steininger in Walli Winzers Wahrnehmung noch tiefer sinken konnte, als es bereits geschehen war, erstaunte sogar sie. Er war grob und unsensibel. Aber dass er, wie Walli das jetzt empfand, auf ein verwundetes Reh auch noch fest draufstieg, das war jetzt der Gipfel.

»Seien Sie froh, dass sich einige Freiwillige für diese Aktion melden. Und ob ich mich in der Lage fühle oder nicht, entscheide immer noch ich selbst«, zischte Walli wie eine Schlange durch ihre zusammengebissenen Zähne.

»Schon gut, schon gut. War ja nur eine Frage. Nicht, dass Sie die Nerven verlieren und die ganze Aktion Ihretwegen abgebrochen werden muss.«

Walli war es durchaus bewusst, dass sie manchmal in ihrem Umgangston nicht gerade zimperlich war. Aber sie verstand es, dennoch die emotionale Notbremse zu ziehen und andere weitgehend nicht ungewollt zu brüskieren. Doch es gab auch den Typus der Unverbesserlichen, die rücksichtslos und herrisch durchs Leben gingen und nur an sich selbst dachten. Ihre Mitmenschen benützten sie bloß als Mittel zum Zweck oder zumindest fanden sie nichts dabei, auch noch auf deren Würde herum zu trampeln, kochte Walli innerlich. Wahrscheinlich mussten Spitzensportler über ein gewisses Maß an Egoismus verfügen, um Wettkämpfe gewinnen zu können. Und Hubsi hatte immerhin die Europameisterschaft gewonnen und an Olympiaden teilgenommen.

»Das lassen Sie mal meine Sorge sein. Meine Nerven verliere ich eher, wenn mich andere bevormunden.«

Noch ehe Hubsi eine falsche Antwort darauf geben konnte, tauchte Harry Kain aus einem der Ställe auf. Es war inzwischen ziemlich dunkel geworden. Walli erkannte die Silhouette nur aufgrund des federnden Gangs, der typisch für ihn war.

Harry war also doch gekommen! Das bewies Walli sein wirkliches Interesse an der Lösung des Falles. Er war auf der Suche nach einer Decke, die er sich im Stall noch unter den Kopf schieben wollte.

»Ich gehe davon aus, dass es möglicherweise einige Stunden dauern wird, bis sich der Übeltäter zeigt. Bis dahin sollte man es sich gemütlich machen.«

»Aber wenn, dann nur abwechselnd schlafen. Sonst geht er uns durch die Lappen!«, mahnte Hubsi, der anschließend Walli, Harry, Mario, Nina, ihrem Vater, Nico, Alexandru, Lisa und Sandra die geplante Vorgangsweise erläuterte: »Wir haben beschlossen, dass sich Zweier- und Dreiergruppen in den einzelnen Ställen verteilen und sich jeweils einen unauffälligen Platz in einer leeren Pferdebox oder auf einem hohen Strohhaufen suchen, um sich auf die Lauer zu legen. Tut sich dann etwas, müssen alle nervenstark bleiben und mich sofort am Handy anrufen. Zur eigenen Sicherheit und um den Täter nicht zu vertreiben, sagt ihr kein Wort. Ich sehe ohnehin am Display, wer dran ist. Die Nummern von jedem von euch habe ich ja. Ich bleibe die ganze Zeit in der Sattelkammer überm Hof, weil ich von dort aus in allen Ställen gleich schnell sein kann. Weiters wird der Handyton ausgeschaltet und die Helligkeit auf ein Minimum reduziert. Alleingänge gibt's keine. Das könnte unter Umständen gefährlich werden.«

Nach der Lagebesprechung gingen alle an ihren Platz, ausgerüstet mit Decken und jeweils einer Wasserflasche.

»Ich werde mich auf den Haufen dort legen. Da habe ich den ganzen Stall im Blick und melde mich gleich, wenn mir etwas auffällt«, beschloss Lisa, strategisch die Oberhoheit im Stroh zu übernehmen.

Walli freute die Entschlussfreudigkeit der 16-Jährigen. Sie und Lena waren keinesfalls anders gewesen. Dennoch war ihr klar, dass sie letztlich die Verantwortung für die Sicherheit der Mädchen trug. Lena würde ihr später sowieso Vorwürfe machen. Doch der Ruf nach Gerechtigkeit ließ keine andere Wahl zu, und schließlich war Walli anwesend und konnte eingreifen, wenn es nötig wäre. Es ging immerhin darum, denjenigen zu finden, der die Schuld am Tod eines Pferdes trug und für die vielen Koliken verantwortlich war, vielleicht auch am Tod eines Menschen.

»Ich lege mich auf den Strohballen nahe zum Durchgang, damit ich gleich aufspringen kann, falls etwas passiert«, markierte Walli ihre Ausgangsposition. »Ich glaube, es wäre gut, wenn wir uns so hinlegen, dass sich unsere Hände im Falle des Falles zwecks Zeichengebung berühren können.«

»Aber wir sollen doch Hubsi am Handy anrufen und uns nicht wegbewegen. Er will dann den Täter fassen«, erinnerte Sandra.

»Klar. Trotzdem sollten wir alle wissen, wann es so weit ist. Ein falsches Geräusch wäre dann lebensgefährlich«, legte Lisa die Ermittlungsstrategie fest.

Nachdem es sich alle einigermaßen gemütlich gemacht hatten und Sandra noch einen letzten Schluck aus ihrer Wasserflasche gemacht hatte, erfuhr Walli noch den letzten Klatsch und Tratsch aus dem Stall: »In zwei Wochen geht das Springturnier für Nina und Syrus los. Alle sind schon sehr aufgeregt. Nina wirkt als Einzige gelassen«, flüsterte Lisa den anderen zu.

»Hubsi hat für nichts anderes mehr Zeit, als jedes Detail um das große Turnier zu checken. Das Blöde ist, dass er jetzt Alexandru zu seinem Vertrauten gemacht hat. Den schickt er herum, und er führt alles aus, was der Hubsi sagt.«

»Na, soll er halt. Betrifft euch ja nicht«, erwiderte Walli.

»Wenn es nur so wäre! Alexandru erledigt nun anderes, und Ilia muss jetzt doppelt so viel arbeiten wie zuvor. Nämlich auch dessen Stallarbeiten machen. Das heißt, er hat für jedes Pferd kaum noch Zeit, redet wenig und läuft kräftemäßig am Limit«, fuhr Lisa fort.

»Warum nimmt Hubsi keine Aushilfe für diese Zeit?«, rückte sich Walli ihre Liegeposition zurecht.

»Na wie immer – Geld. Wovon soll er jemanden bezahlen? Wir legen zwar alle als Basis 600 Euro Einstellgebühr ab, aber das Geld löst sich bei Hubsi sofort ins Nichts auf. Der wird sich nie ändern. Jetzt hofft er auf den großen Springwettbewerbssieg mit der Nina. Danach möchte er mit seiner Springpferdezucht neu durchstarten.«

»Ich hoffe, dass sich der Immobilienheini Kuntner dann auf ewig vertschüsst.«

»Woher wisst ihr denn das alles? Wer erzählt so etwas?«, fragte Walli leise nach.

»Jeder weiß das hier im Stall. Alles spricht sich sofort herum. Genaueres weiß immer die Cornelia Tucek«, zeigte sich Sandra voll informiert. »Die hat die Nase so voll, deshalb will sie auch den Stall verlassen.«

»Was, das weiß ich ja noch gar nicht!«, zeigte sich Lisa überrascht.

»Ja, sie will sich von Hubsi nicht weiter beleidigen lassen, und ihr Pferd hatte schon eine Kolik. Jetzt reicht's ihr. Sie will nächste Woche in einen Stall bei Krems übersiedeln. Wahrscheinlich hat ihr der Hubsi deshalb nix von der heutigen Stallaktion gesagt.«

»Wahrscheinlich will sie überhaupt nicht mehr kommen. Ich glaub, sie hält das Gspusi zwischen Nina und Hubsi nicht mehr aus. Immer hat sie gehofft, dass er wieder zu ihr zurückkommt wie die anderen Male auch. Aber er setzt jetzt alle Hoffnung in Nina und Syrus.«

»Irgendwie, kommt es mir so vor, sind ihm jetzt alle Mittel recht. Er hetzt vor dem Turnier nicht nur Nina, sondern auch Syrus. Letzte Woche hatte der sich am Gelenk verletzt. Normalerweise fällt ein Pferd dann für mindestens zwei Wochen aus. Nina ist aber gleich am nächsten Tag wieder auf ihm geritten. Den Stall mit den Turnierpferden darf man auch nicht mehr betreten. Er wird von Alexandru bewacht und abgeriegelt. Keiner hat mehr Zutritt. Irgendwie letztklassig!«

Die Mädchen hatten sich in den Stalltratsch so verstrickt, dass von Ruhe keine Rede sein konnte. »Wir sollten langsam auf Stand-by schalten und auf fremde Stallgeräusche achten«, mahnte Walli. Ihre Stimme klang plötzlich so krächzend, dass die Mädchen lachen mussten. Auf Heu und Stroh zu liegen, hatte auch seine Tücken. Walli war etwas Staub in die Kehle gekommen, weshalb ihre Stimme aussetzte und sie sich leise räusperte.

Langsam kehrte bei den Hobby-Detektivinnen Ruhe ein. Walli Winzer glaubte, aus Richtung Lisa sogar ein kurzes Schnarchen zu hören, das allerdings im gleichen Moment verstummte, in dem ihr Sandra einen kleinen Stoß versetzte. Lisa meldete sich daraufhin mit einem kurzen: »Ach ja!«, und wechselte ihre Position.

Walli versuchte, wach zu bleiben. Sie hätte nie gedacht, dass so ein Reiterhof wirklich eine kleine für sich abgeschlossene Welt sein würde. Fast wie ein Dorf! Mit Liebe, Hoffnung, Zorn und – einem Toten.

Jetzt lagen sie auf der Lauer, um den Verursacher der Pferdekoliken auf frischer Tat zu ertappen. Wer würde ihr so etwas in Wien glauben?

Ach ja, Wien! Mittlerweile hatte sie das Gefühl, dass es dort ruhiger sein würde als hier. Zumindest, was ihre persönlichen Aufregungen betraf. Dort war sie ein Rädchen im Stadtgetriebe. Zwar ein nicht unbedeutendes. Doch hier stellten sie die Gegebenheiten vor ständig neue Herausforderungen. Im Großstadtalltagsdschungel konnte man zwischendurch untertauchen. Für die anderen einfach mal nicht auffindbar sein. Jetzt durfte sie nicht einschlafen, sonst könnte unter Umständen die ganze Aktion umsonst gewesen sein.

Walli beschloss, an so viele Dinge zu denken – sogar an die wirklich unnötigsten – die ihr nur einfielen. Da war zum Beispiel ihr kleiner Vorgarten beim Schulhaus. Nach diesen Aufregungen würde sie sich nun wirklich einmal hinsetzen und einen stimmigen, bunten Bauerngarten zusammenstellen. Oder sie würde endlich einmal ihre Nachbarin, Frau Karner, zum Kaffee einladen und versuchen, ihr den Giftzahn zu ziehen. Falls so etwas bei der überhaupt möglich war. Zumindest hätte sie es dann versucht. Oder Harry zu einem ausgiebigen Waldviertel-Dinner nach Krems einladen. Sie wusste, dass er sich das sonst nicht leisten konnte. Vielleicht mit Wachauer Marillenknödel als Nachspeise. Walli merkte, dass ihr der Gedanke daran richtig Spaß machte.

Gleichzeitig erinnerte sie ein Rumoren des Magen daran, dass sie keine Zeit mehr gehabt hatte, noch schnell etwas zu Abend zu essen. Doch vielleicht sollte das so sein, da sie zumindest ihr eigenes Knurren wach halten würde. Und plötzlich war da auch das Bild von diesem Nico Salmer, den sie eigentlich ganz nett fand.

Er war zurückhaltend, manchmal auch tollpatschig, doch sie hatte den Eindruck, dass er manchmal viel mehr wusste, als er vorgab. Sie dachte an ihren Kater Filou und hoffte, dass er inzwischen ein paar Mäuse verdrückt haben würde, da sie zuletzt am Morgen eine Dose Katzenfutter geöffnet und danach keine Zeit mehr gehabt hatte.

»Doch eine Katze musste auch eine Katze bleiben!«, sagte sich Walli vor, um ihr schlechtes Gewissen als treulose Katzenmutter zu besänftigen.

Auch Nico hatte etwas Katzenhaftes an sich, kam ihr plötzlich in den Sinn: elegant, sensitiv, gepflegt und manchmal ein wenig ungeschickt wie damals beim Mohnstrudelbacken.

Wie Filou auf ganz besondere Weise ihre Seele berührte, hatte sie plötzlich das Gefühl, dass auch Nico Salmer eine gewisse Begabung dafür zeigte. Doch was sollte das! Er war mit geschätzten Mitte 30 viel zu jung für sie!, zügelte Walli Winzer ihre, wie sie meinte, recht ausufernden Gedanken. Als Postbote von Großlichten kannte er jede und jeden persönlich, kannte ihre Umstände und Lebensgeschichten. Es war sicher gut, dass er wenig sprach, sonst wäre noch mehr Klatsch und Tratsch im Umlauf. Und alles würde immer auf ihn zurückgehen.

Ihr fiel auf, dass er sich gut mit dem Sepp Grubinger verstand.

Am Reden konnte es nicht liegen. Vielleicht mussten Männer das auch nicht, weil sie mehrheitlich wortloser als Frauen waren. Walli hatte den Eindruck, dass sie mehr miteinander gestikulierten. Meistens waren sie in denselben Dingen gefordert, die sie voneinander kannten und einander nur mal mit minimalen Variationen in Erinnerung rufen mussten. Oder sie verstanden sich, weil sie eben nichts verstehen wollten. Beim Wirt und in der Bar redeten sie ja auch nicht extrem viel miteinander, versuchte Walli ihr kleines soziologisches Einmaleins des Lebens abzurufen. Daher kamen Männer untereinander ohne Umschweife schneller auf den Punkt. Glaubte sie. Details blieben teilweise auf der Strecke, auch im emotionalen Bereich. Männer und Frauen waren also in vielem verschieden. Das führte Walli Winzer gedanklich wieder zu Grubinger.

Gerne würde sie wissen, wie weit er schon mit seinen Ermittlungen gekommen war. Einiges würde sie ihm schon entlocken, nahm sie sich fix vor. Gleich morgen, wenn diese Nacht vorüber war.

Die Pferde waren ruhig. Sie schliefen im Stehen. Man merkte es daran, dass sie zur Entspannung gerne ein hinteres Bein anhoben und den Huf baumeln ließen. Einige hatten sich trotzdem im Stroh hingelegt.

Auch Walli merkte, wie sie langsam eine gewisse Schläfrigkeit überkam. Ihre Gedanken lösten sich auf. Den Geruch von Heu und Stroh konnte sie wieder riechen, und er lullte sie ein. Ihre Atmung wurde tiefer, ihre Glieder schwerer.

Die Konturen des Stalls kannte sie mittlerweile genau. Sie versuchte, die Augen offen zu halten. Gleichzeitig wunderte sie sich, wie viele Grau- und Schwarzabstufungen die Nacht zu bieten hatte. Alle zusammen fügten sich zu einem einheitlichen Bild. Ergaben die wirkliche Welt, aber auf andere Weise, als sie in den letzten Tagen gewesen war. Alles erschien Walli im Moment sanft und ruhig.

Ein letztes Mal hob Walli Winzer den Kopf, um durch die seitliche Holzwand mit ihren eingearbeiteten Gitterstäben auf die Pferde zu schauen.

Totenstille!, dachte sie. Wie würde es jetzt Harry, Nico und den anderen in den Nebenställen ergehen? Hören konnte sie nichts. Gut, dass sie unter sich geblieben waren und sonst im Reitstall kein Unbeteiligter von der Laueraktion wusste.

Sie ließ ihre Augen offen und versuchte, nicht in eine Art Dämmerschlaf zu verfallen.

»Brrrrr!«, trieb eines der Pferde einen kräftigen Atemstoß durch seine Nüstern. Walli Winzer öffnete ihre Augen und erkannte, dass sie doch kurz eingenickt war. Scheiße!, dachte sie. Was, wenn der Täter schon an den Futtertrögen war? Sie ärgerte sich über sich selbst. Es war nach wie vor ruhig im Stall, aber Walli plötzlich hellwach.

Ihre Augen gewöhnten sich rasch wieder an die schemenhafte Wirklichkeit, und sie glaubte, eine kurze Bewegung zu bemerken. Die Pferde standen still in ihren Boxen. War es nur ein Schatten von außen gewesen? Ging Hubsi am Stall vorbei?

Instinktiv griff Walli zu ihrem Handy. Sie wollte sicher gehen, dass es für den Notfall in Reichweite lag. Geräuschlos erhob sie sich langsam aus ihrem Versteck. Sie zog sich an der Holzwand hoch und blickte über die Pferde. Alles ruhig. Gott sei Dank! Es schienen doch eher ihre angegriffenen Nerven zu sein, die ihr diese Geräusche vorgaukelten. Gerade, als sie sich zurückzog, sah sie aus dem Augenwinkel eine Gestalt am anderen Ende des Stalls in der dritten Box verschwinden. Stille!

So leise wie möglich rutschte Walli die Strohballen hinab, wählte Hubsis Nummer und schlich sich an den Pferdepaddocks entlang. Zwischendurch blieb sie stehen. Ihre schwarzen Tennisschuhe waren lautlos. Angst kam hoch. Sie zitterte. Sie presste sich an eine der Holztüren. Zu ihrem Schrecken gab sie nach, war nicht abgesperrt gewesen. Walli fand ihr Gleichgewicht wieder, ohne Geräusche zu verursachen. Was war nur mit Hubsi los! Sie hatte ihn doch angerufen! Weshalb war er nicht schon längst da? Hatte er inzwischen wieder ein Techtelmechtel eingeschoben? Sah und hörte er deshalb den Anruf nicht? Wundern würde es sie jedenfalls nicht. Na warte, wenn sie ihn zwischen die Finger bekäme!

Wie jetzt am besten reagieren, falls notwendig? Unternahm sie nichts, würde der Täter flüchten. Ging sie ihn an, würde er sie vielleicht sogar verletzen? Was sollte sie machen, wenn er aus der Box herauskam?

Es blieb keine Zeit fürs weiteres Nachdenken. Unter höchster Anspannung schoss Walli aus ihrer Deckung. Sie warf sich mit Indianergeheul auf den Täter, der zu flüchten versuchte, als er sie sah. Walli war ihm hinterher gejagt und sprang ihn von hinten an.

Sie krallte sich an seinem Rücken fest und riss ihn zu Boden. Autsch! Mit vollem Gewicht fielen sie gemeinsam auf ihren Arm. Schreckliche Schmerzen. Doch nicht aufgeben! Sie rollte sich auf die Seite, um im gleichen Moment einen erneuten Angriff von hinten zu starten. Dabei war sie überrascht, wie körperlich wendig sie noch war. Wendiger zumindest als der Täter!

Walli hinderte ihn am Weglaufen und schrie um Hilfe. Der Täter schwieg. Beide lagen am Boden, und sie umklammerte seine Beine. Ein Entkommen war unmöglich geworden. Doch jede verzweifelte Fluchtbewegung schleifte sie mit und versetzte ihr zahllose Tritte, einige davon ins Gesicht.

Lisa und Sandra waren inzwischen zu Hilfe geeilt und halfen, den Täter dingfest zu machen. Lisa rief Hubsis Nummer ab – doch auch sie landete nur auf seiner Mailbox. Die war mittlerweile so voll, dass sie sofort ansprang.

Walli robbte vorwärts und warf sich mit aller Gewalt auf die dunkle Gestalt, die bereits mit dem Gesicht nach unten lag. Sandra fixierte ihn an den Schultern.

Wenige Minuten nach Kampfbeginn liefen Mario Schwinder und Nico Salmer in den Stall. Nico half Walli, den Täter auf den Rücken zu legen. Dabei bekam er einige üble Schläge im Kopfbereich ab. Der Täter trug einen Motorradgesichtsschutz. Man konnte ihn noch nicht erkennen. Walli zog ihm die schwarze Maske vom Gesicht. Sie staunte nicht schlecht: Es war kein Er. Es war Cornelia Tucek, die Ex-Freundin von Hubsi.

»Du? Warum?«, platzte es aus ihr heraus.

Cornelia Tucek explodierte förmlich vor Wut: »Ich konnte einfach nicht mehr zusehen, wie Hubsi eine nach der anderen abräumte. Sie wurden immer jünger, und er ließ mich dadurch immer älter aussehen. Irgendwann konnte ich dann nicht mehr. Er sollte einen richtigen Denkzettel abbekommen.«

»Aber wieso denn die Pferde. Was können die für sein Verhalten?« Es wurde mucksmäuschenstill im Stall.

Cornelia Tucek fing zu schluchzen an.

»Ich wollte, dass alle Reiterinnen und Reiter, einer nach dem anderen, den Stall mit ihren Tieren verlassen. Hubsi sollte imagemässig und finanziell stark angeschlagen aus der Situation hervorgehen. Der Reiterhof sollte in Verruf kommen und niemand mehr hier reiten wollen.«

»Na, das ist dir ja gelungen. Drei haben den »Sonnblick« bereits verlassen. Aber dass du sogar so weit gehst, Pferde zu töten! Und den Max Wahlberg gleich dazu!«, schrie Milli Horacek, die scheinbar wegen einer Form von seniler Bettflucht jetzt schon im Reiterhof war. Sie rannte auf Cornelia Tucek zu und wollte sie ohrfeigen, was sich allerdings als schwierig erwies, da die Angreiferin um etwa einen Kopf kleiner war als die frisch gefasste Täterin.

»Mit dem Max habe ich nichts zu tun!«, wehrte sich Cornelia Tucek.

Nico ging dazwischen.

»Aber mit dem Hubsi Steininger! Der Hubsi ist jetzt nämlich auch tot! Mausetot. Er liegt mitten im Hof. Hinter dem großen Fass vor dem Eingang zur Sattelkammer habe ich ihn gefunden«, stürzte Harry Kain zur Tür herein.

Alle erstarrten.

Cornelia Tucek schnappte nach Luft und fiel in Ohnmacht. Nico konnte sie gerade noch rechtzeitig auffangen, sonst wäre sie unsanft auf dem Betonboden gelandet.

»Das kann ja nicht wahr sein!«, fand Walli Winzer als Erste die Worte wieder.

»Es waren doch in jedem Stall Zweiergruppen eingesetzt. Da hätte irgendjemand etwas hören müssen«, versuchte sich auch Nico Salmer in ungewohnter Nervosität zu erinnern. »Ruft's den Sepp an! Jetzt hat der doch noch alle Hände voll zu tun, bevor sie die Dorfstation schließen.«

Harry zog sein Mobiltelefon heraus und verständigte die Polizei.

29. KAPITEL

Die Einsatzfahrzeuge waren schnell gekommen. Sie fuhren in den Hof hinein. Aufgeregt flackerte ihr grelles Blaulicht die mattgrauen Holzwände der Ställe entlang. Das Licht schmerzte. Wie die Situation selbst.

Es war 3.30 Uhr und noch finster. Sepp Grubinger hatte sich zu Hause schnell in seine Uniform geworfen und war gleich zum Gestüt herauf gefahren. Dass man ihn im Bett überrumpelt hatte, sah man ihm regelrecht an. Sein Gesicht war vom Schlaf zerknittert, aber auch seine Polizeirobe zeigte deutliche Spuren einer nicht gerade ordnungsgemäßen Aufbewahrung. Grubinger schien sie unsanft in ein Eck gepfeffert zu haben, da sie Knitterspuren dort aufwies, wo sie im Normalfall nicht waren.

Grubinger hatte sicherheitshalber neben der Spurensicherung auch die Rettung alarmiert. Vielleicht wäre ja noch ein Fünkchen Leben in Hubsi Steininger gewesen? Doch die Ärzte resignierten schnell. Sie konnten nur noch seinen Tod feststellen.

Das Blaulicht blieb weiter an, und zusätzliche Scheinwerfer wurden aufgestellt. Die Spurensicherung sperrte den Hofbereich um den toten Hubert Steininger weiträumig ab. Niemand hatte mehr Zutritt. Außer dem Grubinger. Der machte einen kurzen Blick auf den Steininger und sah, dass er erstochen worden war.

Spuren würde es diesmal viele geben, hatten ihm die Beamten der Spurensicherung gesagt, da neben Helfern zwischendurch auch Schaulustige den Tatort unbefugt betreten hatten.

Walli Winzer spürte erst jetzt die über ihren Körper verteilten Prellungen. Auch die durch mehrere Schläge ramponierte Nase und ihre aufgeplatzte, immer noch blutende Lippe. Sie kauerte allein auf einer Holzbank seitlich des Stalleingangs, in dessen Bereich sie Cornelia Tucek gestellt und festgehalten hatte.

Sepp Grubinger kam auf sie zu. »Beachtliche Leistung! Aber sie hat's ja ziemlich erwischt. Hut ab vor Ihrem Mut. Hätte auch schlimmer für Sie kommen können.«

»Da will ich gar nicht daran denken. Was ist mit ihm?«, Walli deutete Richtung Steininger.

Grubinger blieb stumm, senkte den Blick und nickte apathisch.

Walli Winzer hatte verstanden.

»Wie konnte das passieren? Der ganze Stall lag doch wegen des Koliken-Verursachers auf der Lauer. Also jetzt weiß man, dass es eine Täterin war. Irgendjemand von uns hätte doch etwas sehen oder hören müssen? Niemandem ist etwas aufgefallen? Ich kann's mir nicht vorstellen!«, entrüstete sie sich.

»Vielleicht war sie es ja in Personalunion, also Giftmischerin *und* Mörderin?«

»Das glaube ich nicht. Die Cornelia Tucek wollte ihm schaden, aber ihn nicht ermorden. Sie setzte alles daran, ihn wirtschaftlich zu ruinieren. Langsam und qualvoll. So, wie er sie mit seinen ständigen Affären gequält hatte.«

»Sie könnte ihn, bevor sie in den Stall kam, zur Rede gestellt und dann getötet haben«, versuchte Sepp Grubinger seine Version zu Ende zu denken.

Aus Wallis Schweigen glaubte er zu erkennen, dass seine Ermittlungsarbeiten noch nicht zu Ende sein würden. Es war ihm wieder bewusst geworden, dass er es innerhalb von nur zehn Tagen mit bereits drei Morden zu tun hatte. Und es war kein Ende in Sicht.

Am sonst turbulenten Reiterhof herrschte Stille. Nur Cornelia Tucek wehrte sich lautstark gegen die verbalen Attacken von Nina Egger. Sie war aufgelöst und stützte sich auf ihren Vater.

»Mit dem Hubsi seinem Tod habe ich nichts zu tun, du Schlampe«, brüllte Cornelia Tucek sie hysterisch an. »Aber du, du hast ihn auf dem Gewissen. Glaubst du, ich habe nicht gesehen, wie du und dein Vater den Hubsi immer wieder beschimpft habt?«

»Das hat mit seinem Tod nichts zu tun. Da ging es um anderes. Und das geht dich nichts an!«, pfauchte Nina zurück. Herr Egger riss sich los und wollte sich auf Cornelia Tucek stürzen.

»Ich glaub, das ist genug«, mischte sich Grubinger ein und trat dazwischen. »Sie haben alle noch genug Zeit, mir Ihre

Eindrücke und Beobachtungen genau zu erzählen. Behalten Sie jetzt die Anschuldigungen für sich. Es wäre deshalb sinnvoll, weil sonst der Täter durch Überlegungen oder Spuren gewarnt ist. Könnte sein, dass er unter uns ist.«

Der Unfallarzt kümmerte sich nun auch um Cornelia Tucek. Auch sie hatte im Kampf einiges abbekommen und war auf Notversorgung angewiesen. Außerdem benahm sie sich völlig hysterisch. Der Arzt verabreichte ihr mit ihrer Zustimmung eine Beruhigungsspritze.

Ihre wirklich tiefe Verzweiflung ließ jetzt auch Sepp Grubinger daran zweifeln, sie vorsätzlich zur Mörderin zu machen. Doch auslassen wollte er keinen Verdacht. Dazu gab es für ihn noch viel zu wenig Anhaltspunkte.

Lisa, Sandra, Nina und ihr Vater benützten die Gelegenheit, sich bei Grubinger kurz abzumelden. Sie wollten sich in den anderen Ställen um die Pferde kümmern und sie beruhigen. Denn das Blaulicht und der Tumult hatten sie mittlerweile unruhig gemacht.

»Kann ich Ihnen auch noch irgendwie helfen?«, erkundigte sich Mario Schwinder und stellte sich im gleichen Moment wie Harry Kain zur kleiner gewordenen Gruppe um Grubinger.

»Nein danke. Es passt schon. Weil alle noch am Reiterhof sind, schlage ich vor, jetzt schon mit den ersten Einvernahmen zu beginnen. Ich hab meinen Laptop mit. So vergeht keine unnütze Zeit, und der Vorsprung des Täters oder der Täterin verkürzt sich. Wo gibt's da einen ruhigen Ort?«

Nico Salmer und Alexandru schlugen das Aufenthaltsstüberl für die ReiterInnen vor, deren Tür man schließen und die rot-weiß karierten Vorhänge zuziehen konnte. »Dann beginn ich mit dir, Nico. Komm mit«, ließ ihm Sepp Grubinger den Vortritt.

Inzwischen brach die Morgenröte an. Nach Grubingers Einsatzinformation an das Gföhler Bezirksinspektorat hatten die Kollegen Bezirksinspektor Adi Platzer über die neue Tragödie in Großlichten informiert. Jetzt, nach über einer Stunde, kam er frisch rasiert und in Zivil mit einer Sicherheitsbeamtin und einem Sicherheitsbeamten am Tatort an.

Er sah, dass Hubsi Steininger bereits in einen Aluminiumsarg gebettet worden war, der mit geschlossenem Deckel seitlich im Hof stand. Cornelia Tucek hörte er wie eine tibetische Gebetsmühle ständig wiederholen: »Ich war's nicht! Ich war's nicht! Mein Hubsi, mein armer Hubsi!«

»Das werden wir erst einmal sehen«, murmelte er in sich hinein, allerdings so, dass es die SicherheitsbeamtInnen hören konnten. »Das sagen die meisten Mörderinnen nachher. Es tut ihnen leid. Für mich steht jetzt schon fest: Es war eine Beziehungstat aus Eifersucht. Kaltblütig geplant mit vorheriger Sabotage des Reiterhofs. Eine klare Sache. Ich würde sagen: geradezu klassisch.«

Beide BeamtInnen nickten zustimmend.

Walli, die immer noch auf ihrer Bank im toten Winkel zur Polizeigruppe saß, hatte alles mitgehört. Aus irgendwelchen Gründen glaubte sie allerdings nicht, dass es Cornelia Tucek gewesen war. Warum, konnte sie nicht sagen. Sicher war es nicht deshalb, weil dieser Platzer wieder einmal etwas voreilig aus sich herausplatzte. So unsportlich war sie nicht im Wettbewerb der Ideen. Nein. Ihre Instinkte wiesen ihr eine andere Spur.

Die Spurensicherung samt Forensiker hatte kurz zuvor ihre Arbeit an der Todesstelle beendet und sammelte nun weitere Indizien am zweiten Tatort, im Stall.

Zusätzlich wartete man jetzt auf den Wagen der Bestattung, die den Toten zur Obduktion in die Gerichtsmedizin bringen sollte.

Cornelia Tucek schluchzte ohne Unterbrechung. Ihre Nerven waren stark angegriffen. Ihre Fleischwunde, die sie sich beim Sturz am vorderen Oberschenkel durch den Zacken eines umgeworfenen Rechens zugezogen hatte, war notdürftig verbunden worden, musste aber noch sachgemäß genäht werden.

Da sonst für ihn hier nichts mehr zu erledigen war, schlug der Notarzt vor, Cornelia Tucek gleich mit ins Kremser Spital zu nehmen.

Adi Platzer gab die Fahrt frei und kommandierte die Beamtin zur Begleitung der Festgenommenen im Krankenwagen ab.

Zuvor machte er Cornelia Tucek klar, dass sie ab jetzt verhaftet sei und sagte professionell seinen Polizeispruch auf, den er mit dem Satz beendete: »Sie können jede Aussage ohne Ihren Anwalt verweigern.«

Danach erkundigte er sich nach Grubinger und nahm in Begleitung der übrigen Beamten den Weg in Richtung Aufenthaltsstüberl.

Walli Winzer saß immer noch auf der Holzbank und beobachtete aus der Ferne das Geschehen. Wie ein Häufchen Elend kauerte sie in gebückter Haltung. Zerknittert und verletzt. Sie fühlte sich erbärmlich. Ihr war zum Heulen zumute. Sie hatte starke Schmerzen und wartete auf einen Krankenwagen, der sie ins Spital bringen würde. Ihre Lippe war aufgerissen und tat höllisch weh. Sie konnte sie kaum bewegen.

Harry Kain stand nicht weit von ihr entfernt und kam jetzt auf sie zu. Er sprach kein Wort und setzte sich neben sie. Einige Zeit verging. Als würde er ihre Gedanken erraten, meinte er: »Wenn Sie nur künftig nicht mit gespaltener Zunge reden müssen. Alles andere wird bestimmt wieder gut.«

Walli wusste, dass er es auf seine Weise gut meinte. Doch wie so oft redete er auch jetzt im falschen Moment. Und das infolge pausenlos, ohne Luft zu holen! Sie dachte: Wenn er nicht sofort aufhörte, auf sie einzureden, würde sie auch bald etwas Unvermeidbares tun – ihn nämlich endgültig zum Schweigen bringen!

30. KAPITEL

Sepp Grubinger saß an seinem Schreibtisch in der Polizeistation von Großlichten. Er wirkte abgekämpft, stützte seine Ellbogen auf dem Schreibtisch auf und verbarg mit beiden Händen sein Gesicht in den Händen. Nach einer Weile hob er den Kopf, seufzte und legte ihn anschließend wieder auf die jetzt zu einer Faust geballten Hände. Seinen Blick wandte er Richtung Fenster. Er war leer und ausdruckslos. Es dauerte eine Weile, bis er sich wieder Walli Winzer zuwandte.

»Wissen Sie, ich bin jetzt genau 35 Jahre bei der Polizei. Mit 19 bin ich Polizist geworden, da hießen wir noch Gendarmerie. Helfen wollte ich den Menschen, sie beschützen.

Es gab Wilderer, Grenzstreitigkeiten, Wirtshausraufereien, einige Pfändungen wegen nicht bezahlter Alimente und den Verzweiflungsmord einer Mutter an ihrem Neugeborenen, weil der Vater nichts mehr von beiden wissen wollte – fast alles habe ich hier schon erlebt. Aber jetzt gebe ich zu, dass ich keine triftigen Beweise gegen irgendwen habe. Die meisten Indizien sprechen nach wie vor für Cornelia Tucek, obwohl ich nicht glaube, dass sie eine Mörderin ist.«

Walli Winzer saß Grubinger gegenüber und fixierte ihn mit starrer Miene. Ihr Gesicht war verschwollen, die Kampfspuren der Nacht deutlich sichtbar. Den ganzen Vormittag hatte sie im Spital zugebracht. Nase und Lippe waren sachgerecht versorgt worden. Medikamente und eine Beruhigungsspritze sorgten auch jetzt für einen schmerzfreien Nachmittag.

Und den musste sie ausgerechnet bei Sepp Grubinger verbringen.

Grubinger bat sie als letzte Zeugin zur Einvernahme in die Polizeistation. Alle anderen, einen nach dem anderen, hatte er bereits verhört.

Walli Winzer gab alles, was sie wusste, detailgetreu zu Protokoll. Doch leider war das nicht viel. Grubinger schloss das Verhör nach einer halben Stunde ab. Walli war erschöpft.

»Glauben Sie mir, ich würde auch lieber was anderes machen. Aber jede Stunde zählt. Falls es nicht die Cornelia Tucek war, läuft der Mörder noch frei herum. Wer weiß, was er weiter im Schilde führt? Alle Fäden sind ursprünglich bei Hubsi Steininger zusammen gelaufen. Der fällt ja jetzt eindeutig als Verdächtiger aus.«

»Trotzdem glaube ich, dass die Morde an Maxim Ionescu, Max Wahlberg und jetzt am Steininger irgendwie zusammenhängen. Wir müssen noch einmal die gemeinsamen Interessen und die Konflikte der beiden letzten durchgehen«, versuchte Walli, ihre letzte Konzentrationsfähigkeit aufzubringen.

»Frauen und Eifersucht, also eine Beziehungstat, finden wir bei beiden Opfern ganz oben im Faktencheck«, stieß Sepp Grubinger das Pendel zu einer neuen Aufklärungsrunde an.

»Max Wahlberg wurde erstochen aufgefunden. Wodurch ist eigentlich der Steininger gestorben?«, erkundigte sich Walli.

»Auch erstochen wie der Max Wahlberg. Mit einer mittelgroßen Klinge.«

»Hat man das Messer gefunden?«

»Nein. Weder beim Wahlberg noch beim Steininger. Eines weiß die Gerichtsmedizin samt Forensikern mittlerweile: Die Tatwaffe war bei beiden die gleiche.«

»Na, das ist immerhin der Hinweis auf nur einen Täter. Gibt's noch anderes?«

»Die Spurensicherung konnte am Hof nichts finden. Alle Ställe wurden genau durchsucht. Jeder Heu- und jeder Strohballen auseinander genommen. Keine Tatwaffe. Keine verdächtigen Spuren.«

»Da haben wir es ja mit einem besonders durchtriebenen Mörder zu tun. Oder einer Mörderin. Irgendwie riecht das nach genauer Planung und nicht nach einem Beziehungsdelikt«, kombinierte Walli. »Haben Sie eigentlich bei Cornelia Tucek ein Messer gefunden?«

»Nein.«

»Und den Tränengasspray?«

»Auch nicht.«

»Es sind ja höchstens 15 Meter zwischen dem Tatort ›Mord‹ und dem Tatort ›Koliken‹. Cornelia Tucek konnte unmöglich so schnell ein Messer verschwinden lassen. Sie hätte es noch bei sich gehabt und es vielleicht auch gegen mich eingesetzt.

Aber wie Sie sagen: Sie hatte keines. Das entlastet sie als Mörderin immer mehr. Was gab sie zu Protokoll?«

»Das darf ich Ihnen jetzt wirklich nicht sagen. Wird das publik, dann kann ich meine Station hier gleich zusperren. Man schiebt mich sofort in die Frühpension ab. Das würde denen so passen! Mich loswerden.« Grubinger hielt inne: »Und noch dazu Ihnen, die selbst einmal verdächtig war. Na, mehr brauch ich dann nimmermehr.«

Schlagartig meldete sich Wallis Kampfgeist zurück. »Ich versitze meine Zeit hier nicht zum Spaß. Unerfreulicherweise wurde ich bezüglich Max Wahlberg verdächtigt, und wie man sieht, ist immer noch etwas an mir hängen geblieben. Eigentlich wollte ich mich in Großlichten ein Jahr lang erholen. Und wie Sie hören – die Betonung liegt auf *erholen*! Keine Turbulenzen. Die Natur genießen, lesen, einfach – nichts tun. Dazu ist bis jetzt nicht einmal ansatzweise die Möglichkeit gewesen, wie Sie unschwer erkennen können. Daher: Lösen Sie bitte endlich die Fälle! Und falls Ihnen das nicht gelingt, mache ich es auf eigene Faust«, redete sich Walli fast um Kopf und Kragen.

»Ich wollte Ihnen nicht zu nahe treten. Die Ermittlungen in Ihre Richtung waren eindeutig eine Sackgasse, angeordnet von meiner vorgesetzten Dienststelle«, rutschte es Grubinger heraus.

Walli stoppte ihren Redeschwall. Sie stellte ihre Emotion wieder hintan und holte ihre Sachlichkeit hervor, denn genau darum ging es jetzt. Sie wollte nur hören, dass alle Aufregungen, ihre Person betreffend, ein behördliches Versehen waren. Ausgeführt von überforderten Beamten, die für echte Recherche keine Zeit mehr hatten, aber rasch eine Täterin präsentieren wollten.

Sepp Grubinger merkte, dass sich der Blick Walli Winzers mit einem Mal entkrampfte. Auch er wurde ruhiger.

Walli Winzer fuhr gelassen fort: »Also wer hat Ihrer Meinung nach das größte Interesse, dass Max und Hubsi das Zeitliche segneten? Lassen wir einmal die inhaftierte Cornelia Tucek beiseite.«

»Den Protokollen nach hätten es alle sein können, die den Hubsi Steininger ins Jenseits befördert haben. Die meiste Zeit waren alle zwar mit einer zweiten Person auf Warteposition. Doch jeder und jede war zwischendurch auch mal zehn Minuten allein. Bei der nächtlichen Finsternis heißt das: Sie waren unbeobachtet. Im Klartext: Alle sind verdächtig.«

Walli blickte kurz zur Seite. Sie merkte, wie die Ereignisse ihr körperlich anhaltend zusetzten. Doch nur nicht schlapp machen!, dachte sie für sich. Nicht jetzt. Durchhalten! Weiter machen und versuchen, sich zu konzentrieren. Sie schloss die Augen.

Sepp Grubinger blieb Walli Winzers kurze gedankliche Abwesenheit nicht unbemerkt. Er spürte ihre Erschöpfung. Wortlose Minuten vergingen. Er wollte sie beim Kombinieren nicht irritieren. Ruhe. Stille. Nachdenken. Vielleicht kam das generell doch zu kurz. Nicht nur bei ihm im Polizeijob, auch bei den anderen, dachte er. Zu viele Ereignisse. Keine Zeit, um innezuhalten und die Fakten auf sich wirken zu lassen. Walli Winzer zwang ihn jetzt dazu. Auch ihn, der sowieso immer viel Verständnis dafür hatte, wenn sein Chef, der Adi Platzer, nicht in der Nähe war.

Walli hob den Kopf und neigte ihn Richtung Grubinger. »War Hubsi eigentlich schon länger tot, als man ihn fand?«

»Nein. Die Pathologin konnte den Todeszeitpunkt genau festlegen: Er starb unmittelbar vor Eintreffen des Notarztes, etwa zwischen 3.00 Uhr und 3.15 Uhr.«

»Das heißt: Der Mord muss unmittelbar vor meinem Zusammentreffen mit Cornelia Tucek begangen worden sein. Damit könnte sie es wiederum vom Zeitpunkt her doch gewesen sein. Nämlich knapp bevor sie den Stall betrat.«

»Die Art der Einstichwunde schließt Cornelia Tucek mittlerweile eher aus. Die Wucht und der Einstichwinkel deuten auf eine etwas größere Person hin. Der Einstich erfolgte fast in einem 45-Grad-Winkel von unten hinauf mitten ins Herz. Zerfetzte den rechten Lungenflügel und die Aorta. Der Steininger muss binnen weniger Sekunden tot gewesen sein. Aus nächster Nähe hätte das auch eine Frau verüben können. Klar. Cornelia Tucek ist von ihrer Statur her zwar groß, aber als Täterin dann doch wieder zu klein. Unsere Ermittlungen dürfen sich daher nicht mehr ausschließlich auf sie konzentrieren.«

Walli Winzer erinnerte sich an ihre Reitstunde gestern Vormittag. Nina Egger war ziemlich groß. Sie überlegte kurz, ob sie das Grubinger gegenüber ansprechen sollte.

Doch er kam ihr zuvor: »Nina Egger hätte beispielsweise als Tatverdächtige eher die Größe. Sie hätte ebenso Zeit für den Mord gehabt, da sie für zehn Minuten auf der Toilette war. Der Weg dorthin führte über den Tatort. Dass sie nicht zu Hubsi gegangen und mit ihm geredet hätte, scheint unwahrscheinlich. Sie behauptete, dass sie kurz danach wieder zurück war. Ihr Vater bestätigte das. Sie sagte, es sei alles still gewesen, und sie habe geglaubt, dass Hubsi auf einem Rundgang wäre.«

»Die letzten Vorbereitungen für den Springwettbewerb setzten beide ziemlich unter Druck«, kombinierte Walli. »Ich hatte schon am Vormittag den Eindruck, dass die Stimmung zwischen ihr und Hubsi Steininger zeitweise sehr schwierig war. Aber warum sollte sie ihn so kurz vor dem wichtigen Springreiten beseitigen? Das kann ich mir nicht vorstellen. Es klingt für mich völlig unlogisch. Das bedeutet aber, dass ihr Vater ebenso zehn Minuten allein war.«

»Ja, das heißt es.«

»Was war mit Alexandru Romenscu? Der gab Nina am Vormittag ein Pillenfläschchen, das sie nur widerwillig entgegen nahm. Es kam mir fast vor, als wäre es eine Anweisung Hubsis gewesen, die sie nicht erfüllen wollte. Übrigens, was ergab die Analyse?«

»Ist bisher noch nicht eingelangt. Dauert noch.« Er kramte nach dem Ausdruck des Analyseansuchens ans Labor, ob ein Rückgabetermin darauf verzeichnet war, legte ihn aber kommentarlos auf den hohen Papierstoß seines Schreibtischs zurück, der aufgrund der anwachsenden Höhe bereits umzufallen drohte. Grubinger druckte lieber alles aus. Er vertraute den Computerprogrammen nicht.

»Alexandru verließ auch kurz den Stall und wollte sich eine zweite Decke aus dem Aufenthaltsraum holen. Er überquerte ebenfalls den Hof und hätte Hubsi aus einiger Entfernung sehen müssen. Doch wie die anderen sah und hörte er gar nichts.«

»Mit wem hielt Alexandru Wache?«

»Mit Nico Salmer.«

Walli zuckte zusammen. Nico in Alexandrus Gesellschaft bereitete ihr Unbehagen. Im Affekt berichtete sie Dorfinspektor Grubinger: »Nico war sofort nach der Schreierei bei mir. Er half mir, die Täterin zu stellen, und kämpfte wie ein Löwe, ohne Rücksicht auf Verluste. Rückblickend war auch er sehr unvorsichtig gewesen. Nicht auszudenken, wenn Cornelia Tucek eine Waffe bei sich gehabt hätte.«

»Ja, oder ganz anders: Vielleicht wusste er, dass sie keine haben konnte, weil er die Mordwaffe bei sich trug.«

Walli verstummte. Bis jetzt war ihr nicht aufgefallen, dass Sepp Grubinger so direkt sein konnte. Und sie merkte auch, dass sie diesen Gedanken für Nico Salmer nicht einmal in Erwägung ziehen wollte.

Von den Möglichkeiten her musste sie Grubinger recht geben. Allerdings ließ ihr Bauchgefühl nicht locker: »Sie haben die Tatwaffe ja noch nicht gefunden.«

»Nein, bisher noch nicht.«

»Dann haben Sie auch nichts Konkretes gegen Nico Salmer in der Hand.«

Grubinger antwortete nicht. Walli Winzers Interesse an der Unschuld des Postboten aus Großlichten entging ihm keinesfalls, und – es gefiel ihm.

»Das meine ich natürlich nur deshalb, weil ich mich ihm zu Dank verpflichtet fühle. Immerhin hat er auch einige Schrammen abbekommen, wenn auch geringere als ich«, versuchte Walli, ihre Befangenheit abzulegen.

Sepp Grubinger gegenüber konnte sie nichts verheimlichen. Auch wenn es im Moment für die Ermittlungen nicht von Bedeutung war. Den Umgang mit der menschlichen Seele hatte der Polizist im Laufe der Jahre gelernt. Er zog daraus die richtigen Schlüsse. Ließ sich allerdings nichts anmerken.

Er schwieg.

Das war eine Methode, die seiner Meinung nach mehr ans Tageslicht beförderte als strategisches Nachhaken, wie es die meisten seiner Kollegen machten. Menschen wollten reden, was ihnen auf dem Herzen liegt, war er überzeugt. Sogar die meisten Mörder wollten sich befreien, war seine Erfahrung.

»Bleiben noch Mario Schwinder und Harry Kain. Was sagen die beiden?«, kehrte Walli Winzer wieder zur Analyse zurück.

»Der eine, Mario Schwinder, ging kurz nach draußen, weil er zu Nina wollte. Als er allerdings nur deren Vater antraf, kehrte er um, was dieser bezeugte. Auch Harry Kain bestätigte, dass Schwinder nur wenige Minuten später wieder im

Stall eintraf. Das heißt, Schwinder hat ein doppeltes Alibi. Kain selbst keines.«

»Jetzt machen Sie aber einmal einen Punkt«, plusterte sich Walli Winzer auf. »Sie meinen das ja wohl nicht ernst. Harry Kain soll etwas mit der Sache zu tun haben? Manchmal traue ich ihm viel zu, aber das wirklich nicht.«

»Die Seele ist oft unergründlich«, sinnierte Grubinger philosophisch. »Aber ich gebe Ihnen recht: Ich kann es mir auch nicht vorstellen. Frau Winzer, gleich nach Schwinders Eintreffen hörten beide Ihren Schrei und liefen gemeinsam los.«

»Lisa und Sandra gaben zu Protokoll, dass sie eingenickt waren. Erst als Sie mit Cornelia Tucek bereits im Kampf lagen und um Hilfe schrien, eilten sie herbei. Da sich alles auf der anderen Seite des Stalls abspielte, kamen alle übrigen erst später. Doch nur Nico Salmer half dann wirklich.«

Walli Winzer räusperte sich nervös. Sepp Grubinger deutete ihre Körpersprache in aller Ruhe. Sie war angespannt. Walli ließ ihm allerdings wenig Zeit, denn sie forderte seine Aufmerksamkeit für ihre weitere Ausführung: »Wir wissen jetzt, dass beide Morde durch die gemeinsame Tatwaffe zusammenhängen. Trotzdem habe ich den Eindruck, dass uns bisher etwas Wesentliches entgangen ist. Was ist eigentlich mit Max Wahlbergs Frau Simone?«

»Die haben wir auch schon einvernommen. Sie wirkt ziemlich aufgelöst, und aus ihrem Gestammel lässt sich kaum etwas Schlüssiges ableiten.«

»Verstehe. Das heißt: Sie tappen weiter im Dunkeln?«

»Sozusagen.«

»Was ist mit der Versicherung? Sollte man auch einmal genauer ansehen.«

»Haben wir überprüft. Wahlberg hatte Steininger seine Schulden erlassen und dadurch die Hälfte des Gestüts samt

Pferdezucht übernommen. Er war seit Kurzem Miteigentümer. Deshalb wollte er künftig auch eine eigene Tierklinik mit Schwerpunkt Betreuung von Top-Springpferden aufziehen.«

»Und wo wollte er seine Kundschaft herbekommen?«

»Ziel sollten Interessenten aus dem österreichischen, dem deutschen und dem arabischen Markt sein.«

»Verstehe, er versprach sich also viel von Ninas Meisterschaft mit dem Ziel einer entfernten Olympiateilnahme.«

»Scheinbar. Auf jeden Fall verbesserte das Hubsis Situation nur kurzfristig. Er hätte sich auch weiterhin kaum von seiner Wettsucht abbringen lassen, was Max' Position in absehbarer Zeit gestärkt und ihn zum alleinigen Besitzer des Anwesens gemacht hätte.«

»Ja, so weit waren wir in unserer Suche nach einem Mordmotiv bereits. Nur dass Hubsi als Hauptverdächtiger höchstpersönlich für den Tod von Max seit heute Nacht ausfällt.«

»Wer ist jetzt nach Hubsi der Hauptbegünstigte für die Versicherung?«

»Da Hubsi nicht verheiratet war und keine Familie, sondern weiterhin nur Schulden bei Max gemacht hätte, ist es Simone Wahlberg.«

»Jetzt sind wir wieder am Anfang gelandet. Wir drehen uns im Kreis.« Walli stützte ihren Kopf auf Grubingers Schreibtisch auf. »Ich fühle mich am Limit. Es wird mir alles zu viel. Ich will jetzt nach Hause.«

Sie gebrauchte zum ersten Mal den Begriff für das alte Schulhaus, fiel ihr auf. In den vergangenen 24 Stunden erlebte sie das sonst friedliche Waldviertel von einer ganz anderen, besonders rauen Seite. Sie sehnte sich nach den alten und Schutz bietenden Mauern.

Mizzi Troger, Sandras Mutter, hatte sich zwischendurch im Krankenhaus bei ihr gemeldet. Als Vorsitzende des Verschönerungsvereins konnte sie den Schaden nicht so hinnehmen. Sie organisierte eine Frauenrunde aus Großlichten und machte sich auf den Weg, um bei Walli aufzuräumen. Das zerbrochene Fenster und die Verwüstungen waren beseitigt, hatte sie ihr am Telefon gesagt. Sie konnte also nach Hause kommen, und alles würde wie immer sein.

Der Gedanke daran hielt Walli Winzer aufrecht.

Grubinger tippte noch die letzten Zeilen der Einvernahme ins Protokoll, druckte es aus und gab es Walli zur Unterschrift.

Auch für ihn war der lange Tag nun zu Ende. Er legte das Papier in einen Ordner und versperrte ihn in der Schublade. »Bitte keine Eigenmächtigkeiten mehr. Das kann, wie Sie sehen, leicht ins Auge gehen. Durch irgendetwas haben Sie den Täter auf sich aufmerksam gemacht. Deshalb ist er auch bei Ihnen eingebrochen. Ich hoffe, er konnte finden, was er gesucht hat, damit Sie für ihn jetzt außer Sichtweite sind.

Und wenn schon. Walli war das im Moment egal. Sie wollte nur noch ihr eigenes Dach über dem Kopf haben, und zwar allein!

31. KAPITEL

Walli betrachtete im Badezimmer ihr Spiegelbild. Inzwischen war es Nachmittag geworden.

Schrecklich!

So sah sie also jetzt aus.

Gedankenverloren starrte sie in den Spiegel.

Je länger sie hinsah, desto sicherer wurde sie, dass kein Make-up der Welt ihr derzeitiges Aussehen auch nur im Geringsten würde verbessern können.

Sogar auf längere Sicht.

Sie betrachtete die Schürfstellen über dem rechten Auge und am Kinn, die breiten Kratzspuren auf der linken Wange und die mit zwei kleinen Stichen genähte Lippe, die jetzt mit einem Klammerpflaster zusammengehalten wurde.

Cornelia Tucek hatte sie ganz schön zugerichtet. In der Hitze des Gefechts hatte sie vorerst gar nichts gespürt, das Blut einfach von den Lippen weggewischt. Auch die unzähligen blauen Flecken und Blutergüsse, die sie abbekommen hatte, meldeten sich erst jetzt so richtig, wenn sie sich bewegte.

Walli starrte immer noch in den Spiegel.

Trotzdem fühlte sie so etwas wie Erleichterung. So sah also eine moderne Heldin aus.

Erschöpft, geschunden, aber zunehmend entspannt.

Sie war stolz auf sich. Nur leider konnte sie dieses Gefühl im Moment mit niemandem teilen …

Die Mahnung ihrer Mutter fiel ihr plötzlich ein, die sie als Kind oft gehört hatte: »Misch dich nicht immer in alles ein!« Sie hielt sich ihr ganzes Leben nicht daran. Hätte sie diesen Ratschlag nur wenigstens heute berücksichtigt. Sich nicht immer und überall für alles in irgendeiner Form mitverantwortlich zu fühlen.

Dann sähe sie jetzt nicht so aus.

So entstellt. So hässlich.

Schade, dass Halloween erst in ein paar Monaten sein würde. Sie hätte mit Sicherheit die perfekte Maske gehabt – ihre eigene. Sie ging näher zum Spiegel und betrachtete sich nochmals genauer.

Auch Filou hatte sie offensichtlich nicht wieder erkannt. Erschrocken, mit aufgestelltem Katzenbuckel, weit aufgerissenen Augen und buschigem Schwanz wie ein wild gewordenes Eichhörnchen hüpfte er Walli einige Schritte in seitlicher Drohgebärde entgegen. Der Fellsaum entlang seiner Wirbelsäule stand aufrecht und ließ ihn größer erscheinen. Mit diesem Einschüchterungsversuch wollte er wohl das fremde Monster aus »seinem« Haus vertreiben.

Erst Wallis Stimme war ihm vertraut. Seine weit aufgerissenen Augen wurden kleiner, seine Drohgebärden legten sich. Er stand allerdings immer noch eine Weile erschrocken vor der entfremdeten Hülle, die jetzt erst ihre Handtasche ablegte und die Schuhe auszog.

»Filou, du bist ja ein wirklich toller Kampfkater! Du hast mich aber so etwas von erschreckt!«, lobte Walli ihren Mitbewohner. Sie hatte gehört, dass man Katzen stets für alle artgerechten Handlungen loben sollte, auch wenn man sie nicht verstand oder Geschenke wie tote Mäuse gerne ablehnen würde. Das stärke ihren Charakter, hieß es.

Sie war stolz, mit welchem Eifer Filou sein Revier gegen Eindringlinge verteidigte. Sogar im Haus, wenn auch – wie bei ihr – nur gegen vermeintliche. Was sie nicht ganz verstand war, dass sein Geruchsinn sie betreffend, ausgesetzt hatte, und er sie nicht gleich trotz Schrammen erkannt hatte.

Wie das möglich war, würde sie irgendwann einmal von einem Tierarzt erfragen – der doch vielleicht lieber von einer Tierärztin, beschloss sie.

Filou neigte sein Köpfchen zur Seite, als müsse er selbst erst die neue Lage richtig einschätzen. Nach wenigen Minuten löste er sich aus seiner Sitzhaltung, schmiegte sich erfreut an die Beine seiner Besitzerin und begleitete Walli ins Badezimmer. Seither saß er unbewegt neben ihr auf dem Fenstersims und schaute genauso wie sie verstört in den Spiegel.

An diesen Anblick würde weder er noch sie sich gewöhnen können.

»Filou, ein Gutes hat das Ganze jedenfalls: Es wird wieder vergehen, hoffentlich zumindest«, sagte Walli Winzer und motivierte damit in erster Linie sich selbst. »In wenigen Wochen wird der Großteil der Narben nicht mehr zu sehen sein, hat mir die Ärztin im Krankenhaus gesagt. Bis dahin werde ich wohl eine neue Perfektion als Visagistin erlangt haben.«

In Gedanken malte sie sich schon aus, welche Kosmetikfirmen besonders naturnahe Abdeckcremen anboten und dafür natürliche, atmungsaktive Zusammensetzungen verwendeten.

Filou begann sich inzwischen genüsslich zu putzen. Dass er sein Köpfchen dabei so eng an den Hals pressen und diesen mit minimalem Putzaufwand blütenweiß halten konnte, war eines der vielen Rätsel, die eine Katze ganz für sich behielt. Der Sinn für Schönheit, Wohlbefinden und Gesundheit übertrug sich schlagartig auf Walli.

Mittlerweile hatte es stark zu regnen begonnen. Ein Sommergewitter. Befreiend! Walli schloss die Fenster.

Ihre Stimmung lockerte sich zusehends. Sie war zuversichtlich, jetzt alle Bürden des Tages hinter sich gelassen zu haben.

Ein kleiner Martini würde noch zusätzlich helfen.

Es war zwar Hochsommer, doch Walli war nach Feuer im Kamin. Natürlich nicht nach echtem, sondern nach einer Entspannungs-DVD, die sie neben dem Rekorder liegen hatte. Mit flackernden und knisternden Bildern in Endlosschleife. Das würde ihre Seele wärmen.

Sie saß in ihrem grün gemusterten Ohrensessel und nippte entspannt an ihrem mittlerweile zweiten Glas und schaute ins Feuer.

Das erste hatte sie weniger auf Genuss, als auf Wegspülen-der-Ereignisse getrunken. Das zweite entfaltete daher rascher und nachhaltiger seine Wirkung als sonst.

Walli versuchte, an etwas Schönes zu denken, doch immer wieder tauchten die gefährlichen Szenen des Tages vor ihr auf. Als sie auf dem Feldweg überfallen wurde, Ninas Pillendose, die Pferdekolikentäterin und der Mord an Hubsi.

Immer war sie an Ort und Stelle gewesen. War das Absicht oder Zufall im Mordplan des Täters oder der Täterin? Welche Rolle spielte sie unfreiwillig in diesem Drama? Und wie hing das alles zusammen? Tat es das überhaupt?

Ein Schluck Martini.

Filou hatte es sich inzwischen auch auf dem Hocker vor der imaginierten Feuerstelle gemütlich gemacht und schlief eingerollt ein. Walli konnte ihn wenig später sogar schnarchen hören. Seltsamerweise fühlte sie sich in diesem Moment sogar von ihm beschützt, obwohl er nur ein Kater war. Doch Katzen verfügen bekanntlich über den sogenannten sechsten Sinn und erkennen Gefahren im Voraus. Die Lage war also ruhig, das wusste sie. Sie war froh, dass er da war. Unvorhergesehen. Ungewollt. Ihr schnurrendes, getigertes Kuckucksei, das sie vor kurzer Zeit noch gar nicht haben wollte.

Walli nahm einen neuen Schluck.

Angefangen hatte ja alles mit Max Wahlbergs Flirt. Das Treffen im Gföhler Restaurant. Das Telefonat mit der Ehefrau. Er kam nicht. Sie als Verdächtige nach dem Mord.

Sie spürte, wie ihr Herz schneller schlug. Walli stand auf und vergewisserte sich, dass die Eingangstür abgesperrt war. Sie setzte sich wieder.

Martini-Glas.

Sie schloss die Augen. Hluboka. Die Waldszene. Was war da los? Ein unzusammenhängendes Szenengewirr. Doch alle Fäden führten immer irgendwie zum Reiterhof.

Stille.

Walli Winzer hatte noch ihre schmutzigen und zerschlissenen Armani-Jeans an, die jetzt auf einer Seite um die Hüfte herum zu drücken begannen. Sie griff instinktiv in die Seitentasche und kramte einen schwarzen Knopf an einem kleinen Stück Stoff heraus.

Es war ihr schleierhaft, wie der in ihre Hosentasche gelangt war.

Noch ein Schluck Martini.

Langsam begann sie sich wieder zu erinnern: Es musste während des Kampfes auf dem Feldweg gewesen sein. Sie wehrte sich und erwischte den Täter kurz am Kragen. Sie wollte ihn weg drücken! Er war stark. Nur mit Geschick konnte sie sich aus der Umklammerung lösen. Katzenähnlich hatte sie sich herausgewunden, erwischte dabei seinen obersten Knopf unterhalb des Kragens, den sie abriss. Sie war mit Wucht auf den Rücken gefallen. Reflexartig hatte sie sich die geballten Fäuste schützend vors Gesicht gehalten. Sie versuchte, ihren Brustbereich zu schützen, indem sie sich krümmte. Trotzdem hatte sie einer seiner Tritte erwischt. Sie zog die Beine fester an. Drehte sich auf den Bauch. Er kniete sich über sie. Bedrohte sie. Flüsterte, sie solle endliche aufhören. Womit nur?

Walli atmete tief ein und aus. Alle Ängste kamen wieder hoch. Filou hob erschrocken seinen Kopf, blieb aber sonst unbeweglich. Walli beruhigte sich.

Filou war ja da, wenn auch sonst niemand.

Totale Stille.

Als der Kater die Bedeutungslosigkeit der Situation für sich erkannte, döste er wieder ein.

Das Feuer im TV knackste leise. Wärme und Geborgenheit breiteten sich auch mitten im Hochsommer aus. Walli nickte ein.

Das Knurren ihres Magens ließ sie nach kurzer Zeit wieder zu sich kommen. Der Martini hatte seine Wirkung nicht verfehlt und sie schläfrig gemacht. Mindestens zehn Minuten musste sie so vor sich gedöst haben. Wie Filou, der immer noch regungslos die Gesellschaft seiner Halterin genoss.

Als sie die Augen öffnete, spürte sie vorerst nur die Schürfung im Schläfenbereich. Doch gleich war ihr das ganze Ausmaß ihrer Unpässlichkeit wieder zugegen. Um heute halbwegs einschlafen zu können, würde sie allerdings mehr von diesem Wunderelixier brauchen, war ihr bewusst geworden.

»Wenigstens dir bin ich heute den ganzen Tag über abgegangen«, forderte sie Filou mit einer Handbewegung auf, sich neben sie zu setzen. Er blinzelte sie interessiert an, um gleich darauf wieder in den seelenvollsten Katzenschlaf zu verfallen.

»Na, das wird heute auch nichts mehr mit uns beiden«, muffte Walli aufgrund der recht eindeutigen Zurückweisung, stützte sich mit beiden Händen auf den Armlehnen auf und zog sich langsam hoch.

»Oooh!«, stöhnte sie vor sich hin. Sie fühlte sich unsanft darauf hingewiesen, dass erstens heute wirklich nicht ihr

Tag war und zweitens ihre Elastizität mit den Jahren doch ein wenig nachgelassen hatte.

Auf dem Weg in die Küche spürte sie jeden ihrer Knochen. Sport betreiben wäre irgendwie ratsam. Zumindest nahm sie sich das vor. Den ersten Schritt hatte sie ja schon gesetzt: ihre erste Reitstunde.

Walli Winzer öffnete ihren Kühlschrank. Wie in einem Delikatessenladen war er randvoll mit Erlesenem gefüllt. Sie beschloss, Waldviertler Köstlichkeiten mit französischer Kulinarik zu kombinieren und freute sich darauf. Einem heimischen geräucherten Schafskäse, einem französischen Cabécou aus Ziegenmilch und dem Ardi-Gasna, einem festen Schafskäse aus dem Baskenland, stellte sie den hauchdünn geschnittenen Brési, ein luftgetrocknetes nicht zu mageres Rindfleisch, und andere Schinkensorten vom Mangalizaschwein gegenüber. Dazu holte sie noch schnell eine passende Flasche Burgunder Rotwein Cotes de Nuites Villages 2013 aus dem Keller. Fertig.

Walli jonglierte ihr Tablett, beladen mit stilvollem Landgeschirr aus Keramik, in die Wohnstube. Sie wusste, dass Filou dem saftigen Mangaliza-Schinken und dem über Buchenholz geräucherten Bauernspeck nur schwer widerstehen konnte. Er würde aufspringen und um ihre Beine streichen. Daher ging sie langsam und schaute vorsichtig auf den Holzboden.

Doch weit und breit keine Spur vom Kater. Auf dem gemütlichen Hocker vor dem TV-Kamin lag er auch nicht mehr.

Walli Winzer stellte das Tablett auf den großen Jogltisch und zündete ein Teelicht an. Es war ein Ritual, das beim Essen täglich für sie die Abendruhe einläutete, auch wenn sie alleine war.

Auf der über die Jahrhunderte glatt polierten Naturholztischplatte hoben sich die Vorlegeplatte samt Tellern und Gläsern ausgesprochen gemütlich ab. Walli beschloss dennoch, lieber auf Wein zu verzichten, und stieg auf gekühltes Mineralwasser um.

Sie nahm ihren ersten Schluck, als es ihr vorkam, einen Schatten gesehen zu haben.

Alarmsignale schossen ihr durch den Kopf. Sie dachte im gleichen Augenblick an die abgeschlossene Haustür. Auch das Mobiltelefon war in Reichweite. Filou? Vielleicht war alles nur Einbildung.

Sie wusste, dass ihre Nerven angegriffen waren. Vor allem heute, nach den Aufregungen und einer schlaflosen Nacht. Sie wunderte sich, dass das kleine Nickerchen von vorhin ihr wieder zu genügend Abstand verholfen hatte.

Wo war nur Filou abgeblieben? Es war schließlich auch seine Futterzeit, und die hielt er normalerweise genau ein. Ganz Katze eben. Auf Gewohnheit getrimmt. Wahrscheinlich war er durch die Katzenklappe, die sich in der Haustür befand, durchgeschlüpft, als sie in der Küche stand. Nun ja, genauso wie er hinaus gefunden hatte, würde er auch wieder herein finden, war die logische Konsequenz.

Doch da war jetzt noch etwas. Walli spürte plötzlich großes Unbehagen. Ein fremder Parfumduft stieg ihr in die Nase. Scheußlich! Nein, normalerweise war er das nicht. Nicht der Geruch an sich. Nur die Situation, in der sie das Parfum gerochen hatte. Ein teurer Duft. Ein Männergeruch. Der Überfall. Er war also hier. Ihr nahe. Mitten im Zimmer. Keine Einbildung.

Walli Winzer dreht sich um. Und da stand er. Die schwarze Gestalt. Direkt hinter ihr. Schwarz mit weißer Weste. Diesmal ohne Maske.

Warum verwunderte es sie nicht, wen sie vor sich sah.

Er stand da mit festem Blick und fixierte sie. Kampfbereit. Entschlossen. Vielleicht zu allem. Warum ausgerechnet sie?

Walli sah ihn ruhig an, als wäre er einer der aalglatten, austauschbaren Vorstandsvorsitzenden aus einem der vielen Großkonzerne, den sie für eine PR-Kampagne gewinnen wollte. Emotionslos. Abwartend.

»Was wollen Sie? Wie sind Sie herein gekommen?«

»Tja, man sollte sich nicht zu schnell ans Landleben gewöhnen und die Hintertür des Hauses unversperrt lassen.«

Sie ärgerte sich über ihre Unachtsamkeit. Gerade heute, wo alles anders als sonst war, hatte sie darauf vergessen. Sonst tat sie das nie.

Shit!

Doch so einen Tag hatte Walli Winzer eben noch nie erlebt. Wenn sie jetzt nicht schnell wieder alle Sinne beisammen hatte, würde sie vielleicht auch keinen neuen mehr erleben.

Sie konzentrierte sich. Nicht provozieren lassen. Auch er steht unter Anspannung. Cool bleiben.

»Was wollen Sie von mir?«, wiederholte Walli ihre Frage.

Mario Schwinder steckte beide Hände in die Hosentasche und hatte sich inzwischen vor sie gestellt. Er sah aus wie eine schlechte Kopie von Gary Cooper in der berühmten Straßen-Szene in »High Noon«. Hände am Pistolengurt. Klar in der Ansage. Vor einem alles entscheidenden Duell.

»Tun Sie nicht so. Sie wissen, was ich suche und was ich von Ihnen will. Sonst hätten Sie sich aus dem Fall ja raus gehalten.«

Walli verstand nichts von allem.

Mario Schwinder wartete auf eine Reaktion, doch vergeblich. Walli blieb still. Vielleicht war wirklich ihre letzte Stunde angebrochen. Dann wollte sie zumindest ihn reden lassen.

»Geben Sie mir die Versicherungspolizze!«

»Warum wollen Sie meine Versicherungspolizze? Welche überhaupt? Für mein Haus? Meine Lebensversicherung? Heutzutage ist ja fast alles versichert. Was wollen Sie damit?«

Schwinder sah sie voll Verachtung an. Sein Gesicht bekam einen seltsamen Ausdruck von selbstherrlicher Bestimmtheit. Eine Bestimmtheit, die Walli in letzter Konsequenz entschieden nicht erleben wollte.

Würde ihn diese spionierende Betriebsnudel jetzt auch noch verarschen wollen?, schien sein Blick zu sagen.

Seine Lippen wurden schmal. Er kniff sie zusammen, als müsse er sich beherrschen oder zumindest nachdenken. Oder beides zugleich.

Obwohl er vorher still stand, begann er sich nun langsam von der Tür weg auf Walli Winzer zuzubewegen.

»Stellen Sie sich nicht so an! Ich will den Schlüssel zum Schließfach in Gföhl. Max Wahlberg hat ihn Ihnen übergegeben. Her damit, oder muss ich deutlicher werden?«

»Schlüssel? Polizze? Sind Sie verrückt? Ich weiß immer noch nicht, wovon Sie reden. Ich hab so etwas nicht! Wie kommen Sie überhaupt auf die Idee, dass so etwas bei mir ist? Und weshalb soll er mir das gegeben haben?«

Walli Winzer stand von ihrem Essplatz auf und versuchte instinktiv, den Weg rückwärtsgehend zur Eingangstür zu finden. Sie stieß dabei gegen den Ohrensessel und stolperte über eine rollende Plastikrassel, Filous Lieblingsspielzeug. Nicht nur sie, sondern auch Mario Schwinder erschraken.

Walli nützte den Augenblick und versuchte, das Badezimmer zu erreichen, um sich einzusperren.

Mario Schwinder war jedoch schneller. Er fasste sie von hinten und zog sie am Arm und an den Haaren zum Stuhl an den Tisch zurück.

Walli versuchte, sich zu wehren, doch seine Griffe waren so fest und zwingend, dass sie ihren Körper nur mit größter

Mühe am Boden halten konnte. Zwischendurch umklammerte sie mit ihrem linken Bein seinen Unterschenkel, um sich abzustützen, um dadurch die Schmerzen besser ertragen zu können. Ihr rechtes Bein schliff sie nach.

Er stieß sie auf den Stuhl, nahm ein breites, langes Kunststoffband aus seiner Jackentasche und fesselte sie an der Lehne. Er zog das Band so fest um ihre Taille, weshalb sich durch den plötzlichen Ruck ihr Magen meldete und sie sich fast übergab.

Sie stöhnte und atmete tief ein. Ihr wurde schwarz vor Augen. Als sie die Augen wieder öffnete, waren ihre Hände an den Gelenken nach hinten gefesselt. Sie saß auf dem Stuhl und konnte sich nicht mehr bewegen.

Mario Schwinder stand vor ihr.

»Also, wo ist die Polizze?«

»Wie kommen Sie darauf, dass Max Wahlberg sie mir gegeben hat?«

»Ich habe Max verfolgt. Am Reiterhof konnte ich mithören, wie sie beide sich verabredeten. Max wollte vor dem Treffen mit Ihnen die eingeschriebene Polizze von der Post in Gföhl abholen. Ich musste nur einen geeigneten Moment abwarten, um sie ihm abzunehmen. Aber dazu ist es nicht gekommen, weil er Ihnen das Kuvert übergab. Ich habe das beim Abendessen beobachtet.«

»Was soll das mit der Polizze und dem Schlüssel?«

»Max wollte sie an Hubsi weitergeben, weil der einen eigenen Safe dafür hatte. Weitere Unterlagen ließ er noch im Schließfach zurück. ›Immotreu‹ versucht seit langer Zeit, den Reiterhof samt Grund zu erwerben. Die Lage ist optimal, und unsere Probebohrungen konnten eine Heilquelle entdecken. Doch Hubsi Steininger wollte nicht verkaufen. Rudi Kuntner war davon überzeugt, dass man nur zuwarten müsse, bis Hubsi finanziell am Ende wäre. Alles hatte sich inzwischen zu unseren Gunsten entwickelt: Das Heilwassergutachten war positiv, der Bürgermeister will als stiller Teilhaber einsteigen, der Steininger war fast bankrott, und die Arbeitslosigkeit in dieser Region stieg inzwischen dramatisch an. Also beste Voraussetzungen für den Brunner auch die Bevölkerung, wie man so sagt, dafür zu gewinnen. Und dieser Polizistentyp Grubinger mit seiner Station wäre auch bald weg gewesen. Alles ideal. Und dann sind Sie gekommen. Sie brachten nicht nur den Wahlberg durcheinander, sondern drängen sich jetzt auch noch dem Grubinger auf.«

»Also jetzt hören Sie auf, was hat das alles mit den Morden zu tun?«

»Max Wahlberg hatte seinen Anteil am Reiterhof im Todesfall an Hubsi Steininger vermacht und umgekehrt, damit der Reiterhof in jedem Fall bestehen bleibt. Das war so gar nicht in meinem Sinn. Sterben allerdings beide, gehen die gegenseitigen Polizzen auf Simone Wahlberg über. Sie ist dann die Alleinerbin des Gestüts.«

»Aha. Ihr Plan ist also, dass Hubsis Schuldenberg wegen des Todes beider, durch die Ausschüttung der hohen Lebensversicherung abgedeckt wird. Sie würden dann der schwer gezeichneten Frau Wahlberg den Reiterhof um einen Spottpreis abgaunern. Verstehe ich das richtig?«

»Ich würde es anders formulieren: Was hat sie vom Reitstall? Ich möchte sie von einer Last befreien, die sie sowieso nicht tragen möchte. Sie hat dann viel Geld und kann damit machen, was sie will.«

»... was aber nicht der eigentliche Wert des Anwesens ist. Sie würden bei ihr sicher wieder die passenden Worte finden. Davon bin ich überzeugt.«

»Das Wording ist in unserer Branche das Um und Auf.«

»Haben Sie gar keinen Anstand? Ihre Berufssparte hat schon weltweit so viele Menschen in den Ruin getrieben. Sie spielen mit dem geringen Informationsstand der Menschen und sorgen bei sich für den maximalen Gewinn.«

Mario Schwinder tat so, als ginge ihn das alles nichts an. Er bewegte sich zum Esstisch und nahm sich einen Apfel aus der Obstschale. Mit einem großen Schweizer Taschenmesser schnitt er sich genüsslich Scheibe um Scheibe davon ab, strich mit dem Finger darüber und betrachtete sie sorgfältig.

»So ist das Leben. Sich zu informieren, steht jedem frei. Manche wollen aber lieber glauben, an das Gute im Menschen. Um es deutlicher zu sagen: Sie sind einfach dumm. Zu dumm eben. Da ist es doch besser, es übernimmt jemand die Immobilie, der Visionen von Größerem hat.«

»Von wegen. Reine Spekulationen. Beim Ankauf, beim Verkauf. Bei der Durchführung von Bauprojekten. Immer und überall. Alles wird durch Kredite und Förderungen mit möglichst geringem Eigenmittelanteil finanziert. Und die verstehen windige Rechtsanwälte noch aufzublasen. Visionen gibt es da wirklich keine, nur spekulative Geldgeschäfte«, entrüstete sich Walli Winzer.

»So läuft eben Wirtschaft. Angebot bestimmt die Nachfrage mit einer Portion Glück und Raffinesse«, entgegnete er, ohne aufzuschauen.

»Jeder kleine Hauskäufer muss mit seiner Familie glaubwürdige Eigenmittel für einen Kredit bei der Bank vorweisen. Oft bekommen sie den nicht, weil beide zu wenig verdienen. Doch leben müssen sie irgendwo. Während Sie? Sie zeigen weiterhin Ihren Luxus. Ihren Porsche. Alles auf Bankkredit, ohne dass Sie ihn jemals werden zurückzahlen müssen.«

»Nicht ich. Die Firma ›Immotreu‹ mit Rudi Kuntner. Und dabei verläuft alles völlig legal, was Sie aus irgendwelchen Gründen nicht verstehen wollen. Aber ich, ich habe dann meinen ersten großen Deal abgeschlossen, wo mir nicht nur eine fette Provision winkt. Nein. Danach bin ich in der Branche ganz weit oben und werde künftig nicht mehr aufzuhalten sein. Wissen Sie, wie hart es ist, an der Spitze vor allen anderen anzukommen? Dann werde ich mich selbstständig machen und ins ganz große internationale Geldgeschäft einsteigen.«

»Und das ist Ihnen das alles wert? Wie alt sind Sie? Ich schätze Sie auf um die 30. Hat man da keine anderen Ideale?«

»Erfolg und Geld hängen für mich immer zusammen. Ich will mir Luxus auf Dauer leisten können. Und zwar für immer und ewig …«

»Und dafür begehen Sie tatsächlich Einbrüche und auch Morde?« Sie war sich noch nicht sicher. Wie würde er sich verraten?

»Nun, kriegen Sie sich wieder ein. Ich werde mir Ihr Gesülze nicht weiter anhören.« Mario Schwinder warf den angeschnittenen Apfel ins Zimmer und hielt jetzt nur mehr das Messer in der Hand. Er hob es drohend gegen Walli, ohne sich dabei weg zu bewegen.

»Also noch mal im Klartext: Sie gaunern Simone Wahlberg den Besitz ab, um sich selbst maximal zu bereichern«, fühlte sich Walli herausgefordert zu sagen.

Gleich darauf traf sie ein wuchtiger Schlag im Gesicht. Damit hatte sie nicht gerechnet. Benommen sah sie, wie Mario Schwinder sich inzwischen im Raum umsah und sich ihr, als wäre nichts geschehen, erneut zuwandte. Er blieb nun sehr nahe bei ihr stehen. Sie roch wieder sein Parfum.

Ein widerlicher Yuppie-Geruch.

Walli erstarrte.

Dieser Tag würde ihr Schicksal werden. Das wusste sie in diesem Moment. Vielleicht würde sie ihn nicht überleben. Aber dann wollte sie vorher noch mehr Details wissen. Alle.

»So, jetzt haben Sie einen kleinen Vorgeschmack darauf bekommen, was Sie erwartet«, lächelte er süffisant mit gesenktem Blick. Gerade so, als würde er eine frohe Botschaft überbringen.

»Sie sind auch der Mörder von Max und Hubsi«, wagte Walli mit Grabesstimme den Vorstoß. »Wieso bin ich nicht schon früher darauf gekommen. Ich dachte zuerst, es hat alles etwas mit den Pillen zu tun und der Waldszene, die ich beobachtet habe. Aber jetzt weiß ich, dass Sie mich mit dem Pfefferspray überfallen haben und nicht Cornelia Tucek.«

»Leider sind Sie wieder ein bisschen zu schlau«, gab er sich wieder gefasst und teilnahmslos. »Sie hatten plötzlich so ein Interesse an dem Fall entwickelt und die Leute unruhig gemacht. Das konnte ich nicht weiter zulassen. Wäre gut für Sie gewesen, aufzuhören.«

»Aber ich wurde verdächtigt. Das konnte ich doch nicht einfach so auf mir sitzen lassen.«

»Ich musste Ihnen den Denkzettel verpassen. Den Angriff wollte ich dem Kolikentäter in die Schuhe schieben, weil ich das mit Sicherheit eben nicht war.«

»Sie hatten also den Mord an Hubsi Steininger fix geplant.«

»Was solls, ja! Ich wusste, dass er in der Sattelkammer war und die Tür offen gelassen hatte. Ich sprach ihn leise an, er stand auf, und ich stach zu. Alles lautlos und binnen kurzer Zeit. Er war selbst so baff, dass er mir noch einige Schritte hinaus folgte und erst dann zusammenbrach. Doch ich war sicher, dass mich niemand beobachtete, und hatte genügend Zeit, noch zu Nico Salmer zu gehen, ohne verdächtigt zu werden.«

»Und Max Wahlberg?«

»Ich hatte mitbekommen, dass er sich mit Ihnen treffen wollte. Ich bat ihn zu einem Gespräch beim Granitblock. Er sollte niemandem davon erzählen, da ich ihm etwas geben wollte, was ihm besseren Aufschluss über Hubsi Steininger geben würde. Er ging darauf ein. Dass dann auch zwischendurch noch Simone bei ihm vorbeikam, war ein Glücksfall.«

»Und was war mit mir?«

»Dass Sie als Erste unter Verdacht standen, war eine Laune des Schicksals. Mein Plan war, alle Fäden sollten bei Hubsi zusammenführen und er damit augenscheinlich zum Täter werden.«

»... was er aber nicht war, sondern Sie!«

»Richtig.«

»Sie brachten planmäßig auch Hubsi um, und Cornelia Tucek sollte als dessen Mörderin festgenommen werden.«

»Dass mehrere als Mörder von Hubsi infrage kamen, war mir klar. Auf irgendeinen von ihnen würde der Verdacht schon fallen. Dass es noch besser lief als geplant und die Tucek die Anschläge auf die Pferde ausführte, hat mich dann selbst überrascht.«

»Ja, das Leben schreibt oft die besten Drehbücher«, stellte Walli resigniert fest.

»Schluss jetzt mit der Plauderei. Geben Sie mir endlich die Polizze. Sie darf nicht verschwinden, da die Grundbucheintragung noch nicht erfolgt ist.«

Filou war inzwischen lautlos ins Zimmer gekommen. Wie sehr wünschte sich Walli jetzt, an seiner Stelle zu sein. So leichtfüßig und wendig. Der könnte sich jetzt auf jeden Fall aus den Fesseln winden. Sie hingegen verspürte bereits kalte Hände, weil das Band so fest geschnürt war, dass es ihr Blut absperrte.

Sorglos schlich der Kater einige Möbel entlang, bis er aus einiger Entfernung die Lage sondierte. Er schaute Walli mit seitlich geneigtem Köpfchen an, ganz so, als würde er sie fragen wollen, was hier los sei. Er kam näher, um nach Katzengewohnheit den Geruch eines, wenn auch ungebetenen, Gastes aufzunehmen. Filou hockte aufrecht neben ihm.

Mario Schwinder bemerkte ihn nicht. Er begann, sich auf Walli zuzubewegen und stieg dabei dem Kater auf den Schwanz.

Filou jaulte jämmerlich auf. Panisch sprang er mit einem Satz auf den zugezogenen Vorhang, um im gleichen Augenblick erschrocken den Verursacher seines plötzlichen Schmerzes zu attackieren. Auf Augenhöhe schnellte er vor und ihm direkt ins Gesicht. Er grub seine Krallen tief in die Wangen Mario Schwinders, weshalb der laut aufschrie und seine Hände schützend davor hielt.

Walli nützte die Gelegenheit, indem sie ihrem Peiniger zusätzlich einen festen Tritt in seine sensibelste Zone zwischen den Beinen verabreichte. Ihr Jiu-Jitsu-Training vor vielen Jahren hatte sich wenigstens hierfür gelohnt, und sie erinnerte sich daran.

Ein nochmaliges Aufjaulen des Täters, und er lag schachmatt am Boden.

Schwinder wand sich vor Schmerzen und röchelte.

Plötzlich wie im Film stieß jemand die Hintertür des alten Schulhauses auf. Ein Tross an Polizisten und Polizistinnen stürmte in die Wohnstube. Mitten unter ihnen Sepp Grubinger.

Nie sah ihn Walli lieber als jetzt!

Eine Spezialeinheit aus Gföhl kesselte Mario Schwinder ein, der keinen Widerstand leistete, da er sich weiterhin unter Stöhnen am Boden krümmte.

Zwei Krankenwagen wurden gerufen. Ein dritter und vierter Polizeiwagen mit Blaulicht sperrten wenige Minuten später den Bereich des alten Schulhauses ab.

»Den haben Sie ja ganz schön erwischt«, kümmerte sich

Grubinger inzwischen um Walli, die entsetzt auf Schwinder starrte. Der Schock war ihr anzumerken.

Grubinger kniete sich neben sie und begann, ihre Fesseln zu lösen. Dabei sprach er sanft und leise: »So wie der ausschaut, braucht der erst einmal sein Geld für einen Schönheitschirurgen, weil für etwas anderes wird er das die nächsten 20 Jahre im Häfen nicht ausgeben können. Und was der auf dem Kerbholz hat, zwei Morde und mehrfache Körperverletzungen bei Ihnen, wird der auch vorher nicht rauskommen.«

Walli bewegte langsam ihre Handgelenke und massierte sie. Ihre Hände waren weiß, kalt und blutleer. Sie versuchte, die gefühllosen Finger immer wieder zu einer Faust zu ballen, was wiederum Schmerzen verursachte.

Filou war nach seiner erfolgreichen Revierverteidigung erschrocken aus der Wohnstube geflüchtet und hielt sich in einem der hinteren Zimmer versteckt. Als er merkte, dass sich die Lage beruhigte, schlich er an den Polizisten vorbei auf Walli zu.

Sie sprach weiterhin kein Wort und streckte nur ihre Arme nach dem Kater aus. Bereitwillig ließ er sich nehmen und schmiegte sich an sie. Sie vergrub ihr Gesicht in seinem Fell und kraulte ihn. »Mein kleiner Retter!«, flüsterte sie ihm ins Ohr. »Hätte nie gedacht, dass du so kräftig bist!« Als verstunde er jedes Wort, legte er die Ohren an und genoss die Streicheleinheiten. Walli ließ ihn erst wieder los, als der Sanitäter sie zum Krankenwagen begleitete.

32. KAPITEL

So tief und fest wie in dieser Nacht hatte Walli Winzer noch nie geschlafen.

Filou war neuerdings ihr Biowecker. Was manchmal nervte. Entweder begann er, seine Besitzerin mit feuchter Nase zu stupsen, oder in besonders hartnäckigen Fällen machte er sich über ihre Zehen her. Das zeigte oft Wirkung, und sie standen nach einer kleinen Schmuseviertelstunde auf.

Ungeduldig erwartete er meist schon sein zweites Frühstück. Denn bei seinem Morgenrundgang durchs Revier kamen ihm regelmäßig Mäuse und anderes Getier unter. Sie zu fangen, forderte ihn spielerisch wie sportlich heraus.

Oft zum Leidwesen von Walli. Filou hatte die Angewohnheit, die letzten Reste einer Maustrophäe mit ins Haus zu nehmen. Er legte das ausgeweidete, blutige Tier fein säuberlich auf den Schiffboden, als wollte er sagen: »Mein Tag hat heute schon gut begonnen, das wünsche ich dir auch.«

Danach legte er sich genüsslich auf seine Decke am Sofa und schlief ein.

Doch heute war alles anders.

Filou lag im Bett neben Walli und rührte sich nicht. Er schlief tief und schien noch richtig satt von den vielen Belohnungsleckerlis des Vortages zu sein. Obwohl Walli nach der zweiten ärztlichen Untersuchung am gestrigen Tag todmüde ins Bett gefallen war, hatte sie ihm aus Dankbarkeit zuvor jeden kulinarischen Katzenwunsch von den Augen abgelesen. Denn mittlerweile kannte sie sich mit dem Sortiment an Tierfutter ziemlich gut aus. Es war für Katzenhalter mittlerweile unmöglich geworden, an der suggerierenden Werbung vorbeizukommen.

Filou war der Held des Tages gewesen. Nie zuvor hatte es einen Katzendetektiv in Großlichten und Umgebung gegeben. Noch dazu so einen wagemutigen. Zumindest hatte man ihr das erzählt. Auch Sepp Grubinger wusste von keinem anderen Fall. Katzen gelten ja generell als neugierig, doch Filou steckte seine Nase tatsächlich in alles hinein.

Und da war natürlich Walli Winzers eigenes Reaktionsvermögen. Ihr Selbstverteidigungskurs war zwar schon lange Zeit her, doch die Handgriffe und die Fußtechniken saßen immer noch. Damit hatte sie Mario Schwinder den Rest gegeben. Und darauf war sie stolz.

Walli lag jetzt im Halbschlaf und blinzelte auf den neben ihr dösenden Kater. Dabei kam ihr der Gedanke, dass sie jetzt erst verstand, was viele Tierfreunde seit jeher wussten: Dass Katzen über einen sechsten Sinn verfügten und es eindeutig mehr zwischen Himmel und Erde sowie zwischen Mensch und Katze gab, als man ahnen konnte. – Und sie war sehr froh darüber.

Trotzdem wäre sie lieber neben einem netten, attraktiven Verehrer aufgewacht, wie sie es so oft in Wien nach erfolgreichen Werbekampagnen erlebt hatte. Gemeinsamer Kaffee, gemeinsames Geplänkel, ohne Verantwortung und Verpflichtung.

Nun ja, darauf würde sie wohl noch warten müssen, denn hier, in Großlichten, wusste sie wirklich niemanden, der dafür infrage kam. Obwohl sie interessanterweise öfter an den linkischen Nico Salmer dachte. Bei der Reiterhof-Aktion war er ja mit seiner Rettungsaktion buchstäblich über sich hinaus gewachsen.

Aber, was soll's.

»Wir sind hier auf dem Land, wo sich alle das Maul zerreißen, er mindestens 15 Jahre jünger ist als ich, und überhaupt wäre es jetzt an der Zeit, endlich aufzustehen«, flüsterte sie Filou ins Ohr. Sie setzte sich auf und schwang sich aus dem Bett.

Walli Winzer war gerade dabei, in der Küche die Kaffeemaschine anzuwerfen, als das Telefon läutete.

»Hallo, Walli! Wie geht es dir heute? Ich habe gestern mit Lisa telefoniert. Ganz schön arg, was da passiert ist. Kaum sind wir weg, ist die Hölle los!« Es war Lena! Walli erkannte sofort die vertraute Stimme.

»Du hast ja einiges am Reiterhof mitbekommen. Aber dass es noch so wild werden sollte, hätte ich auch nicht gedacht. Habe einige Schrammen abbekommen, aber jetzt ist es vorbei. Sag, wann kommt ihr zurück, und wie ist es im Burgund?«

»Eigentlich hatten wir vor, gleich nach der Käsemesse zu kommen. Doch es ist hier so schön, dass wir noch eine Weile bleiben wollen. Ich hoffe, du lässt deine Umgebung jetzt zur Ruhe kommen und wirfst dich nicht gleich wieder ins nächste Abenteuer?«

»Kein Bedarf! Danke!« Walli klemmte ihr Handy zwischen Kinn und Schulter. Sie goss ein wenig Milch in ihre Kaffeetasse. Lena erzählte sie noch schnell einige Einzelheiten und schlenderte, zusätzlich beladen mit einem Croissant und der Butterdose, zum Esstisch, als es auch noch an der Tür läutete.

Lisa und Sandra standen davor.

»Hallo, ihr beiden, das trifft sich. Mit wem, glaubt ihr, spreche ich gerade? Genau, mit deiner Mutter«, lachte Walli Lisa an und nickte die Mädchen herein.

»Wir haben selbst gerade mit ihr telefoniert und alles erzählt. Mach schnell. Es gibt übrigens schon wieder Neues aus dem Reitstall. Mama weiß das schon«, lockte Lisa, um das Telefonat zu verkürzen.

»Na gut, Lena. Machen wir Schluss. Sonst gibt es nichts Wesentliches. Habt noch eine schöne Zeit.«

Sie legte auf.

»Ich hoffe, es gibt nicht schon wieder eine Leiche«, stöhnte Walli und sah dabei in die aufgeregten Gesichter der Mädchen.

Lisa preschte vor: »Die Polizei war heute da und hat Nina und ihren Vater mit nach Gföhl genommen. Sie stehen unter Verdacht, Syrus bei Wettbewerben gedopt zu haben. Und das nicht nur einmal. Stell dir das vor!«

Sandra setzte nach: »Und für mich war Nina immer das große Vorbild! Ihre Disziplin, ihr Können. Ich bin so enttäuscht!«

»Das hätte ich mir fast denken können, als Alexandru versucht hat, Nina unauffällig diese Pillendose in die Hand zu drücken. Was ist eigentlich mit ihm?«

»Den hat die Polizei auch mitgenommen. Nicht nur, weil er davon wusste und vielleicht sogar beteiligt war, sondern er soll etwas mit dem toten Rumänen zu tun haben. Mehr wissen wir noch nicht.«

Walli sah auf. Irgendwie fühlte sie sich von der neuen Geschichte gar nicht überrascht. »Also doch noch eine komplizierte Angelegenheit«, sinnierte sie vor sich hin.

Sie erkannte aber, dass die Mädchen etwas ganz anderes beschäftigte: »Wegen der Nina. Nehmt euch das nicht so zu Herzen. Irgendwann erkennt man, dass Vorbilder nie fehlerfrei sind.« Irgendwie schien das sogar bei den Mädchen zu wirken.

»Aber sie hat mir so tolle Tipps gegeben, die werden mir fehlen«, zeigte sich Sandra betrübt.

»Ja, und es wird sich sowieso alles verändern, wenn Hubsi

und sie nicht mehr da sind. Da wird der Reiterhof verkauft werden. An diese ›Immotreu‹. Und wir können auch nicht mehr reiten. Die bauen dann ein Wellnesszentrum mit Appartements!«, war Lisa fast den Tränen nahe.

»Also macht euch jetzt einmal keine Sorgen. Da ist mit Sicherheit noch nicht das letzte Wort gesprochen. Die ›Immotreu‹ mit Rudi Kuntner ist imagemäßig angeschlagen. Ich glaube nicht, dass es der Bürgermeister wagen wird, das Projekt unter diesen Umständen durchzuziehen. Ich glaube auch, dass sich der Reiterhof hier bisher ganz gut gemacht hat. Lasst uns weiter hoffen.«

Die Mädchen schienen ein wenig beruhigter, und Walli wechselte behutsam das Thema. Währenddessen deckte sie auch für Lisa und Sandra Frühstücksgeschirr auf und machte für sie Tee.

Beide erzählten vom Bauernhof der Breiteneckers, um den sich Karel Nimec kümmerte, seit die Eltern weg waren. Sie unterstützten ihn und freuten sich zusätzlich über ein Stück Freiheit, die sie zumindest noch so lang auskosten durften, bis Lena und Hans zurück waren.

Sandras Mutter, Mizzi Troger, sah nach den Mädchen. Mittags kochte sie für alle in Lenas Küche. Meist gab es nichts Eigenes vom Bio-Bauernhof, sondern die von den Girls erwünschten Spaghetti. Sie besprachen dann die Tagesplanung, damit auch Frau Troger am letzten Stand der Dinge war, und danach entschwanden die Mädchen meist aufs Gestüt.

Sandra schenkte ihnen gerade eine weitere Tasse Tee ein, als jemand ans Fenster klopfte.

Sie waren geschlossen, da es seit dem Vorabend durchregnete und es draußen inzwischen kühl geworden war. Es nieselte aktuell nur leicht, doch es war ein trüber Tag, als wollte er die Seelenlage einiger Bewohner im Ort widerspiegeln.

Mizzi Trogers rotblonder Schopf zeigte sich draußen. Sandra sprang auf und ließ sie herein.

»Ich will nicht stören. Oh Gott! Sie hat's ja wirklich erwischt, Sie Arme! Schonen Sie sich. Wollte nur kurz vorbeischauen, ob Sie vielleicht etwas aus dem Lebensmittelgeschäft brauchen? Ich würde es Ihnen auf meiner Rückfahrt vorbei bringen.«

Walli bedankte sich für die Fürsorge und ging auf ihr beeinträchtigtes Äußeres nicht ein. Sie fühlte sich plötzlich unbehaglich, fast so, als bedränge sie jemand. Das Gespräch wurde von ihrer Seite her einsilbrig. Durch die viele Arbeit und das lange Alleinleben war sie es gar nicht mehr gewöhnt, dass sich jemand um sie kümmerte.

»Danke, nein. Mein Kühlschrank ist noch voll«, gab sie kurz zur Antwort.

Lisa und Sandra diskutierten über die neuen Folgen von »Next Topmodel« und überredeten schließlich wortgewandt die Vorsitzende des Dorfverschönerungsvereins, auch an die Verschönerung von Teenagern zu denken und mit ihnen an diesem Regentag zum Einkaufen nach Zwettl zu fahren.

Kichernd freuten sie sich über das gelungene Überredungsmanöver und packten schnell ihre über das Sofa verstreuten Regenjacken ein, um nicht noch eine Stimmungsänderung zu riskieren.

Alle versprachen, auf der Rückfahrt wieder bei Walli vorbeizuschauen, was diese mit einem kurzen Lächeln quittierte. Nachbarschaftshilfe war in Niederösterreich groß geschrieben. Daran musste sie sich als Wienerin erst gewöhnen und auch lernen, annehmen zu können. Panik und Erleichterung wechselten einander ab. Ihre Eigenständigkeit aber würde sie auf jeden Fall bewahren wollen, nahm sie sich vor.

Walli verabschiedete alle und schloss die Tür.

Jetzt erst verstand sie Filou, der immer wieder darauf bedacht war, sein Revier zu verteidigen. Sie merkte, dass sie bereits einiges von ihm zu lernen bereit war. Doch Schluss jetzt! Er war nur eine Katze, auch wenn er ihr gestern das Leben gerettet hatte. Wo war er eigentlich jetzt?

Sie drehte sich um und sah Mister Sherlock Holmes zusammengerollt auf seiner Sofadecke liegen. Er rührte sich nicht. Sie sah ihn an und dachte, dass es schon lange her war, dass sie mit jemandem in einer Wohnung zusammengelebt hatte. Wenn auch nur vorübergehend. Ihre Männerbekanntschaften waren kurz und offen, wie man das so bezeichnete. Das war gut, solange sie keine Zeit hatte. Doch jetzt hätte sie Zeit gehabt.

Ihre Gewohnheiten hatten sich automatisiert. Würden sie sich verändern lassen? Würde sie jemand genauso nehmen, wie sie jetzt war?

Sie zählte immerhin 50. Ginge das noch? Eigentlich war das noch kein Alter. Abgesehen davon, dass sie sich fit fühlte und wesentlich jünger aussah, wie ihr Tobias Steglitz immer wieder beteuerte.

Manchmal wusste sie allerdings nicht, ob er es wirklich so meinte oder nur seinen aktuellen Lebensgefährten, der einen Franchise-Betrieb für Bio-Kosmetik leitete, unterstützen wollte. Immerhin ließ sie sich seine sündteuren Produkte aufschwatzen und hatte zugleich den vagen Verdacht, als Testimonial herzuhalten: »Auch die Walli Winzer verwendet meine Produkte!«, hieß es wahrscheinlich bei Vorführungen. Als Top-PR-Expertin bekam sie von anderen Firmen Proben stets gratis, die sie jetzt nicht brauchte und daher verschenkte. Übrigens: Sie erinnerte sich, dass sie schon länger nicht in ihrer Agentur angerufen hatte, wusste aber auch, wenn von anderer Seite nichts kam, würde geschäftsmäßig alles in Ordnung sein.

Walli Winzer hatte sich schon einmal besser gefühlt. Eigentlich wollte sie ja für einige Zeit alles vergessen, sich erholen und überhaupt beruflich leiser treten. Aber, das war's nicht allein. Sie sehnte sich nach Abstand von allem, nach Leichtigkeit.

Die Ereignisse des Vortags gingen ihr weiter durch den Kopf.

Behutsam verrichtete sie die Morgentoilette vor dem Spiegel, die heute erstmals länger ausfiel als sonst. Walli war überrascht, dass sich in ihrer Kosmetiktasche mit der Zeit so viele farbliche Nuancen von Abdeckcremen und Stiften angesammelt hatten. Sie würde damit locker die nächsten Wochen auskommen.

Als sie das Badezimmer verließ, war sie zufrieden. Sie schaute wieder halbwegs salonfähig aus, wie sie fand. Die Klammern an der Oberlippe und das Pflaster auf der Stirn verdeckten das Übrige.

Kaum hatte sie das Frühstücksgeschirr abgeräumt, klingelte es wieder an der Tür.

Diesmal war es Dorfinspektor Sepp Grubinger in Zivil. Sie hätte ihn beinahe nicht erkannt, da sie ihn sonst nur in Polizeiuniform gewohnt war.

»Ich wollte nach dem gestrigen Tag nach Ihnen sehen.«

Walli Winzer ließ ihn nicht weiter reden und kam ihm zuvor: »Geht so.«

Sie führte ihn in die Wohnstube. Er blieb stehen und wartete, bis sie ihm Platz anbot.

»Wollen Sie vielleicht einen Tee?« Sie zeigte auf die weiße bauchige Porzellankanne, die mitten auf dem Esstisch stand. »Oder lieber einen Nespresso?«

»Tee wäre gut. Ich habe gerade Kaffee getrunken. Zu viel ist ungesund«, war Walli von seinem Gesundheitsbewusstsein überrascht und goss ihm eine Tasse ein.

Stille.

»Übrigens habe ich bereits gehört, dass es weitere Aufregungen auf dem ›Sonnblick‹ gegeben hat. Irgendwie hört das ja gar nicht auf«, resümierte sie. Zugleich war sie daran interessiert, dass Grubinger so viel als möglich darüber erzählte.

»Ich habe Ihre Pillenprobe ins Labor geschickt, und die haben dort festgestellt, dass es sich um Armonium sepra handelt, das in geringen Dosen das Pferd vor dem Turnier stimuliert und nicht so leicht nachgewiesen werden kann.«

»Hat Hubsi Steininger davon gewusst?«, fragte Walli sachlich.

»Ja, er hatte die Idee dazu, wie Nina Egger zugab. Er wollte unbedingt den Erfolg. Nicht nur des Preisgeldes wegen, wovon ihm Nina hätte auch einiges abgeben müssen, sondern als Visitenkarte für seine Pferdezucht. Denn sie hätte ihm künftig das meiste Geld eingebracht. Auf Auktionen würden seine Tiere Höchstpreise erzielen, vor allem bei arabischen Interessenten. Das gilt allerdings nur für prämierte Pferde.«

»Das heißt: Alexandru Romenscu war sein Mittelsmann zur Medikamentenmafia? Denn auf legalem Weg erhält man solche Präparate ja nur schwer.«

»Genau. Er unterhielt Kontakte zu anderen Vertretern großer Pharmakonzerne.«

»War das so einer, mit dem der Max Wahlberg ihn in Hluboka gesehen hat?«

»Ja, vermutlich. Er bezog die Präparate über einen tschechischen Mittelsmann. Und jetzt kommt der eigentliche Clou«, spannte Grubinger Walli auf die Folter.

»Na reden Sie schon«, raunte sie und fixierte ihn mit ihrem Blick.

»Alexandru Romenscu legte in Eigenregie noch einen Sondergang ein.«

»Wie meinen Sie das?«

»Er ließ in Europa noch nicht zugelassene Medikamente an Jugendlichen in seinem Heimatdorf Albiu in Ostrumänien testen. Dort verabreichten korrupte Ärzte ausgewählten Personen zum Teil heftige Dosen, die bei einigen sogar zu massiven Gehirnschädigungen führten. Und das alles ohne vorherige Test-Einwilligung. Eine davon war die Schwester von Maxim Ionescu. Seitdem ist sie geistig schwer behindert und kann kaum noch gehen. Sie sitzt im Rollstuhl. Alexandru Romenscu kannte sie. Er gibt alles zu, auch den Mord an ihrem Bruder. Sie war ein lebhaftes, hübsches Mädchen, erst 15 Jahre alt. Wer weiß, wie viele Medikamenten-Opfer es noch gibt? Die rumänische Polizei sucht jetzt nach dem Arzt.«

Walli war betroffen und atmete tief ein. Sie goss sich jetzt auch eine Tasse Tee ein.

»Und wie ist dieser Maxim Ionescu an Alexandru gekommen?«

»Maxim traf Alexandru zufällig, verfolgte ihn hierher und stellte ihn zur Rede. Ionescu hatte im Restaurant in Hluboka als Küchenhilfe gearbeitet und erkannte ihn. In seinem Dorf war Alexandrus aufwendiger Lebensstil verräterisch geworden, was Maxim verdächtig vorkam. Als Stallbursche konnte er das nie verdient haben«, fuhr Grubinger fort.

»Maxim wollte Alexandru stellen, ließ in der Küche wegen eines vorgetäuschten Notfalls in seinem Heimatdorf alles liegen und stehen und verfolgte ihn bis nach Großlichten. Beim Treffen im Wald kam es dann zur tödlichen Auseinandersetzung. An Alexandru Romenscus Kleidung konnten wir DNA-Spuren von Maxim Ionescu finden.«

»Wie konnte es sein, dass er seine Kleidung nicht wegwarf?«, überlegte Walli.

»Es waren kleine Blutspritzer, die mit freiem Auge unsichtbar sind. Sie befanden sich auf Romenscus Jeans. Mit feinen forensischen Methoden sieht man sie. Es war bloß Routine, dass wir seine Kleidung untersuchten.«

»Ich hoffe sehr, dass dieser Medikamentenring aufgedeckt und überhaupt endlich dieses fatale wirtschaftliche Gefälle zwischen Ost- und Westeuropa endlich angeglichen wird.«

»Es wird immer Leute geben, die andere ausnützen und welche, die sich dazu bereit erklären, mitzumachen.«

»Aber Ärzten vertraut man normalerweise. Es erschüttert mein Weltbild.«

»Tja. Habgier ist in vielen Mordfällen die treibende Kraft gewesen.«

»Besonders tragisch auf Kosten des armen Mädchens, das jetzt auch noch seinen Bruder verloren hat!« Walli war schockiert. In Gedanken stellte sie schon ein Charity-Projekt zusammen, das dem betroffenen rumänischen Mädchen helfen und auf solche Missstände öffentlich aufmerksam machen sollte. Silvia und Tobias würden das sicher hinbekommen, war sie überzeugt.

»Und was gibt es Neues von Mario Schwinder?«, gab sich Walli Winzer gespielt gelassen.

Sepp Grubinger bemerkte ihre Angespanntheit und versuchte, sich kurz zu fassen, um sie nicht unnötig aufzuregen: »Er hat mittlerweile die Morde an Max Wahlberg und Hubsi Steininger gestanden. Motive: Habgier und das Forcieren seiner Karriere.«

»Und Cornelia Tucek? Wollte sie Hubsi wirklich wirtschaftlich ruinieren?«

»Er hat sie nach zehn Jahren Beziehung wegen der jüngeren Nina sitzen gelassen. Das tut weh. Sie ging sogar so weit, dass sie ihrem eigenen Pferd getrocknete Herbstzeitlose mit Zucker als Leckerli gab, was ganz bewusst zur Kolik führte, um sich aus dem Kreis der Verdächtigen herauszunehmen. Bei den anderen Pferden hat sie es einfach ins Futter gemischt.«

»Das ist ja nicht zu glauben.«

»Seine unzähligen Reiterhof-Affären, die er teilweise schamlos neben ihr führte, nahm sie hin. Doch die Trennung verkraftete sie nicht. Sie war auf seine Vernichtung aus.«

»Traurig, dass sie es nicht geschafft hat, sich von ihm zu lösen.«

Grubinger nahm einen Schluck Tee und sprach weiter: »Beziehungsprobleme sind bei uns in Großlichten meist tabu. Niemand soll es wissen. Wie ein Geheimnis. Was die Leute deshalb oft alles erdulden und sich nicht der Polizei anvertrauen. Nur damit die Nachbarn nichts mitbekommen. Vor allem Frauen, wenn ihre Männer zuschlagen. Vieles kann ich oft nur erahnen oder erfahre es erst Jahre später. Anzeigen gibt es kaum. Deshalb versuche ich schon im Vorfeld, Gewalt zu verhindern, und rede mit den Männern am Stammtisch.«

Eigentlich beschäftigte Walli, seit Grubinger ihr gegenüber saß, ein Gedanke besonders: Er war ohne seine Polizeiuniform. Warum? War er schon dienstversetzt? Sie würde ihn fragen. Nur wusste sie nicht, wie sie es angehen sollte, ohne ihn möglicherweise zu verletzen.

Walli Winzer wollte behutsam vorgehen. Irgendwie war sie verlegen. Langsam und ohne Grubinger anzusehen, stellte sie ihre Fragen: »War das Ihr letzter Auftrag?« Und: »Wann wird im Dorf die Polizeistation geschlossen?«

Sepp Grubingers Gesicht verklärte sich augenblicklich, und er schaute sie lausbübisch an: »Manchmal ändern sich die Umstände doch zum Besseren. Alles bleibt beim

Alten.« Walli fiel auf, dass sie ihn eines der wenigen Male lächeln sah. »Ich habe es heute erfahren. Es kam eine Weisung aus St. Pölten. Die Station wird nicht geschlossen«, fuhr er fort.

Dann stutzte er. Kurze Pause.

»Ach, Sie meinten, weil ich in Zivil bin. Ich habe heute einen Urlaubstag. Meine Frau hat einen Termin in Krems, und ich begleite sie. Das habe ich ihr schon so lange versprochen.«

Walli lächelte mit zustimmendem Nicken.

»In Großlichten scheint noch einige Arbeit auf Sie zu warten. Ich hoffe nur, man erwartet künftig nicht noch mehr solcher Fälle«, scherzte sie gut gelaunt weiter.

»Der gute Harry Kain hat heute einen großen Artikel über die Aufklärung der Verbrechen um den Reiterhof geschrieben. Die große Regionalzeitung brachte ihn als Titelgeschichte. Und Adi Platzer, na der hat vielleicht getobt, weil er darin nicht als der große Aufdecker vorkam. Sie, die städtische PR-Lady, und der Kater waren die Helden des Tages.« Er rieb sich nervös die Nase und schnupfte: »Ob es jetzt so eine Ehre ist, dass die Station bleibt, bezweifle ich. Viele glauben, dass sie tatsächlich notwendig ist. Mich freut's auf jeden Fall. Wenn der Nico mich aber nicht geholt und mir gesagt hätte, dass er Sie an einen Sessel gefesselt und den Mario Schwinder beim Vorhang gesehen hätte, wär's vielleicht anders gekommen. Aber jetzt ist alles vorbei.«

»Was, der Nico Salmer hat Sie verständigt? Ich hab mich sowieso schon gefragt, wieso Sie es gewusst haben.«

Walli Winzer verkniff sich dabei allerdings die Frage, weshalb Nico überhaupt durch ihr Fenster geschaut hatte.

»Er fuhr wie üblich vom Schlager Alois nach dem Kartensspielen mit dem Rad nach Hause und an Ihrem Haus vorbei. Er sah Licht im Fenster und daraufhin zufälligerweise diese Szene.«

Aha, alles klar, dachte Walli immer noch irritiert, fuhr aber fort: »Nico hat mich im Reiterhof auch von dieser schrecklichen Cornelia Tucek befreit.«

Grubinger lachte: »Ja, als Postler kennt er das Dorf wie seine Westentasche und hat einen sechsten Sinn für Situationen. Obwohl er noch jung ist, kennt er sich mit Menschen aus.« Grubinger zwinkerte dazwischen schelmisch: »Das Postgeheimnis ist bei ihm gut aufgehoben …«

»… was ihm nicht schwer fallen dürfte, da er sowieso kaum etwas redet«, führte Walli Winzer den Gedanken zu Ende und wollte damit auch das Thema abschließen. Sie merkte, dass sie zunehmend unwirsch wurde.

Sepp Grubinger grinste und verstand: »Der Nico ist schwer in Ordnung.«

Walli befand, dass sich das Gespräch zu Ende neigte und eröffnete daher kein neues Thema mehr. Sie wollte endlich das tun, weshalb sie ursprünglich ins Waldviertel gezogen war, nämlich sich erholen und nicht weiterhin Geschichten wälzen: »Lieber Grubinger, ich glaube, ich muss jetzt auch etwas für mich tun und wegfahren. Irgendwohin, in den europäischen Norden hinauf. Wo es kühl und einsam ist. Vielleicht nach Schweden. Ich werde jetzt meine Sachen packen und für einige Wochen verreisen. Dann hat sich hier auch wieder alles beruhigt. Lena ist da, und dieser ›Immotreu‹ werden wir den Reiterhof nicht kampflos überlassen. Vielleicht werde ich ihn kaufen. Jetzt, wo ich doch zu reiten begonnen habe«, lächelte Walli und wunderte sich augenblicklich selbst über ihre kurzfristigen und zum Teil auch wahnwitzige Entscheidungen.

»Tun Sie das! Sie haben sich das wirklich verdient. Ich werde das Schulhaus im Auge behalten. Kommen Sie frisch und munter wieder zurück.«

Grubinger sah auf die Uhr: »Oje, ich bin schon zu spät. Meine Frau wartet.« Er nahm den letzten Schluck und verließ das Haus.

Nico Salmer fuhr wie täglich seine Dorfroute ab, um die Post auszutragen. Von Sepp Grubinger hatte er im Vorbeifahren gehört, dass Walli Winzer heute noch überraschend zu einer Reise aufbrechen würde. Er wollte sie davor unbedingt noch einmal sehen. Ihr die Post persönlich vorbeibringen. Dann würde sich vielleicht noch ein Gespräch zwischen ihnen beiden ergeben und sie ihm für seinen Einsatz danken. Bisher war noch keine Gelegenheit dazu gewesen. Und dann würde sich vielleicht ein gemeinsames Abendessen oder wenigstens noch ein gemeinsamer Kaffee ausgehen. Er würde ihr vielleicht im geeigneten Moment sagen, was er für sie empfand. Ihr, der eleganten, attraktiven und erfolgreichen Lady aus der Stadt.

Dass sich einige aus seiner Kartenspielrunde über ihn lustig machten, störte ihn nicht. Und dass sie um einiges älter war als er auch nicht. Leute zerrissen sich immer und überall die Mäuler über Sachen, die sie nichts angingen.

Nur der Grubinger, der tickte so wie er. Der verstand ihn. Denn der machte sich auch immer mehr Gedanken als notwendig. Deshalb hatte er ihm wahrscheinlich jetzt auch den Tipp gegeben. Dann könnte sie im Urlaub darüber nachdenken. Über seine Gefühle. Über ihre vielleicht auch. Über die Gefühle eines Mannes, der viel jünger war.

Nico drückte die Türschnalle. Sie war verschlossen.

Er läutete. Er wartete. Nichts tat sich.

Er spürte, wie sein Mund trocken wurde. Der Brief, wahrscheinlich eine Rechnung, fiel ihm aus der Hand. Er bückte sich.

Ja, das war's. Wegfahren. Egal wohin. Beim Reisebüroschalter direkt am Flughafen das Ticket kaufen und auf und davon.

Walli Winzer packte ihren großen Koffer mit teils Sportlichem und teils Elegantem und spürte, wie ihre Lebensfreude zurückkehrte und die jüngsten Ereignisse immer weiter in den Hintergrund traten. Sie spielte gedanklich mit den möglichen Reisezielen, als sie die Türglocke hörte. Sie hatte die schwere Eingangstür abgesperrt und sah durch den Türspion. Nichts. Sie schwenkte ihren Blick nochmals. Nichts. Also hatte sie sich wohl getäuscht. War es doch nur das Radio gewesen, das leise aus dem Schlafzimmer zu hören war.

Als Nico Salmer hoch kam, versuchte er, durch den Türspion ins Hausinnere zu schauen. Er sah aber nichts, und es war dunkel. Er blickte noch kurz durchs geschlossene Fenster. Alles still. Er war also doch zu spät gekommen, da sie eben eine Frau der raschen Entschlüsse war. Er steckte den Brief ins Postkästchen und schwang sich auf sein Fahrrad. Er trat in die Pedale, was das Zeug hielt. Er fuhr so schnell, dass er wie im Flug seine nächste Adresse erreichte.

Die betagte Frau Hintzer freute sich, ihn zu sehen. Er kehrte bei ihr ein, und sie erzählte ihm von ihren Krankheiten und den neuesten Behandlungsmethoden. Etwas, was er versuchte, sonst immer außen vor zu lassen. Doch jetzt war ihm danach, sich mit etwas für ihn Abstrusem abzulenken – und nach einem Kaffee.

Walli Winzer hatte jetzt alles beisammen. Schnell, bevor sich wieder jemand ankündigte. Sie warf sich ihre Gucci-Umhängetasche über die Schulter, nahm ihren Koffer und die Katzenbox. Den Kater nahm sie auf die Flugreise mit. Auf dem Weg zum Auto fiel ihr ein, sich noch nicht bei Nico Salmer bedankt zu haben.

Zeit hatte sie jetzt dafür keine mehr.

Sie würde ihm etwas aus Schweden mitbringen. Warum dachte sie gerade an ihn?

In diesem Moment miaute Filou ganz schrecklich. Ahnte er, dass ihm seine erste Flugreise bevorstünde?

Reisefieber.

Mittlerweile katzenerprobt, steckte sie einige seiner Lieblingsleckerlis durch das Gitter des Tragebehälters. Filou verstummte sofort.

Walli stellte die Box auf den Beifahrerplatz und gurtete sie an. Noch ein kurzer Anruf bei Lisa und ein Blick zurück zum Haus.

Es war ihr ans Herz gewachsen.

Weitere Titel finden Sie auf den folgenden Seiten und im Internet:

WWW.GMEINER-SPANNUNG.DE

Maria Publig
Waldviertelfluch
Kriminalroman
310 Seiten; 12 x 20 cm
Paperback
ISBN 978-3-8392-2601-8
€ 13,50 [D] / € 14,00 [A]

Wein und Design – die neuen Hobbys der Wiener PR-Lady Walli Winzer. Sie soll die Vernissage einer russischen Galerie organisieren. Da kommt die Weinverkostung im Waldviertler Kamptal genau recht. Der Riesling belebt nicht nur die Sinne, sondern fördert einige aggressive Winzer zutage. Bald liegt deren Verbandsvorsitzender tot hinterm Presshaus. Ein Brüderpaar zankt ums Erbe. Die Ehefrau gibt sich bedeckt. Walli ist verwirrt. Auch wegen des feschen Polizeioberst aus Krems, der nicht ermitteln will.

GMEINER SPANNUNG

WWW.GMEINER-VERLAG.DE
Wir machen's spannend

Maria Publig
Killerkarpfen
Kriminalroman
443 Seiten, 12 x 20 cm
Paperback
ISBN 978-3-8392-2411-3
€ 14,00 [D] / € 14,40 [A]

Die Wiener PR-Lady Walli Winzer schwebt auf Wolke sieben, denn ihr Urlaubsflirt will sie im Waldviertel besuchen! Schnell soll noch ein Bauerngarten angelegt werden. Aber Walli fehlt dazu der grüne Daumen. Sie engagiert eine junge Gärtnerin, doch die ist einem Familiengeheimnis auf der Spur. Als sich dann auch noch ein Karpfenteichbesitzer als Rüpel herausstellt, beim Dorfpolizisten Grubinger der Haussegen schief hängt und ein Toter als Vogelscheuche in ihrem Gemüsebeet auftaucht, muss Walli ermitteln.

GMEINER SPANNUNG

WWW.GMEINER-VERLAG.DE
Wir machen's spannend

Barbara Wimmer
Tödlicher Crash
Kriminalroman
408 Seiten; 12 x 20 cm
Paperback
ISBN 978-3-8392-2597-4
€ 13,50 [D] / € 14,00 [A]

Wien 2022. Der Finanzminister der Republik Österreich ist stolz auf sein selbstfahrendes Auto – eines der ersten, die im Lande zugelassen wurden. Doch plötzlich prallt das hochmoderne Fahrzeug gegen eine Baumallee. Der Tod des Politikers sorgt für großes Aufsehen. Anfangs ist unklar, ob es sich dabei um einen Unfall handelt. Oder steckt ein Hacker-Angriff dahinter? Die kritische Investigativ-Journalistin Stefanie Laudon aus Wien will den Fall für das Blatt »24 Stunden« aufklären und gerät plötzlich selbst ins Visier der Ermittlungen …

GMEINER SPANNUNG

WWW.GMEINER-VERLAG.DE
Wir machen's spannend

DIE NEUEN Lieblings-plätze

ISBN 978-3-8392-2628-5

ISBN 978-3-8392-2615-5

ISBN 978-3-8392-2620-9

ISBN 978-3-8392-2635-3

ISBN 978-3-8392-2618-6

ISBN 978-3-8392-2623-0

ISBN 978-3-8392-2630-8

ISBN 978-3-8392-2631-5

ISBN 978-3-8392-2632-2

ISBN 978-3-8392-2405-2

ISBN 978-3-8392-2622-3

ISBN 978-3-8392-2545-5

ISBN 978-3-8392-2629-2

ISBN 978-3-8392-2634-6

GMEINER KULTUR

WWW.GMEINER-VERLAG.DE
Mensch, Kultur, Region